KB131593

두번째남편이 절륜해서 우울하다

지미신 장편소설

위즈덤하우스

차례

프롤로그

내 눈앞의 이 남자는 대국민 고자이다.

고자. 사전 그대로의 의미. 성기 발랄하지 못한 자. 혼인에 있어서 치명적인 결격사유였으나, 내게는 아니었다.

'상관없어. 아니, 오히려 더 좋아.'

시집살이시키고, 아내의 힘이 되어주기는커녕 남의 편만 들고, 집안일에는 무심한 남편과 살 바에는 차라리 대국민 고자랑 사는 게 나았다. 아무리 고자라고 하지만 저 남자는 그냥 아무것도 없는 고자가 아니었으니까.

나는 진지한 눈으로 그를 바라보았다.

"타이론 공작님."

내 부름에 부들부들한 금빛 머리카락을 가진 남자가 눈을 들어 나를 바라보았다. 베일 듯이 날카로운 푸른색 눈동자가 나를 보며 반짝였다.

남자의 이름은 이안 타이론. 이 나라에 셋밖에 없는 공작 중 하나. 황제의 외사촌으로 부와 명예를 모두 거머쥔 남자였다.

'저런 남자가 고추를 세우지 못 하는 게 무슨 흠이람. 차라리 못 세우는 게 낫지.'

조각상이 움직이는 듯한 저 아름다운 얼굴을 보라.

그가 가진 직위나 부를 제외하더라도 그는 저 미모만으로도 수백 명의 추종자를 거느릴 수 있었다. 저런 남자가 성기 발랄하기까지 하다면…….

'어디서 애인이 사생아를 안고 나타나는 것보다 밤일을 못 하는 게 훨씬 나아. 역시 잘 골랐어.'

인생 2회차, 냉정하게 득실을 계산해보고 결국 그래도 타이론 공작이 정답이라고 결론 지었다. 분주하게 눈망울을 굴리는 나를 냉랭한 눈으로 내려다보던 남자가 입술을 열었다.

"당신이 파넬 공작부인입니까?"

살구색 입술에서 흘러나온 목소리는 완벽한 바리톤이었다. 얼마나 섹시한지, 귓가에 속삭이면 있지도 않은 그것이 설 것만 같은 목소리. 하지만 그 목소리에 취해 있을 시간이 없었다. 나는 치맛자락을 꽉 쥐었다. 긴장으로 인해 손바닥이 축축했으나, 목소리는 의연하게 흘러나왔다.

"아니요, 틀리셨어요. 저는 올리비아 플로렌스예요. 플로렌스 영애라고 부르셔야죠."

내 대답에 남자의 반듯한 눈썹이 크게 휘어졌다. 그가 미간을 찌푸리고 내게 물었다.

"하나, 파넬 공작과 혼인하지 않았습니까?"

웃으면 안 되는데. 그 질문에 저절로 헛웃음이 나왔다. 나는 냉소적인 어조로 되물었다.

"전쟁터에서 앞으로 10년 동안 돌아오지 않을 그 남편이요?"

제임스 파넬, 이 시점에서 내가 얼굴도 몰라야 하는 내 남편.

이제는 기억도 잘 나지 않는 과거, 혼자 드레스를 입고 결혼식장에 들어서면서 나는 막연히 이상적인 남편을 그렸더란다. 전쟁영웅이 되어 돌아와, 나를 지켜주고 든든한 가정을 만들어 줄 그런 남편을. 하지만 냉정하게 말해서, 내 남편은 쓰레기였다.

시부모에게 대리효도 시키고, 집안일에 무심한데 성욕은 왕성하고, 남의 편만 드는.

최악의 쓰레기!

나는 입술을 비틀었다. 그 쓰레기에 대한 분노를 불태우고 있자니, 긴장이 가시고 이상한 자신감이 생겨났다. 나는 한층 더 여유로운 어조로 이안에게 나, 자신을 소개했다.

"제국법상 초야를 치르지 않은 모든 혼례는 무효죠. 저는 남편의 얼굴조차 보지 못했고, 여전히 플로렌스예요."

"당돌한 말씀이시군요. 그래요, 호칭이 중요한 것은 아니니까요……."

내 말에 이안의 얼굴에 잔잔한 미소가 번져갔다. 푸른 눈동자는 아까와는 다른 기묘한 빛으로 반짝였다. 나를 향한 흥미였다.

"그래서 플로렌스 영애, 나를 보자고 한 이유가 무엇입니까?"

그의 말에 나는 속으로 회심의 미소를 지었다. 그래, 일단 상대방의 주의를 끌어 협상 테이블에 앉히는 데는 성공했다.

'이제는 어떻게든 내 조건을 받아들이도록 해야지. 목덜미를 잡아채서라도.'

나는 눈을 내리깔고 허리를 꼿꼿이 세운 채 입술을 열었다.

"공작님께서는 저잣거리에 퍼진 노래를 들으셨나요?"

"아아, 그 노래요. 당신과 제가 밤마다 붙어먹는다는."

애써 담담하게 물었는데, 뜻밖에 돌아오는 말이 적나라했다. 의연한 척하려고 해도 저절로 뺨이 붉어졌다.

나는 큼큼, 헛기침했다.

'좋아. 알고 있다니 더 잘되었군.'

하긴, 모를 수가 없을 정도로 널리 퍼지기도 했지. 나는 눈을 내리깔고 처연한 표정을 지었다. 그리고 힘이 없는 목소리로 그에게 말했다.

"그 노래 때문에 제가 아주 곤란해졌어요. 그래서 공작님께서 책임지셨으면 좋겠어요."

"책임? 제가 어떻게 책임을 질 수 있다는 겁니까?"

이안의 눈썹이 크게 일그러졌다.

그래, 나도 안다. 너도 기가 막히겠지. 저잣거리에 요상한 노래가 퍼졌는데 막무가내로 너보고 책임지라고 하니까 말이야.

나는 이안의 생각이 엄한 곳 - 예를 들어 노래를 퍼뜨린 최초 유포자를 잡아다 족친다든가 - 으로 튀기 전에, 잽싸게 내 용건을 말했다.

"타이론 공작님, 저와 결혼해주세요."

또다시 쓰레기통에 나 자신을 빠뜨릴 생각은 추호도 없었다.

❖ ❖ ❖

오늘은 내 마흔 살 생일이었다.

'어서 일어나서 손님 맞을 준비를 해야지.'

오늘따라 유난히 몸이 무거웠다. 하지만 뭉그적거릴 시간은 없었다.

'축하연에는 황후마마께서도 오신다고 했으니까 준비가 잘 되어가는지 확인해야 해. 집사를 불러서…….'

그리고 묘한 기시감을 느꼈다.

'여긴 내 방인데?'

정확히 말하면 한 10년 전쯤 쓰던 내 방이었다.

한 집안의 안주인, 위풍당당한 공작가의 귀부인의 방이라기엔 터무니없이 좁은 데다가 허름한 방.

'내가 막 결혼하고 지내던 방이지.'

그런데 왜 갑자기 그 천장이 보인단 말인가. 내 나이 마흔, 결혼한 지 무려 20년이나 지났는데.

'내가 헛것을 보나?'

아무래도 연회를 준비한다고 너무 피곤했던 모양이다. 나는 뻑뻑한 눈을 비비며 침대 맡에 있는 설렁줄을 잡아당겼다. 댕댕, 하녀를 부르는 종이 울렸다. 그런데 한참을 기다려도 하녀가 오질 않았다.

'아니, 이것들이 미쳤나.'

아니면 내 생일이라고 깜짝 파티를 준비하는 걸까? 하지만 이런 깜짝 파티 따위 하나도 즐겁지 않았다. 부름을 무시하거나, 방을 허름하게 꾸미는 건 자신과 비슷한 수준이라고 생각하니 할 수 있는 장난이 아닌가.

'혼쭐을 내야겠군.'

그리 생각하며 슬리퍼에 발을 꿰었다. 그리고 성큼성큼 문을 박차고 나갔다. 거친 움직임에 탐스러운 은색 머리카락이 치렁거리며 어깨로 떨어졌다.

그때 나는 빠르게 걷느라고 눈치채지 못했다. 마흔을 넘어서 슬슬 돋아나기 시작한 새치가 지금 내 머리카락에 한 가닥도 섞여 있지 않다는 것을.

"마샤! 마샤!"

나는 큰 목소리로 우리 집안의 하녀장을 불렀다. 내 부름에 저 멀리서 검은 메이드복을 입은 여자가 빠른 걸음으로 다가왔다.

"예, 마님. 부르셨나요?"

"이게 어떻게 된 거야? 종을 울리는데도 왜 하녀가 오질 않는 거지?"

"그, 그건……."

짜증스럽게 머리카락을 넘기며 마샤를 탓하던 나는 이상한 사실 하나를 깨달았다.

"마샤, 그런데 왜 이렇게 젊어졌어?"

"네?"

마샤는 내가 스무 살일 적에 전속 하녀로 채용되어 마흔이 될 때까지, 20년간 내 곁을 충실하게 지켜준 여인이었다. 그렇게 오랜 시간을 함께 지내다 보니 나에게는 자매와 다름없었다. 즉, 그녀에 대해서 일에서부터 백까지 모두 알고 있다는 뜻이었다.

'이렇게 젊었나?'

나는 눈을 깜빡거렸다. 눈앞의 마샤는 여러모로 내가 알고 있는 마샤와 달랐다. 숱이 많은 밤색 머리카락은 내 기억보다 훨씬 잘 익은 밤에 가까운 색이었고, 주근깨 가득한 얼굴에는 주름 대신 싱그러움이 가득했다.

게다가 어쩔 줄 몰라 하는 저 표정도 생경했다. 하녀장이 된 뒤로 마샤는 표정을 감추는 데 능숙해졌으니까.

'꼭 내 전속 하녀로 막 채용되었을 때의 마샤 같은데…….'

그 생각을 떠올리고 픽 웃었다. 그럴 리가 있나. 나는 검지로 미간을 짚으며 코웃음을 쳤다.

"아무래도 축하연 준비 때문에 너무 피곤했던 모양이야. 페퍼민트 차 좀 우려다 줘."

"예? 제, 제가요?"

"그럼 누가 내게 차를 내줘?"

내가 마시는 차는 늘 마샤가 우려내었다. 젊은 시절에야 내가 우렸지만, 집안을 완전히 장악하고 나서는 할 일이 너무 많아서 차 우리는 것 같은 잡일은 마샤에게 넘겼고…….

'한 번도 안 해 본 것 같은 얼굴인데.'

내 반문에 마샤는 눈에 띄게 불안한 표정을 지었다. 두 손으로 앞치마를 꽉 붙드는 모습이 생경하다 못해 신선했다.

내가 눈을 가늘게 뜨며 한 가지 가설을 떠올렸을 때, 가을의 찬 서리처럼 차가운 목소리가 내 귓가를 쨍- 하고 울렸다.

"감히 뉘 앞에서 아침부터 소란이냐?!"

"……!"

이 소리를 듣는 순간 목덜미에서 척추를 타고 소름이 쭉 끼쳤다. 저절로 눈가가 파르르 떨렸다.

'어떻게 이 목소리를 잊으랴.'

나는 천천히 고개를 돌렸다. 머리카락을 크게 부풀려서 둥글게 말아 올린 부인이 계단 난간을 붙들고 나를 쏘아보고 있었다.

꼬장꼬장하게 생긴 그녀의 등 뒤로는 하녀 다섯이 고개를 푹 숙이고 따르고 있었다.

여왕과도 같은 위엄이었으나, 나는 알고 있었다. 저 기품 있는 얼굴 뒤로 개도 못 당할 성질머리가 숨어 있다는 사실을 말이다.

나는 입술을 열었다. 잔뜩 잠긴 목소리가 흘러나왔다.

"……어머님."

"대체 누가 네 어머님이야? 파넬 대부인이라고 깍듯이 부르지 못해?"

어머님을 어머님이라고 부르지 못 하게 하는 저 개 같은 성질머리. 착각하려야 착각할 수가 없었다.

그녀는 10년 전에 병사한 내 첫 번째 시어머니, 로자 부인이었다. 그녀를 보는 순간 머리가 찡하니 아파와 나는 손바닥으로 이마를 꾹 눌렀다.

'이게 무슨 일이야. 수년 전 돌아가신 시어머니가 어째서 우리 집을 돌아다니고 있는 건데.'

그때 또 다른 목소리가 저쪽에서 쨍하게 울렸다.

"아이고, 아침부터 누가 이렇게 큰 소리를 내는 거야. 안 그래도 머리가 아픈데……."

목소리 마디마다 징징거림이 뚝뚝 떨어지는 이 음성. 이 또한 헷갈리려야 헷갈릴 수가 없었다.

'두 번째 시어머니!'

입만 열면 어디가 아프고, 옆집 누구는 뭘 해줬고, 징징거리는 진상 중 진상. 우리 둘째 시어머니.

시어머니가 둘이나, 심지어 둘 다 진상이라 놀랐나? 하나, 여기서 놀라기는 이르다.

"이 XX 것들이! 뭐 잘났다고 떠들어! 확 XX해버릴까 보다!"

파넬 공작가와 어울리지 않는 더러운 욕설.

무식하기로는 이 나라 둘째가라면 서러운, 나의 셋째 시어머니였다. 나는 어이가 없어서 웃고 말았다.

"하하하. 셋째 시어머니까지……."

이쯤 되니 아무리 현실을 부정해도 인정할 수밖에 없었다.

'과거로 돌아왔어!'

어찌 된 일인지, 나는 시간을 되돌아와 스무 살의 햇병아리 공작부인이 되어 있었다.

1

눈 떠보니
다시 쓰레기통

내 이름은 올리비아 파넬. 이 나라의 셋밖에 안 되는 파넬 공작가의 안주인이다.

그저 그런 자작가인 플로렌스 가문의 차녀로 태어난 내가, 이 나라 군 권력의 상징, 파넬 공작가의 공작부인이 된 이유는 내가 절세 미녀였던 것도 아니고, 무슨 로맨스가 있었던 것도 아니다.

“어떻게 너 같은 게 우리 아들하고 같은 날 태어나서!”

나는 내 앞에서 교양 없이 찻숟가락을 던지는 세 번째 시어머니를 질린 눈으로 쳐다보았다.

아름다워야 하는 아침 시간, 넓은 테이블에는 네 명의 여자가 앉아 있었다.

나의 첫 번째 시어머니, 우아한 진상.

나의 두 번째 시어머니, 징징대는 진상.

나의 세 번째 시어머니, 무식한 진상.

파넬 공작 제임스는 바로 저 '무식한 진상'의 아들이다.

그리고 나는 제임스와 같은 날에 태어났다는 이유로 그의 아내가 되었다.

'같은 날은 무슨. 나이도 다섯 살이나 차이 나는데.'

나는 입술을 삐죽거렸다.

황제 폐하의 시큰둥한 예언이, 혼인한 지 20년이 지난 지금도 귓가에 선했다.

"생일이 같으니 분명 잘 맞을 걸세. 황후와 생일이 같은 내가 보증해."

'개똥 같은 소리.'

그러니까, 지엄하신 황제 폐하의 명령 때문에 성사된 결혼이었다.

황제 본인부터 잘 맞는다고 하기에는 황제의 후궁이 열 손가락을 넘어갔다. 아들을 낳지 못한다는 이유로 계속 새로운 후궁을 들이고, 또 들인 결과였다.

'말이 아들이지, 제국에 여자 황제가 없었던 것도 아니고.'

실제로 지금 황태자도 첫 번째 황녀인 스타티스였다. 그녀는 무사히 황제가 되어서 나의 절친한 아카데미 동기 로메오를 황후로 맞이하고 나중에 내가 공작부인으로서 자리를 굳히는 데 큰 도움을 준다.

하여간 말이 길어졌는데.

'황제의 예언은 거짓말이야. 그냥 막 던진 말이라고. 나와 제임스는 절대로 잘 맞지 않았어.'

시간을 거슬러, 다시 스무 살이 되었으니, 나의 남편 제임스 또한 스물다섯의 봄을 보내고 있을 터였다.

피비린내 나는 전쟁터에서.

'그리고 전쟁이 끝나는 10년 뒤에나 나는 그이의 얼굴을 처음으로 보지.'

제임스와의 첫 만남 또한 아직도 생생하게 기억난다. 잊으려야 잊을 수가 없는 기억이었다.

그날은 내 첫 번째 시어머니의 장례식 마지막 날이었다. 수많은 손님을 상대하고, 관을 땅에 묻고, 이제 막 집에서 쉬려는데 소란이 일었다.

"꺄악!"

"이, 이러시면 곤란합니다!"

"피! 피다……!"

끔찍한 것을 본 듯한 비명, 그리고 쿵쾅거리는 낯선 발걸음.

그 바람에 피곤한 몸을 소파에 묻고 있던 내가 억지로 몸을 일으켰을 때였다.

문이 갑자기 열리고, 곰처럼 커다란 덩치의 사내가 들어섰다. 머리끝부터 발끝까지 피가 말라붙어 있어서 머리카락 색이 무엇인지도 알 수 없는데, 두 눈만 도깨비불처럼 새파랗게 빛났더란다.

"당신……."

그게 바로 내 남편 제임스와의 첫 만남이었다.

❖ ❖ ❖

첫 만남부터 그 지경이었는데 그 후에 잘 지냈겠는가. 남편은 말수가 적고 바깥일에만 열심이었다. 그러다 밤만 되면 내 침실로 제가 먼저 들어와 누워 있었다.

꼭 이런 놈들이 쓸데없이 정력은 좋기 마련. 제대로 말 한마디 나누어본 적 없는 남편과의 밤은 길고, 힘들었다.

'다시 생각해도 최악의 남편이었군.'

이제 그럭저럭 미운 정이 붙었다고 생각했는데도 막상 과거를 떠올리니 안에서 겁화처럼 화가 치밀었다. 그렇게 지난날을 떠올리며 내가 부들부들 떨고 있을 때였다.

우리 우아한 진상이 찻잔을 내려놓으며 포문을 열었다.

"지금 어른들을 앞에 두고 딴생각하는 거니? 역시 못 배운 아이라 예법이 형편없구나."

그녀의 비꼼 덕분에 나는 기나긴 상념에서 깨어날 수 있었다. 나는 어색한 미소를 지었다.

"어머님."

근데 돌아오는 대답이 이 지경이었다.

"파넬 대부인이라고 부르랬지?"

가자미눈을 뜨고 째려보는 시어머니를 보며 기가 막혀서 헛웃음을 지었다.

우리 우아한 진상은 다른 두 진상과 달리 나를 적극적으로 물 먹였다. 사교계에 나가서 나를 깎아내리는 것은 물론, 교묘하게 서류를 바꿔치기해서 공작가에 큰 손해를 입힌 적도 있었다.

'하긴, 물불 가리지 않는 악랄한 성품을 지녔으니 공작가의 실세가 될 수 있었겠지만.'

전대 공작의 딸을 낳은 징징대는 진상, 현 공작 제임스의 어머니인 무식한 진상과 달리, 우아한 진상은 불임이었다. 하지만 악랄한 수법들을 이용해서 두 부인을 뒷방에 앉히고 내게도 물려주지 않은 채, 본인이 실권을 지니고 있었다.

'과거에야 눈뜨고도 그 수법에 고스란히 당했지만…….'

부러 뾰족하게 눈을 떴다. 지금 나는 그때의 스물 햇병아리가 아니었다. 고개를 곧게 들고 그녀를 똑바로 마주한 채로 말했다.

"그럼 어머님께서도 제게 파넬 공작부인이라고 깍듯하게 존대하시죠."

"뭐라고?"

내 말에 우아한 진상의 얼굴이 일그러졌다. 다른 두 진상도 눈을 동그랗게 뜨고 나를 응시하는 것이 느껴졌다. 그러거나 말거나. 나는 목에 힘을 주어 고개를 더 꼿꼿하게 들었다.

"이제 이 집안의 안주인은 저예요. 그이가 전쟁에 나가서 없으니 공작 각하의 모든 권한을 대행하는 사람 또한 저지요. 지금 어머님께서는 가주 대행인 저를 조금도 존중하지 않으면서 자신을 존중해 달라고 생떼를 부리고 계시잖아요."

"뭐, 뭐……?"

논리적으로 하나도 빈틈이 없는 말에 우아한 진상은 입술을 벙긋거리며 굳어졌다.

할 말 없지? 나 같아도 할 말 없겠다.

'속으로 수백 번 생각했던 말이거든.'

설마하니 이렇게 시간을 돌려서 못했던 말을 내뱉을 기회가 주어질 줄 누가 알았나.

'아, 속 시원하다.'

저 입술만 벙긋거리는 꼴을 보라지. 그리 생각하며 내가 입술을 비틀어 웃었을 때였다. 우리 대화에 끼어든 것은 무식한 진상이었다.

"그이라니. 우리 아들을 네가 왜 그이라고 부르는데?"

제임스의 친어머니. 가장 오래 살아남아서 나를 괴롭히던 시어머니이기도 했다.

'제임스가 만날 제 어머니 편만 들어서 이러다 내가 고혈압으로 쓰러져 죽는 줄 알았지.'

남편이 '남의 편'이라서 남편이라는 말도 그때 처음 실감했다. 제가 없는 동안 이 공작가를 꾸려가느라 죽을 뻔한 건 나인데, 그렇게 자기 어머니 편만 들 줄이야.

'아직 오지 않은 미래야. 괜히 회상하면서 스트레스 받지 말자. 후우.'

무식한 진상을 마주하고 있자니, 제임스가 떠올라서 화가 또 다시 치밀었지만, 나는 몇 번 숨을 쉬는 것으로 화를 가라앉혔다. 그리고 태연자약한 표정으로 그녀를 바라보며 무식한 진상의 속을 훅 긁었다. 그녀가 어떤 말에 파르르 떠는지, 20년이나 상대한 나는 잘 알고 있었다.

"제 남편이니까요. 당연한 거 아닌가요."

"이, 이 XX한 계집애가!"

무식한 진상은 하녀 출신으로 제임스를 임신한 것으로 인생 역전한 것이라 제임스에 대한 집착이 컸다. 뭐만 하면 '우리 아들, 우리 아들' 노래를 불렀다.

그녀의 역린은 바로 내가 '내 남편'이라고 제임스를 칭할 때였다. 아니나 다를까 그녀는 발을 동동 구르며 화를 냈다. 그러자 잔뜩 움츠러들어서 음식을 깨작거리던 징징대는 진상이 말했다.

"귀가 울려서 하나도 못 먹겠어. 제발 좀 조용히 해 주면 안 돼……? 하여간 이럴 때마다 너희가 나를 미워해서 그러나 하는 생각도 들고……."

우물우물, 모기처럼 작은 목소리로 늘어놓는 말이 끊임없이 이어졌다.

'그래. 스무 살이었을 때는 참았어. 내가 스무 살이라면 참았다고.'

하지만 여기 껍데기만 스물이지 마흔 살이 안에 들어 있다. 징징대는 진상은 지금 마흔으로, 세 시어머니 중에 가장 젊었다. 동갑인데 얘는 이렇게 징징거린다고 생각하니 짜증이 치밀었다.

나는 그녀를 흘겨보며 말했다.

"그럼 방에 올라가서 혼자 드세요. 어린애도 아니고 징징거리지 않으면 말을 못 하시나요?"

"뭐?"

내 말에 징징대는 진상의 얼굴이 새파래지더니 돌처럼 굳었다. 이렇게 한마디도 지지 않고 하나하나 진상을 격퇴하는 나를 본 우아한 진상이, 드디어 입을 열었다.

"……네가 정녕 미쳤구나."

고작 몇 마디 한 걸로 미치기는.

나는 피식 웃었다.

"안 미쳤어요. 멀쩡해요. 언젠가 한번 짚었어야 하는 것들이죠."

인생 1회차에는 너무 미숙해서 짚고 넘어가지 못했던 것들이지만, 이제는 말해야겠다. 나는 당당하게 선언했다.

"파넬 공작 각하께서 안 계신 지금, 저는 이 집에서 가주를 대행하는 가장 높은 사람이에요. 저에게 제대로 예의를 지켜주세요."

물론 우리 진상들은 내 말을 납득하지 않았다. 심지어 무식한 진상은 주먹으로 식탁을 내려치며 말했다.

"시골 무지렁이로 한평생을 살아온 네가 공작가의 재정에 대해 뭘 안다고 가주 대행이라는 거야? 네까짓 것이 할 수 있는 일인 줄 알아?"

"제게 해 볼 기회조차 주지 않으셨잖아요."

나는 우아한 진상을 째려보았다.

지금 이 시점에서 공작가의 모든 재정을 관리하고 있는 이가 바로 저 우아한 진상이었다. 그녀에게서 재정을 빼앗아오는 데 꼬박 5년이 걸렸고, 그녀가 죽기 직전까지도 우리의 다툼은 계속되었다.

"제가 아카데미에서 전공한 게 뭔지 아세요? 회계예요, 회계.

종일 주판 튕기면서 어떻게 재정관리를 하는지 배웠다고요!"

내가 적극적으로 내 존재를 피력하는 이 순간에도 그녀는 우아한 표정으로 나를 내려다보고 있었다. 하지만 저 시선을 들춰보면 나를 업신여기고, 어떻게 괴롭힐까 궁리하고 있다는 사실을 나는 이미 알고 있었다.

나는 그녀를 똑바로 쳐다보며 말했다.

"장담하건대 어머님보다 잘할 수 있어요. 그러니까 어서 재정권한부터 내놓으세요."

"……."

"……."

재정권이 보통 일이 아니라는 건 징징대는 진상과 무식한 진상도 알고 있었다. 그러기에 자연스럽게 그녀들은 입을 다물고 우아한 진상을 쳐다보았다. 세 사람의 위계질서가 저토록 투명하게 드러난 것은 지금이 처음이었다.

입을 다물고 표정 변화 없이 나를 응시하던 우아한 진상의 입술이 천천히 벌어졌다.

"말도 안 되는 소리."

'그래, 네가 허락하지 않을 줄 알았다.'

어차피 기대도 하지 않았기 때문에 마음에 타격도 없었다. 나는 어깨를 으쓱했다.

"하긴, 어머님의 허락을 받을 거리도 아니죠."

당신이 허락하든, 안 하든 이 공작가에서 가장 높은 사람은 나였다. 조마조마한 눈으로 우리를 응시하고 있는 집사를 불렀다.

"집사!"

"……예, 마님."

집사가 고개를 숙이며 식탁 앞으로 나왔다. 20년 뒤에도 파넬 공작가의 집사로 일하는 충직한 사람이었다. 나는 여전히 우아한 진상과 눈싸움을 하면서 그에게 경쾌한 목소리로 명령했다.

"앞으로 공작가의 모든 서류는 내 방으로 가져와요. 집무 볼 수 있는 넓은 방도 준비해주고."

"집사!"

결국 우아한 진상의 얼굴에서 가면이 떨어져 나갔다. 그녀가 볼살을 파르르 떨며 무서운 눈으로 나를 노려보았다.

"가져가기만 해 봐. 내가 가만히 안 있어!"

'그래. 이게 당신의 본색이지.'

절제심을 잃고 버럭, 소리를 지르는 우아한 진상을 보고 있으니 저절로 입꼬리가 올라갔다. 나는 여유로운 표정으로 그녀를 바라보며 말했다. 물론, 긴장이 완전히 풀리지는 않아서 의자 팔걸이를 쥐고 있는 손가락이 작게 바들거리며 진동했다.

"자꾸 이런 식으로 나오시면 곤란해요, 어머니."

"그건 내가 할 말이구나. 굴러들어온 돌이 박힌 돌을 빼낸다고, 이런 당돌한 요구를 할 줄은. 그게 말이나 된다고 생각하니?"

말이 안 될 건 또 뭔가. 나는 집사를 향해 말했다.

"집사. 앞으로 누구와 더 공작가에서 오래 살지 생각해요."

"집사!"

나의 말에 우아한 진상은 집사를 재차 큰 소리로 불렀다. 집사가 손수건을 꺼내 자신의 이마에 맺힌 땀을 닦았다.

'그래. 당신도 고민이 되겠지.'

고민이 되는 게 당연했다. 나는 이제 고작 스무 살, 우아한 진상은 쉰을 바라보고 있었다. 아무리 가는 데 순서 없다지만 우아한 진상보다는 내가 오래 살 가능성이 컸다.

그 말인즉슨, 지금 이 순간 우아한 진상의 편을 들었다가는 그녀가 떠나고 난 뒤 그가 무척 고달플 거란 뜻이었다.

'하지만 그렇다고 지금 당장 내 편을 들기도 애매할 터.'

나는 스무 살, 실무 능력을 아직 증명하지 못한 햇병아리였다. 무작정 나를 밀어주었다가 우아한 진상에게 찍히면 나중에 독박을 쓸 가능성도 있었다.

나는 그가 당장 나를 택할 거라고는 생각하지 않았다. 그렇다고 우아한 진상에게 모든 힘을 실어줄 거라고도 생각하지 않았다.

내가 바란 대답은 적당한 절충안. 하지만 역시 인생이란 두 번 살아도 예측대로 되지 않는 것이었다.

"이 안건은……."

머뭇거리던 집사는 시선을 바닥으로 떨어뜨리며 이렇게 대답했다.

"주인님께 여쭈겠습니다."

여기서 주인이라고 말할 사람이 누구인가.

전쟁터에 있는 이 집안의 실질적인 주인, 제임스 파넬 공작. 그 이름이 등판하자 바로 기세가 등등해진 무식한 진상이 주먹으로 식탁을 내려치며 소리를 질렀다.

"한창 나라를 위해 싸우느라 바쁠 내 아들을 서신으로 귀찮게 하겠다는 거야? 고작 이런 문제로?"

고작 이거라니, 공작가의 재정이 고작이냐.

나는 한심한 눈으로 무식한 진상을 쳐다보았다. 내 시선을 눈치챈 무식한 진상이 또 입에 담지도 못할 상스러운 욕을 한 바가지 장전했을 때였다.

우리의 다툼을 종식한 것은 집사였다. 그는 깔끔한 태도로 다시금 자신의 의견을 피력했다.

"그것이 나을 것 같습니다."

"그것도 그렇군."

집사의 말에 고개를 끄덕이며 의견을 보탠 것은 우아한 진상이었다. 그녀는 다시금 여유를 찾고 우아한 미소를 지으며 나를 바라보았다. 저 자신감의 원천이 무엇인지, 알 것 같았다.

'보나 마나 제임스가 자신의 편을 들 거라는 확신이겠지.'

그리고 그 확신이 완전히 틀린 것은 아니었다.

지난 생에서, 남편은 남의 편이라는 호칭에 충실하게 다른 사람의 편만 들었다. 우아한 진상이 죽을 때까지 내가 집안의 실권을 제대로 쥐지 못했던 것에는 남편의 역할이 컸다.

'이번까지 그렇게 둘 수는 없지.'

방으로 올라온 나는 곧장 내 책상에서 편지지와 편지 봉투를 꺼내 들었다.

'너희만 편지 쓰냐? 나도 편지 쓸 수 있다.'

지난 생의 나는 남편이 어떤 사람인지 몰랐지만, 지금 생의 나는 달랐다. 단도직입적으로, 그에게 지금 상황을 가감 없이 전달했다.

– 전장에서 고생 중이실 제 낭군님께.

전장에서 나라를 위해서 고생 중이신데 집안일로 연락을 드려서 죄송합니다.
다름이 아니라 지금 현재 저는 이 집에서 내정과는 완전히 배제된 상태로 안주인 대접은커녕 골방에 갇혀서 하녀처럼 지내고 있는 중입니다. 각하의 군대는 위계질서가 확실하고 군기가 깍듯하다고 수도까지 명성이 자자한데, 정작 집안은 흐트러져 있는 셈입니다.
(중략)
이번 기회에 내정관리를 제게 맡겨주신다면 책임지고 각하께서 돌아오실 때 공작가 재산을 두 배로 늘려놓겠습니다. 단순 재산뿐만 아니라, 앞으로 이어질 가정생활의 평화를 위해서도 꼭 이번에 제 편을 들어주시면 좋겠습니다.
그럼 각하의 무사 귀환을 바라며.

당신의 아내, 올리비아.

내가 실권을 쥐는 데 5년이나 걸렸고, 또 그것을 빼앗기지 않기 위해 우아한 진상이 여러 가지 술수를 부리는 바람에 가문에는 재산 손실이 컸다. 나중에 전쟁에서 승리하여 돌아온 제임스도 부실한 재정 때문에 곤란을 겪었을 정도였다.

'하지만 나는 미래를 알고 있어.'

어디서 금맥이 터지는지, 어떤 사업이 대박을 터트리는지 이미 알고 있었다. 재산을 두 배로 불릴 수 있다는 건 결코 허풍이 아니었다.

'그리고 가정의 평화…….'

제임스는 옛날부터 그렇게 가정의 평화, 평화, 지저귀어 대었다. 누가 보면 비둘기가 환생했나 싶을 정도로 말이다. 하지만 집안의 평화는 그냥 웃어른의 말만 들어서 이루어지는 것이 아니었다.

'웃어른 말을 듣는 게 아니라 내 말을 들어야지.'

집안의 평화는 올바른 위계질서에서 나온다. 수만의 군대를 호령하는 남편은 어떠한 상황을 군대에 빗대어 이야기하면 찰떡같이 알아듣곤 했다. 그래서 나는 일부러 군대 이야기까지 편지에 적었다.

'네가 그렇게 바라는 평화를 이루려면 내게 실권을 실어줘.'

아무리 돌머리여도 이쯤 이야기하면 알아듣겠지. 그리 생각하며 편지를 끝맺었다. 이제 즐겁게 답장을 기다리다가, 우리 우아한 진상의 얼굴이 일그러지는 것을 구경하면 된다고 생각하며.

참, 얼마나 순진한 생각이었나.

그렇게 한 달. 한 달 만에 돌아온 남편의 답장은 이런 내용이었다. 너무 간결해서 잘못 읽을 수도 없었다.

— 집안에 분란을 일으키지 말고, 어머니들의 말씀을 잘 들으시오.

"……이, 이 개자식!"

편지를 읽는 순간 나는 그대로 편지를 찢어버리고 말았다.

결국 햇병아리 공작부인의 반란은 공작의 편지 한 통으로 무위로 돌아갔다. 실패한 반란의 대가는 컸다. 차라리 반란을 벌이지 않는 편이 좋았으리라.

"젠장."

아침에 눈을 뜬 나는 낮은 목소리로 욕설을 내뱉었다. 장작 하나 넣어주지 않은 방은 한겨울처럼 추웠다. 빨개진 코끝을 문지르며 이불을 뒤집어썼다.

"치사한 사람들 같으니."

우아한 진상과의 실권 전쟁에서 완전히 패배한 나에게는 더 참혹한 대우가 돌아왔다.

불을 피워주지 않는 차가운 냉골의 방, 실온에 내버려 둔 지 일주일은 된 것 같은 딱딱하고 퍼석한 빵, 불러도 오지 않는 하녀들. 보나 마나 우아한 진상이 명령한 것이리라.

덜덜 떨며 입술을 깨물었다.

'내가 너무 안일했어. 남의 편이 괜히 남의 편이 아닌데.'

설마하니 집사와 나의 편지에도 어머님들의 편을 들 줄이야. 나는 주먹을 불끈 쥐었다. 당장 내 눈앞에 있었으면 등짝을 때려주었을 텐데.

너무 무모한 수를 두었지만, 사실 나도 좀 억울했다. 내가 아는 제임스는 이런 상황에서는 내 편을 들어주곤 했으니까. 만난 적 없는 스물다섯의 제임스를 떠올리며 이를 박박 갈고 있을 때였다. 소름 끼치는 가정이 떠올랐다.

'설마…… 내가 데리고 살아서 나아진 게 그거였단 말이야?'

아니, 정말 너무한데. 그때도 그 남자는 남의 편이었다고!

'진짜 답이 없다. 답이 없는 남자야.'

그럼 나는 그 답도 없는 남자를 다시 고쳐서 써야 한단 말인가. 돌아온 세월이 서러울 지경이었다.

아니, 겨우 인간 비슷한 걸로 만들어 놓았더니 다시 인간으로 만들어와야 한다고? 영문도 모른 채 시간을 거슬러서?

'신이시여! 이건 정말 아니잖아요.'

너무 억울해서 눈물이 날 것 같았다. 내가 꽁꽁 얼어붙은 손으로 베개를 쥐어뜯고 있을 때였다.

노크도 없이 방문이 활짝 열리더니 된소리가 쏟아졌다.

"이렇게 게으른 며느리가 세상천지에 어디 있니! 지금 시어머니들은 다 깨서 돌아다니는데 방에서 자빠져 있는 거야?"

이 집에서 이렇게 교양 없는 짓을 할 사람이 누구겠는가. 한 사람밖에 없지. 나는 이불에서 부스스 몸을 일으켜 앉으며 대답했다.

"……셋째 어머니."

바로, 무식한 진상.

아침부터 뭘 먹었길래 저리 기운이 펄펄 나는지 무식한 진상은 쩌렁쩌렁하게 소리를 질렀다.

"집안에 여자를 들이는 게 얼마나 중요한 일인데, 어디서 저런 게 들어와서는! 너 같이 되바라진 것은 제임스가 오면 당장 내쳐질 테니 미리 짐 싸놔!"

"뭐……!"

기가 막히고 코가 막힌 소리에 내 얼굴이 새빨갛게 달아올랐다. 막 무식한 진상에게 덩달아 소리를 지르려고 했을 때였다.

'잠깐.'

무식한 진상이 한 말 중에 내 머리를 통, 때린 것이 있었다.

'나를 당장 내친다고?'

나도 참 답답하기도 하지. 처음부터 해야 했던 생각이 이제야 들었으니 말이다. 내 눈을 가리고 있던 비늘이 똑 떨어지는 기분이었다. 새로운 깨달음에 나는 얼음처럼 굳어지고 말았다.

'그래. 내가 두 번째 인생도 제임스 그놈을 데리고 살 필요가 있나?'

인생은 한 번 사는 것이라 다들 앞날을 모르고 그냥 그게 최선인가보다 하면서 살고 있지만.

'나는 아니잖아?'

깨달음을 얻은 내가 홀린 듯한 표정으로 무식한 진상을 보며 말했다.

"어머님, 역시 어머님은 천재세요."

"……뭐라고?"

"어머님은 천재시라고요! 네네, 덕분에 몰랐던 사실을 깨달았네요."

그래. 제임스를 개조하여 데리고 사는 것이 그렇게 힘들었는데, 다시 그 고행을 할 수 있으랴.

'진상들은 어떻고.'

지금이야 정신이 단단해져서 그렇지, 어린 시절에는 진상들에게 구박받고, 울기도 많이 울었다. 제임스가 오면 내칠 거라는 말을 듣고 진짜 그럴까 봐 덜덜 떤 적도 있었다.

모두 시간의 흐름에 따라 잊어버리고 있었지만 말이다.

'그래. 결혼생활 한 번 했으면 되었지, 굳이 두 번 할 필요가 뭐 있어. 이번 생에는 제임스랑 같이 안 살아!'

그리 다짐하며 내가 주먹을 꽉 쥐었을 때였다. 무식한 진상은 고개를 갸우뚱거렸다. 당장이라도 자신에게 소리를 지를 줄 알았던 내가 갑자기 눈을 빛내며 그녀에 대한 예찬까지 하니 무척 이상해 보였던 모양이다.

"아니, 너 제정신……."

당신이랑은 더는 할 말 없거든. 그녀의 말을 싹둑 자르며 내 방 밖으로 그녀를 떠밀었다.

"저는 이제 씻어야겠어요. 감사해요, 어머님!"

내가 떠민다고 순순히 나갈 무식한 진상이 아니었으나, 너무 당황했는지 순순히 밖으로 나갔다. 쾅, 닫힌 문에 기대어 선 채로 나는 두근두근 떨리는 소리가 입 밖으로 새어 나갈까 봐 입술을 꽉 다물고 있었다.

흥분한 나머지 눈이 반짝반짝 빛났다.

'맞아. 내가 이번 생까지 이 집안에서 살 필요는 없잖아?'

제임스와의 결혼생활을 반추해 보자면, 즐거운 나날보다는 고통스러웠던 날이 더 많았다. 그가 끝없이 남의 편을 드는 것만이 아니라, 그의 모든 것이.

말수가 적은 점, 나에게는 별반 관심을 보이지 않았던 점, 그리고 잦았던 관계까지. 심지어 나는 큰아이를 낳다가 죽을 뻔했다. 무려 20시간이나 지속된 난산이었다. 그렇게 죽다 살아났을 때도 그는 내 곁에 없었다. 그런 주제에, 또다시 아이를 낳는 것이 두려워 밤을 보내는 것을 꺼리는 내게 그는 계속 관계를 요구해왔었다.

'다시 생각하니 끔찍하다.'

산후우울증에 빠져서 죽고 싶었을 때도 그는 내게 다정한 말 한마디를 건넨 적이 없었다. 나의 20년은, 그와 실질적으로 살을 비비고 산 10년의 결혼생활은 고작 그 정도였다.

'그래. 결정했어. 이번 생은 제임스랑 살지 않을 거야.'

솔직히 애도 낳아봤겠다, 곤혹스럽기만 한 관계도 해 봤겠다, 이번 생은 수녀로 신에게 귀의해도 좋을 것 같았다.

'뭔들 파넬의 허수아비 공작부인으로 사는 것보다 나쁘겠어.'

하지만 마음을 그렇게 먹어도 문제는 산더미처럼 쌓여 있었다. 일단 내게 이혼 도장을 찍어줘야 하는 파넬 공작 본인이 전쟁터에 있는 데다가.

'황제 폐하께서 친히 주선하신 결혼인걸. 파혼하기가 쉽지 않을 거야.'

황제가 우리의 결혼식을 주선한 데에는 다 이유가 있었다.

파넬 공작가는 황실의 검으로, 백 년 가까이 제국에 봉사해온 가문이었다. 하지만 가문의 후계 다툼으로 저들끼리 하나둘 밀어내다 보니까, 당대에 이르러서는 제임스 한 사람밖에 남지 않았다. 제임스 또한 하녀의 배를 빌어 나온, 소위 '귀한 자손' 아니던가.

그런 그를, 전쟁터로 내보내려니 당연히 이런 여론이 흘러나온 것이다.

"파넬 공작가는 손이 귀한데 어떻게 미혼의 공작을 전쟁터로 내보낼 수 있습니까?"

"원래 미혼의 사내는 전쟁터에 보내지 않는 법입니다."

"그에게는 책임져야 하는 어머니가 셋이나 있는데 어떻게 전쟁터에 보냅니까. 어머니들을 돌보아 줄 사람이 하나 있어야……."

구구절절한 여론이었지만, 사실 그 속내 또한 투명했다.

전쟁터에 나가는 건 위험한 일이지만, 그만큼 부귀영화를 빠른 시일 내에 얻을 수 있는 자리이기도 했다. 젊은 애송이, 제임스 파넬 공작을 밀어낸 다음에는 자기 사람을 군대 사령관으로 보내고 싶은 것이었다.

그리고 그런 그들의 입을 닥치게 하고자, 황제는 무척 빠른 결단을 내렸다.

"결혼을 안 한 것이 문제라면 결혼을 하면 되지!"

그렇게 신부로 간택된 사람이 나였다. 지참금도 없고, 집안도 변변찮고, 아카데미에서 회계를 전공하며 명문가의 안주인과는 거리가 먼 스펙만 쌓은 바로 나.

'이유라고는 고작 생일이 똑같아서…….'

고작이었지만, 아무도 고작이라고 말할 수 없었다.

기준이 아무리 허술한들, 황제가 직접 간택한 파넬 공작부인이었으니 말이다.

'그럼 도대체 어떻게 해야 하지?'

다시 막막해진 나는 손톱을 잘근잘근 씹었다. 무서운 미래가 다시 나를 짓누르는 것 같았다. 모를 때야 그냥 그게 최선인 줄로만 알고 살았지만, 한 번 알고 나니 차마 엄두가 나지 않는 험지였다.

'다시 저 길을 갈 수는 없어.'

생각해내야 했다. 제임스와 겹치지 않고 제2의 인생을 살 방법을 말이다. 그러니까 이혼을 할 수 있는 방법을!

'미친 척이라도 해 볼까? 그러다가 평생 요양병원에 감금되면 이것도 저것도 아니겠지?'

'시어머니들을 더 자극해 봐? 그런데 이혼도 못 하고 집에서 신망만 잃으면 어떻게 해.'

그렇게 내가 손톱을 얼마나 잘근거렸을까. 이것도 저것도 다 해결책이 되지 못해서 짜증이 치민 나는 이렇게 소리쳤다.

"차라리 황제 폐하께 눈물로 읍소하는 게 낫겠어! 남편 새끼 고자라서 같이 못 산다고!"

그리고 내 말에 스스로 깨달음을 얻었다.

'맞아, 고자!'

이 나라는 더럽게 이혼이 까다로웠다. 황권을 강화하기 위한 정책 중 하나로, 모든 이혼 절차는 황제의 승인을 받아야 하기 때문이었다. 솔직히 승인이 나고 안 나고는 황제 폐하의 의중대로

였으나, 묻지도 따지지도 않고 이혼시켜주는 조항이 있었다.

바로 남편이 고자일 때.

'제임스는 고자가 아니지.'

고자는커녕 성욕이 넘쳤다. 짜증나서 고자로 만들어주고 싶을 정도로 말이다. 하지만…….

'황제 폐하께는 고자 사촌을 가지고 계시지.'

고자라는 사실이 아주 지나치게 널리 알려져서 이제는 대국민 고자로 불리고 있는 남자.

이안 타이론 공작.

❖ ❖ ❖

이안 타이론 공작은 아름다운 금빛 머리카락에 푸른 눈을 가진 미남자였다.

숱이 많은 굵은 눈썹은 꼭 순금을 녹인 듯이 아름다웠고, 움푹 들어간 눈은 어쩐지 고뇌하고 있는 듯한 인상을 주었다. 부드러운 금빛 고수 머리카락은 늘 단정하게 포마드로 넘겼는데, 딱딱하고 근엄해 보이는 얼굴과 달리 늘 셔츠의 단추가 하나둘 풀려 있었다.

그게 아슬아슬한 남자로 느껴져서 더 좋다는 것이 제국 여성 다수의 반응이었다. 하지만 놀랍게도 그는 약혼자는커녕 애인조차도 없었는데, 그 이유는 전 국민이 이미 다 알고 있었다.

"저 얼굴로 고자라니. 신께서는 참 공평하기도 하시지……."

그렇다. 그 남자는 '대국민 고자'였다.

시간을 거슬러 2년 전 늦가을, 사건은 이안 타이론 공작을 향한 애끓는 사랑을 참지 못한 한 영애 때문에 벌어졌다.

순진한 영애는 혼자서 이안과 연애하는 망상만 수개월을 했다. 그리고 결국 현실과 생각을 혼동하기까지 이르렀다. 그래서 무려 황제 폐하까지 참석한 어느 무도회에서 대형사고를 치고 만다.

"나를 안아줘요, 이안. 그 밤처럼 뜨겁게."

술에 취한 영애는 이안에게 그렇게 말하며 매달렸다. 사람들은 대박 사건에 입을 벌리고 두 사람을 바라보았다.

물론, 그날 이전까지 두 사람은 서로 인사조차 건넨 적이 없었다. 하지만 사람들의 오해는 이미 시작되었다.

'둘이 그렇고 그런 사이였어?'

'그럼 그렇지! 혈기 왕성한 나이에 흔한 염문 하나 없다 했더니만!'

'와, 이게 무슨 일이야.'

어떻게 말을 해도 이안에게는 불리할 수밖에 없는 상황이었다. 실제로 아무 접점이 없다고 해도 아무도 믿지 않을, 아주 곤란한 상황.

이 상황을 이안은 아주 기가 막힌 대답으로 타파했다. 제 가슴에 손을 올린 영애를 귀찮다는 듯이 내려다본 남자는 어깨를 으쓱했다.

"뭐가 서야 안아주든 말든 할 것 아닌가."

그의 어조는 태연자약했으나 내용은 그렇지 못했다. 반사적으로 사람들의 시선이 이안의 가랑이 사이로 향한 것은 어쩔 수 없었으리라.

연회를 위해 그는 탄탄한 허벅지가 드러나는, 딱 붙는 타이즈 같은 바지를 입고 있었고…… 어쩔 수 없이 드러난 윤곽은 명백히 그의 대답이 진실임을 보여주었다.

"저런."

"오, 세상에. 신이시여."

그때부터 이안 타이론 공작은 아주 불명예스러운 별명을 하나 얻게 되었다.

바로 '대국민 고자'.

'뭐, 본인은 별로 신경 쓰지 않는 거 같았지만.'

쥐고 있던 펜대를 손가락으로 빙그르르 굴리며 생각했다. 물론, 나는 이전의 생에서 파넬 공작부인으로 이안을 만난 적이 있었다. 그는 무척 사교적이지 못한 인사여서, 두 마디 이상 나누어 본 적은 없지만.

'20년 뒤까지 그에게는 부인이 없었지.'

정황상 그가 고자라는 사실은 확실하리라.

'뭐, 고자면 어때. 하나뿐인 황제의 사촌이지, 작위도 공작이지, 재산도 많고, 얼굴도 훌륭하고.'

그에게는 장점이 끝도 없이 많았다. 게다가 사실, 그가 고자라는 것이 나는 싫지 않았다.

'잠자리라면 이미 질릴 만큼 해 봤고.'

우스운 말이지만, 사실이었다. 지금이라면 턱도 없을 일이지만, 10년 전의 나는 무척 어렸고, 제임스를 무척 무서워했다. 첫 만남부터 피 칠갑을 하고 나타난 남자였으니 당연했다. 그래서 아프고, 도통 좋은 줄도 모르겠는 관계에 대한 요구를 거절하지 못했다.

'제임스와 이번 생에서는 아직까지 아무 접점이 없다지만, 10년간 함께 살아온 그를 두고 다른 남자와 결혼을 하자니. 남편을 놔두고 다른 남자랑 바람을 피우는 것 같아서 찜찜하기도 해.'

그러니 차라리 영영 잠자리가 없는 편이 나았다. 그리 단정 지으니 이안은 더더욱 환상의 신랑으로 보이기 시작했다.

'20년 뒤에도 황제 폐하는 고자인 사촌에게 중매를 서지 못해서 안달이셨으니 이안과 결혼한다고 나서면 흔쾌히 이쪽 편을 들어줄 거야. 옛날처럼 이혼이 손가락질 대상도 아니고.'

모든 조건은 다 갖춰졌다. 이제 이안 타이론 공작과 나의 동의만 있으면 되는데.

'일단 편지를 적어보자.'

나는 굴리고 있던 펜을 꽉 쥐었다. 그리고 한참 동안 백지상태였던 편지지에 한 자, 한 자 글자를 적기 시작했다.

— 이안 타이론 공작님께.

딱 거기까지 쓰고 뒷내용을 적지 못했다. 이안이 어떤 사람인지 알고 있었기 때문이다.

'뭐라고 적지. 내가 사실 당신을 좋아하고 있었다고? 아니면 고자라도 좋으니 나와 결혼해 달라고?'

어느 쪽도 적을 수 없었다. 그런 말에 넘어갈 사람이 아니었으니까.

'고작 이런 말에 홀딱 넘어갈 사람이었으면 20년이나 혼자 살지도 않았을 거야.'

내가 지금 이렇게 결론을 내린 것처럼, 이안이 고자여도 상관없다는 여성들 또한 제국에 존재했다. 그가 가진 것들은 고자라는 단점을 상쇄할 만큼 찬란했기 때문이다. 하지만 그들에게도 이안은 만년설처럼 차갑게 대했다. 그런 그의 태도로 인해 사람들은 고개를 끄덕이며 이렇게 생각했다.

'과연 대국민 고자!'

'평범한 방법으로는 그 남자의 얼굴도 볼 수 없어. 다른 묘안을 생각해내야 해.'

지금 상황에서 같잖은 편지를 보내봤자, 그가 답도 하지 않을 것이 분명했다. 나는 잠시 머리를 싸매고 생각에 잠겼다. 그렇게 얼마나 있었을까. 뾰족한 수가 떠오르지 않아 입술을 깨물었을 때였다.

'릴리 다리가 무너지네! 릴리 다리가 무너지네! 오, 내 사랑~'

틀이 잘 맞지 않아 바람이 숭숭 새는 문틈으로 경쾌한 노랫소리가 들려왔다. 아마도 어린 하녀가 청소하며 콧노래를 부르고 있는 것 같았다. 제국 사람이라면 절대로 모를 리 없는 마더구스, '릴리 다리가 무너지네.'였다.

'아오, 그냥도 심란해 죽겠는데.'

그리 생각하며 내가 은빛 머리카락을 쓸어넘겼을 때였다. 번개처럼 묘안이 내 머릿속에서 반짝 떠올랐다.

'맞아. 노래…….'

제국의 모든 백성은 노래를 좋아했다.

길거리 음유시인들이 많은 수입을 올릴 정도로 말이다. 음유시인들은 주로 나라의 유명한 사람들의 이야기를 노래로 만들었는데, 제임스가 전쟁에서 승리했을 때는 '제임스 파넬 공작 찬가'도 등장했었다.

'그걸 이용하면 되잖아.'

제임스 따위도 노래가 있는데 이안이라고 노래의 주인공이 되지 못할 이유가 없지.

'그래. 노래를 만드는 거야.'

이안과 나의 진하다 못해 끈적끈적한 러브스토리를 가사로.

'파넬 공작부인은 외로움을 참지 못해
밤마다 등 하나 켜고 창문을 열어둔다네
다른 사람들이 서지 않는다고 믿는
은밀한 연인에게 들어오라고.'

노래는 대성공이었다. 노래를 만든 지 일주일 만에 제국 백성 중에 이 노래를 모르는 사람은 없을 정도였다.

'이번 생은 작사가로 살아야 하는 거 아닐까.'

나도 몰랐다. 나의 이 놀라운 재능. 이안 타이론 공작의 이름이 한 글자도 들어가지 않았는데도 그를 떠올리게 하는 미친 듯한 작사.

"일이 잘 풀린다면 제2의 신곡도 발표해야지."

제목도 이미 정했다.

'남편 새는 미련새, 시어머니 새는 10새.'

내 감정이 담긴 것 같지만 그렇지 않다. 나는 손가락을 들어 편지지를 넘겼다. 정갈한 글씨체로 나에 대한 걱정을 전하고 있었다.

— 네 부탁대로 하긴 했는데, 역효과가 너무 클 것 같아서 걱정돼.

바로 나의 아카데미 동기이자, 나의 절친, 장래 이 나라의 남자 황후가 되는 로메오였다. 이 시기의 나는 공작가의 허수아비, 하녀조차도 깔보는 핫병아리 공작부인이었기 때문에 내 마음대로 운용할 수 있는 한 푼의 예산도 없었다.

게다가 어쨌든 스캔들이 나면 파넬 공작가의 위상도 바닥에 떨어지는데, 예산이 어떻게 쓰였나 역추적 당하다가 내 이름이 나오면 곤란했다.

그래서 나는 로메오에게 부탁하는 것을 택했다. 부유한 백작가의 삼남인 로메오는 예술에 조예가 깊어서, 집에서 후원하는 음유시인들이 따로 있을 정도였다. 나는 걱정하는 로메오에게 이렇게 답장했다.

– 걱정하지 마. 그게 바로 내가 바라는 바야. 여긴 지옥이야. 이혼은 최악이 아니라 지금 내가 할 수 있는 최선이야. 내 부탁을 들어줘서 고마워.

너의 친구, 올리비아.

편지 봉투를 단단히 봉하고 난 뒤, 한숨을 내쉬었다. 못된 짓을 저지른 아이처럼 심장이 두근거렸다. 기분 나쁜 두근거림은 아니었다. 나는 여유롭게 웃었다.

"좋아. 저런 노래가 도는데도 나를 찾아오지 않으면 정상이 아니지."

그리 생각하며 노래가 널리널리 퍼지기를, 그리고 이안이 빨리 나를 찾기를 기다렸다.

그렇게 사흘. 이제 슬슬 올 때가 되었다 했더니, 찾아온 것은 엉뚱한 사람이었다.

"이 망할 계집애!!"

추위를 견디지 못하고 이불을 뒤집어쓴 채로 웅크리고 있던 나는 문을 박차고 들어오는 기운찬 중년 부인을 가느다란 눈으로 쳐다보았다.

제임스의 친모인 무식한 진상이었다.

그녀는 시뻘겋게 달아오른 얼굴로 걸어와서는 내 손아귀에서 이불을 휙, 뺏으며 소리쳤다.

"도대체 행실을 어떻게 하길래 저잣거리에 저런 남사스러운 노래가 도는 거야?!"

"어머님."

추워죽겠는데 이불까지 빼앗다니, 진짜 너무한 거 아니냐.

'아니면 나한테도 당신이 입고 있는 두꺼운 벨벳 원피스를 지급하던가.'

화가 치밀었지만 나는 꾹 참았다. 이 집구석을 떠날 날이 머지않았는데 굳이 진상들의 심기를 건드려서 처우를 더 나쁘게 만들 필요는 없으니 말이다.

나는 순진한 표정으로 긴 속눈썹을 깜빡거리며 물었다.

"전 무슨 노래를 말씀하시는지도 모르겠어요. 아시잖아요. 제가 제 방 밖으로 한 걸음도 나가지 않는다는 걸요."

"그, 그럼…!"

무식한 진상은 순간 말문이 막혔다. 내 말에는 한 점 거짓이 없었다. 노래를 의식해서, 나는 정말로 내 방 밖으로 한 걸음도 나가지 않았다. 가끔 식료품을 훔쳐먹기 위해 부엌에 몰래 가던 것조차도 멈춘 참이었다.

나의 대답에 딱히 반박할 말을 찾지 못하고 머뭇거리던 무식한 진상은 결국 이렇게 꽥 소리쳤다.

"아니 땐 굴뚝에 연기 날 리가 있어?!"

"어머, 어머니께서 그런 고결하지 못한 속담의 신봉자이신 줄은 몰랐네요."

그런 속담을 알고 있었냐.

'나는 그게 더 놀랍다.'

무식한 진상이 내 생각보다 아는 것이 많다는 사실에 놀라며, 부드러운 목소리로 화난 그녀를 얼렀다. 밖의 상황이 어떤지, 보다 정보를 캐내기 위해서였다.

"무엇 때문에 화를 내시는지 모르겠지만 진정하세요."

"진정? 진정하게 생겼냐! 내 금쪽같은 아들 이름에 똥물이 튀겼는데."

그게 나랑 무슨 상관이냐고 대답하고 싶은 것을 또 꾹, 참았다. 내 인내심이 이렇게 넓은지 나도 처음 알았다. 계속 참다가 꾹꾹이 되겠네!

당장 내쫓고 이불이나 뒤집어쓰고 싶은 마음을 눌러 참으며 나는 그녀에게 은근한 어조로 물었다.

"도대체 뭔데 그래요?"

"오늘 큰형님이 참석한 티 파티에서 부인들이 모두 이야기하더란다! 네가 타이론 공작과 그렇고 그런 사이라고!"

"타이론 공작이요?"

웃음이 삐져나오는 입을, 놀란 척하느라 손바닥으로 가렸다.

큰형님, 티 파티라.

'우아한 진상도 화가 잔뜩 났겠군. 세상에서 자기가 제일 우아

하고 멋있는 줄 아는 사람인데.'

이 집안에서 바깥 활동을 하는 건 우아한 진상이 유일했다. 여우처럼 교활한 데다가 혓바닥도 유연해서 사교계에서도 그럭저럭 입지가 있었다. 그런데 모처럼 나갔더니 모두 며느리의 부정한 소식만 와글와글 떠들어댄다면? 하늘같은 자존심이 와르르 무너졌겠지.

'그 일그러진 얼굴을 봤어야 하는데.'

봤으면 일주일은 즐거웠을 텐데 아쉽다. 그리 생각하며 눈을 내리깔았다. 속으로는 방방 뛰고 있었지만, 처연하게 눈을 내리깐 모습은 세상에서 제일 불쌍해 보였을 것이다.

"저런. 그런 소문이 돈단 말이에요? 저도 그렇지만, 타이론 공작님께서도 참 난처하시겠네요."

내 말이 무식한 진상의 속을 제대로 뒤집었다. 그녀는 다시 방방 뛰며 이렇게 소리를 질렀다.

"난처는 얼어 죽을 놈의 난처! 무지렁이들 입에 오르내리는 내 아들은 어떻게 할 거야?! 전쟁터에서 힘들게 싸우고 있는데 응원은커녕 이런 이상한 오명이나 들러붙고."

뭐라는 거야. 당장 무지렁이에게 사과해.

'나는 셋째 어머님보다 더 무식한 사람을 본 적이 없는데.'

맘에 안 들면 아랫것들이 보든 말든 며느리의 머리채를 잡기 일쑤. 식탁의 모든 것을 던지며 행패를 부린 것도 한두 번이 아니었다. 무엇을 상상하든 그 이상의 물리적 난동을 부리는 양반이 바로 이 사람이었다.

살살 긁어서 약 올리고 싶었지만, 그러다가 괜히 한 대 맞을 수도 있으니 참아야지. 그리 생각하며 나는 싱긋 웃어 보였다.

마침 여태 아무 연락이 없는 이안 때문에 초조해지기 시작한 참이었다.

"저는 이 방에만 갇혀 있는데 그런 소문이 돌다니 이상하네요. 아무래도 그분을 뵈어야겠어요."

❖ ❖ ❖

그렇게 나는 이안 타이론 공작에게 만나 뵙고 싶다는 서신을 보냈다. 절대로 이런 요구에 응할 사람이 아닌데, 그 노래가 어지간히 신경 쓰였던 모양인지 답신이 빨리 왔다.

— 오후 세 시에, 아라미르에서.

아라미르는 수도에서 가장 유명한 차 가게로 탁 트인 홀과 프라이빗한 룸을 동시에 갖추고 있는 곳이었다.

'예약한 곳도 탁 트인 홀이겠지.'

들어가는 모습도, 대화를 나누는 모습도 만인에게 공개하여 괜한 의심을 사지 않겠다는 의지가 느껴졌다.

'좋은 선택이야.'

어차피 상대는 대국민 고자. 이번에도 서지 않았다는 말 한마디로 이 모든 사태를 무마할 수 있다는 자신감이 느껴졌다. 하지만 그렇다고 나에게 불리하기만 한 상황은 아니었다.

— 황제 폐하께서 이 소문을 무척 흥미로워하시며 대회의 때 언급까지 하셨다고 해. 어떻게 할 셈이야, 올리!

가장 최근에 도착한 로메오의 편지 중 한 구절이었다. 로메오는 '너의 자작극이 이렇게 커지고 있다. 어쩔 셈이냐.'라는 뜻이었지만 나에게는 나쁘지 않은 상황이었다.

'분명 황제는 사촌을 불러다가 한 번 물었을 거야.'

소문이 진짜냐. 너 어떤 여자에게도 서지 않는다더니 파넬 공작부인에게는 서냐.

'결혼하겠다고 하면 분명 전폭적으로 지지하겠지.'

황제는 하나뿐인 사촌이 고자라는 사실에 가장 크게 낙심했던 사람이었다. 20년 뒤에도 심심하면 "내 사촌이 내가 죽기 전에 결혼해야 할 텐데."라고 한탄했었다.

'그러니 모든 건 이제 나에게 달렸어.'

바람의 방향은 바뀌었다. 남은 건 이안이 자기 입으로 결혼하고 싶다고 말하는 것뿐.

'꼭 설득해야 해.'

나는 흘러내리는 은빛 머리카락을 단정하게 반묶음으로 묶었다. 그리고 옷장 안에 있는 가장 좋은 옷을 꺼내 입었다. 귀걸이도 목걸이도 죄 시시한 것뿐이라 그냥 과감하게 아무것도 달지 않는 것을 선택했다.

주름도, 흰머리도 없는 스무 살의 여자가 거울 속에서 붉은 눈을 당돌하게 빛내며 곧게 앞을 보고 있었다.

"……좋아."

뭔들 지옥 같은 20년을 다시 반복하는 것보다 어려울까. 그것을 피하기 위해서라면 무엇이든 할 수 있었다. 나는 고개를 한번 끄덕이고 방 밖으로 나섰다.

❖ ❖ ❖

"파넬 공작가의 인장이다."

"아니, 그럼 저 여자가……."

파넬 공작가의 마차를 타고 아라미르에 내리니 내 얼굴로 시선이 꽂히는 것이 느껴졌다. 나는 고개를 의연하게 들었다. 따가운 시선을 무시하는 건 조금도 어렵지 않았다.

'내가 대외 경력이 몇 년인데.'

별별 소문이 다 도는 것이 사교계이다. 나만 해도 우아한 진상을 몰아낼 때, 그녀가 퍼뜨린 소문 때문에 무척 괴로웠었다.

'아마, 위아래도 모르는 안하무인, 패륜아였지?'

그때는 그 소문 때문에 무척 힘들고 괴로웠는데 지나니 아무것도 아니었다. 오히려 지금 나의 의연한 태도에 도움을 주었다.

'그러니 인생에는 버릴 게 없는 거야.'

다소 늙은이 같은 생각을 하며 나는 아라미르로 들어왔다.

"예약하셨습니까?"

"네. 이안 타이론 공작님 앞으로요."

"아, 그것이……."

내 예상대로 그가 예약한 자리는 탁 트인 홀 자리였다. 지배인은 내 말에 좀 난처한 표정을 지었다. 홀을 눈으로 훑어본 뒤에야 왜 그가 그런 표정인지 알 수 있었다.

'아직 오지 않았군.'

당연히 레이디보다 먼저 와서 대기하고 있어야 하는 타이론 공작이 보이지 않았다.

'기 싸움인가.'

레이디를 기다리게 하는 것은 큰 실례인 데다가, 특히 오늘 같은 상황에서 내가 혼자 앉아서 타이론 공작을 기다리고 있는 모습은 대중에게 즐거운 먹잇감이 될 수도 있었다.

'다들 신나게 뜯고, 씹고, 맛보고, 즐기겠군.'

다른 이들이 홀로 앉아 있는 나를 본다면, 내가 몸이 달아서 혹은 타이론 공작을 흠모해서 절절맨다는 소문이 나게 될 터. 사교계 경력이 긴 타이론 공작이 그런 사실을 모를 리 없다.

하지만 만약 내 기를 죽이려고 한 행동이라면 사람을 잘못 봐도 한참 잘못 보았다.

"그래서 티 코스가 어떻게 되지요?"

"네?"

나의 말에 지배인이 깜짝 놀란 표정을 지었다. 꼴이 우습게 된 상황에서 자리를 박차고 나가버리지, 설마하니 티를 주문할 줄은 몰랐던 모양이다. 심지어 여러 가지 차를 마시는 티 코스를.

입을 벌리고 나를 쳐다보는 남자에게 나는 한 자 한 자 또박또박 말했다.

"같은 말을 계속하게 하면 제가 이 가게에 대단히 실망할 것 같아요. 티 코스가 어떻게 되냐고요."

내 말에 지배인은 그제야 퍼뜩 정신을 차리고 유명한 차 가게 지배인답게 엄숙한 표정을 지었다.

"아, 저희 티 마스터가 엄선한 6종의 티 코스가 준비되어 있고, 그 종류는 이 책자를 참조해주십시오."

"좋아요."

지배인이 내미는 작은 책자를 받아 들고 나는 가게로 한 걸음, 성큼 들어섰다.

'안 그래도 차가 마시고 싶었지.'

전생의 나의 취미는 차를 마시는 것이었다. 하지만 다시 박대당하는 병아리 공작부인이 되는 바람에 차를 마실 수가 없었다. 질 좋은 찻잎은 비싸고, 현재 파넬 공작가에서는 우아한 진상이 독점하고 있었으니까.

'이번 기회에 잔뜩 마셔야겠어.'

자기가 예약하고 불러낸 주제에 쩨쩨하게 티 코스 가격까지 내게 물게 하진 않겠지.

나는 의연하게 안내해주는 자리에 앉았다. 민트색과 화이트톤으로 단장된 홀은 고풍스러운 맛은 없었지만 발랄하고 깨끗해 보였다.

내가 앉으니, 유니폼을 입은 아가씨가 생글생글 웃으며 물었다. 반짝이는 눈에는 나를 향한 호기심도 보였다.

"첫 번째로 제공될 티는 본 가게 한정 홍차인 퀸 애니예요. 다과는 단것과 짠 것 중 어느 것이 좋으신가요."

"짠 것으로. 핑거푸드를 즐기지 않으니 조금만 가져다주세요."

"예."

대답을 마치고도 그녀는 잠깐 내 앞에서 머뭇거렸다. 아마 이안 타이론 공작에 대해서 묻고 싶은 거겠지. 하지만 내가 눈을 내리깔고 그쪽으로 시선을 주지 않자, 결국 비슬비슬 물러났다.

그녀가 떠나고 나서야 나는 작게 한숨을 내쉬었다.

'도대체 직원 교육을 어떻게 시키는 거야?'

밥값보다도 훨씬 비싼 차를 마시러 오는 사람들이, 과연 질 좋은 차에만 그 돈을 지불하고 있다고 생각하는가?

아름다운 인테리어, 나를 귀한 사람으로 대접하는 서비스에도 값을 매겨서 비싼 금액을 치르는 것이다.

'그런데 소문에 정신이 팔려서 고객을 흘긋대?'

하지만 좋게 생각하면 그만큼 소문이 널리 퍼졌다는 의미이기도 했다. 조금 기다리니 주문한 대로 짭조름한 디저트가 들어 있는 이단 트레이와 뜨거운 물이 든 찻주전자, 그리고 찻잔이 도착했다.

"다른 티로 바꾸실 때는 직원을 불러주세요. 뜨거운 물은 수시로 보충해드리겠습니다."

"좋아요."

그녀가 내려놓은 주전자에서는 향긋한 홍차 향이 풍겼다. 홍차같이 한 번 가열된 찻잎들은 너무 뜨거운 물에 우리면 떫은맛이 나고 만다. 그래도 차를 우리는 솜씨는 잘 훈련된 것 같아서 내 마음이 조금 풀렸다.

'그래. 이게 차지.'

이런 사치가 도대체 얼마 만이란 말이냐. 집안의 실권을 쥐고 나서는 당연한 일상이었던 이 한 잔의 여유가, 이제 와 이렇게 그리워질 줄은 몰랐다.

나는 차 맛을 음미하며 시간을 죽였다. 이후 이어지는 차들도 모두 흡족했다. 과일 차도, 꽃잎 차도, 동방에서 들여왔다는 보이차도.

문제의 남자가 등장한 것은 내가 막 다섯 번째 차를 시키려 했을 때였다.

뚜벅뚜벅.

참 이상한 일이었다. 분명 그 자리에 나만 있는 것도 아니고, 그 남자만 있는 것도 아니었는데 그 발소리만큼은 선명하게 울렸으니 말이다.

나는 마시고 있던 찻잔을 내려놓았다. 찻잔과 접시가 부딪치며 달칵, 소리가 울리기 무섭게 앞으로 성큼 걸어온 남자가 내 앞에 의자를 제 손으로 빼내고는 털썩 앉았다.

'얼씨구.'

자리를 권한 것도 아니고, 인사도 하지 않고선 자리에 제 맘대로 앉다니?

"당신에 대해서 많이 안다고 생각했는데 이렇게 무례한 줄은 몰랐네요."

나는 눈을 들어 내 맞은편에 앉은 남자를 바라보았다.

"타이론 공작님."

내 말에 부들부들한 금빛 머리카락을 단정하게 넘긴 남자가 눈을 들어 나를 바라보았다. 베일 듯이 날카로운 푸른색 눈동자가 나를 보며 반짝였다.

그였다. 내가 종일 기다린 남자. 이 나라 최고의 미남, 황제의 유일한 사촌, 하지만 대국민 고자라는 불명예스러운 별명으로 더 잘 알려진 남자.

'이안 타이론 공작.'

나를 냉랭한 눈으로 훑은 이안이 천천히 입술을 열었다.

"당신이 파넬 공작부인입니까?"

얼굴도 멋있고, 체격도 좋았다. 심지어 살구색 입술에서 흘러나온 목소리조차 완벽했다. 순간 심장이 콩닥콩닥 뛰는 것 같았으나, 나는 평안함을 가장했다.

"아니요, 틀리셨어요. 저는 올리비아 플로렌스예요. 플로렌스 영애라고 부르셔야죠."

내 대답에 남자의 반듯한 눈썹이 크게 휘어졌다. 그가 미간을 찌푸리고 내게 물었다.

"하나, 파넬 공작과 혼인하지 않았습니까?"

"전쟁터에서 앞으로 10년 동안 돌아오지 않을 그 남편이요?"

제임스 이야기가 나오니 저절로 목소리가 냉랭해졌다. 나는 입꼬리를 비틀고 이미 준비했던 대답을 성실하게 내뱉었다.

"제국법상 초야를 치르지 않은 모든 혼례는 무효죠. 저는 남편의 얼굴조차 보지 못했고, 여전히 플로렌스예요."

"참 당돌한 말씀이시군요. 그래요, 호칭이 중요한 것은 아니니까요……."

내 말에 이안의 얼굴에 잔잔한 미소가 번져갔다. 푸른 눈동자는 아까와는 다른 기묘한 빛으로 반짝였다. 나를 향한 흥미였다.

"그래서 플로렌스 영애, 나를 보자고 한 이유가 무엇입니까?"

그의 말에 나는 속으로 회심의 미소를 지었다.

'이제는 어떻게든 내 조건을 받아들이도록 해야지. 목덜미를 잡아채서라도.'

"공작님께서는 저잣거리에 퍼진 노래를 들으셨나요?"

"아아, 그 노래요. 당신과 제가 밤마다 붙어먹는다는."

나는 눈을 내리깔고 처연한 표정을 지었다. 그리고 힘이 없는 목소리로 그에게 말했다.

"그 노래 때문에 제가 아주 곤란해졌어요. 그래서 공작님께서 책임지셨으면 좋겠어요."

"책임? 제가 어떻게 책임을 질 수 있다는 겁니까?"

이안의 눈썹이 크게 일그러졌다. 여기 찾아오게 된 목적을 내뱉기 전에, 나는 심호흡을 했다. 잠깐 말을 멈춰서 그런지, 일순간 시야가 넓어지며 주변 풍경이 눈에 들어왔다.

모두가 고개를 빼고서, 나와 그의 이야기를 엿들으려 기를 쓰고 있었다. 아라미르를 방문한 우아한 손님들이 그리 행동하는 걸 보니 어쩐지 웃음이 나올 것 같았다.

그래서, 긴장이 풀린 나는 조금 더 느긋한 어조로, 조금 더 크게 이렇게 말할 수 있었다.

"타이론 공작님, 저와 결혼해주세요."

이게 내가 오늘 이 남자를 만난 용건이었다.

"……."

이안은 입술을 꾹 다물었다. 반듯하게 좌우대칭이 딱 맞는 얼굴이 그런 표정을 짓고 있으니 무척 뚱해 보였다. 생글생글 웃으며 그를 마주 보고 있던 나는 어깨를 으쓱했다.

"뭐라고 대답 좀 하시죠? 어디까지 레이디를 부끄럽게 할 셈인가요?"

"……아, 실례."

나의 까칠한 말에, 이안은 뒤늦게 천천히 입술을 벌렸다. 그리고는 조금도 미안해하지 않는 눈빛으로 나를 쏘아보며 말했다.

"내 말문이 막히는 경우가 무척 드문데……."

"그러시겠죠."

생면부지의 영애가 달라붙어서 '지난밤처럼 뜨겁게 안아줘요.'라고 말하는데도 눈 하나 깜짝 안 하고 '안 서는데'라고 대답한 위인 아닌가.

내가 시큰둥하게 대답하자, 이안의 눈썹이 찌푸려졌다. 의아해하는 것이 분명했다.

"소문에 귀가 어두우십니까?"

"적어도 공작님이 걱정하실 정도는 아닌데요. 그쪽이 여자를 상대로 안 선다는 건 알고 있어요."

"……."

이안의 말문이 재차 막혔다. 습관처럼 톡 쏘며 대답한 나는 뒤늦게 아차 싶었다.

'아, 아무리 전 국민이 알고 있는 소문이어도 면전에서 대놓고 언급하는 사람은 없었나 보구나.'

성공적인 결혼을 위해 조금 더 조신하게 굴었어야 했나. 하지만 이내 그런 생각은 마음속에서 지워버렸다. 이 한마디조차 참지 못하는 놈이면 결혼할 필요도 없으니까.

'그럴 바에는 제임스를 데리고 사는 게 낫지. 개자식이었어도 내 말은 잘 듣는 편이었다고.'

무섭고 험악한 인상과 달리 제임스는 늘 나를 깃털처럼 대했다. 머리가 벽돌처럼 단단해서 그렇지, 납득 가능한 말에는 대체로 맞춰주는 편이기도 했다.

20년이란 세월이 무섭다. 이렇게 슬그머니 제임스의 좋은 점들이 떠오르다니. 무심코 남편을 옹호하고 있던 나는 고개를 절레절레 흔들었다.

'아니야. 그래도 제임스는 아니지. 그냥 신의 계시를 받았다며 수도원으로 갈래. 그게 나아.'

나는 미래를 알고 있었고, 그 정보를 가지고 쓸 수 있는 수는 아직 남아 있었다. 나는 입을 꾹 다물고 있는 잘생긴 남자를 다시 선명한 눈으로 쳐다보았다.

'그러니까 너도 빨리빨리 말해. 그래야 나도 플랜B를 세울 거 아니야.'

이안은 내 속을 파헤치려는 듯이 한참이나 나를 바라보다가, 결국 포기하고 눈을 질끈 감았다. 그리고 다시 눈을 뜬 남자는 단도직입적으로 물었다.

"제가 고자여도 상관없다는 뜻입니까?"

고자, 를 발음하는데 목소리가 살짝 떨렸다. 나는 피식 웃었다.

'그래. 대국민 고자로 불리면서도 정신적 대미지가 아예 없는 건 아니었나 보구나.'

스스로의 약점을 객관적으로 파악하고 있다는 건 좋은 징조였다. 협상 테이블이 적어도 내 쪽으로 기울 테니 말이다. 나는 여유롭게 팔짱을 끼고 웃으며 대답했다.

"오히려 좋은데요. 저는 잠자리가 싫거든요. 곤충이든 뭐든."

"쓸데없는 말장난은 집어치우시죠."

"어머, 유머 감각도 없으신 줄은 몰랐네요."

나의 빈정거림에 이안은 잠시 입을 다물었다.

나를 바라보는 푸른 눈동자가 날을 세운 의장용 검처럼 새파랗게 빛났다. 내 빈정거림이 성질을 건드린 것 같았다.

'어디 성질부려 봐라.'

뭔들 우리 무식한 진상보다 더 진상이겠는가.

이참에 나는 이 남자의 밑바닥이나 다 보자, 하는 마음으로 팔짱을 끼고 그 시선을 마주해주었다.

"……."

얼마나 시간이 흘렀을까. 잠시간 나를 노려보고 있던 그는 꽤 시간이 지난 후에도 테이블을 박차고 일어나지는 않았다.

'다행히 내 예상보다 참을성은 많은 모양이네.'

그것도 좋은 징조였다. 아무리 쓰레기통에서 날 꺼내줄 거라고 해도, 그곳이 또 다른 쓰레기통이라면 의미가 없으니 말이다.

화를 참은 남자가, 아까보다 조금 더 딱딱한 목소리로 말했다.

"저는 말수가 적습니다. 재미도 없고, 타인에게 기본적으로 무관심한 사람입니다. 제게 뭘 기대하시는지 모르겠지만 무엇을 기대하시든 실망하실 거라 말씀드리고 싶네요."

아무래도 그동안 몸통박치기를 날렸던 다른 영애들처럼 내가 저를 백마 탄 왕자로 착각하고 있는 줄 아나 보다. 나는 어깨를 으쓱했다.

'그런 환상을 가지기엔 이 누나는 나이가 한참 많단다.'

나는 영혼 없는 미소를 지으며 나의 첫 번째 결혼생활을 떠올렸다.

'그러고 보니 제임스도 말수는 정말 적었는데. 지금 이 남자가 내뱉은 단어 개수를 세보면 제임스의 일주일 치는 되지 않을까?'

이안에 대한 환상도 없고, 남편이 나랑 놀아주길 기대하는 것도 아니고, 말수가 더 적은 놈도 데리고 살았으니 문제없네.

나는 또 어깨를 으쓱했다.

"어머, 말수가 적은 남자라면 제가 전문이죠. 벽돌을 데리고 살았거든요."

"말장난은 그만두라고 말씀드렸습니다."

이 남자는 한없이 진실에 가까운 대답도 농담으로 일축했다. 나는 소파에 기대고 있던 몸을 일으켜 테이블에 기대듯 앉았다.

자연히 그와 나의 시선의 거리가 가까워졌다.

"이안 타이론 공작님."

그가 왜 자길 부르냐는 듯이 눈알만 굴려서 나를 바라보았다. 나는 그와 눈을 마주한 채로 물었다. 시선을 잡을 수 있다면 그의 시선은 지금 내게 멱살을 잡혀 끌려오고 있으리라.

"부모님 안 계시죠?"

"네. 두 분 모두 작고하셨습니다."

"그러니까 저랑 결혼해요."

나는 시어머니가 세 분이 아니라는 것만으로도 충분히 마음에 든단다.

2

내가 불도저라고 말 안 했니?

"네?"

내 말에 이안은 다시 얼음처럼 쨍하니 굳어졌다. 손바닥으로 귀를 문지르는 모습이, 제 귀의 성능을 의심하는 것 같았다.

걱정하지 마시죠. 당신 귀는 지극히 정상이에요!

"저는 지극히 이성적으로 계산해서 지금 당신에게 청혼하고 있어요. 농담도 장난도 아니에요. 저랑 결혼합시다."

"……."

나의 말에 이안은 입을 다물었다. 짧은 시간이었지만 이 남자가 어떨 때 입을 다무는지 알겠다.

생각이 필요할 때다. 화를 내면 일을 그르치기 쉬우니 잠깐 텀을 두는 것이다.

'하지만 지금처럼 협상 테이블에 앉았을 때, 상대방에게 시간

을 주는 건 바보들이나 하는 짓이지!'

나는 자리에서 벌떡 일어났다. 그리고 비련의 여배우처럼 두 주먹을 꽉 쥐고, 있는 힘껏 얼굴을 일그러뜨리며 이안을 바라보았다. 그리고 큰 소리로 외쳤다.

"아니면 정말로 절 농락하신 것이었나요?!"

"헉!"

쨍그랑! 누군가 접시를 떨어트리는 소리가 들려왔다. 내 목소리는 이 홀 전체를 다 울릴 만큼 쩌렁쩌렁했다.

이안의 얼굴에서 핏기가 가셨다. 내가 보란 듯이 더 큰 소리로 오해가 될 만한 말을 던지려고 했을 때였다.

"읍!"

커다란 손이 내 입을 막았다. 제임스보다 훨씬 부드러운 손바닥이었다. 나는 눈을 깜빡거렸다.

'하긴, 제임스는 전쟁터에서 10년을 보냈으니 손이 거친 게 당연한가.'

이 와중에도 드는 생각이 고작 남편과의 비교라니.

내가 생각한 것보다 20년 세월의 무게가 묵직했다. 소리를 지르는 나 때문에 반쯤 엉거주춤하게 자리에서 일어난 이안이 헛웃음을 지었다.

"타인과의 대화에서 말문이 막힌 적이 없는 사람인데, 당신은 이 짧은 순간에도 수차례 나를 당황스럽게 하는군요."

칭찬이냐. 나는 내가 유일하게 의사를 표현할 수 있는 수단, 즉 눈 깜빡거리기로 대답을 대신했다. 나와 시선을 마주한 남자가 결국 한숨을 내뱉었다.

"좋아요. 프라이빗룸에서 이야기합시다."

사실상 그쪽의 패배 선언이었다.

❖ ❖ ❖

아라미르의 프라이빗룸은 메인 홀과 비슷한 인테리어였다. 커다란 크리스털 파티션으로 공간을 분리했다는 것만 다를 뿐.

이미 여러 번 이곳에 방문한 적이 있는 나는 새삼 그곳을 둘러보는 얼뜨기 같은 짓은 하지 않았다.

"그럼 즐거운 시간……."

"잠깐."

나는 우리를 안내하고 그대로 사라지려는 지배인을 불렀다. 지배인이 고개를 들어 나를 바라보았다. 나는 소파에 등을 대고 앉아서 말했다.

"달콤 짭짤한 것들은 잔뜩 먹었으니, 스모키 얼그레이가 좋겠어요."

"……차를 좋아하는군요."

내가 홀에서 호화로운 티 코스를 즐긴 것을 아는 모양이다. 어깨를 으쓱했다.

"네. 제 유일한 사치죠. 각하께서는 이 정도 사치는 사치도 아니게 느껴질 만한 부를 소유하고 계시고요."

이까짓 푼돈이 아깝냐, 라는 비꼼이었다. 나의 말을 알아들은 이안이 나를 뚫어져라 바라보며 말했다.

"가져다주게."

"예."

지배인은 정중하게 떠났다. 차가 올 때까지는 시간이 좀 있고, 딱히 그와 할 말이 없는 나는 앵무새처럼 내가 했던 말을 반복했다.

"저랑 결혼하시죠."

"……그 말은 좀 안 하면 안 됩니까?"

이안은 진심으로 곤혹스러운 것 같았다. 내가 파넬 공작부인으로 사교계를 휘젓던 그 시절에도 그의 흐트러진 표정은 본 적이 없었다. 내가 아는 그는 좀 더 과묵하고, 조금 더 딱딱했다.

'이 사람도 젊어서 그런 걸까.'

그럴지도 모른다. 나는 이 시점의 타이론 공작에 대해서 떠올려보려고 했으나, 대국민 고자 말고는 떠오르는 것이 없었다.

살짝 찌푸려진 눈이 내게 대답을 촉구하고 있었다. 나는 곱게 눈꼬리를 휘며 웃었다.

"공작님이 흔쾌히 승낙하시면 저절로 그만하게 되겠죠."

듣기 싫으면 나의 청혼을 받아들이라는 뜻이었다. 내 대답에 이안의 얼굴이 더더욱 일그러졌다. 그는 아랫입술을 잘근잘근 깨물더니 조금 짜증스러운 어조로 말했다.

"선택지가 없나요? 노예도 자기가 일할 곳 정도는 택할 수 있는 법입니다."

노예라니. 그 정도로 싫었어?

'그럼 내가 배려해드려야지.'

나는 손가락 두 개를 세웠다.

"선택지를 두 개 드릴게요. 흔쾌히 결혼한다, 수줍어하면서 결혼한다. 어느 쪽이세요?"

"……."

이안은 입술을 꾹 다물고 눈도 깜빡하지 않은 채 나를 쳐다보았다. 내가 미리 생각한 것 이상으로, 지금 이맘때의 그는 숫기 없는 젊은 청년인 것 같았다.

'재미있네.'

저절로 입가에 장난스러운 미소가 어렸다. 시간을 돌리는 기적 덕분에 그 철옹성 같은 타이론 공작을 놀릴 기회가 생기다니.

나는 귀여운 척 두 주먹을 내 얼굴에 대고, 아기 고양이처럼 눈을 깜빡거렸다. 속에는 마흔 살 들어 있지만 뭐 어쩔 건가. 몸뚱이는 스무 살인데.

"참고로 제 반응을 선택하라는 거예요. 이미 봐서 아시겠지만 연기도 잘하거든요. 수줍어하시는 게 취향이면 지금부터 수줍어할게요."

"관두죠."

하지만 장난이 과했던 모양이다. 이안은 고개를 흔들어 나의 말을 한쪽 귀로 흘려버렸다. 그리고 테이블에 척, 한쪽 팔을 올려 턱을 괴고, 나른한 눈으로 날 쳐다보며 물었다.

"왜 접니까?"

"네?"

"남사스러운 노래 한 곡 돌았다고 해서 저와 결혼이라니, 왜 그런 극단적인 결론으로 튑니까."

"제가 이미 알아듣게 말씀드렸잖아요."

갑자기 진지해진 그의 태도에 저절로 한숨이 나왔다. 나는 곧게 허리를 세우고 이안을 마주 보았다. 완전한 진실은 아니었으나, 완전한 거짓도 아니었기에 말은 술술 나왔다.

"저는 그 노래 때문에 지금 상당히 곤란해요. 시어머님들이 엄청 못살게 군다고요. 그러니까 차라리 이렇게 된 거, 아예 노래를 기정사실로 만들고 싶어요."

"고작 그런 이유로요?"

그 말에는 저절로 입꼬리가 비틀어졌다. 이번 생에서 지금까지는 약삭빠르게 시어머니들의 폭발을 아슬아슬 피했지만, 지난 생에서는 그녀들에게 온갖 괴롭힘을 당했다. 무식하게 때리는 것부터, 지능적으로 헛소문을 퍼뜨리고 몰래 따돌리는 것까지.

20년이나 흘렀는데도 과거의 상처들은 유리처럼 나를 찔러대었다. 나는 얼음처럼 차가운 목소리로 그를 비꼬았다.

"고작이라니. 저 대신 시어머님들께 두들겨 맞아보셨나 봐요."

내 말을 들은 이안의 두꺼운 어깨가 움찔 떨렸다. 그래도 그는 제임스 같은 돌머리는 아닌지, 순순히 고개를 숙였다.

"그 말은 실례했습니다."

"용서하죠."

굳이 그와 잘잘못을 따져서 싸우고 싶은 건 아니었기 때문에 냉큼 그의 사과를 받았다. 그리고 정말로 내가 하고 싶었던 말을, 보다 애절하게 늘어놓았다.

"그리고 같은 맥락에서, 당신에게 봉양해야 할 부모님이 없다는 게 너무 좋아요. 당신이 말수가 적은 것도, 부인에게 관심이 없을 사람이라는 것도, 세우지 못하는 것도 다 제겐 괜찮아요. 그러니까 결혼해주세요."

나는 처음부터 지금까지 줄곧 솔직했다.

가리는 것도 쥐고 있는 패가 많은 사람이나 할 수 있는 거지, 겨우 쪽박 패 하나를 들고서 어디까지 허세를 부릴 수 있단 말인가.

'난 내 속내를 다 보여줬어.'

그러니 이제 당신의 결단만이 남았지.

나는 이안에게도 이게 나쁘지 않은 제안이라고 생각했다. 공작부인으로 20년이나 일했으니, 업무에도 익숙하다. 20년 뒤에도 아내가 없어서 구설에 오르던 남자이니, 차라리 나처럼 있는 듯 없는 듯 내 일이나 하는 아내라도 있는 편이 낫지 않겠는가.

"……."

하지만 바로 대답할 줄 알았던 이안은 입만 꾹 다물고 있었다. 결국 화를 참지 못한 내가 반쯤 자리를 박차고 일어났을 때였다.

"이봐요, 빨리빨리 대답을……."

"실례합니다."

낯선 목소리가 우리 두 사람 사이에 비집고 들어왔다. 다름 아닌 지배인이었다.

'엿들었나.'

흘긋 지배인의 안색을 살폈다. 전혀 동요하지 않는 얼굴은 나의 망발을 전혀 듣지 못한 듯했다. 나는 두근거리는 가슴을 쓸어

내렸다. 마침 내게 안정을 취하라는 듯이 알싸한 향기가 코를 간질였다.

"주문하신 스모키 얼그레이입니다."

바로 차향이었다.

스모키 얼그레이는 말 그대로 얼그레이 티에 훈연향을 입힌 것으로, 마치 궐련과 같은 독한 향이 난다. 대부분의 귀부인들은 혓바닥에 차향이 짙게 남는 이 티를 선호하지 않는 편이었다.

이안도 그 사실을 알고 있는 것인지, 의외라는 표정으로 나를 쳐다보았다.

"이 차를 좋아합니까?"

어디까지나 대부분이지. 나는 찻잔 가득 찻물을 채우며 대답했다.

"최고가 아니라는 의미로 물으신다면, 좋아해요. 제 개인 5위 안에는 들어요."

"흠."

나는 '옜다, 너도 맛 좀 봐라' 하는 마음으로 이안의 찻잔에도 차를 가득 채워주었다. 사파이어처럼 푸른 이안의 눈동자가 일렁이는 찻물을 바라보았다. 나는 구태여 그가 마시길 기다리지 않고 내 몫의 찻잔을 들었다.

홀짝홀짝, 내가 딱 세 모금을 넘겼을 때였다. 이안이 찻잔을 쥐었다. 커다란 손 크기 때문인지 찻잔이 작게만 보였는데, 입가로 가져가는 모습은 또 흐르는 물처럼 유려했다.

이제 마시려나, 하고 흘긋 바라보니 그가 입술을 열었다.

"좋습니다."

"네?"

내가 눈을 동그랗게 뜨기 무섭게 그가 단숨에 찻잔을 후루룩 비웠다. 그렇게 마시는 차가 아니다, 라고 핀잔하지 못한 것은, 빈 찻잔을 달칵 내려놓으며 남자가 이렇게 말했기 때문이다.

"합시다, 결혼."

나를 바라보는 찻잎이 떫기 때문인지, 아니면 정말 짜증이 나서인지 이안의 미간이 잔뜩 일그러져 있었다. 워낙 미남인지라 찡그리고 있는 모습도 전혀 추하지 않았다. 그래서 왠지 진 기분이었다.

그는 입꼬리를 비틀어 차가운 미소를 지어 보이며 말했다.

"저도 마침 그쪽 때문에 지긋지긋하던 참이거든요."

그 와중에 목소리는 무척 섹시했다.

시간을 돌려 사흘 전.

업무 차 입궁했던 이안 타이론 공작은 자신을 향해 방정맞게 달려오는 황제를 보며 얼굴을 힘껏 구길 수밖에 없었다.

"이안, 내 사랑하는 아우여!"

원래도 멀쩡한 사람은 아니었지만, 이렇게 텐션이 높은 사람은 아니었는데……. 자신보다 나이 많은 남자가 얼싸안은 채로 목에 매달려 수염을 비비는 건 절대로 좋은 기분이 아니었다.

이안은 질색하고 황제를 밀어내며 물었다.

"읏, 뭡니까."

그러자 황제는 밀리기는커녕 더 억센 손길로 이안을 끌어안으며 소리쳤다.

"너무 좋아서 그렇지! 세상 사람들이 다 그 남사스러운 소문을 믿어도, 나는 안 믿었다. 그럼, 네가 그럴 리가 없지!"

"네?"

이건 또 무슨 개똥 같은 소리란 말인가. 남사스러운 소문이 뭔지는 알겠는데, 그게 사실이 아니라고?

커다란 눈을 껌뻑이는 이안에게, 황제는 함박웃음을 지으며 외쳤다.

"드디어 너한테도 애인이 생겼다며!"

그렇게 된 거였나. 그 말을 듣는 순간, 무슨 일인지 다 이해가 갔다. 이안은 대놓고 한심한 표정을 지으며 대꾸했다.

"……설마 믿으시는 거 아니죠, 그 소문?"

이 나라의 지엄한 지존이심과 동시에, 이안의 사촌 형인 황제는 이안의 모든 것을 알고 있는 나라 안의 유일한 사람이었다.

'믿을 리가 없지.'

그리 생각하며 눈을 가늘게 떴더니, 이게 웬일. 황제는 뻔뻔하게 수염을 만지작거리며 이렇게 대답했다.

"믿을 건데. 아니 믿다 못해, 사실이 아니라면 권력을 남용해서라도 사실로 만들 의향도 있단다. 권력은 이럴 때 쓰라고 있는 거 아니겠니?"

"신이시여."

아니, 이런 데 쓰라고 준 권력이 아니었다. 이 나라에서 가장 큰 권력을 가지고 있는 사람이 해서는 안 되는 말 아닌가.

이안은 고개를 절레절레 흔들며 대답했다.

"그런 거 절대 아닙니다. 게다가 애초에 파넬 공작부인은 폐하께서 직접 중매 선 혼처가 아닙니까?"

올리비아 플로렌스라는, 한미한 가문의 여식을 파넬 공작부인으로 만든 사람은 다름 아닌 황제였다. 그 부분을 지적했더니 황제는 대수롭지 않게 대답했다.

"그거야 번복하면 그만이지. 이미 공작은 전쟁터로 나갔고, 이제 와 파혼한다고 다시 돌아오겠냐, 아니면 사람들이 궁으로 다시 불러들이자고 하겠냐. 아무 문제 없다."

"허허."

어이가 없어서 이안은 헛웃음을 지었다. 황제는 쉽게 말했지만, 사실 쉬운 일은 아니었다. 황제 자신이, 황명을 번복해야 하는 일이었다. 게다가 파넬 공작이 전쟁터에 있는 터라 두 사람이 서로 얼굴 한 번 본 적이 없을 거라고 해도, 파넬 공작부인은 이미 관청에서 인정하는 유부녀이기도 했다.

자신을 둘러싼 소문은 대국민 고자로 충분했다. 이안은 고개를 내저었다.

"전 내키지 않습니다."

"이안."

사촌 동생의 연이은 거절에 황제의 얼굴이 진중해졌다. 그는 이안을 물끄러미 바라보며 말했다. 두 사람이 혈연이라는 걸 보여주듯 황제의 푸른 눈동자가 깊은 호수처럼 빛났다.

"부부란 게 별거 있냐. 그냥 얼렁뚱땅 만나서 살다 보면 정도 들고, 마음도 쌓이고 하는 거지. 날 봐라. 황후랑 그냥 생일이 같아서 이어졌을 뿐인데 잘 살지 않니."

일국의 황제나 되는 사람의 혼사에, 개인의 의사가 개입될 여지가 무엇 있으랴. 그가 할 수 있었던 선택은 딱 하나뿐이었다. 황제의 나이 8살. 저 혼자 살기에도 바쁜 어린애 앞에 두 장의 서류가 내밀어졌다.

"골라보세요, 황태자."

서류에 적힌 것은 이름도, 얼굴도 잘 모르는 어린 여자아이 둘. 이미 엄선된 조건을 거쳐 선정된 두 명의 후보였다. 황후 자리는 하나뿐이니, 마지막 선택이 결국 황태자의 손으로 돌아간 것이다. 고작 8살이 무얼 알겠는가. 그는 지극히 즉흥적으로 골랐다.

"이쪽이 나랑 생일이 같네요. 이쪽으로 하겠습니다."

그게 지금의 황후였다.

황제는 아버지처럼 인자한 눈빛으로 이안을 바라보며 말을 이었다.

"전대 공작이 재수가 없었을 뿐이지, 대부분의 사람은 그렇게 무난하게 살아간단다. 그러니 너도 이제 네 인생 살도록 해."

이쯤 하면 알아들었겠지.

황제는 당연히 고개를 끄덕일 것을 기대하며 사촌의 대답을 기다리고 있었을 때였다. 이안은 무뚝뚝한 얼굴로 무성의하게 대답했다.

"혼자서도 충분히 잘 살고 있어서 필요성을 느끼지 못하겠는걸요."

"그렇다고 그런 괴상한 소문을 달고 살겠다고?!"

결국 황제는 폭발하고 말았다. 이렇게 잘생긴 내 사촌이, 눈에 넣어도 안 아픈 우리 사촌 동생이, 지금 대국민 고자라고 불리며 살고 있는데!

"젠장!"

결국 화를 참지 못한 황제가 큰 소리로 욕설을 내뱉으며 빈 벽을 발로 걷어찼다.

젊은 시절을 전쟁터에서 험하게 보낸 황제는, 때때로 감정이 격해지면 그때의 습관이 튀어나오곤 했다. 황제를 그렇게 몰아세운 주제에, 이안은 뻔뻔스럽게 이렇게 대답했다.

"상스러운 말은 자제하시죠."

"시끄럽다, 이 고얀 놈. 전쟁터로 이놈을 보냈어야 했는데."

"마음에도 없는 소리 하지 마세요."

"마음에도 없는 소리라고 생각하니?"

"……."

이건 좀 위험했다. 전쟁터에 나가는 건 두렵지 않았지만, 파넬 공작처럼 전쟁터에 나갔다가 돌아와 보니 얼굴도 모르는 부인이 있는 것은 사양하고 싶었다.

이안은 잠시 입을 꾹 다물고 황제의 화가 가라앉기를 기다렸다. 하지만 그렇게 아무 말도 하지 않고 있으니, 저절로 조사해 두었던 내용이 머릿속에 떠올랐다.

그는 바닥을 노려보듯 쳐다보며 입술을 열었다.

"수상한 여자예요. 왜 이렇게 무리수를 두는지도 모르겠군요."

소문이 돌기 시작한 순간부터 공작가의 가신들은 발 빠르게 소문의 근원지를 찾았다. 그리고 그것을 거슬러 올라가 보니 뜻밖의 인물이 나왔다.

올리비아 파넬. 바로 파넬 공작부인.

사실, 조사착수단계에서 그녀는 절대로 아닐 거라고 생각했기 때문에 당혹스러웠다. 여자에게 불륜이라는 소문이 얼마나 치명적인데 심지어 그걸 스스로 낸단 말인가.

하지만 정작 황제의 의견은 달랐다. 그는 어깨를 으쓱했다.

"그러냐? 나는 똑똑하다고 생각했는데. 황제가 주선한 결혼을 걷어차기 위해 할 수 있는 일이 몇 개라고 생각해?"

"……."

그러니까 요컨대 파넬 공작부인이 되기 싫어서 이런 짓을 벌였다는 뜻이었다.

'얼토당토않은 욕심쟁이인가. 아니면 그냥 대중의 관심을 즐기는 타입?'

한미한 가문의 영애가 공작부인이 되었으니, 대단히 성공한 결혼인데 왜 그것을 박차고 싶어 하는지 이해가 가질 않았다.

'뭐, 내가 이해할 필요도 없지.'

소문이야 어차피 가만히 있으면 가라앉게 되어 있다. 이안은 대국민 고자였다. 애초에 이런 열애설 자체가 성립할 수 없는 상대이다. 이런 시큰둥한 사촌의 속내를 꿰뚫어 본 황제가 말했다.

"정 내키지 않으면 한번 만나보기라도 하렴."

"싫다니까요."

"싫어도 그쪽에서 접촉해올걸."

그 말이 퍽 의미심장했다. 소문이 그냥 가라앉도록 황제마저 가만히 있지 않을 것 같은, 그런 불길한 뉘앙스가 풀풀 풍겼다. 이안이 진저리 난 표정으로 황제를 쳐다보자, 황제는 사람 좋은 아저씨처럼 환하게 웃었다.

"다시 이야기하지만 나는 대찬성이란다."

❖ ❖ ❖

'일이 이렇게 술술 풀려도 좋은 건가.'

나는 멍하니 앉아서 그렇게 생각했다. 하늘 높은 줄 모르고 지어진 높은 층고의 천장에는 으리으리한 벽화와 크리스털 수백 개가 쓰인 샹들리에가 매달려 있었다.

지금 나는 타이론 공작가의 응접실에 있다.

시간을 조금 돌려 볼까? 바로 아까 아라미르 찻집. 이안은 뜻밖에 내 제안에 선뜻 고개를 끄덕였다.

"합시다, 결혼. 저도 마침 그쪽 때문에 지긋지긋하던 참이거든요."

뭐가 그렇게 지긋지긋한지는 굳이 묻지 않았다. 보나 마나 그를 고자라고 알고 있는 이들이 괴롭혔겠지.

우아하게 차를 다 비우니, 이안은 자리에서 일어나서 나에게 손을 내밀었다.

"그럼 바로 갑시다."

그 말을 이해하지 못한 나는 느리게 눈을 깜빡였다.

"네? 당신의 연락을 기다리고 있으면 되나요?"

"연락을 기다려요? 어디 가서 말입니까?"

"가요? 어디로요?"

그제야 생략된 목적어 때문에 우리 두 사람 사이에 말이 꼬였다는 걸 깨달았다. 이안은 한숨을 내쉬고는 조금 더 길게 풀어 말했다.

"저랑 결혼하기로 마음먹었는데 굳이 파넬 공작가로 돌아갈 필요가 있습니까? 그냥 저희 집으로 같이 가시죠."

'이런. 나도 한 시원 한다고 생각했는데.'

나 못지않게 이 남자도 거침없기는 매한가지였다.

하지만 그의 말이 틀린 것은 하나도 없었기에 나는 고개를 끄덕이며 자리에서 일어났다. 그가 내민 손에 내 손가락을 올리는 순간 심장이 두근, 뛰었다.

알 수 없는 미래가 주는 기분 좋은 기대감이었다.

❖ ❖ ❖

그렇게 해서 나는 지금 타이론 공작가의 응접실에 앉아 있었다.

갑자기 등장한 마님(?) 때문에 저택 전체가 술렁이는 것이 느껴졌다. 느긋하게 소파에 등을 기대고 앉아서 응접실을 바라보았다.

'조금 삭막하네.'

결혼하면 인테리어부터 조금 건드려야겠다. 굳이 미술품을 사지 않아도 이 정도 역사와 전통을 가진 저택이라면 쓸 만한 전시물들이 창고에 그득할 것이다.

'좋아. 할 일은 산더미로군. 마음에 들어.'

남편과는 거의 내외하며 지낸다고 생각하면, 결국 내 앞에 남은 것은 공작부인으로 남의 눈총을 받지 않을 정도의 삶을 꾸려가는 것이다.

시간은 넉넉하고, 자원도 넉넉한데, 저택이 완벽해서 할 일이 없는 것만큼 불행한 게 있을까.

'그런 의미에서 타이론 공작을 이용해서 파넬을 탈출하는 건 정말 좋은 생각이었어.'

타이론 공작가로 훌쩍 떠나버린 나를 두고 진상들이 무슨 말을 하고 있을지 조금 궁금했다. 하지만 그 진상들을 다시 만나고 싶지 않았기 때문에, 영원히 궁금한 것으로 남겨두기로 했다.

잠시 응접실을 어떻게 꾸밀까 생각하고 있는데 이안이 문을 열고 돌아왔다.

"조금만 기다리시죠. 갑작스러운 방문이라 지낼 방이 준비가 안 되어서요."

그의 무표정한 얼굴에 설핏 불쾌함이 스쳤다. 완벽주의자 특유의 굴욕감 같았다. 나는 흔쾌히 어깨를 으쓱했다.

"신경 쓰지 마세요. 하루 정도는 여기 소파에 구겨져서 자도 돼요."

응접실 소파라고 해도, 파넬 공작가에서 내게 준 다 삭아가는 지푸라기 침대보다 나았다. 게다가 저택 안도 훨씬 따뜻했고. 내가 여기서 잔다고 하면 불도 지펴주지 않을까?

'으으으, 다시 생각해도 거긴 쓰레기통이었어. 망할 진상들.'

아니, 얼마나 괴롭혔길래 20년이나 지나서 다시 만났는데도 미움이 조금도 희석되지 않고 살아난단 말인가.

'이젠 다시 만날 일이 없겠지.'

그리 생각하니, 긴장이 풀려서 저절로 나른한 웃음이 나왔다. 그런 나를 물끄러미 바라보고 있던 이안이 한숨을 내쉬었다.

"파넬 공작가에서는 어떻게 지냈는지 모르겠지만, 타이론 공작부인으로는 그리하면 안 됩니다."

"그럼 당신 침실에서 하루 자죠, 뭐."

어차피 고자라며? 그럼 같이 자도 문제없잖아.

그 생각으로 대수롭지 않게 건넨 말인데, 뜻밖에 이안이 돌처럼 굳어졌다.

"……."

또다. 말문이 막혔을 때, 분노하거나 회피하는 대신 입술을 꾹 깨물고 있는 것.

'절대 자기 침실로 들이진 않겠구나.'

나라고 잘 알지도 못하는 남자와 같은 침대를 공유하고 싶진 않았다. 나는 팔짱을 끼고 내 방이 빨리 정비되기를 기다렸다. 그렇게 얼마나 시간이 지났을까. 그가 무거운 목소리로 내게 물었다.

"제가 고자여도 괜찮은 이유가 뭡니까?"

뜻밖의 질문이었다. 나는 눈을 빠르게 깜빡거렸다.

'이유?'

이유야 분명히 있었다. 하지만.

'사실대로 말해도 될까?'

나도 모르게 눈을 가늘게 뜨고 이안을 살펴보았다. 내 이유는 귀부인으로서 치명적인 것이라, 정말 믿는 상대가 아니라면 절대로 털어놓아서는 안 되었다.

'하지만 상관없지. 상대는 대국민 고자인걸.'

뭔들 내 남편이 고자라는 것보다 치명적인 이유겠는가. 그리 생각을 정리한 나는 어깨를 으쓱했다. 내가 생각한 것보다 훨씬 가벼운 어조로 목소리가 흘러나왔다.

"전 아이가 싫어요. 낳고 싶지 않아요."

무척 간단하지만, 반드시 후계를 봐야 하는 귀족에게는 치명적인 이유였다.

나와 제임스 사이에는 아이가 둘 있었다. 하나는 아홉 살, 그다음은 일곱 살. 내 배로 낳은 자식은 예쁘기 마련이라는데, 나는 솔직히 아이에게 정을 줄 수가 없었다.

'내가 죽을 뻔했으니.'

큰아이를 낳을 때 끔찍한 난산을 겪었다. 20시간을 꼬박 앓다가 낳았고, 힘을 너무 오래 주면서 엉덩이 쪽 근육에 이상이 생겨서, 낳고 나서도 계속 침상에 누워서 기저귀를 차고 있어야 했다.

등이 썩어들어가는 욕창과 힘겹게 싸우며 이대로 다신 걷지 못할까 봐 공포에 질려 밤마다 숨죽여 울었다.

'그 끔찍한 후유증이 낫고 나니 곧장 제임스가 달려들었지.'

아이를 낳다가 죽을 뻔했던 나에게 남편과의 잠자리는, 공포 그 이상도 이하도 아니었다. 하지만 제임스는 거절하는 내게 이렇게 말했다.

"나도 많이 참았소."

꼭 관계해야겠다면 피임을 해달라는 말에, 제임스는 이렇게 말했다.

"젖이 나오는 동안은 임신이 안 된다오."

안 되긴 무슨. 그렇게 덜컥 두 번째 애가 들어섰다. 23개월, 연년생이나 다름없는 둘째였다.

그래도 남들이 둘째는 큰 애보다 수월하게 낳을 수 있다고 해서 좀 안심하고 있었더니 이게 웬걸.

'정신 차려 보니 보름이나 지나 있었지.'

아이를 낳다가 기절하는 바람에 아이도 죽을 뻔하고 나도 죽을 뻔했다. 의사는 이대로 의식을 못 찾는 줄 알았는데, 기적이라고 말했다. 그 힘겨웠던 출산으로 나는 자궁이 상해 다신 아이를 가질 수 없게 되었다.

의사로부터 불임 선고를 순간, 나는 몰래 안도의 숨을 내쉬었다. 차라리 잘되었다고 생각했다.

'다신 그런 끔찍한 경험은 사양이야.'

"아이가 없는 귀부인들의 말년이 얼마나 참혹한지 충분히 알고 있어요. 그럼에도 저는 아이를 낳고 싶지 않아요. 차라리 그 꼴이 되지 않도록 준비하겠어요."

다시금 밀려오는 출산의 고통과 두려움을 마음 한구석으로 꾹 밀어 넣으며, 나는 확고한 어조로 말했다.

"그러니까 당신이 고자여도 상관없어요. 오히려 좋아요."

나를 뚫어져라 바라보는 이안과 시선을 마주했다. 푸른 눈동자가 얼음처럼 차가웠지만, 피하고 싶진 않았다.

잠시 눈도 깜빡하지 않은 채 나와 마주 보고 있던 그가 느릿하게 눈을 내리깔았다.

"……그렇습니까."

'어라?'

너무도 쉽게 납득하는 모습에 나의 어깨는 일순간 힘이 풀려 휘청거렸다.

나는 흘러내리는 머리카락을 뒤로 쓸어넘기며 물었다.

"왜 그렇게 쉽게 대답해요? 당신한테도 중요한 문제잖아요, 후계자는."

나야 출산의 고통을 두 번이나 겪었으니 그 행위 자체에 포비아가 생겼다고 해도, 이안은 아니잖아?

'남자들은 철저히 자기의 경험을 신뢰한다고.'

이 몹쓸 일반화는 바로 제임스를 10년간 겪으면서 터득한 것이다. 그는 한 번도 내게 만족하냐고 물은 적이 없었다. 나는 그 이유를 알고 있었다.

'그는 만족하니까.'

집안일은 야무진 아내가 척척 잘 굴려, 사업을 벌이기만 하면 뒷수습도 해줘, 가문에 돈이 없으면 어디서 돈도 만들어와, 가문에 도움이 안 되는 시어머니들은 모두 내쫓아줘.

'그는 손 하나 대지 않고 코를 푼 격이지.'

그래서 결국 욕을 처먹은 건 나 한 사람이 아니었던가. 천하의 불효자, 못돼먹은 며느리, 피도 눈물도 없는 냉혈의 공작부인.

그 모든 상황을, 제임스는 자신이 만족하기에 당연히 나도 만족할 거라고 믿었다.

그것이 내가 아는 남자였다.

'그런데 왜 당신은 내게 따지지 않지?'

그런 의미에서 이안은 여러모로 특이한 사람이었다. 대국민 고자라니. 듣기만 해도 치욕스러운 별명을 아무렇지도 않게 내버려 두질 않나, 철부지 스무 살처럼 보이는 여자의 자녀가 필요 없다는 말에도 고개를 끄덕이다니.

"제가 드릴 말씀은 아니지만, 그렇게 뭐든지 수긍하다 보면 집문서, 땅문서 다 날아가게 되어 있어요. 중요한 문제일수록 신중해야죠."

아무리 겉으로야 내가 연하라지만, 알맹이는 마흔 살 아닌가. 그렇다 보니 한참 어린 청년이 걱정되어, 저도 모르게 이상한 잔소리가 나와버렸다.

내 말에 이안이 눈에 띄게 당황하더니, 이내 턱을 단단하게 굳히고 대답했다.

"뭐든지 수긍하는 게 아니라 정말 상관없어서 고개를 끄덕인 겁니다."

"상관없어요? 당신 아이에 대한 문제인데도요?"

"글쎄요. 딱히 대답하고 싶지 않군요."

"헤에."

기가 막혀서 혀를 차던 나는 불현듯 눈앞의 남자가 어떤 사람인지 깨달았다.

'아, 맞다. 이 남자, 안 서지.'

저런, 저런. 가지고 싶어도 가질 수 없는 거였구나.

'그래서 말하고 싶지 않다고.'

이유를 알고 나니 그렇게 불쌍해 보일 수가 없었다. 나는 애잔한 눈빛으로 이안을 바라보았다. 그러자 이안의 눈썹이 굵게 꿈틀거렸다.

"그렇게 바라보지 마시죠."

아이고, 들켰냐. 생긴 건 벽돌같이 생겨서 은근히 예리했다. 나는 고개를 살포시 돌리며 입술을 삐죽거렸다.

"아, 아니에요. 제가 뭘 어쨌다고."

"대단히 불쌍한 사람을 보는 것처럼 바라보지 않으셨습니까."

"큼큼, 오해예요. 오해. 제가 왜 공작님을 불쌍해하겠어요."

"흠."

거짓말하는 나를 추궁하는 것처럼 자꾸 이안이 내 뺨을 뚫어져라 바라보았다.

'어쩐지 시선이 가까이 다가오는 느낌이 드는데……?'

슬쩍 눈알을 굴려서 이안 쪽을 바라본 나는 화들짝 놀라고 말았다.

'아니, 느낌이 아니었어! 언제 이렇게 가까이 다가온 거야!'

잘생긴 얼굴이, 숨결이 얽힐 것같이 가까운 지척에서 나를 바라보고 있었다. 굵은 팔뚝이 내 어깨를 지나 소파 헤드를 붙들었다. 순식간에 나는 그의 품 안에 갇힌 꼴이 되었다.

'세상에! 시선을 피할 여유도 없어!'

나도 모르게 긴장해서 몸을 딱딱하게 굳힌 채로 이안을 바라보았다. 잘생겼다는 사실은 알고 있었는데, 이렇게 마주하니 정말 숨이 막힐 듯한 외모였다.

나는 두 손바닥으로 내 입을 틀어막았다.

'벽돌이라는 거 취소다. 이 얼굴이 어떻게 벽돌이야. 같은 벽돌이래도 이건 대리석으로 만든 벽돌이라고.'

제임스도 제법 준수한 미남이었지만, 이 남자와는 아예 종족이 다른 것 같았다. 베일 것처럼 오뚝한 코, 숱이 많고 예쁜 눈썹, 빛에 따라 아름답게 빛나는 푸른 눈동자는 꼭 보석 같았다.

지긋이 나를 바라보던 남자의 살구색 입술이 천천히 열렸다.

"어디서 이런 여자가 갑자기 뚝 떨어졌을까?"

"네?"

의미를 알 수 없는 말에, 나는 눈을 깜빡였다.

묘한 색기를 풍기던 그는 다시 딱딱한 얼굴이 되어서는 내게서 훌쩍 멀어졌다. 그러고는 구겨진 재킷을 탁탁 펴며 말했다.

"그럼 전 제 할 일을 하고 있도록 하죠. 우리 결혼식을 위해서는 처리해야 할 일이 산더미거든요."

"그……."

그렇기야 하겠지만.

'왜 나한테 벽치기를 했는지 설명을 먼저 해 줘야 하는 거 아니니?!'

꽥 소리를 지르지 못한 것은 지나치게 당황했기 때문이리라. 아직도 저 아름다운 얼굴에 놀란 심장은 펄떡펄떡 뛰면서 온몸으로 피를 돌리고 있었다.

그런 나를 향해, 그는 웃음기 없는 얼굴로 담백하게 인사했다.

"이따가 봅시다, 올리비아."

나는 얼음처럼 굳은 채로 응접실을 빠져나가는 이안의 뒷모습을 바라보았다. 끼이익, 하고 문이 열리고 탕, 하고 닫혔다. 그와 동시에 내 긴장도 마법처럼 풀렸다.

"푸하."

비록 한 놈이지만 어르고 달래서 데리고 산 것이 10년! 이제 남자라면 다 안다고 생각했는데, 이렇게 대책 없이 긴장해버리다니!

'정말 고자 맞아?'

이렇게 말하면 좀 그렇지만, 아까의 이안은 무척이나 섹시했다. 나른하게 휘어진 입술, 살짝 붉은 눈가, 반듯하게 드러난 이마까지. 정말 서지도 못하는 남자가 그렇게 색기를 풍길 수 있나?

'하지만 진짜 미래에도 저 남자는 계속 혼자인걸. 다른 염문도 없이.'

순간 의혹이 솟았지만, 이내 털어버렸다. 나는 20년 뒤의 미래를 알고 있었으니 말이다.

조금 있으니 집사가 찾아와서 내게 방을 안내해 주었다. 파넬 공작가와는 조금도 비교할 수 없는 넓고 호화로운 방에서 몸을 뉘였다. 피곤했던 탓에 뒤척이지도 않고 잠만 잘 잤다.

❖ ❖ ❖

검은 머리카락에 회색에 가까운 푸른 눈을 가진, 곰 같은 덩치의 사내가 나를 내려다보았다. 제임스였다.

"여보, 눈 좀 떠보오. 여보."

나는 피식 웃을 뻔했다. 웬일이래. 세 마디 이상 말을 하지 않더니.

'그렇게 애절한 목소리도 낼 줄 알았어?'

너무나도 말이 되지 않는 상황이라, 나는 이게 꿈이라는 걸 알았다. 제임스가 그럴 리가 없었다. 그는 내가 그의 눈앞에서 피를 토하며 고꾸라져도 큰 소리를 내지 않을 사람이었다.

'그건 나도 마찬가지고.'

제임스가 만약 갑작스럽게 숨을 거두더라도, 나는 조금 놀랄 뿐이지 딱히 슬퍼하거나 괴로워하지 않았을 것이다. 그나마 잘 죽었다고 박수 치지 않는 것은 그간 살아온 정이 있기 때문이고.

'그렇다면 우리의 결혼은 뭐였을까.'

언제 사라져도 아쉽지도 않은 사람. 부부가 된 지는 20년, 함께 산 지는 10년. 그렇게 긴 세월을 보냈음에도 나눈 교감이라고는 잠들기 전 운동처럼 하는 잠자리뿐.

'당신과 나는 도대체 왜 만난 거지.'

아무 의미도 없이 만나, 어떤 의미도 없이 시간만 보낼 사이였다면. 그런 게 정녕 인생이라면.

'우리는 굳이 만나지 않아도 되었잖아.'

거기까지 생각하고 나는 눈을 떴다.

결혼식 아침이었다.

❖ ❖ ❖

그러니까, 내가 생각한 것 이상으로 황제는 사촌의 혼사에 촉각을 세우고 있었다.

이안과 내가 혼인에 동의하고, 내가 타이론 공작가로 들어가기 무섭게, 당장 황궁으로 입궁하라는 칙지를 보낸 것이다.

타이론 공작가에서 이제 막 첫잠을 자고 일어난 나에게는 청천벽력 같은 소리였다.

"……뭐라고요? 입궁하라고요?"

"네. 황제 폐하께서 기다리고 계십니다."

그래도 자기 집이라고, 이안은 셔츠 한 장을 걸친 채 흐트러진 금발 그대로 내 앞에 서 있었다. 물기를 머금어 아직 촉촉한 머리카락은 순금 색처럼 짙게 빛났다.

'머리카락을 내린 것도 잘생겼네.'

빈틈없이 머리카락을 넘긴 모습이 전쟁의 신 아레스처럼 잘생겼다면, 저렇게 고수 머리카락을 흐트러뜨린 모습은 사랑의 신 에로스처럼 풋풋한 멋이 있었다.

'아차! 지금 저 얼굴을 감상할 때가 아니지.'

나는 손바닥으로 얼굴을 톡톡 두드렸다. 그리고 다시 그를 바라보았다. 그는 당연하다는 듯이 내 방 한가운데 있는 테이블에 앉았다. 그를 따라 들어온 하녀가 트레이에서 접시를 하나, 하나, 꺼내어 세팅했다.

'설마 아침 식사?'

황궁에서 칙지가 내려왔는데 태연스럽게 밥을 먹는다고?

내가 어이없는 표정으로 물끄러미 바라보니, 이안은 어깨를 으쓱했다.

"그래도 이제 결혼할 사이인데 아침 식사는 함께해야죠?"

"그건 상관없는데……."

생각보다 더 뻔뻔한 성품이신 거 같기도 하고.

나는 얼떨결에 그의 맞은편 의자에 앉았다. 그냥 가볍고 뻔한 아침 식사였다. 잘 익힌 에그베네딕트에 샐러드 조금.

긴장한 탓인지 배고픔이 느껴지지 않았다. 나는 물끄러미 접시를 바라보다가 슬슬 포크와 나이프를 드는 이안에게 물었다.

"황제 폐하께서 기다리신다면서요?"

이안이 괜찮다고 몇 번을 이야기하는데도 내가 자꾸 황제 폐하를 언급하는 데는 이유가 있었다.

'무서운 분이셨지.'

내가 공작부인으로 자리매김을 단단히 했을 때, 이미 황제는 황태자인 스타티스로 바뀌었다. 황제가 죽어서는 아니었다.

'일찌감치 황위를 물려주고 황권을 단단히 다지도록 관리 감독했어.'

황제가 여자라는 이유만으로 그녀를 만만히 보는 멍청이들이 의외로 세상에 많았다.

지금의 황제는 그 미래를 눈여겨보고 피의 숙청을 한 것뿐만 아니라, 스스로 태황제가 되어 뒤에서 모든 욕 먹을 만한 일들을 단행했다.

'그래서 로메오가 만날 구박당한다고 징징거렸었고.'

하지만 시집살이로 내 앞에서 큰소리를 낼 수 있는 사람이 세상에 몇 명이나 될까.

내가 쓱, 노려보는 것으로 로메오의 처가살이 징징거림도 쏙 들어갔었다.

황제를 떠올리니 저절로 황제의 사위가 되어 내 지위를 단단하게 해주었던 내 친구, 로메오가 떠올랐다.

'그래도 로메오가 있어서 다행이었어. 그때도, 지금도.'

내가 지금 타이론에서 한가로이 아침상을 받을 수 있었던 것도 온전히 로메오가 내가 부탁한 대로 소문을 내어준 덕분이었다.

나와 로메오의 친분은 과거에도 입이 가벼운 이들의 입방아에 올랐었다. 하지만 그럼에도 계속 우정을 나눌 수 있었던 것은 스타티스 황제의 공언 덕분이었다.

“내 남편과 파넬 공작부인은 정말 친구 사이이니 더는 이에 대해 언급하지 말게.”

‘폐하께서도 대단한 사람이었지.’

일개 가문을 관장하는 공작부인으로서도 이렇게 피곤한데, 어떻게 한 나라를 관리할 수 있는 걸까. 나는 속으로 조용히 스타티스 황제에게 경의를 표했다.

그런 나를 현실로 끄집어 올린 것은 이안이었다.

“무슨 생각을 하죠?”

“아…….”

둔하게 고개를 들었다. 이안이 특유의 맑은 하늘 같은 눈으로 나를 뚫어져라 바라보고 있었다. 나는 포크로 접시 끝을 둥글게 덧그리며 대답했다.

“황제 폐하께 뭐라고 이야기하면 좋을까, 하는 생각?”

“제 앞에서 했던 것처럼 해요. 말 잘하던데. 긴장도 안 하고.”

“하하.”

나는 영혼 없이 웃었다. 이안에게 거침없이 말할 수 있었던 것은 그의 성품을 어느 정도 알고 있었기 때문이다. 황제 폐하와는 다를 수밖에 없었다.

계속 식사를 하지 않고 샐러드 잎만 쿡쿡 찌르고 있으니, 이안이 턱을 괴고 나른한 목소리로 물었다.

"나랑 결혼 못 하면 어떻게 할 셈이었습니까?"

"뭘요?"

다시 고개를 들어 그를 마주했다. 그는 손가락을 하나하나 접으며 좀 더 구체적으로 설명했다.

"그렇게 큰 소리로, 많은 사람들 앞에서 우리 사이를 기정사실처럼 만들고 막상 나랑 결혼하지 못하면 어쩔 셈이었냐고요."

뭘 어떻게 해. 나는 어깨를 으쓱했다.

"그랬으면 시어머니들께서 알아서 절 내쫓아 주셨겠죠."

지금처럼 사지 멀쩡하진 못했겠지만. 우리 무식한 진상이 아마 화분도 던지고 가방도 던지고 막 두들겨 패서 내쫓지 않았을까?

그 꼴을 상상해보니 다시 입맛이 써서 미간을 찌푸렸다. 택도 없는 상상이 아니었다. 정말로 지난 생에서 무식한 진상이 내 짐을 싸서 문밖으로 던진 적도 있었다.

하지만 나의 말을, 이안은 다른 쪽으로 곡해했다. 그가 손가락으로 테이블을 톡톡 두드리며 물었다.

"플로렌스 집안의 부채는 모두 해결되었으니 돌아가겠다?"

"설마요."

플로렌스 자작. 제약사업으로 전 재산 쫄딱 말아먹고 딸자식으로 장사를 벌인 우리 아버지.

파넬 공작부인 자리는 반짝반짝 빛이 났지만, 동시에 고위귀족들은 꺼리는 자리였다. 공작이 전쟁터에서 죽기라도 하면 남편 얼굴도 못 본 채 과부가 되어버리니 말이다.

그때 거금을 요구하며 딸 장사를 하는 데 성공한 분이 바로 우리 아버지였다.

"목에 칼이 들어와도 그 집구석엔 내 발로는 안 들어가요. 당신도 행여나 처가라고 관심 보이거나 하지 말아요. 그럴 가치도 없는 종자들이니까."

"흠."

빈말이 아니라 나는 우리 아버지가 객사한다고 해도 쳐다도 안 볼 생각이었다. 다소 시니컬한 내 대답을 들은 이안이 눈살을 찌푸리고 중얼거렸다.

"이야기하면 할수록 당신은 참 알 수가 없습니다. 굉장히 불행한 삶을 살았던 것 같은데……."

유리알처럼 푸르고 반짝거리는 눈이 나를 향했다.

같은데 뭐.

나는 팔짱을 꼈다.

"왜 말을 하다 말아요?"

"아닙니다."

무슨 욕인가 들어보자 하고 있었더니, 이안은 부드럽게 화제를 돌렸다.

"어서 드시죠. 감자수프가 굳고 있군요."

나는 다시 수프 그릇을 내려다보았다. 그의 말대로 수프 표면에 얇은 막이 생기고 있었다. 그런데 이걸 어쩌지. 여전히 입맛이 없었다.

스푼을 들었던 나는 결국 다시 내려놓으며 물었다.

"아니, 정말로 걱정되어서 그러는데. 폐하께서 기다리시는데

한가로이 아침이나 먹어도 돼요? 지금 당장 달려가야 하는 거 아니에요?"

"지금 재미있어서 몸이 달아 있으실 텐데, 좀 늦는다고 별일 있겠습니까. 기다리는 시간조차도 즐거우실 겁니다."

"네에."

재미있어 죽으려고 하는구나. 황제의 상태를 알아차린 나는 한숨을 내쉬었다.

'그래도 저리 말하는 거 보니 정말 괜찮은가 보네.'

그럼 나도 그냥 식사나 해야겠다.

그제야 한 스푼을 뜬 수프는 파넬 공작가에서 먹던 것과 맛이 확 달라서, 새삼 내가 다른 인생길로 접어들었다는 체감이 들었다.

❖ ❖ ❖

밥을 먹으면 바로 황궁으로 출발할 줄 알았더니, 산 넘어 산이었다. 식사를 마치기 무섭게 방문한 꼬장꼬장하게 생긴 마른 노부인을 바라보았다.

"안녕하십니까, 마님. 저는 이 집의 내정에 관한 총괄업무를 대행하는 로만나 하녀장입니다."

벌써 마님이냐.

내가 떨떠름한 표정으로 이안을 흘긋 쳐다보았더니, 그는 덤덤하게 홍차를 마시고 있었다.

'그리 안 보이는데 은근히 추진력 있네.'

벌써 마님이라니. 어쨌든 그쪽이 허락한 호칭인 거 같아서 고개를 끄덕이며 자연스럽게 인사를 받았다.

"반가워요, 부인."

하지만 그다음 말에는 또다시 의연할 수가 없었다.

"재단사가 마님을 기다리고 있습니다. 이쪽으로 오시죠."

"재단사요?"

아니, 이게 무슨 소리야. 이안을 획 돌아보았다. 이안은 태연스럽게 대답했다.

"폐하를 뵈어야 하는데 당신 옷은 모두 파넬가에 있지 않습니까."

"하지만 기다리고 계시는데……."

아니, 황제를 기다리게 하고 옷을 맞춘다고? 그 옷은 언제 지어서 입고 가는데.

'내일이 되어도 완성 안 될 거 같은데.'

어이가 없어서 이안을 바라보았다. 하지만 그는 담담하기 그지없었다. 나는 코끝으로 한숨을 내쉬었다.

'에라, 모르겠다.'

진짜 괜찮으니까 이렇게 뻔뻔하게 굴겠지. 나는 자리에서 일어섰다. 그리고 하녀장에게 턱짓했다.

"좋아요. 안내해주세요."

우리가 걸음을 옮기기 시작하자, 이안도 찻잔을 내려놓고 우리의 뒤를 따랐다.

'옷 맞추는 것까지 쳐다볼 생각인가.'

아무래도 타이론 공작은 할 일이 없나 보다. 하긴, 제임스도 나보다 한가한 거 같았지.

'그래도 제임스는 옷 맞추고 이런 거에는 졸졸 쫓아다니지 않았는데.'

아침 식사도 같이했던가? 기억이 나질 않았다. 나는 한숨을 푹 내쉬었다.

'정말 우리는 잠만 같이 잤구나.'

그리 생각하니 이쪽이 훨씬 나은 것 같았다. 옳았던 내 선택에 고개를 주억거리며 하녀장의 뒤를 따랐다.

그녀가 안내해준 곳은 바로 내가 어제 잠을 잘까, 고민했던 응접실이었다. 응접실에는 이미 여러 종류의 천과 예시로 가져온 드레스 몇 벌이 펼쳐져 있었다.

모노클을 끼고 귀에 연필을 꽂은 재단사가 고개를 숙였다.

"안녕하십니까."

인사를 건네고 그 뒷말이 없었다. 아무래도 나를 어떻게 불러야 하는지 모르겠는 모양이었다. 나는 턱을 꼿꼿하게 세우고 대답했다.

"플로렌스 영애라고 부르시죠."

"안녕하십니까, 플로렌스 영애."

엄밀히 말해서 아직 결혼한 건 아니니까. 이안은 당연하다는 듯이 응접실 소파에 앉았다. 재단사는 눈이 쨍할 정도로 푸른 드레스와 보라색 드레스를 내게 내밀었다.

그냥 슬쩍 봐도 날 생각해서 내미는 디자인이 아니었다. 나는 고개를 흔들었다.

"와인색 계열로 뽑아주세요. 새먼핑크도 좋고."

"영애의 눈동자 색과 색상을 맞추시는 건가요. 하지만 각하께서는……."

재단사가 대놓고 이안의 눈치를 살폈다. 나는 들으란 듯이 큰 소리로 물었다.

"아직 결혼한 사이도 아닌데 맞춰 입을 필요가 있나요?"

당돌한 말에 재단사의 몸이 움찔거렸다. 하지만 정작 소파에 기대앉은 이안은 대수롭지 않다는 듯한 어조로 대답했다.

"뜻대로 하시죠."

"들었죠?"

내가 눈짓을 하자, 그제야 재단사는 고개를 숙이고 물러났다. 나는 거침없이 내가 좋아하는 스타일과 색을 질렀다.

그런 내 모습을 이안이 물끄러미 바라보고 있었다.

3

이거 사기 결혼 아닙니까

결국 완성된 옷을 입고 궁에 갈 수는 없었다. 옷이 완성되길 기다릴 수 없었던 황제가 재차 칙서를 보낸 것이다.

어제 입었던 옷을 다시 입고 마차에 올랐다. 이안과 마주 보고 앉아서 마차 창밖을 내다보고 있자니, 이안이 말을 걸었다.

"파넬 공작가가 가난합니까?"

나는 그제야 창밖으로 두고 있던 시선을 이안에게 돌렸다. 이안의 눈빛에서는 딱히 무시한다거나 하는 오만한 기색은 느껴지지 않았다.

순수하게 궁금한 것 같았다.

나는 어깨를 으쓱했다.

"왜요? 그렇게 이 옷이 보기 싫어요?"

"네."

"흐응."

내 치마 끝자락을 손가락으로 만지작거렸다. 손끝에 까슬까슬한 옷자락 감촉이 남았다.

물론 내가 공작부인으로 실권을 쥔 뒤에는 쳐다도 보지 않는 재질의 옷감이었으나, 그전까지는 죄다 이런 것뿐이었다.

'그마저도 가진 옷 중에 가장 좋은 옷이었고.'

잠시 주마등처럼 과거의 괴로운 추억들이 몰려왔다. 나는 작게 한숨을 내쉬었다. 그리고 어깨를 으쓱했다.

"결혼한 뒤에 당신이 호강시켜주면 되죠. 제 선택이 틀리지 않았다는 걸 증명해주세요."

"……."

내 대답에도 다물린 이안의 입술은 열리지 않았다. 마차 안에는 침묵이 들이찼다. 나는 다시 창밖을 바라보았다.

떠올리지 않으려고 해도 자꾸만 하나둘 기억이 떠올라서, 결국 나는 모든 것을 포기하고 파넬 공작가에서 있었던 일들을 계속 생각했다.

마치 황궁으로 가는 길에 그것들을 하나하나 버리듯이.

❖ ❖ ❖

황궁에 도착하니 빨간 망토를 두른 중년 남자가 맨발로 뛰어나왔다.

"아이고, 제수씨!"

"네?"

나를 덥석 껴안으려는 걸 이안이 살짝 끼어 들어준 덕분에 피할 수 있었다. 나는 당황스러운 표정을 감추려고 애쓰며 치맛자락을 쥐고 깊게 무릎을 굽혔다.

"화, 황제 폐하를 뵙습니다."

이렇게 친근한 이웃집 아저씨처럼 튀어나왔지만, 바로 이 제국, 전체를 다스리는 황제 폐하셨다.

"뭘 그리 딱딱하게 예를 표하고 그러나. 어서 일어나게."

'너 같으면 긴장을 풀 수 있겠냐.'

나는 떨떠름한 표정으로 조심스럽게 무릎을 폈다. 하지만 여전히 시선은 바닥에 고정한 채였다.

그런 내 앞에서 황제가 곁에 선 보좌관에게 손짓했다. 보좌관이 손에 쥐고 있던 네모난 판을 내밀었다. 고풍스러운 서류가 끼워져 있었다.

"자, 이야기를 나누기 전에 여기 서명부터 하지."

"……."

그것을 보는 순간 나는 말문이 막히고 말았다. 그것은 혼인신고서였다.

'정말 마음이 달았나 보구나.'

이안의 이름과 내 이름이 하단에 적혀 있는 네모난 서류는 이미 한 번 본 적이 있는 것이었다. 놀라운 것은 서명 자리는 비어 있는데 이미 황제의 인장이 큼지막하게 찍혀 있다는 것.

'아니, 황제가 미리 도장을 찍어놓는 법이 어디 있어?'

절차가 한참이나 잘못된 일이었다. 초롱초롱한 눈으로 나를 응시하고 있는 황제에게 조심스럽게 운을 떼었다.

"폐하, 한 가지만 여쭙고 싶습니다."

"어서 이야기하게. 무엇인가?"

이렇게 될 거라고 생각하고 저지른 일이었지만, 일사천리로 진행되니 불안한 것이 사실이었다.

나는 눈을 내리깔고 차분한 어조로 물었다.

"제가 이렇게 파혼하게 되면 생길 구설이 두렵습니다. 우선 그 쪽을 해결하고 서명하는 것이 어떨지요."

그때였다. 황제는 내 말에 껄껄껄 웃더니 또다시 손짓했다. 다른 보좌관이 또 다른 서류를 들고 왔다.

"구설이 있을 게 뭐 있나. 파넬 공작가 쪽에서 먼저 혼인 무효 서류를 보냈는데."

"네?"

그 말에 나는 놀랄 수밖에 없었다. 뭐라고?

'이미 혼인 무효 서류를 보냈다고?'

아니, 내가 파넬 공작가를 박차고 나간 지 이틀이 지났나, 사흘이 지났나.

'어떻게 이렇게 빨리 혼인 무효 서류를 보낼 수가 있어?'

어이가 없었지만, 보좌관이 내민 서류에 찍힌 것은 부정할 수 없는 파넬 공작가의 인장과 황제의 인장이었다. 황제는 껄껄 웃으며 말했다.

"공작가에서 바로 사람이 찾아왔더군. 마음이 변할까 봐 얼른 도장 찍었지. 그리고 이 사본은 전쟁터에 나가 있을 제임스 파넬 공작에게도 전해질 걸세. 걱정하지 말게."

"하하."

기가 막혀서 나는 웃었다. 웃음밖에 나오질 않았다.

'역시 진상들, 변하질 않는구나.'

처음부터 나를 싫어하던 진상들이었다. 일이 이렇게 되었으니 먼저 선수 쳐서 나를 쫓아내겠다는 거겠지.

'미련 남기지 않아서 좋네.'

이렇게 되니 마지막 남은 한 줌의 망설임조차 파스스 사라졌다. 고개를 끄덕였다.

"네. 좋습니다."

내가 허락하기 무섭게 보좌관이 잉크가 듬뿍 묻은 펜을 내밀었다. 나는 거침없이 서명했다. 습관처럼 올리비아 파넬이라고 쓰려다가 올리비아 플로렌스로 바꾸면서 뒤에 P부터 글자체가 이상해졌지만 아무래도 좋았다.

그렇게 서명을 하고 나자, 보좌관은 이안에게 서류를 내밀었다. 그런데 뜻밖에 이안이 서명을 하지 않고 멈춰 선 채로 서류를 바라보기만 했다.

'뭐야, 지금 나는 서명했는데. 밑장빼기냐?'

꼭 내가 저 남자를 자빠뜨려서 결혼하는 것 같지 않나. 팔꿈치로 그를 쿡 찌르며 속삭였다.

"뭐 해요, 이안. 어서 서명해야죠."

"폐하."

그는 서명하는 대신 고개를 들어 황제를 불렀다. 팔짱을 끼고 싱글싱글 웃고 있던 황제가 벌꿀처럼 다정한 목소리로 대답했다.

"왜 날 부르는가. 세상에서 가장 사랑하는 사촌 동생이여?"

"설마 이 서류 한 장으로 결혼 인정을 하겠다는 건 아니지요?"

"뭐? 당연히 결혼식을 치러야지. 이건 영애와 너의 마음이 바뀔까 봐 미리 받아놓는 족…… 아차, 그냥 행정업무라네."

말 고쳐도 늦었다. 족쇄라고 하는 거 다 들었다고!

'그런 걸 묻다니, 의외네.'

솔직히 결혼식은 생각도 하지 않고 있었던 나인지라, 이안을 곁눈질했다.

이안은 무섭도록 아무 표정도 떠오르지 않은 얼굴로, 담담히 말했다.

"다이아몬드 홀을 열어주시죠."

"이안!"

나는 기겁하고 그의 이름을 부를 수밖에 없었다.

'다이아몬드 홀이라니!'

황궁에는 다양한 모양과 용도의 무도회장이 여럿 있었는데 다이아몬드 홀은 그중에서도 가장 화려한 것으로 수년 지나야 한 번 열릴까 말까 한 곳이었다.

스타티스 황제와 로메오가 거기서 혼인과 대관식을 한 번에 치렀었지.

'그런 곳을 내 결혼식을 위해 열어달라고?'

황제가 아무리 이 남자를 아낀다고 해도 그럴 리가 없었다. 나는 황제를 돌아보았다. 아니나 다를까. 황제는 손가락으로 이안을 가리키며 부들부들 떨었다.

"너, 이 녀석……."

거봐라. 당신의 무엄함에 질린 거 아니겠는가.

그런데 이게 웬일, 당장 소리를 지를 줄 알았던 황제는 갑자기 이안을 얼싸안았다.

황제가 이안의 아버지라고 해도 믿을 수 있을 정도로 격하고 애정이 듬뿍 담긴 포옹이었다.

"그래. 나는 믿었다. 세상 모든 사람이 네가 불능이라고 해도 그럴 리 없다고. 모처럼 그렇게 훌륭한 물건이 나왔는데."

뭐라고요.

'훌륭한 물건.'

서로 물건도 공개한 사이였냐.

"흠흠."

내 앞에서 떨어서는 안 될 주접까지 떨었다는 걸 뒤늦게 깨달은 황제는 헛기침하며 애써 권위적인 이미지를 회복하려 노력했다. 물론 이미 늦었지만.

'내 생각보다도 사촌 사이가 좋은가 보네.'

나는 그리 생각하며 고개를 주억거렸다. 이안은 결국 펜을 받아서 서류에 서명을 남겼다. 황제는 무척 흡족해하며 고개를 끄덕였다.

"그래. 당장 다음 주에라도 열어주마. 황후에게 부탁할 테니 앞으로 그쪽에게 도움을 받거라."

"감사합니다."

나는 사실 황후 마마에 대해서는 잘 알지 못했다. 내가 제대로 사교계 활동을 하기 시작할 무렵, 그녀는 병으로 두문불출했기 때문이다.

'이참에 어떤 사람인지도 알 수 있겠네.'

그 뒤로 이어진 황제와의 대담은 별것이 없었다. 그냥 잡담이 대부분이었고, 이 말도 정말 많이 했다.

"우리 사촌 동생을 잘 부탁하오."

내가 콧구멍을 파고 있어도 예뻐할 것 같은 황제의 태도를 보니 얼떨떨하기만 했다. 돌아가는 길에 잘 정돈된 황궁 정원을 걸어가며, 이안을 가늘어진 눈으로 쳐다보았다.

"사촌 형님이 무척 마음고생 하셨나 봐요."

"저 때문에 말입니까?"

내 말에 이안은 그럴 리가 없다는 듯이 눈살을 찌푸렸다. 나는 작게 웃었다. 한 나라의 황제가 뭐가 아쉬워서 내게 그리 다정하게 제수씨, 제수씨 하면서 말을 걸겠는가.

'모두 이 남자 때문이지.'

전생에도 몇 번이나 우리 사촌 동생이, 우리 사촌 동생이, 도돌이표 노래를 부르기에 유독 아끼고 있다고 생각은 했다. 하지만 자신이 직접 주선한 파넬 공작가의 혼담을 깨버리고 혼인서에 도장까지 찍어 내밀 줄은 몰랐다.

'정말 빨리 결혼시키고 싶었나 봐. 그런데 20년이나 버티다니, 이 남자가 잘못했네.'

하지만 내 눈에도 보이는 것이 이 남자의 눈에는 보이지 않나 보다. 그는 가볍게 어깨를 으쓱했다.

"폐하께서 혼자서 고민하시는 거죠. 요즘 적적하니 하실 일이 없으시니."

"그런 것치고는 제게 너무 상냥하신데요."

아니, 황제가 왜 적적하고 할 일이 없어?

게다가 정말 그런 이유라면 나한테 상냥하게 대할 필요가 없다. 그냥 사무적으로 대해도 충분하니까.

"그건 그렇고."

하지만 그 태도나 이 상황이, 이안에게는 정말 별 의미가 없는 거 같았다. 아무렇지도 않게 화제를 흘려보낸 남자는 지금 상황과 전혀 상관없는 이야기를 꺼냈다.

"이제 서로를 부르는 호칭을 정해야 할 것 같은데."

호칭?

나는 고개를 갸웃거렸다.

"그냥 부르면 되잖아요?"

내 대답에 이안은 잠시 말이 없었다. 그러더니 고개를 살짝 기울이며 은근한 어조로 말했다.

"부인."

그런데 그 말을 듣는 순간 내 팔에는 오스스 소름이 돋았다.

"부인."

그건 제임스가 날 부르던 호칭이었다. 말수가 적은 남자의 '부인'이라는 두 글자에는 항상 많은 뜻이 담겨 있어서, 듣고 있는 나는 늘 고민에 빠져야 했다.

이안이 그리 부르니 저절로 심장이 빠르게 뛰면서 제임스가 떠올랐다. 나는 고개를 얼른 흔들었다.

"그, 그거 말고요."

"그럼."

이안의 얼굴이 내게 가까이 다가왔다. 반듯한 입술이 내 귓가에 머무르며 나지막하게 속삭였다.

"올리비아."

두근. 소름이 오스스 돋아나는 것 같았다. 간지러움이 귀 끝에서부터 온몸으로 번져 나갔다. 나는 어깨를 움츠리고 휙, 몸을 돌렸다. 얼굴을 새빨갛게 물들이고 귀를 문질거리는데, 열 받게도 이안은 담담하기만 했다.

입술을 삐죽이며 투덜거렸다.

"으으, 앞으로 이렇게 귓가에 속삭이는 건 지양해주세요. 귀가 너무 간지럽네요."

"부인의 요구라면."

"부인이라고 하지 말래도요. 그건 싫어요."

부인이라는 단어는 자꾸만 제임스를 떠올리게 했다. 내가 정색하고 그렇게 말하자 이안은 입술을 꾹 다물고 나를 바라보았다. 얼마나 눈을 마주 보았을까.

그는 흠, 하고 소리를 내며 중얼거렸다.

"그런가."

"뭐가요?"

뭐가 그렇다는 거야.

내가 눈을 가늘게 뜨고 그를 노려보자, 그는 어깨를 으쓱했다. 얄밉도록 침착한 얼굴이었다.

"아닙니다."

공작가에 도착하기가 무섭게 집으로 편지가 날아들었다.

2주 뒤에 결혼식을 치르겠다는 황실의 편지였다.

❖ ❖ ❖

2주 안에 결혼식을 준비하는 건 결코 쉽지 않은 일이다. 애초에 아무것도 준비가 되어 있지 않은 상황 아닌가.

당연하게도 아직 적응하지 못한 나를 대신해서 하녀장이 결혼식을 준비하기로 했으나.

"나 줘요. 내가 할게요."

나는 당당하게 이안에게 손을 내밀었다.

집무실에서 이런저런 서류를 처리하고 있던 이안이 나를 보고 눈살을 찌푸렸다.

"당신이요?"

"할 수 있어요. 파넬 공작부인으로 이미 연습한걸요."

"하지만……."

이안은 말꼬리를 흐렸다. 아마 많은 할 말이 있을 것이다. 타이론 공작과와 파넬 공작가의 내정 규모도 차이가 있을뿐더러, 내정을 처리하는 과정도 다르지 않겠는가. 하지만 나는 자신 있었다. 의기양양한 표정으로 손을 내밀었다.

"잘할 수 있어요. 어차피 대부분 굵직굵직한 일은 황실의 황후마마께서 처리해주시잖아요."

"……."

내 말이 틀린 것은 아니었다. 결혼식 장소가 황궁의 다이아몬드 홀이 되면서 우리의 결혼식에 대한 대부분은 황실에서 처리하게 되었다.

결혼식에서 해야 하는 일 중 가장 중요한 것이 식장과 내빈 대접임을 생각하면 이는 무척 유리한 조건이었다.

이쪽에서 할 일은 황실에게 보여야 하는 감사와 하객에게 줄 선물, 각 가문에 초청 편지를 보내는 것, 그리고 나와 이안의 꾸밈 정도다.

"그럼 당신에게 맡기도록 하죠."

잠시 셈을 하는 것 같던 이안은 흔쾌하게 고개를 끄덕였다. 그리고 하녀장에게 당부했다.

"잘 보필하도록."

"네."

"그럼 전 가볼게요. 이따 저녁은 같이 먹나요?"

"물론이죠."

"그럼 이따 뵈어요."

그리 인사하고 내가 경쾌하게 돌아섰을 때였다. 이안이 나를 불렀다.

"올리비아."

으으, 들을 때마다 느끼는 거지만 어쩐지 오싹오싹해지는 목소리였다. 어깨를 움츠리며 살짝 몸을 떨었다. 그리고 내 팔을 문지른 채로 뒤로 돌아섰다.

"네."

바쁜데 왜 부르냐.

"……."

그는 말없이 나를 바라보았다. 또 침묵이냐.

'하지만 벽돌도 잘 데리고 살 수 있다고 호언장담한 사람이 바로 나였지.'

내뱉은 말이 있기에, 차분하게 그가 말하기를 기다렸다. 그때였다. 그 남자의 손가락이 천천히 다가오더니 내 이마에 닿았다. 그러고는 슬쩍 미끄러지는 것 같다가 내 귓가를 스쳤다.

오싹.

예민한 피부에 손가락이 닿으니 저절로 몸이 움츠러들었다. 나는 내 귀를 손바닥으로 가리며 뒤로 한 걸음 물러났다. 그가 나를 보더니 무뚝뚝한 어조로 말했다.

"머리카락이 흩어져 있군요."

"네네, 말로 하셔도 될 텐데요."

"자신의 얼굴은 자신의 눈으로 볼 수 없으니까요."

어쩜, 한마디도 지질 않는다.

"고~맙습니다. 그럼 전 진짜 가요! 농담 아니고 정말 바쁘거든요~!"

나는 잔뜩 빨개진 얼굴로 휙, 돌아섰다. 하녀장이 서둘러 내 뒤를 따라왔다. 나는 쾅, 하고 집무실 문을 닫았다.

뭔가 웃음소리가 문틈으로 새어 나오는 것만 같았다.

❖ ❖ ❖

결혼식에 대한 전권을 받은 내가 제일 먼저 한 일은 바로 이것이었다.

"파넬 공작가로 연락하지."

"네?"

내 말에 하녀장의 표정이 단박에 굳어졌다. 뒤늦게 그녀에게 원래 공작부인이던 시절처럼 하대했다는 사실을 깨달았지만, 그냥 무시하기로 했다.

어쩔 거냐. 이제 나는 진짜로 이 집 마님인데. 혼인서에 서약도 했다, 이거지.

"하지만 마님, 그쪽에서 좋아하지 않을 텐데요."

"그러니까 보내는 거야. 필시 내가 결혼식에서 사용했던 드레스와 귀금속들이 애물단지겠지."

파넬 공작가의 지금 상황은 굳이 보지 않아도 훤했다.

버리자니 보석과 드레스가 아깝고, 두고 보자니 눈엣가시처럼 맙겠지. 그게 파넬 공작가의 빠듯한 재정 상황이기도 했다. 나라면 자존심 때문에라도 팔아버렸을 텐데 말이다.

'경매라도 붙이면 더 프리미엄이 붙을 거고.'

얼마나 핫한 드레스와 보석들인가. 파넬 공작과 결혼했다가 이제는 타이론 공작부인이 된 올리비아 플로렌스가 사용했던 보석과 드레스입니다!

'원금보다도 더 벌 수 있는 기회인데, 머리가 돌들이니 그런 생각은 하지도 못하겠지.'

우아한 진상은 셀레브리티들의 물건을 경매로 붙이는 게 천박한 오락이라고 믿었다. 내가 보기엔 돈이 없어 참가하지 못하는 가난뱅이 공작가 대부인의 변명 같았지만 말이다.

나는 쓱쓱 서류를 적었다. 내가 뭘 차고 뭘 입었는지는 지금도 훤히 꿰고 있었다. 공작가에서 유일하게 얻은 물건들이 그것뿐이었기 때문이다.

"이쪽에서 매입하겠다고 해. 굳이 후하게 쳐줄 필요도 없어. 제값을 치러줘."

깎아버릴까 했다가, 그러면 정말 진상들이 타이론 공작가까지 찾아올까 봐 꾹 참았다. 무서워서가 아니다. 그 얼굴들이 이제 진짜 지긋지긋했기 때문이다.

내가 이것저것 적어서 건네는 서류를 눈으로 훑은 하녀장이 희게 질린 안색으로 되물었다.

"설마 전 혼인식에서 입으셨던 드레스를 또 입으시려고요?"

"왜 아니겠어."

나는 어깨를 으쓱했다.

“시간도 없는데 괜한 옷을 맞추는 건 물자 낭비, 시간 낭비야. 조금 수선을 하면 아예 다른 드레스처럼 보일 거야. 초대장을 쓰는 것만으로도 촉박해서 그런 데 시간을 쓸 수 없어.”

겉치레를 좋아하는 귀족들은 초대장도 꼭 손으로 써야 했다.

그것도 그 집안의 안주인이!

파넬 공작가에서야 대부인인 우아한 진상이 직접 편지를 적었지만, 타이론에는 딱히 어른이라고 할 사람이 없기에 예비 안주인인 내가 적어야 했다.

하지만 수도에 귀족 가문이 몇 개인데. 그걸 쓰기에도 시간은 충분히 촉박했다. 나는 얼마 안 되는 시간을 괜히 재단사와 씨름하고 보석상을 방문하는 것으로 흘릴 마음이 없었다.

나의 지극히 합리적인 결정에, 하녀장은 입술을 우물거렸다. 그러고는 조심스러운 어조로 내게 물었다.

“하지만 불길하지 않으세요?”

그녀의 말에 나도 모르게 웃음을 터뜨리고 말았다.

“그런 건 다 미신이야.”

그 드레스를 입고 치른 결혼식은 나에 의해 처참하게 박살이 났다. 하지만 나는 그 결혼을 계속 유지해도 그 결과가 어떻게 되는지 이미 알고 있는 사람이었다.

내가 행복했나?

정답은 이미 나와 있다. 절대 아니.

‘정말 그런 것들이 사람을 행복하게 만들 수 있다면 나는 세상

에서 제일 행복한 공작부인이어야 했어.'

나와 제임스는 생일이 같아서 부부가 되었다. 모두 생일이 같으면 잘 맞을 거라는 미신 때문이었다. 하지만 나와 제임스는 농담으로도 맞지 않았다. 사소한 기호부터 습관까지 뭐 하나 닮은 점이 없었다.

그러니까 그런 건 다 말도 안 돼.

"한낱 숫자에 불과한 생일이, 한낱 물건에 불과한 드레스가 사람의 인생을 좌우할 리 없잖아. 난 돈과 시간을 아낄 수 있으면 만족해."

"알겠습니다."

괜한 미신을 따지느니 물자와 시간을 아끼는 방향으로 가겠다는 게 나의 의견이었다.

'어차피 파넬 공작도 없이 혼자 치렀던 결혼식에, 내가 뭘 입고 있는지 세세히 기억할 사람도 하나 없으니 상관없어.'

편지를 보내고 얼마 지나지 않아서 파넬 공작가에서도 답신이 왔다. 내가 초대장을 100장 정도 썼을 때였다.

– 가격을 흥정하고 싶지도 않으니 그냥 주는 것만 받겠다. 네가 두고 간 잡다한 물건들은 이미 모두 버려서 챙겨줄 수도 없구나.

우아한 진상의 편지와 내가 사용하던 물건들이 든 상자였다. 그 편지를 받아 든 나는 읽고 나서 박박 찢고, 당장 등불에 던져버렸다. 그리고 상자에서 작은 목걸이 하나를 꺼냈다.

물방울 모양의, 투박하기 짝이 없는 크리스털 목걸이.

'엄마.'

내가 파넬 공작가에 드레스와 보석들을 구입하겠다고 굳이 편지를 보낸 것은 온전히 이 목걸이 하나 때문이었다.

가난한 집안에서 팔 듯이 딸을 보냈으니 뭘 해서 보냈겠는가. 하지만 이 목걸이 하나는 챙길 수 있었다. 이건 돌아가신 우리 어머니의 유품이었다.

'팔라고 하길 잘했군. 달라고 했으면 분명 버렸을 거야.'

하여간 끝까지 정떨어지는 사람들.

이걸로 파넬 공작가와는 정말 안녕이었다.

❖ ❖ ❖

밤의 여왕이 깊고 넓은 장막을 드리워, 한 치 앞도 보이지 않는 늦은 밤.

달칵. 작은 소리와 함께 문이 열렸다. 그리고 키가 큰 사내가 조용히 걸어들어왔다.

바로 이안이었다.

밤눈이 밝은 그는 어둠 속에서 조금도 헤매지 않고 침대로 갔다. 그곳에는 한 여자가 새근새근 잠이 들어 있었다.

달빛을 그대로 옮긴 것 같은 찬란한 은빛 머리카락이 침상에 그림같이 흩어져 있었다.

단정하게 두 손을 모으고 반듯하게 누워 새근새근 자는 여자는, 자는 모습조차 아름다웠다.

"……."

너무나 가만히 잠을 자고 있어 꼭 죽은 것 같았다.

괜히 심장이 조여든 이안이 가만히 올리비아를 바라보았다. 고르게 오르락내리락하는 가슴을 확인하고 나서야, 그는 긴장을 풀었다.

'정말 알 수가 없는 여자야.'

올리비아는 이안에게 처음 만난 그 순간부터 특별했다.

"저랑 결혼해요."

당돌하기 짝이 없는 요구, 남루한 옷차림이지만 당당한 태도, 예의가 바른 듯, 맹랑한 듯, 적정선을 잘 지키는 예법까지.

'분명 앳된 여자인데, 하는 행동은 꼭 사교계에서 오래 활동한 사람 같단 말이야.'

가느다란 팔에, 살집이 거의 없는 몸매는 버들가지처럼 낭창낭창했다. 하지만 힘이 없거나 연약해 보이지 않는 것은 불꽃처럼 활활 불타는 붉은 눈동자 때문이리라.

그녀는 묘한 여자였다. 눈을 마주하면 시선을 뗄 수가 없었다. 그 자체로 아름답게 빛나 모두를 매혹시키는 태양처럼.

'여러모로 신기한 사람이야.'

올리비아에 대한 조사 결과는 모두 한결같았다.

"말수가 적고 예의가 발라, 아카데미에서도 크게 눈에 띄지 않는 학생이었다고 합니다."

"로메오 알키저스 백작 영식을 비롯한 소수의 친우들과만 교우를 나누었으며."

"회계학을 전공했고, 상류 귀족사회에 대한 지식은 어디서도 배우지 못했습니다."

"말씀하신 대로 파넬 공작가에서는 거의 외면받으며 지낸 것으로 보입니다."

소극적이고, 차분하고, 상류사회를 모르는 여자.

'그러면 이 눈앞에 있는 여자는 누구란 말인가.'

이안은 물끄러미 올리비아를 내려다보았다. 그저 종이에 흑백으로 남아 있던 여자가 살아나서 생생하게 움직이는 것 같았다.

그렇게 한참 그녀를 바라보고 있으니, 그녀의 쇄골 근처에서 반짝이는, 작은 눈물 같은 목걸이가 보였다.

'이게 그 목걸이인가.'

이안의 눈이 빛났다. 그가 굳이 이곳을 찾은 이유도 저 목걸이에 대한 하녀장의 보고 때문이었다.

"파넬 공작가에서 온 물건 중 그것만 챙기셨습니다. 뭔가 의미가 있는 물건인 듯했습니다."

'영리한 여자야. 소중한 물건을 찾기 위해서 웨딩드레스 구입

을 운운했겠지. 물론 합리적인 결정이기도 하고.'

막상 와서 보니 그렇게까지 챙길 귀물처럼 보이진 않았다. 올리비아를 내려다보고 있던 이안이 입술을 열었다.

"부인."

움찔.

잠결에도 그 호칭에 반응하듯 몸이 떨렸다. 미간도 괴로운 듯 일그러졌다. 이안의 입꼬리가 비틀렸다.

"도대체 누가 그대를 부인이라고 불렀을까. 그 목걸이를 선물한 남자일까?"

조사 결과에는 어떤 남성과의 접촉도 드러나 있지 않았다. 굳이 있다면 로메오 알키저스 백작 영식.

하지만 그가 스타티스 황태자의 약혼자로 물망에 올라 있다는 사실을 아는 이안은 대범하게 그 가정을 지워버렸다.

결국 그녀에게 '부인'이라고 불렀던 남자의 정체는 오리무중.

희미한 불쾌감을 느끼며, 이안은 입술을 비틀었다.

"빨리 시간이 가면 좋겠군."

두 사람의 결혼식이 이제 고작 일주일 남은 밤이었다.

결국 이날이 오고야 말았다.

'으아, 생전에 결혼식을 두 번이나 하게 되다니.'

대기실에 앉은 나는 떨리는 가슴을 부여잡았다. 이안과 마주하고 있을 때는 사실 별로 긴장이 되지 않았다. 하지만 황궁에 들어와 드레스를 차려입고, 화장하고, 머리를 틀어 올리고 나니 그

때부터 큰북처럼 심장이 둥둥둥 울리기 시작했다.

'아이고, 내가 정말 결혼을 하는구나.'

당연하다면 당연한 사실인데, 이제야 떠올랐다. 고개를 살짝 숙이자 머리핀으로 고정된 베일이 우수수 내 시야를 가렸다.

'……두 번째 결혼식이라.'

이미 한 번 치렀던 제임스와의 결혼식이 떠올랐다.

'쓸쓸했었지.'

그건 결혼식이라고도 부를 수 없었다.

신랑은 전쟁터에 나가서 없고, 신부 혼자 있는 결혼식. 신부에게는 아무 관심도 없이 그냥 자신들의 이야기만 쏟아내던 하객들. 내내 눈꼴신 표정으로 앉아 있던 진상들.

오로지 고작 스무 살이었던 나만이 들떠서 그 시간 내내 긴장해 있었더란다. 그 결혼식이 그저 보여주기식 쇼에 불과하다는 사실도 깨닫지 못한 채.

'나는 정말 불행으로부터 탈출한 걸까.'

쓸쓸하고 차가웠던 그때를 떠올리니 저절로 손이 부들부들 떨렸다. 내가 괴로움에 눈을 질끈 감았을 때였다.

얼마나 시간이 지났을까.

묵직하고, 간지러운 소리가 내 귓가를 울렸다.

"올리비아."

"헛!"

깜짝 놀란 나는 비둘기인 양 파드득거리고 말았다. 깜짝 놀라서 앞을 바라보니, 나만큼이나 놀란 듯 눈을 동그랗게 뜬 남자가 보였다.

"이, 이안."

금빛 머리카락을 단정하게 뒤로 넘기고 순백색의 정장을 빼입은 남자는 평소보다 훨씬 더 잘생겨 보였다. 그가 살짝 눈을 찡그리며 내게 물었다.

"어디 아픕니까?"

그 질문에 순간 울컥하고 말았다. 제임스와의 결혼식 때도 나는 이렇게 대기실에서 긴장해서 벌벌 떨고 있었다. 하지만 누구 하나 이렇게 내 안부를 물은 적이 없었다.

'울면 안 돼. 울 일이 아니야.'

그리 스스로를 다독이며 눈을 빠르게 깜빡거리면서 눈물을 삼켰다. 그리고 살짝 고개를 숙여서 그와 눈을 마주하지 않았다.

'베일이 가리고 있으니 눈물이 고인 건 모르겠지.'

그나마 이렇게 베일이 한 겹 있어서 다행이었다. 내가 갑자기 울면 무슨 일인가 그가 미심쩍어할 것이 분명했다.

"아니에요. 그냥 눈만 감고 있었어요."

내 대답에 그는 평소처럼 진지한 목소리로 물었다.

"설마 장식이 무거워서 그런 겁니까?"

아니, 이게 무슨 소리야.

어이가 없으니 눈물이 쏙 들어갔다. 나는 그를 흘겨보았다. 그런데 이안의 눈꼬리가 미세하게 씰룩이고 있었다.

'아니, 이 사람이.'

"……제가 얘기했던가요?"

"뭘 말입니까?"

"당신 농담 정말 재미없다고."

"저런."

정말 그걸 농담이라고 했나 보다. 기가 막혀서 입술을 삐죽였다. 그런 내 앞에 이안이 손을 불쑥 내밀었다.

"이거."

"이건 뭐예요?"

"결혼반지."

조개껍데기처럼 잠겨 있는 주먹을 손가락으로 펴니 동그란 반지가 나왔다. 이안이 딱딱한 어투로 말했다.

"아무리 당신이 수수하다고 해도 결혼반지까지 사용하던 것을 쓸 수는 없지 않습니까."

"아."

전혀 생각도 못 했던 선물인지라 나는 눈을 깜빡거렸다. 그러고 보니.

"하긴, 한쪽은 전쟁터에 가 있을 테니까요."

한쪽은 전쟁터에 있는 제임스에게 배달되었을 테니 중고로 사용할 수 없는 게 당연했다. 제임스가 그걸 낄지 안 낄지는 모르겠지만.

내 대답에 이안은 작게 한숨을 내쉬었다.

"그런 의미가 아닙니다."

"그런 의미가 아니면, 뭔데요?"

"휴."

뭐야. 왜 기분 나쁘게 한숨만 내쉬고 말을 안 하는데.

내가 눈꼬리를 뾰족하게 하고 그에게 뭐라고 대꾸하려고 했을 때였다.

그는 이제 더 말하기가 싫어졌는지, 내 손을 잡고 손가락에 직접 반지를 끼웠다. 반지는 맞춘 것처럼 넷째 손가락에 쏙 들어갔다. 별다른 무늬 없는 투박한 평 반지였다.

'반지조차도 이 사람답네.'

그리 생각하며 나는 눈을 깜빡거렸다. 자꾸 보다 보니 차라리 이렇게 투박한 게 더 질리지 않고 오래 지닐 수 있을 것 같기도 했다. 손가락을 툭툭 흔들어보던 나는 입술을 삐죽였다.

"왜 이렇게 잘 맞아요?"

여자 손가락 치수를 잘 아는 남자는 바람둥이라고 하던데. 눈을 가늘게 뜨고 그를 바라보니, 그는 어깨를 으쓱하며 담담히 대답했다.

"당연히 당신 치수를 쟀으니까요."

"내 손가락을요? 언제요?"

"비밀입니다."

내가 눈을 가늘게 뜨고 계속 그를 노려보았음에도, 그는 더는 대답하지 않았다.

'설마 나 자는데 변태처럼 몰래 들어와서 재고 그랬던 거 아니겠지?'

아무리 기억을 더듬어도 반지 치수를 잰 기억이 없었다.

결국 남은 것은 하나, 내가 잘 때 몰래 재는 방법뿐인데…….

'상대는 고자인데. 그럴 리가 없어.'

나는 고개를 흔들었다. 그냥 감이 좋은가 보지. 그렇게 생각하기로 했다.

손가락에서 빛나는 납작한 평 반지를 쳐다보았다. 레몬색 금이라 희한하다고 생각했는데, 자세히 살펴보니 금색과 은색 실이 교차하는 것처럼 아주 얇게 반복되어서 연한 금색으로 보인 것이었다.

'이게 뭐지?'

파넬 공작부인으로 살 때도 본 적 없는 정교한 금속이었다. 내가 눈을 깜빡이며 조금 더 세심하게 반지를 살피려고 할 때였다. 문이 열리고 하인이 이안을 찾았다.

"공작님, 먼저 손님을 맞으셔야 합니다."

"이런."

이안은 귀찮다는 듯이 미간을 찌푸렸다. 나는 얼른 사라지라는 뜻으로 손을 흔들었다. 내 손가락에서 반짝반짝 빛나는 반지를 보고 있던 이안의 입술이 희미하게 휘어졌다.

그가 불쑥 내 손을 붙잡았다.

'다시 반지를 빼려는 건가?'

생각해보니 주례가 끝나고 반지를 끼워주는 시간이 따로 있었던 것도 같다. 일순간 긴장했던 내가 느슨하게 팔의 힘을 풀었을 때였다. 훅, 다가온 이안이 내 귓가에 나지막한 크기로 속삭였다.

"잠시만 있다 봐요, 올리비아."

"읏!"

아니, 귓가에서 속삭이지 말라니까 왜 자꾸 이렇게 속살거리는 거야!

꽥, 화를 내려고 했더니 그는 이미 내게서 여러 걸음 물러난 뒤였다. 하녀들이 흘금거리는 것을 눈치챈 나는 입술을 꾹 다물고 다시 고개를 숙였다.

'날 놀리고 있어. 놀리는 게 분명해.'

저렇게 뻔뻔한 얼굴로 아무렇지도 않게 장난을 치다니.

'제임스하고는 비슷한 듯 다르다니까.'

과묵하고 어딘지 모르게 다가가기 힘든 분위기가 닮았다고 생각했는데, 이제는 내 생각을 수정해야 할 지경이었다.

과묵하다기엔 지나치게 짓궂잖아!

'하지만 덕분에 우울함은 모두 사라졌네.'

지난 결혼을 떠올리며 가라앉았던 기분이, 이안의 농담과 장난에 바람처럼 사라졌다. 나는 조심스럽게 내 목에 걸린 물방울 모양의 목걸이를 만지작거렸다.

"행복해야 해, 내 딸."

'엄마.'

수년 전 돌아가신 우리 엄마가 지금의 나를 보면 뭐라고 이야기할까. 결혼을 두 번이나 했다고 하면 뒤로 넘어가실지도 모른다. 우리 엄마는 여자는 바깥일을 알아서는 안 된다고 생각하는 고리타분한 사람이었으니까.

'그래도 엄마. 나 힘내고 있어요.'

잠시 불안감이 내 마음을 흔들었다. 제임스와 결혼하여 파넬 공작부인으로 두 번째 인생을 사는 것은 이미 한 번 걸었던 길.

그 길을 박차고 나온 내 앞에 펼쳐진 것은 결국 아무것도 모르는 미지의 길이었다. 이미 한 번 걸은 적 있는 익숙한 길이 나를 유혹했다.

'이쪽 인생은 이미 다 알고 있잖아. 이쪽 길을 걷는 것이 좀 더 수월하지 않겠어?'

하지만 나는 고개를 내저었다. 나는 펜던트를 꽉 쥐었다.

'행복해지고 싶으니까.'

다 알고 있으니, 그 사실을 알고 있었다. 그쪽 인생은 행복하지 않았다는 걸.

"들어가실 시간입니다."

마음의 미련을 떨쳐버리기를 기다렸다는 듯이, 나를 부르러 사람이 왔다. 나는 의연하게 자리에서 일어났다.

어떻게 해야 공작부인처럼 걸을 수 있는지 누구보다 잘 알고 있었다. 이미 20년을 공작부인으로 살았으니까.

그리고 이제.

"신부 입장!"

남은 인생도 공작부인으로 살아갈 것이다.

나는 턱을 들고 어깨를 폈다. 흰 비로드가 길게 늘어진 길 끝에 눈처럼 흰 예복을 빼입은 남자가 나를 향해 손을 내밀었다.

새로운 인생을 향해 나는 천천히 발을 디뎠다.

❖ ❖ ❖

다이아몬드 홀은 명성이 자자했던 것만큼 화려하고 넓었다. 그리고 그 홀을 꽉 채우고 있는 꽃과 꽃 그리고 꽃.

'꽃값만 해도 장난 아니었겠네.'

아마 지난 생의 나였다면 다리에 힘이 풀리거나 규모에 압도되어서 입구에서부터 굳어졌을지도 모른다.

하지만 나는 이미 이 다이아몬드 홀을 한 번 본 적이 있었다.

내 절친한 친구, 로메오의 국혼에서.

그러기에 나는 주위에 한눈팔지 않고 곧게 이안을 바라볼 수 있었다.

'적어도 이번 생에는 남편 없는 결혼식은 하지 않네.'

사박사박, 신부 길을 걷고 있으니 지난 결혼식이 떠올랐다.

지난 결혼식에는 아버지의 팔짱을 끼고 식장에 들어섰었다. 그리고 옆에 아무도 없는 채로 혼자 서서 주례사를 듣고 혼인 맹세를 읊었었다.

하지만 이번엔 많은 것이 바뀌었다. 타이론 공작부인의 이름이 적힌 초대장을 플로렌스 자작가로 보내지 않았다.

초대받지 못한 우리 아버지는 결국 들어오지 못하셨으리라.

'다신 친정에도 휘둘리지 않을 거야.'

주고 또 줘도, 고마운 줄도 모르고 더 달라고 앙앙거리는 것이 우리 아버지란 인간이었다.

그 사실을 지난 생에서는 지나치게 늦게 깨달았다.

내가 파넬 공작부인으로 제대로 자리도 잡지 못했을 때, 아버지는 이런 말을 하며 내게 손을 벌렸다.

"네 막냇동생의 혼례비용 좀 다오."

그래서 자존심도 다 접고 진상들에게 빌어서 없는 돈, 있는 돈 만들어 건넸더니 그 인간은 이렇게 말했다.

"아? 다행히 그 애를 5만 데르크에 데려간다는 집이 있더구나. 잘되었지 뭐니."

내 돈은 돈대로 챙기고 동생은 동생대로 팔아넘겼다. 정나미가 뚝 떨어지는 일이었다.

그 뒤로 친정과 연을 끊었지만, 친정에 한 푼, 두 푼 돈을 건넨 것은 내 약점이 되어서 두고두고 나를 괴롭혔었다.

'이번 생에서는 절대 그런 일 없어.'

그렇게 밑바닥을 보고도 또 속으면 천하의 멍청이였다.

'기회를 봐서 막냇동생도 내가 데리고 와야지.'

그리 생각하며 입술을 꾹 깨물었다. 그때였다.

"무슨 생각 하고 있어요?"

오싹.

들어도, 들어도 익숙해지지 않는 낮은 목소리가 귓가에 들려왔다. 나는 퍼뜩 정신을 차렸다.

끝없이 이어질 것 같은 신부 길은 이미 끝나 있었고, 나는 이안의 곁에 서 있었다. 엄숙한 표정의 대주교가 우리의 결혼에 대한 주례를 늘어놓고 있었다.

주례를 읊는 대주교의 주름진 얼굴을 살피다가 조심스럽게 이안에게 속삭였다.

"그냥, 결혼식이 이런 것인가 하는 생각."

"거짓말. 다른 남자를 생각하는 거 아니고요?"

"그럴 리가요."

사실 조금 뜨끔했다. 그를 보며 제임스를 생각했던 건 사실이니까. 그다음에는 열통 터지게 하는 우리 아버지를 떠올렸고.

'하지만 전생의 남편을 떠올렸다고 할 수는 없잖아.'

내가 생각해도 미친 소리인지라, 어색하게 웃어 보였다. 내 얼굴을 물끄러미 바라보던 이안이 입술을 비틀었다.

"나를 눈앞에 두고 딴생각하는 사람이 드문데."

재수 없는 말이었지만, 납득할 수밖에 없는 말이기도 했다. 순금색으로 빛나는 아름다운 금빛 머리카락, 자신감 없이는 드러낼 수 없는 매끈하고 예쁜 이마, 오뚝한 코, 그리고 반듯한 입술.

신이 심혈을 기울여 빚은 예술품 같은 남자가 나를 바라보고 있었다.

'고자라는 사실을 알아도 홀릴 법한 얼굴이지.'

어느 순간 나도 모르게 그림을 관람하듯 이안의 얼굴을 바라보고 있을 때였다.

귓가에 속삭여지는 목소리는 평소와 달리 자못 사나웠다.

“만약 이룰 수 없는 연인이 있어서 나를 택한 거라면 지금 당장 포기하십시오.”

“네?”

이건 또 무슨 개똥 같은 소리야.

순간 기가 막혀서 입술을 벙긋거렸을 때였다.

“신랑, 신부, 충실의 맹세를.”

‘연인 같은 거 없다!’라고 말을 해야 하는데, 공교롭게 그 순간 대주교의 주례가 끝이 났다.

충실의 맹세라니.

‘지난 결혼식에는 이런 거 안 시켰잖아?’

어떻게 하는 건지 몰라 돌처럼 굳어졌을 때였다. 나의 허리에 이안의 팔이 감겨왔다. 굵은 손가락이 내 얼굴을 가린 베일을 슬쩍 들췄다. 희미했던 얼굴이 선명해지면서 그의 표정이 확연하게 드러났다.

‘웃어?’

웃을 줄 모르는 남자가 웃고 있었다. 그런데 그게 햇빛처럼 찬란하게 반짝이는 것이 아니라, 꼭 짐승이 으르렁거리는 것처럼 사납게 느껴졌다.

그가 꼭 제대로 들으란 듯이 한 글자, 한 글자 선명하게 내게 속삭였다.

"난 내 여자를 품 밖으로 다시 내보내는 취미 없거든."

그의 입술이 내 입술을 덮쳐왔다. 나는 눈을 동그랗게 뜨고 굳어졌다.

'아니, 이게 무슨 상황이야?'

당연히 대답해주는 사람은 없었다.

❖ ❖ ❖

결혼식은 대단히 호평이었다.

"역시 다이아몬드 홀이에요. 명성은 다 이유가 있었군요."

요즘 수도 인테리어는 대체로 깔끔하고 모던한 쪽으로 기울고 있었지만, 그래도 막상 화려함의 극치인 다이아몬드 홀을 마주하니 입이 딱 벌어지는 건 어쩔 수 없었다.

"공작 각하께서도 정말 멋지시고."

"아아, 공작 각하만큼은 결혼하지 않으시고 제국 여인들의 영원한 연인이 되어주실 줄 알았는데요."

"설마 우는 거예요, 조쉬?"

워낙 미남인지라, 대국민 고자라고 해도 속으로 흠모하는 영애들이 꽤 있었다. 그들을 의식해서인지 식을 끝낸 타이론 공작 부부는 인사를 하러 홀로 나오지 않았다.

하지만 황제와 황후도 있는 자리에서 그런 것을 지적하는 사람은 없었다.

"어머나, 선물까지."

예식의 대부분을 황후가 직접 준비했기 때문에 타이론 공작가에서 준비한 것은 사실상 답례품과 감사장 정도였는데, 과하지도 덜하지도 않은 딱 적절한 정도의 선물이었다.

"센스가 좋네요. 보통 이럴 때는 부를 과시해서 괜한 욕을 먹거나 하는데."

"공작부인이 했겠어요? 그 아랫사람이 했겠죠."

"그런 걸까요."

어쨌든 결혼식은 성황리에 끝났다. 신부의 친부인 플로렌스 자작이 문전박대당하고, 전 시댁이었던 파넬 공작가에서 불참하는 등 몇 가지 해프닝은 있었지만, 많은 사람의 축복을 받는 결혼이었다.

물론, 사람들은 뒤에서는 이런 말들을 속닥거리곤 했다.

'여태 얼굴을 비추지 않으시는 거 보면 자택으로 돌아가신 거겠지?'

'자택으로 돌아갔다면…… 초야?'

'하지만 공작은 고자잖아.'

'그런데 아까 무척 열정적으로 키스하던걸. 진짜 고자가 그렇게까지 입을 맞출까?'

'그럼 그 추문이 거짓이었다고? 말이 돼? 정상적인 남자라면 당연히 부정할 텐데.'

'그러게.'

사람들은 대국민 고자라는 치욕스러운 별명으로 불리던 이안 타이론 공작이 과연 초야를 치를 것인가 아닌가 궁금해했지만,

그건 그저 궁금함으로 끝났다.

누구도 공작부부의 침실을 들여다볼 수는 없으니 말이다.

그리고 지금, 올리비아 플로렌스, 아니 이제 올리비아 타이론은 사람들의 궁금함을 확인할 기회를 가지게 되었다.

'이게 뭐야!'

이 나라의 수많은 사람이 궁금해하는 것을 알게 되었지만, 그녀는 전혀 기쁘지 않았다.

그녀는 현재 무척 당혹스러워하고 있었다.

❖ ❖ ❖

모든 하객 앞, 심지어 대주교와 황제까지 바라보는 와중에 충실의 맹세랍시고 질척거리는 키스를 한 남자는, 언제 그랬냐는 듯이 뻔뻔한 얼굴로 내 손을 잡아끌었다.

"돌아가죠."

다이아몬드 홀의 중앙, 넓고 화려한 커튼 뒤에는 휴게실로 통하는 문이 있었다. 그리고 그 휴게실의 통로를 통해 아무와도 마주하지 않고 홀 밖으로 빠져나갈 수 있었다.

그에게 손이 붙들린 채로 따라가던 내가 물었다.

"하객들에게 인사해야 하는 거 아니에요?"

그건 이전 생에서도 그랬다. 심지어 남편인 제임스가 이 자리에 없는데도 나 혼자서 하객들에게 하나하나 인사를 건네야 했다. 파넬 공작가가 아무리 겉만 번지르르한 속 빈 강정이라고 해도, 하객의 수는 어마어마하게 많았고, 인사를 건넨 뒤 앓아누웠던 기억이 난다.

'하지만 안 하면 욕먹을 거 아니야. 안 그래도 나는 두 번째 결혼인데.'

그리 생각하며 이맛살을 찌푸렸지만, 정작 이안의 대답은 담담하기 짝이 없었다.

"그건 사람 만나는 걸 좋아하는 황제 폐하께서 하실 거예요."

"아니, 지난번부터 황제 폐하께 지나치게 허물이 없으신데."

우리 제국의 황제가 동네 아저씨냐! 네 부하냐! 지나치게 홀대하는 거 아니냐.

상대방이 지나치게 담담하다 보니 내 안에 있는 줄도 몰랐던 애국심이 저절로 피어올랐다. 내 말에 이안이 걸음을 멈췄다. 그러고는 슬쩍 나를 바라보며 입술을 삐죽였다.

"초면에 대뜸 당신은 부모님이 없어서 좋아요, 라고 했던 사람이 할 말은 아닌데요."

헉.

"누, 누구예요. 그 못된 사람……."

누구긴 누구겠는가. 바로 나였다.

'내가 그렇게 직설적으로 말했던가.'

그땐 마음에 여유가 없어서 막 내질렀던 거 같기도 하다. 그래도 사람이 할 말이 있고, 못할 말이 있는 법.

뒤늦게 깨달은 내가 고개를 숙여 이안에게 사과했다.

"미, 미안해요. 제가 무례했어요."

"아닙니다."

이안은 눈을 한 번도 깜빡이지 않고 나를 뚫어져라 보았다. 마치 그의 눈동자 안에 나를 온전히 담겠다는 듯이 말이다.

그렇게 한참을 바라보던 남자의 입술이, 슬그머니 비틀렸다.

"실제로 죽어서 다행이라고 생각하고 있기도 하고."

"네?"

뭐라고?

제대로 듣지 못한 내가 고개를 들고 그를 바라보았지만, 그는 이미 커다란 보폭으로 다시 걸음을 옮기기 시작한 뒤였다. 나는 다시 그의 뒤를 따라나섰다.

그런데? 어?

"잠깐만요, 이안. 이쪽은 마차보관소 쪽이 아닌데요."

홀 밖으로 나와 다시 타이론 공작가로 돌아가기 위해서는 정원을 지나서 마차보관소로 가야만 했다. 그런데 이안이 가는 길은 끝이 보이지 않는 긴 복도였다. 걸음을 멈추지 않으며 이안이 대답했다.

"네, 아닙니다. 오늘은 황궁에서 하루 묵을 겁니다."

"네?"

나는 내 귀를 의심했다. 하룻밤을 묵어?

'황궁에서?!'

황족이 아닌 이상, 황궁에서 하루라도 묵는다는 집안 대대로 영광으로 여길 만큼 드문 일이었다. 국혼이나 황제 대관식같이 지방의 모든 귀족과 타국 사신들까지 오는 일이 아니면 이렇게 개방되는 일도 거의 없었다.

'그런데 우리가 황궁에서 첫날밤을 보낸다고? 그게 가능해?'

내 기준 말도 안 되는 일이었지만, 정작 이안은 담담하기 짝이 없었다.

"폐하께서 방을 내주셨습니다. 먼저 들어가라고 하신 것도 황제 폐하십니다."

"우와. 폐하께서 정말 당신을 아끼시나 봐요."

"글쎄. 그런 의미만 있을까요."

그게 아니면 무슨 의미가 있는데.

'당신을 나한테 잘 부탁하는 건가? 내가 이렇게 귀하게 여기는 사촌 동생이니 제임스처럼 버리지 말라고?'

그리 생각하니 또 그럴듯했다. 내가 혼자 납득하고 고개를 끄덕였을 때였다. 이안이 작게 한숨을 내쉬더니 말했다.

"이렇게 가다가 종일 걸리겠군요. 실례하겠습니다."

"꺄아!"

아니, 이 남자가!

'말만 하면 다냐! 마음의 준비를 할 시간을 줘야지!'

말이 끝남과 동시에 그는 내 무릎과 등 밑으로 자신의 손을 넣어 나를 번쩍 들어 올렸다. 나는 엉겁결에 그의 목에 매달렸다.

결혼식이라고 향수라도 뿌린 건지, 그에게는 달콤한 냄새가 났다.

"처, 천천히 가도 되는데요."

빨리 가면 뭘 하고, 늦게 가면 뭘 한단 말인가. 어차피 피곤해서 잠만 잘 건데.

"……."

내 대답이 마음에 안 들었는지, 이안은 입술을 꾹 다물었다. 사람이 거의 없는 복도에, 그가 나를 안고 걸어가는 소리가 빠르게 울렸다. 나는 그의 어깨에 머리를 기댔다.

'어깨도 튼실하네.'

제임스도 이랬던가? 솔직히 골격으로는 제임스가 이안보다 단단하고 넓은 것 같았다.

'안겨본 적이 없어서 잘은 모르겠지만.'

생각보다 불안하지 않고 안정감이 있어서 나는 슬며시 눈을 감았다.

쿵쿵. 발걸음 사이로, 빠르게 뛰는 또 다른 소리가 섞여 들어간 것 같았지만, 너무 피곤했던 나는 슬쩍 선잠이 들고 말았다.

침실에 와서 비몽사몽 중에 하녀들의 시중을 받았다. 오늘 아침 있었던 절차를 그대로 밟는 듯했다. 깨끗하게 씻고 향유로 몸을 문질러 부드럽게 했다. 향기로운 향수도 뿌렸다. 머리카락에도 뭘 하는 것 같았는데 잘 모르겠다.

나는 계속 꾸벅꾸벅 졸았으니까.

'아, 피곤해.'

손님 접대도 없다고 생각하니 그간의 긴장이 풀리면서 몸이 늘어졌다.

'나도 모르는 사이 계속 긴장하고 있었나 봐.'

결혼식을 치르는 그 순간까지 긴장하고 있어서 잘 몰랐지만,

사실은 좀 불안했던 모양이다.

다시 눈 뜨고 일어나면 '아, 이건 꿈!' 하고 깰까 봐.

'이젠 괜찮아.'

혼인 서약도 했고, 황제 폐하의 인가도 받았고, 결혼식도 끝났다. 더는 파넬 공작가와 절대 겹칠 일 없다는 확신이 들고 나니 팽팽했던 긴장의 끈이 툭, 끊어졌다.

"공작부인, 이쪽으로 오세요."

"네네."

흐느적거리며 그들이 인도하는 대로 슬렁슬렁 걸어갔다. 그녀들이 안내해 준 침실에는 다섯 사람이 누워도 충분할 것 같은 넓은 침대만이 덩그러니 있었으나, 그것이 잠에 취한 내 눈에 들어올 리가 없었다.

"조금 있으면 각하께서도 들어오실 거예요."

"네네."

"결혼 축하드려요."

"네네."

너무 졸려서 앵무새처럼 대답만 반복했다. 머릿속에는 눕고 싶다는 생각뿐이었다.

"아이고야."

다소 늙은이 같은 소리를 내며 이불을 젖히고 안으로 쏙 들어갔다. 푹신한 침대는 몸을 누이자마자 휘감기는 것처럼 내게 착 달라붙었다. 나는 보드라운 이불에 뺨을 비볐다. 그렇게 누워서 꼼지락꼼지락 자리를 잡고 있으니 이상한 느낌이 들었다.

'아니, 그런데 이불 촉감이 지나치게 생생하게 느껴지는 거 같은데.'

비비적거린 것은 얼굴인데 온몸에서 이불의 촉감이 느껴졌다.

나는 꿀 바른 것처럼 떨어지지 않는 눈을 힘겹게 떠서 내 어깨를 바라보았다. 손으로 잡아당기면 끊어질 듯한 얇은 끈 하나를 빼면, 내 흰 어깨를 가리고 있는 것은 아무것도 없었다.

'왜 맨살이 보여?'

침실은 은은한 향초가 밝히고 있었기 때문에 그렇게 어둡지 않았다. 나는 살짝 팔을 들어 이불을 들췄다. 그리고 안을 들여다보고는 금세 다시 폭 덮었다. 잠이 훅 깨는 것 같았다.

'아니, 이게 무슨 옷이야.'

뭐야, 그 언니들. 되게 정중하게 입히는 것 같더니만 어디서 이런 야한 슬립을!

별다른 레이스가 달리지 않은 슬립은 아주 얇아서 속살이 그대로 비쳤다. 후다닥 이불을 덮은 것도 그 이유였다.

'이, 이런 야한 차림이라니.'

제임스와 부대낀 것이 10년이라고 하지만, 제임스는 여러 가지 의미로 변함이 없는 남자였다. 그건 밤에도 마찬가지였다.

세상에는 때때로 야한 옷을 입어 분위기를 반전시키거나, 색다른 플레이를 하는 이들도 있다고 들었지만, 제임스는 늘 한결같이 굴었다.

'내가 뭘 입었는지도 모르지 않을까.'

그러다 보니, 자연스럽게 나도 그냥 편안한 면으로 지은 원피스 잠옷만 입게 되었고….

그런데 갑자기 속살이 비치는 잠자리 날개 같은 슬립이라니! 단계를 건너뛰어도 몇 단계를 단숨에 뛰었잖아!

'이불을 돌돌 말고 있어야겠어.'

내 어깨조차 보여주지 않겠다. 그리 생각하며 이불을 꾹 눌러 덮었는데, 막상 애벌레처럼 웅크리고 있으니 이내 이런 마음도 들었다.

'뭐, 어때. 잠만 잘 건데. 굳이 들춰보지도 않을걸.'

나는 사실 고자와 무성욕자를 혼동하고 있었다. 성기가 서지 않는다고 해서 성욕이 없는 건 아닌데 말이다.

어째서 그렇게 확신했던 걸까. 이안이 나에게 손가락 하나 대지 않을 거라고.

그래서 맨몸에 얇은 가운 하나를 걸친 이안이 방 안으로 들어섰을 때, 소스라치게 놀라고 말았다.

'아니, 이 언니들이! 이 남자한테도 이런 옷을!'

부드러운 실크로 만들어진 가운은 그의 몸에 착 달라붙어서 그의 신체 굴곡을 그대로 보여주었다. 제임스보다 골격은 좀 작을지언정, 마른 근육이 촘촘하게 붙어 있으면서 살집이 없는 몸은 좀 더 조형물 같은 미가 있었다.

'하필 색도 저런 걸…….'

게다가 가운의 색깔이 그의 피부색보다 조금 더 짙은 정도라 꼭 맨살에 향유를 부은 것처럼 그의 피부가 반질반질해 보였다. 남사스러워진 나는 베개에 얼굴을 꾹 묻었다.

'아이고, 세우지도 못하는 사람한테 왜 저리 섹시한 얼굴이 달려 있단 말인가. 괜히 마음만 술렁거리니까 잠이나 자야겠다.'

하지만 이미 잠이 깨버린 건지 심장만 콩닥콩닥 뛰었다. 얼마나 그렇게 베개만 쳐다보고 있었을까.

귓가에 낮은 목소리가 속삭여졌다.

"올리비아."

"꺄!"

목소리에 꿀이라도 발라놨나, 왜 이렇게 간지러운지 모를 일이었다. 내 이름을 부르는 사람이 거의 없어서 그런지도 모른다.

'제임스는 항상 부인, 아니면 여보라고 불렀으니까.'

나는 살짝 몸을 돌려서 이안을 바라보았다. 언제 다가왔는지 아주 가까운 곳에 선 그가 침대를 짚고 상체를 숙인 채 나를 바라보고 있었다.

가, 가슴팍이 보, 보, ……안 보련다!

'왜 이렇게 가까이 와서 이야기하는 거야!'

고개를 다시 획 돌려서 베개에 얼굴을 묻었다. 눈을 질끈 감자, 이안이 웃음기가 섞인 목소리로 물었다.

"왜 그렇게 하고 있습니까? 자려고요?"

"피, 피곤하니까 당연히 자야죠. 당신도 고생했어요! 잘 자요!"

"잘 자라고요?"

침대가 끼이이, 하는 소리와 함께 기울었다. 나는 그가 침대 위로 올라왔다는 걸 본능적으로 깨달았다. 어쩐지 등 뒤가 오싹오싹해지는 기분이었다. 나는 괜히 입술을 깨물었다.

두근. 두근. 두근.

심장이 더욱 빠른 속도로 뛰었다.

'나대지 마, 심장아! 상대는 고자야! 아무 일도 없어!'

이건 남자가 내 침대 위에 올라왔으니 당연히 드는 긴장감이었다. 하지만 앞으로 익숙해져야 할 것이기도 하지. 아무리 고자라고 해도 우리는 가끔 이렇게 침대를 함께 쓸 테니까.

'그래. 이 사람은 침대를 공유하는 남자사람친구야. 침대를 빌려주는 대가로 나를 파넬 쓰레기통에서 꺼내주었지.'

그렇게 끝없이 읊조리며 내 마음을 진정시키고 있을 때였다. 이제는 바로 내 등 뒤로 다가온 이안이, 내 머리 위로 검은 그림자를 드리웠다.

그가 낮게 끓어오르는 물처럼 묘한 목소리로 속삭였다.

"눈을 뜨시죠. 잠자기 전에 할 일이 있지 않습니까?"

"하, 할 일이요? 손님 접대 말고?"

나는 눈을 뜨고 다시 그를 돌아보았다.

이안이 만들어 낸 그림자 때문에 그의 표정은 제대로 보이지 않았지만, 어쩐지 웃고 있을 것 같았다.

"내가 당신을 파넬 부인이라고 불렀을 때, 당신이 뭐라고 말했는지 기억나지 않습니까?"

나는 눈을 깜빡거렸다. 뭐라고 대답했는지 선명하게 기억났다. 누군가가 나를 파넬 공작부인이라고 부른다면 이렇게 대답할 거라며 몇 번이고 생각했던 말이니까.

"제국법상 초야를 치르지 않은 모든 혼례는 무효죠."

그 말이 떠올랐음에도 쉽사리 그가 해야 한다는 '일'이 무엇인지 연상하지 못했다. 눈을 깜빡이며 그를 올려다보자 그가 고개를 숙였다.

"당신이 그렇게 말하며 저를 버리고 또 다른 누군가에게 날아갈지 누가 압니까."

반듯한 입술이 내 이마에 쪽, 입을 맞췄다. 그 한 번으로 끝이 아니었다. 그의 키스가 내 콧잔등이에, 뺨에, 꽃잎처럼 툭툭 내려앉더니 마지막으로 내 아랫입술을 쪼옥- 길게 빨아들였다.

'이게 뭐야.'

머리가 고장 난 것 같았다. 당혹스러움이 내 머릿속을 지나치게 잠식해서, 나는 화들짝 놀라거나 소리도 지르지 못하고 얼음처럼 굳었다.

그가 그런 나를 내려다보며 은근한 어조로 속삭였다.

"그러니까 무효로 만들기 전에 제가 먼저 선수 쳐야지요."

"하, 하지만."

아니, 그러니까 지금.

'나랑 초야를 치르자는 거야?'

전혀 생각도 못 했던 일이, 이제 시작되려고 하고 있었다. 나는 굳어진 채로 그를 바라보다가 떨리는 입술을 열었다.

"다, 당신은 고자잖아요?"

내 말에 이안은 고개를 가볍게 한쪽으로 기울였다. 그러고는 피식 웃었다.

"제 입으로 그렇게 내뱉은 적은 없습니다만?"

"하, 하지만 서지 않는다고 말했잖아요! 무도회에서!"

나도 모르게 이불을 꽉 쥐고 빽, 소리쳤다. 나에게는 아주 중요한 문제였다. 그가 세울 수 없는 건!

'고자인 게 왜 괜찮냐고도 물었잖아! 정말 고자인 줄 알고 사실대로 말했는데.'

내가 이안과 두 번째 결혼을 하겠다고 마음을 먹은 데에는 더 이상의 관계가 없을 거라는 이유도 있었다.

서로의 사적인 영역에 들어오지 않고, 각자 필요한 것을 취하면서, 그냥 데면데면한 사업파트너처럼 지내는 것이 목표였다.

그런데 이러면 이야기가 달라지잖아!

"이건 사기예요. 대국민 사기라고요! 우리나라 백성들은 모두 당신이 고자라고 믿고 있는데! 당신의 '서야 뭘 하죠.'라는 한 마디 때문에!"

너무나 당황한 나머지, 내뱉는 말은 내 귀에도 제대로 들리지 않을 만큼 빨랐다. 그만큼 난 억울했다.

'애초에 당신이 고자가 아니었다는 사실을 알았다면 다른 방법을 생각해냈을 거란 말이야.'

말을 다다다 내뱉고 씩씩거리고 있으니, 이안이 머리카락을 쓸어넘겼다. 그리고는 그것도 모르냐는 듯한 어조로 내게 대답했다.

"그러니까, 그 상황에서, 그 영애에게 서지 않는다는 뜻이죠. 아무 여자에게나 세우면 그게 사람입니까? 짐승이지."

"하, 하지만……."

나는 입술을 우물거렸다.

"그 나잇대 남자들은 슬리퍼만 봐도 선다고 했는데."

"……도대체 누굽니까, 그런 상스러운 말을 알려준 사람은?"

"흡."

누구긴 누구겠는가. 내 전남편인 제임스 파넬이지.

하지만 지금 이 시점에서 나는 전남편을 만나기는커녕, 이름만 간신히 알고 있는 상황이기에 사실대로 말할 수가 없었다.

이안은 작게 한숨을 내쉬었다. 그리고는 내 몸을 덮고 있는 이불을 걷어내려고 잡아당겼다.

'안 돼!'

그걸 걷어내면 내가 걸치고 있는 건, 입은 목적이 의심스러운 야시시한 슬립 한 장만 남는다.

나는 이불을 꽉 쥐었다. 그가 살짝 눈살을 찌푸리고 나를 돌아보았다. 손등이 희게 질렸다. 힘이 잔뜩 들어간 탓이었다.

"저, 저는 절대 아기를 가지고 싶지 않아요. 아기 가지는 게 무서워요."

나는 더듬더듬 말했다. 내 안에 이런 공포가 있는지, 말하고 나서야 다시 한번 깨달았다.

몸이 망가지는 두 번의 출산은, 시간을 돌린 지금도 내게 선연한 공포로 남아 있었다.

이안이 진중한 눈빛으로 바들바들 떨리는 내 어깨와, 팽팽하게 힘이 들어간 손등을 바라보았다. 그리고는 다시 내 이마에 입을 맞췄다.

딱딱한 얼굴과 달리, 입맞춤은 다정하기 그지없었다. 나의 긴장을 풀어주려는 것처럼 그가 내 머리카락을 부드럽게 쓰다듬었다. 나는 눈을 빠르게 깜빡이다가 얕게 한숨을 내쉬었다.

참 신기하기도 하지, 거짓말처럼 손아귀에서 힘이 빠졌다. 바로 그때였다.

"앗!"

이 여우 같은 남자는 그 틈을 놓치지 않고 이불을 젖혔다. 나는 반사적으로 이불을 다시 잡으려고 몸을 일으켰다.

그런 나의 허리를 이안이 꽉 끌어안았다.

화끈.

슬립은 역시 있으나 마나 한 것이었다. 뜨거운 이안의 체온이 한 겹의 방해도 받지 않고 내게 온전히 전해졌다. 이안과 밀착했다는 사실을 다시 한번 깨닫자, 긴장하여 내 어깨가 굳어졌다.

그런 나를 잡아당기듯 끌어안으며 이안이 말했다.

"피임차는 마셨으니 걱정하지 말아요. 나도 아이는 필요 없으니까. 그래서 고자라는 꼬리표가 붙어도 굳이 해명하지 않았던 건데."

그의 팔에 끌려오다 보니, 그가 나를 뒤에서 끌어안은 것처럼 되었다. 목 뒤로 흩어지는 그의 숨결이 지나치게 생생하게 느껴졌다.

기다란 손가락으로 내 은빛 머리카락을 쓸어넘기는 것 같더니, 촉 소리를 내며 목덜미에 입을 맞췄다.

그리고는 이를 세워 얕게 깨물었다.

"여기 이렇게 아기가 필요 없다는 여자가 제 발로 찾아왔네요. 그런데 또 그 여자가 내 취향이야?"

이안은 허리를 끌어안은 팔에 다시 힘을 주어 나를 잡아당겼다. 그리고 다른 쪽 손으로 내 허벅지를 뱀처럼 스윽, 쓸었다. 그가 한숨 섞인 목소리로 내 이름을 귓가에 속삭였다.

"올리비아."

오싹.

나는 새빨개진 얼굴로 어깨를 움츠렸다. 그의 송곳니가 이번에는 둥글게 드러난 내 어깨를 얕게 깨물었다.

내가 도리질하며 그의 손가락이 나를 더듬지 못하게 꽉 붙들자, 그는 아예 내 허리를 들어서 자신의 다리 위에 앉혔다.

그런데. 그런데 이게 뭐냐. 내가 경험이 없다면 몰랐을지도 모른다. 몰랐을지도 모르는데.

'이건 모를 수가 없잖아!'

"으악!"

엉덩이를 쿡 찌르는 무언가를 느끼는 순간, 나는 비명을 지르며 앞으로 구르듯이 도망쳤다. 내가 너무 날쌔게 도망을 치자, 이안이 어이없는 표정으로 나를 쳐다보았다.

"아니, 그렇게 안 봤는데 운동신경이 좋네요?"

지금 내 운동신경이 문제냐!

나는 손을 들어 내 눈을 가렸다. 그리고 어린애처럼 도리질을 쳤다.

"모, 못 해요! 난 못 해요!"

저절로 얼굴이 울상이 되었다. 나는 슬쩍 손을 내려 눈만 그와 마주 보려 애쓰며 빽 소리를 질렀다.

"왜 그런 걸 달고 다니는 거예요!"

그렇다. 내 엉덩이를 쿡 찌른 건 바로 그의 물건이었다. 세상 사람들이 언제나 말랑말랑하다고 믿고 있는 그것.

'아니, 그 말에 어째서 다 속았단 말이야? 저렇게 혈기 왕성한데?!'

이제야 모든 것이 이해가 갔다.

황제가 왜 내 앞에서 체통도 잊고 훌륭한 물건, 운운했는지! 다들 그가 고자라는 말에 아깝다고 통탄을 했는지.

하지만 패닉에 빠진 나와 달리, 이안은 여유롭기 짝이 없었다. 그는 자신의 하체를 흘긋 내려다보았다가 - 끔찍하게도 가운이 흐트러져 그것(?)은 고개를 내밀고 있었다! - 어깨를 으쓱거리며 대수롭지 않게 되물었다.

"그걸 제게 물으셔도?"

어째 이안의 행동이 능글맞게 느껴지는 건 내 착각인가?

나는 그것과 눈을 마주치지 않으려고 두 눈을 가리고 몸을 돌렸다. 너는 내 등이나 봐라.

"넣다가 죽을 거예요. 난 못 해요!"

"저런."

내 행동에 이안이 낮은 목소리로 웃었다. 햇빛이 부스러지는 것 같은 따뜻하고 편안한 웃음소리였다.

'웃어?'

그간 그가 입술을 비틀 듯, 희미하게 웃는 모습만 보았지, 이렇게 소리 내어 편안하게 웃는 것을 본 적이 없었다.

'도대체 어떤 표정으로 웃고 있지?'

그 얼굴이 보고 싶었다. 슬금슬금, 몸을 조금씩 돌렸다. 그의 얼굴이 보일 만큼만, 아주 조금.

바로 그때였다.

"꺄아!"

언제 다가온 건지, 가까이 다가온 그가 다시 나를 뒤에서 와락 끌어안았다. 이번엔 두 손으로 내 허리를 휘감았다. 속절없이 그의 품에 갇힌 내가 고개를 젖혀 그와 얼굴을 마주했다.

어린애처럼 환한 미소가 그의 얼굴 전체에 퍼져 있었다. 부드럽게 휘어진 눈이, 크림처럼 달콤했다.

"내가 말했던가요. 당신 정말 손이 많이 가는 여자라고."

"내가 뭘요!"

"그런데."

이번에는 그가 내 콧잔등이에 쪽, 입을 맞췄다. 살짝 핥듯 혀를 내밀어 쿡 찍은 그가, 또다시 쿡쿡 웃었다.

"그게 나쁘지 않아."

그의 손가락이 천천히 얼굴에서 떨어져 나갔다. 나는 눈을 감고 있었다. 사실 마주하면 어떤 표정을 지어야 할지 혼란스럽기도 했다.

"착하다."

나를 칭찬하는 그의 목소리가 내 얼굴에서 멀게 들리는가 싶더니, 거미가 먹이를 옭아매듯 남자가 힘을 주어 나를 꽉 안았다. 이상한 안온감에 나는 눈을 깜빡거렸다.

'정말 이상한 사람이야.'

당황스러워 죽겠는데, 또 이렇게 편안하고 믿음직한 건 또 뭐란 말인가. 나는 손가락으로 그의 팔뚝을 만지작거렸다. 살이 거의 없고 근육으로 빽빽한 그의 팔은 돌처럼 단단했다. 내가 손톱으로 할퀴어도 상처를 내지 못할 만큼.

내가 그의 살갗을 만지고 있으니, 그가 쿡쿡 웃으며 속삭였다.

"수줍어하는 것 같더니 재촉하는 겁니까?"

그럴 리가 있냐! 하지만 내 입에서 나온 것은 고함 대신 신음소리였다.

"앗!"

그의 손 하나가 허리에서 올라와 나의 가슴을 슬립 위로 꽉 쥐었다. 그리고는 둥글게 가슴을 문질렀다.

차라리 이 따위 슬립 벗어버릴 것을! 천이 부드럽고 맨들맨들해서 그가 그렇게 가슴을 부비자, 오싹오싹한 느낌이 등줄기를 타고 번졌다. 나는 반사적으로 그의 손을 붙들었다.

"하, 하지 말아요."

"쉿."

칭얼거리는 나를 달래가며, 그는 계속 나의 가슴을 주물거렸다. 뾰족하게 세운 손톱 끝으로 누르기도 하고, 손가락 사이에 끼워서 비비기도 했다. 이 감각이 어색해서 바르작거리자, 뒤에서 내 귓바퀴를 얕게 깨물었다.

“부끄러운 거지, 싫은 건 아니잖아요?”

귀에서 오는 예민한 자극에, 나는 어깨를 움츠렸다. 이렇게 누군가가 내 살갗을 만지는 것이 처음이라, 좋은 것보다는 당황스러운 마음이 컸다.

‘내가 이상해지는 것만 같아.’

내가 아는 부부관계는 이런 것이 아니었다. 나는 그의 품 안에서 몸을 돌렸다. 이제 나는 그를 마주 보는 자세가 되었다.

팔을 느슨하게 풀어 여전히 내 가슴을 조물거리며 이안이 나와 눈을 마주쳤다. 잘생긴 눈이 스르르 눈꺼풀에 갇힌다 싶었더니 반듯한 입술이 내게 다가왔다. 부드럽게 입술을 핥고는 그의 혀가 내 입 안으로 밀려들어왔다.

녹아내릴 듯, 다정한 입맞춤이었다. 마치 연인들이나 할 법한.

이대로는 우리가 특별한 사이라고 착각할 것만 같았다.

‘아무 사이도 아니잖아.’

한참을 내 입 안을 헤매던 그가 천천히 입술을 떼었다. 긴장해서 숨을 할딱거리는 내가 숨 쉴 틈을 주기 위해서였다. 내가 가슴을 들썩이며 숨을 쉬자, 그는 재차 내게 입술을 가져다 댔다. 나는 손바닥으로 그의 입술을 턱 막았다.

“자, 잠깐만요.”

그러자, 그가 눈살을 찌푸리더니.

“하, 핥지 마요!!”

내 손바닥을 혀로 핥고 내 손가락을 자기 입에 쏙 넣는 게 아닌

가. 나는 기겁하고 손을 빼내어 내 가슴팍에 모았다. 그리고 엉덩이를 쓱쓱 뒤로 물러 그에게서 조금 거리를 벌렸다. 그리고 그 자리에 반듯하게 누웠다.

그가 뭘 하냐는 듯이 날 바라보았다. 나는 새빨개진 얼굴로 말했다.

"꼭 해야겠다면 그냥 하면 되잖아요. 알았어요. 내가 얌전히 누워 있을게요."

이렇게 계속 체온을 나누다보면 이상한 마음이 들 것만 같았다. 그가 날 사랑한다는, 요상한 착각이라든가.

'차라리 제임스처럼 빨리 끝내는 게 낫겠어.'

그리 생각하며 내가 눈을 질끈 감았을 때였다. 그가 하, 하고 헛웃음을 터뜨리더니 조금 차가운 목소리로 이렇게 말했다.

"……나를 쓰레기로 만들 셈입니까?"

"네?"

아니, 이게 왜 쓰레기야? 나는 다시 눈을 동그랗게 뜨고 이안을 바라보았다.

"뭐가 쓰레기예요? 부부관계는 다 그런 거 아닌가요?"

"당신에게 그렇게 알려준 사람이 누군지 정말 궁금해지는군요. 슬리퍼 발언도 그렇고."

둘 다 같은 사람입니다. 당신은 말해도 믿지 않을 테지만.

10년 동안, 매일매일 나의 부부관계는 그런 식이었다. 이런 게 뭐가 좋다는 건가 싶은, 고통스럽고 빨리 지나갔으면 하는 시간들.

하지만 이안은 전혀 달랐다. 그가 손가락으로 자신의 가운 앞자락을 잡아당겼다. 스르륵 끈이 풀리는 소리가 마치 뱀이 지나는 것 같았다. 은근하고, 위험한 소리.

완전히 알몸이 된 그가 나를 향해 다가왔다. 그는 내 눈가에 입을 맞췄다. 그리고 다정하게 속삭였다.

"부부관계는 대화예요, 올리비아. 그리고 나는 내 할 말만 쏟아낼 생각이 없어요."

그의 말을 이해하지 못하고 나는 눈을 깜빡거렸다. 살짝 굳어져 있던 그의 입가가 다시 부드럽게 휘어졌다.

"그러니까 참지 말고 소리를 내요."

"부끄러우면요?"

커다란 손바닥이 내 눈을 가렸다. 급작스럽게 찾아온 어둠인데도 손바닥에서 전해지는 따뜻한 체온 때문인지, 두렵지 않았다.

"그러면 마사지 받는다고 생각하고 눈을 감아요. 실제로도 비슷하니까 긴장할 필요도 없고."

나는 떨리는 눈으로 그를 응시했다. 그가 부드러운 목소리로 웃었다. 그의 커다란 손이 내 종아리를 쥐었다. 반사적으로 다리에 힘이 들어갔다. 그가 낮은 목소리로 말했다.

"힘 풀어요."

담담하고 낮은 목소리가 어쩐지 믿음직스러웠다. 머뭇거리던 나는 천천히 다리에 힘을 풀었다. 그러자 그가 내 다리를 넓게 벌렸다. 그의 단단한 몸이, 내 벌어진 다리 사이에 자리를 잡고 앉았다.

아니, 이대로 휩쓸려도 되는 거냐. 내 인생 2회차 그걸로 괜찮은 거냐. 그런데 진짜 초야를 치러야 결혼인데.

밀려드는 온갖 생각에, 내가 조마조마해하고 있을 때였다.

"질척질척 녹아내릴 때까지 풀어줄 테니까. 당신이 다치지 않도록."

오싹한 목소리와 함께, 따뜻하고 물컹한 살덩어리가 사타구니를 핥았다.

"이, 이안!"

뒤늦게 당황한 내가 발을 바둥거렸지만, 그의 단단한 몸은 꿈쩍도 하지 않았다. 오히려 그가 도망가지 못하도록 조이는 꼴이 되었다. 내가 바둥거리거나 말거나, 그는 차분하게 제 할 일을 했다.

설마하니 그곳에 타인의 입술이 닿을 줄이야. 창피해서 나는 두 손으로 내 입만 틀어막았다. 반사적으로 몸이 튀어올랐다. 내 반응이 마음에 들었는지, 그가 혀끝으로 쿡쿡 찔렀다. 그리고 뭉근하게 누르기도 했다. 그렇게 한참을 핥아주던 그가, 송곳니를 세워 얕게 깨물었다. 예민한 자극에 아랫배가 꽉 조여들었다. 그가 웃었다.

"귓가에 속삭일 때도 느꼈던 건데."

고개를 들고 나를 바라보는 시선이 느껴졌다. 나는 고집스럽게 눈을 가렸다. 그와 도대체 어떤 얼굴로 마주 보아야 할지 알 수가 없었다. 하지만 얼마 지나지도 않아, 나는 그의 얼굴을 마주 볼 수밖에 없었다.

"당신 참 예민하네요."

굵은 손가락 하나가, 구불구불 길을 내어 들어왔다. 이미 남녀관계에 대해서는 겪을 만큼 겪었다고 생각했는데, 또 배울 것이 있다니. 나는 훌쩍거리며 웅얼거렸다.

"차, 창피해요."

"하나도 창피하지 않아요."

톡톡 건드리는 촉감이 선명하게 느껴졌다. 뜨거워진 머리만큼이나 온몸이 달아올랐다. 아랫배에 간지럼증이 쌓이는 것 같은 기묘한 느낌이었다. 다리에 힘을 풀려고 해도 저절로 발끝이 뾰족하게 섰다. 나는 울먹거렸다.

"그냥, 그냥 빨리 하면 안 돼요? 이런 거 이상해요."

차라리 제임스 때처럼 빨리 끝내고 싶은 마음뿐이었다. 이런 이상한 감각은 알고 싶지 않았다. 하지만 조르는 나를 이안이 부드럽게 달랬다.

"그러다 다쳐요. 부드럽게 풀어줘야 당신도, 나도 즐겁게 대화를 나눌 수 있겠죠."

하지만 손가락을 하나 더 넣는 행동은 전혀 부드럽지 않았다. 항의할 수도 없고, 도망칠 수도 없고. 나는 속절없이 얼굴만 가리고 몸을 비틀며 다리를 움찔움찔 떨었다.

계속 낮게 불을 지피는 것 같이, 배 속에 쌓이기만 하는 감각에 나는 다리에 힘을 주어 그의 몸을 감싸듯 조였다.

"제발……."

도대체 언제 끝나는 거야. 나는 흐끅대며 그를 재촉했다.

"제발 빨리 해줘요."

내 말에 그가 고개를 들어 나를 바라보았다. 푸른 눈동자에서 불꽃이 튀는 것만 같았다. 그가 내 양 허벅지를 쥐고 다리를 넓게 벌렸다. 나는 두 손으로 내 얼굴을 가렸다. 입술이 파르르 떨렸다.

'그래. 이제야 알겠어.'

이 이상한 감각이 무엇인지.

그것은 바로 쾌락이었다. 여린 살을 벌리며, 단단한 것이 파고들기 시작했다. 고작 한 마디나 파고들었을 뿐인데 두근두근 거세게 뛰는 맥박이 느껴지는 것만 같았다.

"윽, 너, 너무……."

커요, 라는 말을 하려고 했을 때였다. 버거움에 내가 도망치듯 엉덩이를 살짝 들었을 때였다. 그 틈을 놓치지 않고 이안이 내 골반을 붙들어 쾅 하고 안으로 쑥 들어왔다. 굵고 커다란 것이 순식간에 쑥 밀려들어와서, 가장 깊은 곳을 푹 찔렀다.

열심히 모아두었던 폭죽이 단숨에 파바박 터지는 것만 같았다. 온 몸이 벌벌 떨리면서 허리가 들떴다. 나는 나도 모르게 손톱으로 내 손을 쥐어뜯었다. 처음 맛보는 감각에 눈꼬리에 눈물이 맺혔다.

"이, 이거, 이, 이상해…… 이상해요."

내가 파넬 공작가를 떠나, 이번 생에는 제임스와 얽히지 않겠다고 이 길을 택했지만, 그 길에서 이런 생경한 쾌락을 맛볼 거라고는 상상도 못했다. 훌쩍거리는 나의 손을 이안이 붙잡았다.

"쉬이. 다쳐요."

단단한 손이 깍지를 껴서 내 손을 꽉 잡아주었다. 나는 훌쩍이며 그를 바라보았다. 그의 미간이 일그러져 있었다. 예쁘다고 생각했던 이마에는 땀방울이 맺혀 있었다.

"천천히…… 천천히 할 테니까."

나는 흐린 눈으로 그를 바라보았다. 그도 나를 바라보았다.

그가 왜 부부관계가 대화라고 했는지 알 것 같았다. 말을 한 마디 나누지도 않았는데, 그의 감정이 고스란히 전해지는 것 같았다. 그도 나만큼이나, 지금 겪는 쾌락이 생경하고, 당혹스럽고, 하지만 그럼에도 좋아서 어쩔 줄을 몰라 하고 있었다.

'그럼 괜찮은 거 아닌가.'

그리 생각하며 나는 손을 흔들어 이안에게 풀어달라는 의지를 전달했다. 내가 괜찮다고 생각했는지, 이안이 손을 풀어주었다. 나는 허리에 힘을 주어 살짝 몸을 들었다. 그리고 두 팔을 뻗어, 그의 목에 감았다.

"……올리비아."

그가 나의 포옹에 놀란 듯 내 이름을 불렀다. 나는 그의 어깨에 고개를 묻고 눈을 감았다. 그가 나지막하게 중얼거렸다.

"제길."

그와 어울리지 않는 험악한 소리였다. 그걸 놀릴 새도 없었다. 그가 허리를 움직이기 시작했기 때문이다. 나는 거친 숨을 내뱉으며 그의 목을 안고 있는 팔에 힘을 주었다. 머리가 아찔아찔했다.

나는 아이처럼 훌쩍이면서도 그의 넓은 품에 있는 힘껏 매달렸다. 마치 내가 기대고 있는 이 몸이 세상의 전부라는 듯이.

얼마나 소리를 질렀던지, 다음 날 흘러나오는 내 목소리는 꼭 개구리 울음소리 같았다.

❖ ❖ ❖

나는 이불 밖으로 눈만 빼꼼 내밀었다. 장신의 늘씬하고 잘생긴 남자가 셔츠에 팔을 끼우고 있었다. 그의 너른 등짝에 대고 이렇게 속삭였다.

"사기꾼."

내 말에 남자가 고개를 돌려 나를 돌아보았다. 찬란한 금색 머리카락에 반사된 빛이 무슨 특수효과처럼 그의 얼굴을 빛나게 했다.

'아니, 실제로 빛나고 있을지도 몰라. 저 정도 미모면.'

하지만 잘생겼으면 뭐 해! 나한테는 그냥 잘생긴 사기꾼일 뿐!

나는 입술을 삐죽이며 계속 단어를 내뱉었다.

"거짓말쟁이. 바보. 멍청이."

내 말에 이안이 고개를 기울였다. 부스스한 금빛 머리카락이 우수수 한쪽으로 쏠리는데, 그 모습조차도 어쩐지 시적이고, 어쩐지 그림 같았다. 무서운 미모였다.

"바보, 멍청이는 이해하는데 거짓말쟁이와 사기꾼은 이해 못 하겠네요."

그는 뻔뻔스럽게 대답했다. 허리만 아프지 않았다면 벌떡 일어나서 그에게 삿대질했을지도 모른다. 나는 몸을 부르르 떨며 소리쳤다.

"그걸 말이라고 해요? 지금 세상 모두를 속였잖아요!"

"착각을 정정해준 것이 속인 거라면."

소매 단추를 채운 그가 별안간 나를 향해 저벅저벅 걸어왔다.

나는 걸친 것 하나 없는 알몸으로 이불만 둘둘 말고 있었기 때문에, 저절로 몸이 움츠러들었다.

그런 내게 가까이 다가온 이안이 귓가에 속삭였다.

"당신이 저 대신 알려주시면 되겠네요."

"뭐, 뭘요."

그는 대답 대신 부드럽게 휘어진 눈으로 나를 바라보기만 했다. 그런데 그 눈빛이 어째 간질간질했다.

'으으, 창피해!'

저 눈을 계속 마주하고 있으면, 뭔가 그의 뜻대로 끌려갈 것만 같았다. 나는 번데기인 양 이불 안으로 숨어 고개까지 파묻었다. 그 바람에 머리카락이 우수수 쏟아져서 목덜미가 드러났다.

그게 내 실수였다. 기다렸다는 듯이 이안의 입술이 목덜미에 쪽, 하고 닿았다.

내가 손바닥으로 목을 가리며 입술을 벙긋거리자, 그는 고개를 갸웃거렸다.

"글쎄요. 뭘까요?"

"으으으……!"

얄미워! 진짜 얄미워!

나는 팔을 뻗어서 그의 잘생긴 턱을 꾹꾹 밀어냈다.

"저리 가요! 달라붙지 마요!"

"뭐 어떻습니까. 우리는 이제부터 부부인데."

"그래도요!"

내가 날카롭게 대답하자, 그는 두 손을 들고 순순히 뒤로 물러났다. 나는 붉어진 얼굴로 씨근거리며 이불을 더 둘둘 말았다.

'너한텐 내 어깨도 안 보여줄 거야.'

그리 생각하며 그냥도 깊숙이 덮고 있던 이불을, 이제는 내 몸 전체를 휘감아 말았다. 얼마 지나지 않아 다시 한번 깨달을 수 있었다.

참 얼마나 짧은 생각인가.

'이러면 팔을 움직일 수가 없지 않나.'

그를 밀쳐야 하는데 밀치려면 어깨까지 둘둘 힘겹게 말았던 이불을 다시 펴야 하는 것이다.

"저, 저, 저기…… 읍!!"

피할 새도 없이, 기다란 팔이 이불 채로 나를 꽉 끌어안았다. 이불에 막혀서 바둥거림은 완전히 소용이 없었다. 자승자박이었던 셈!

"읍읍!"

살구색의 예쁘게 생긴 입술이 내 입술을 완전히 덮었다.

한데 온기를 머금고 따뜻해야 할 그 안이 차가워 나는 깜짝 놀라고 말았다. 그가 머금고 있던 액체가 내 목으로 꼴깍 넘어갔다.

그리고는 조금 더 농밀하게 입을 맞춰왔다.

내가 숨을 제대로 쉬지 못하고 할딱할딱 댈 때쯤에야, 길고 열정적인 키스가 끝났다. 빨갛게 달아오른 눈으로 그를 흘겨보며 물었다.

"뭐, 뭘 먹인 거예요?"

이안은 여전히 이불째로 나를 끌어안은 채 고개를 까딱했다.

얄밉게도 그는 조금도 흐트러지지 않은 얼굴이었다.

"약입니다. 당신 목이 상할까 봐요."

뭐래, 진짜! 약이라고 하면 고마워할 줄 알았냐!

'얼마나 놀랐는데!'

"내가 스스로 먹을 수 있거든요?!"

나는 버럭 고함을 질렀다. 그러자 그가 눈살을 찌푸리며 중얼거렸다.

"그래요? 어제는 못 한다고 했던 거 같은데."

내가 언제? 몇 시, 몇 분, 몇 초에?!

그를 타박하려던 나는 문득 떠오르는 기억에 석상처럼 굳어지고 말았다.

그러니까, 어젯밤에 그런 말을 하긴 했었다. 세 번째인가 네 번째 경기(?) 중에.

"스스로 움직여봐요."

"못 해요. 못 해……."

"살짝 여기 힘을 주면."

"못 해요. 못 한다고요! 아무것도 못 하겠으니까 다 당신이 해줘요!"

"그 못 한다는 게 아니잖아!"

나는 꽥 소리치고 말았다.

한 번의 경기로 끝날 줄 알았던 밤은 끝도 없이 이어졌다. 정말 그는 나를 다른 의미로 흐물흐물하게 만들었다. 나중에는 제대로 허리를 세워서 앉을 힘도 없었으니까.

그런데도 자꾸 닦고 자야 감기가 들지 않는다는 둥, 잠옷을 입혀주겠다는 둥 귀찮게 굴어서 했던 게 바로 저 말이었는데.

'이걸 이렇게 써먹다니.'

이제는 잠도 잤고, 멀쩡한 정신이란 말이다. 내가 뾰족해진 눈으로 그를 흘겨보자 그가 입꼬리를 느슨하게 휘며 웃었다.

"하하."

어제 보여줬던, 바로 그 웃음이었다.

흐릿한 촛불 아래서도 환하게 빛나던 웃음이었는데, 이렇게 해가 쨍한 아침에 보니 정말 태양의 신이 이 자리에 강림한 것 같았다. 나는 입술을 삐죽이며 고개를 돌렸다.

"흥."

저 얼굴을 보고 있으니 화를 더 내려야 낼 수가 없었다. 내가 그와 반대편 벽을 쳐다보며 꼼지락대고 있자, 그가 나를 다시 힘주어 자신의 품으로 끌어당기며 물었다.

"화났어요?"

"안 났어요."

"정말요?"

"화났다고 하면요?"

"그럼 화를 풀어드려야지."

당연하다는 대답이 어이가 없어서 나는 그를 흘겨보았다.

'당신이 내 화를 어떻게 풀어줄 건데?'

나와 눈을 맞춘 그가, 내 이마에 입을 맞추었다. 그리고 당연하다는 듯이 물었다.

"그럼 같이 식사부터 먼저 할까요? 아니면 같이 목욕부터?"

이건 또 무슨 해괴한 질문이란 말인가.

"……당신, 이런 사람이었어요?"

설마 남편에게 들을 거라고는 상상도 못 한 질문에 나는 입술을 떡 벌리고 말았다.

이대로는 종일 번데기인 양 이불만 뒤집어쓰고 있겠다. 나는 이불 안에서 통통 그의 몸을 두드렸다.

"팔 풀어줘요. 일어날 거예요."

하지만 그는 팔을 풀기는커녕 강아지처럼 내 목덜미에 고개를 비비며 웅얼거렸다.

"조금만 더 이렇게 있어요."

솔직히 말해서 잘생긴 남자와 딱 달라붙어 있으니 심장이 펄떡펄떡 뛰었다. 기분이 나쁘지는 않았지만 역시 그와 이렇게까지 농밀한 대화를 나눌 거라 상상도 못 했기에, 속았다는 찜찜한 기분도 들었다.

'아니, 정말 이런 사람이었어? 그 무표정하고 어색했던 말투는 다 거짓이었던 거야?'

나는 연신 내 머리카락에 입술을 얕게 쪽쪽거리는 남자를 흘겨보았다. 이렇게 스킨십을 좋아하면서 그간 숨기고 사느라 애썼다 싶었다.

"용케 추문 없이 얌전히 지냈네요."

내 말에 이안이 고개를 들어 나와 눈을 마주했다. 가을 하늘을 옮겨놓은 듯 청명한 푸른색의 눈이 살짝 찡그려졌다. 그는 입술을 삐죽이며 대답했다.

"말했잖아요. 아무 여자한테나 찝쩍거리는 짐승이 아니라고."

그의 사생활이 깨끗하다는 건 나도 잘 알고 있었다. 내가 알고 있는 20년 뒤의 미래까지 그는 혼자였고, 변변한 염문설 하나 난 적이 없었다.

'그렇게 생각하면 대단한 자기 절제력이야.'

기댈 수 있는 가족이 있어도, 사람은 때때로 지독한 외로움에 빠져든다. 그런데 이 남자는 가족도 없이 20여 년을 혼자서 보냈다.

'그런데 왜 나에게는 이렇게 쉽게 넘어간 거지?'

아무리 황제가 결혼, 결혼…… 빽빽 소리를 쳐도 귓등으로도 듣지 않고 독신을 고집하던 남자가, 왜 이렇게 내게는 쉽게 넘어갔던 걸까.

'내가 그렇게 말을 예쁘게 건넸던 것 같지도 않은데.'

이맛살을 찌푸리고 그를 바라보았다. 공교롭게도 그 또한 나와의 첫 만남을 떠올리고 있는 것 같았다. 그의 예쁜 아몬드형의 눈이 부드럽게 휘어졌다.

"생각해보면 당신은 제게 퍽 무례했었죠. 그런데도 나는 당신에게 너그러웠고. 왜였을 거 같습니까?"

"……."

그의 푸른 눈동자가 나를 잡아끄는 것만 같았다. 나는 느릿하게 눈을 깜빡였다. 언어가 되지 못한 수많은 감정이 시선을 통해

오고 갔다.

'이상한 사람.'

분명 어제도 만났던 사람인데, 지금 이 순간 그가 한층 더 가깝게 느껴졌다.

고작 하룻밤을 보냈을 뿐인데.

"응? 대답해봐요, 올리비아."

내 이름을 부르는 그의 목소리가 전과 달리 꿀처럼 달았다. 이전의 목소리가 뭔가 오싹오싹했다면, 지금은 묘한 여유 같은 게 느껴졌다. 나는 지난밤 그가 나를 끌어안으며 뭐라고 말했는지를 떠올렸다.

"여기 이렇게 아기가 필요 없다는 여자가 제 발로 찾아왔네요. 그런데 또 그 여자가 내 취향이야?"

첫 만남에서부터 무례한 여자에게 관대했던 것, 다른 사람에게 대하는 것과 달리 내게 다정했던 것, 상냥하게 안아줬던 것까지.

왜 그걸 몰랐을까.

그 이유는 딱 하나뿐이었다. 나는 얼떨떨한 어조로 되물었다.

"설마…… 내가 마음에 들었어요?"

"정답."

칭찬이라도 하듯 그의 입술이 내 뺨에 닿았다. 맨들맨들한 입술이 살갗에 닿을 때마다 오스스한 감각이 피어나는 것만 같았다. 나는 고개를 틀어 입술을 피하면서 물었다.

당황한 나머지 눈이 빠르게 깜빡여졌다.

"내가요? 나를 왜? 당신 그때 나를 처음 만났잖아요."

그가 손을 뻗어 내 뒷머리를 감쌌다. 이제 더는 그의 입술을 피할 수 없도록 말이다. 나를 뚫어져라 바라보는 눈이 반짝이는 사파이어 같았다.

"처음엔 얼굴이 취향이었죠. 특히 눈이."

내 눈?

그 대답이 또 참 이상했다. 내 눈은 그와 정반대의 색깔이었으니까. 내 눈은 붉은 편이라 마치 적자주색 루비 같았고, 눈이 크고 쌍꺼풀은 있지만, 끝이 살짝 뾰족해서 일반적인 제국의 미인상은 아니었다.

계속 못 믿겠다는 듯이 찌푸려지는 내 얼굴을 보며 그가 낮게 쿡쿡 웃었다. 그리고는 능청스러운 어조로 말했다.

"예쁜 여자가 당신이 아니면 안 된다고, 제발 결혼해 달라고 간절하게 청혼을 하는데 심장이 얼마나 빨리 뛰던지."

"저기요, 오해가 생길 만한 말은 그만두지 않을래요?"

내가 청혼을 한 건 맞지만, 그렇게 로맨틱하지 않았잖아! 내가 언제 당신이 아니면 안 된다고 했어!?

나한테는 창피한 과거였으나, 그에게는 회상만 해도 웃음이 나는 에피소드였던 모양이다.

그의 얼굴이 숨결이 얽힐 정도로 가까운 곳에 다가왔다. 잘생긴 코끝이 내 코끝과 부딪쳤다. 그가 웃음기 어린 목소리로 말을 이었다.

"그다음엔 당신이 내미는 조건이 마음에 들었죠. 아기를 가지고 싶어 하지 않고, 굳이 내 생활에 간섭할 것 같지도 않고, 야무지고 당돌하면서 욕심도 없으니 내정도 잘 다스릴 것 같고."

그건 다 추측 아닌가. 나는 새초롬하게 삐죽거리며 대답했다.

"그러다가 내가 타이론 공작가의 재산을 몽땅 들고 도망치면 어쩌려고요. 그렇게 사람 한번 보고 판단하면 큰일 나요."

퉁명스러운 대답에 그가 내 코끝을 얕게 깨물었다. 전희처럼 자꾸 이어지는 스킨십에 얼굴이 저절로 달아올랐다. 그가 날 놀리기라도 하듯 내 귓가에 속삭였다.

"내가 연상인데도 이렇게 어린애 대하듯이 행동하는 것도 마음에 들었어요. 내가 좀 애정결핍이라."

뜨끔. 그 말에는 그동안 조용히 입을 다물고 있던 내 양심이 펄떡거렸다.

'내가 연상 맞지. 맞고요…….'

진실은 죽을 때까지 저 너머에 있을 예정이었다.

내 뒷머리를 고정하고 있던 손가락이, 내가 딱히 반항하지 않는 것 같으니 다시 슬슬 돌아와서는 내 뺨과 눈가를 만지작거렸다.

"마지막으로 결정 내리게 된 계기는 차입니다. 스모키 얼그레이는 제가 제일 좋아하는 차예요. 당신이 마시는 걸 보고 이렇게 생각했어요. 취향이 비슷하니, 잘 살 수 있겠다."

꼭 보석이라도 만지듯 가만가만한 손길이 간지러웠지만, 웃을 수도, 눈을 뗄 수도 없었다.

그가 이렇게 속삭였기 때문이다.

"그런데 저는 참 운이 좋아요. 충동적으로 혼인한 아내가 속궁합까지 잘 맞는 것 같네?"

작게 나를 간질이는 것 같던 손가락이 갑자기 이불 안으로 쏙 들어왔다. 계속 그를 피해 숨어 있던 알몸이 이불이 흘러내리면서 상체가 고스란히 드러났다.

"올리비아."

등줄기를 훑어 오르는 손길이 오싹했다. 명확한 의미를 담고서 그의 입술이 다가왔다.

나는 두 손바닥으로 그의 입술을 막았다.

밤에 그렇게 했으면 됐지! 이제 그만!

"잠깐, 잠깐, 이 사람이! 지금 대낮이에요! 나는 배 고프고요!"

"이런."

그가 난처한 듯 웃었다. 나는 씩씩대었다. 농담이 아니었다. 밤새 시달린 데다가 어제는 드레스를 입는다고 새 모이만큼만 식사했기 때문에 배가 무척 고팠다.

'틈을 주면 안 돼. 언제 끝날지 몰라!'

상대가 고자가 아니라는 사실을 확인한 이상, 침대 위에서 방심할 수가 없었다. 나는 잔뜩 빨개진 얼굴로 그를 쳐다보았다.

나의 간절한 시선을 읽은 그가 어깨를 으쓱하며 내 허리를 붙들고 있던 손을 풀었다.

"그건 어쩔 수 없네요. 아내를 굶기는 남편이 될 수는 없으니."

달려들 때와 달리 그는 깔끔하게 침대에서 일어났다. 그리고는 침대 맡에 설렁줄을 잡아당겼다. 아랫사람을 부르는 종소리가 뎅그렁, 뎅그렁 울렸다.

'설마 옷 갈아입는 것까지 쳐다보고 있을 셈은 아니겠지?'

다시 주섬주섬 이불을 당겨서 알몸을 가리면서도, 나는 그에 대한 경계를 늦추지 않았다. 아기 여우인 양 잔뜩 경계하는 나를 보며 그가 피식 웃었다.

"10분만 있다 올게요. 함께 식사합시다."

방문이 열리고 세숫물과 갈아입을 옷, 수건 등을 카트에 실은 하녀들이 우르르 들어왔다.

내가 긴장한 것이 무색하게, 이안은 손을 살래살래 흔들고는 방으로 밖으로 나갔다. 그제야 안도의 한숨을 내쉬었다.

'휴우, 그래도 막 짐승처럼 달려들진 않는구나.'

아니다, 달려들었나? 아닌가?

이게 무슨 상황인지도 헷갈렸다. 번데기처럼 이불을 감고 있는 내게 하녀들이 공손히 고개를 숙였다.

"이리 오세요, 공작부인. 치장을 돕겠습니다."

몰라, 몰라. 짐승이면 어떻고 아니면 어떻단 말인가.

적어도 그는 나를 아프게 하지 않았다. 오히려 지나치게 좋아서 괴로울 정도였다.

'나중에 생각하고 밥이나 먹자.'

그리 생각하면서 침대에서 내려섰을 때였다. 허리가 찌릿, 아파서 잠시 비틀거렸다. 이때만 해도 그럴 수 있다고 생각했다. 처음이었으니까.

내 컨디션을 배려했는지 시녀가 챙겨온 드레스는 몸을 조이는 부분이 하나도 없는 편안한 드레스였다.

내 옷을 입혀준 하녀가 얼굴을 붉히며 고개를 숙였다.

"소, 송구합니다, 공작부인. 준비된 옷이 이것인데…… 나가실 수 있을지 모르겠습니다."

"무슨 문제가 있는가?"

"거울을 보시는 편이."

하녀가 지나치게 수줍어하는 모습이 이상했다. 나는 고개를 갸웃거리며 다른 하녀가 내게 내밀어주는 거울을 바라보았다.

'짐승처럼 달려들었나? 아닌가?'

이전 질문의 답은, 거울을 보는 순간 알 수가 있었다.

흰 목덜미부터 쇄골까지, 꼭 벌레에라도 쏘인 것처럼 울혈이 울긋불긋했으니 말이다.

초야, 그리고 울혈. 이게 무슨 자국인지 모르려야 모를 수가 없었다. 나도 모르게 빽액 소리를 지르고 말았다.

"사람 몸을 이 지경을 만들고 또 하자고 했냐!"

누가 이 사람보고 고자라고 했어?

누가 잘생긴 얼굴이 아깝다고 입방아를 찧어댔냐고.

'나는 고자라는 말만 철석같이 믿었는데.'

아무리 생각해도 이건 사기 결혼이야!

4

인생은 계약의 연속이다

제임스가 그녀를 처음 본 건 아카데미에서였다.

막 검술훈련을 마치고 터덜터덜 걸어오는데, 곧게 뻗은 은빛 머리카락을 하나로 올려묶은 발랄한 이미지의 소녀가 그에게 말을 걸었다.

"죄송한데 입학식 장소는 어디죠?"

"아."

그는 멍청이처럼 얼굴을 붉혔다. 고양이처럼 새침해 보이는 눈, 오뚝한 코, 붉은 입술이 오밀조밀 작은 얼굴에 담겨 있었다.

아름다웠다.

"저, 저, 아마도 저쪽……."

"네, 감사해요."

그가 잘 모른다는 사실을 눈치챈 건지, 소녀는 쌩하니 그의 곁을 지나갔다. 하늘하늘, 연기처럼 펄럭이며 흩어지는 은빛 머리카락에서는 향긋한 냄새가 났다.

이런 쪽에 무지한 제임스는 그 향기가 무엇인지도 알 수가 없었다.

'나한테서는 아마 땀 냄새가 났을 텐데.'

제임스는 손등으로 자신의 이마를 문질렀다. 아직 식지 않은 땀이 흠뻑 묻어나왔다. 그녀에게 고약한 냄새를 풍겼을 거라고 생각하니 저절로 얼굴이 붉어졌다.

'도대체 누구지? 입학식을 물었으니까 신입생일까?'

그녀는 이미 저 멀리 사라졌는데도 자꾸만 그 얼굴이 아른거렸다. 과묵한 제임스는 이제 졸업반인데도 아카데미의 소수의 인물하고만 교제하고 있었다.

그들도 제임스처럼 사교성이 없는 건 똑같아서, 결국 그녀의 이름을 알아내기 위해서는 직접 발품을 파는 수밖에 없었다.

제임스는 열심히 교내를 돌아다녔다. 그렇게 보름 정도 다녔을까. 그는 겨우 그녀의 이름을 알아낼 수 있었다.

회계학과의 올리비아 플로렌스.

❖ ❖ ❖

"……올리비아."

제임스는 천천히 눈을 떴다. 흐릿했던 시야가 또렷해지면서 익숙한 천장이 눈에 들어왔다. 그리고 찾아온 것은 복부의 아릿한 통증이었다.

"큭."

참을성이 좋은 그도 신음이 절로 나오는 큰 부상이었다. 그의 곁을 지키고 있던 부관이 서둘러서 다가왔다.

"일어나셨습니까, 각하?"

"그래."

복부가 단검에 꿰뚫리는 중상이었다.

너무 급하게 수술이 진행되어서 제대로 된 간호사도 뭣도 없는 상황에서 군의관 한 명이 쩔쩔매며 그의 복부를 꿰매었다. 돌아가실 가능성이 높다며 질질 울기까지 했다.

그러나 제임스는 눈을 떴다. 타고나길 건강한 체질인 데다가 살고자 하는 의지도 강한 덕분이었다.

"움직이시면 안 됩니다!"

그가 앉으려고 하자 부관은 기겁하고 그를 말렸지만, 결국 고집을 꺾지 못했다.

입술이 피가 나도록 깨물며 고통을 참은 제임스는 겨우겨우 벽에 등을 기대고 앉을 수 있었다. 그는 손등으로 뻑뻑한 눈을 비비며 물었다.

"내가 얼마나 정신을 잃고 있었지?"

"일주일 정도입니다. 이번에는 정말 위험하셨습니다."

이 변방에서 제임스 파넬 공작은 신이나 다름없었다. 부관 또한 존경이 뚝뚝 떨어지는 눈으로 제임스를 바라보았다.

맨 처음 새파랗게 젊은 공작이 내려왔을 때, 변방의 병사들은 수도 놈들은 자신들이 죽든지 말든지 상관이 없는 게 분명하다며 분통을 터뜨렸었다.

하지만 제임스의 지휘를 받은 지 1년 만에 그들은 제임스의 말이라면 불구덩이도 믿고 뛰어들 광신도들이 되었다.

이렇게 몸을 사리지 않고 몸소 달려드는 상관을 존경하지 않으면 누굴 존경하겠는가.

이번 부상도 자꾸 이민족에게 정보를 흘리는 내부의 스파이를 잡다가 생긴 것이었다.

부관은 분통을 터뜨렸다.

"설마 내부에 그렇게 많은 스파이를 심어두었을 줄은. 악랄한 놈들."

"그래."

제임스는 고개를 끄덕였다. 정말로 죽을 뻔했는데도 담담하기 짝이 없는 반응이었다. 그의 대답에, 부관이 한층 더 존경스러워하는 눈으로 그를 바라보았다.

"그래도 각하께서 일찍 찾아내신 덕분에 피해가 적었습니다. 도대체 어떻게 아신 겁니까?"

"……."

제임스는 딱히 대답하지 않았다. 그의 숨이 거칠었기에, 부관은 대답하기 힘드신 모양이라고 생각했다.

아카데미에서 군사학을 전공한 제임스 파넬 공작이 변방의 전쟁터로 보내진 것은 졸업과 동시였다. 국경선 근처에서 수백 년간 살아온 이민족과의 국지전이었다.

전면전으로 번질 리 없는 사소한 전쟁이지만, 범위가 넓은 데다가 그 지역 주민들의 피해가 수십 년째 이어지고 있는 성가신 전쟁터였다.

'그런 자리에 경험도 없는 내가 보내졌고.'

제국을 수호하는 상징적인 파넬 가문의 유일한 후계자.

정계에 힘이 있는 가족도 없고, 혈통은 좋아 명분은 충분하다. 그의 어린 시절부터 황제는 계속 그를 보내고 싶어 했다.

가정교사를 초빙하여 지식을 쌓는 다른 귀족들과 달리 아카데미에서 군사학을 전공하게 된 것도 그 까닭이었다.

오로지 그를 참전하지 않게 보호해주던 구실은 단 하나. 그가 미혼이라는 것.

그래서 참전한 지 몇 개월 지나지 않아 그는 결혼했다. 그는 전쟁터에서, 신부는 수도에서 올린, 이상한 결혼식이었다.

'아내는 잘 있을까.'

옛날 꿈을 꿔서 그런지 그녀가 보고 싶었다. 제임스는 습관처럼 자신의 검지를 만지작거렸다.

그런데 이게 웬일. 그 자리에 있어야 하는 금빛 반지가 보이질 않았다.

"……내 반지는?"

"네?"

"손가락에 반지를 끼고 있었는데."

"아, 그거요."

그 반지의 존재를 모르는 사람이 이 변방에는 없었다. 검을 많이 휘두르는 검사들은 손가락을 다칠까 봐 반지를 끼지 않는다.

그건 사령관임에도 일선에 자주 나서는 제임스도 마찬가지였다. 하지만 그는 이상할 정도로 결혼반지를 고집했다. 분명 불편할 텐데도 말이다.

'얼굴도 모르는 아내일지라도 의리를 지키시는 거겠지. 각하는 그런 분이니까.'

부관은 그리 좋게 생각하며 성실하게 대답했다.

"안쪽이 너무 닳아져서 끊어졌더군요. 아무래도 반지를 끼고 검을 많이 휘두르신 탓 같습니다. 지금은 수리 중입니다."

"그래."

제임스는 무뚝뚝한 얼굴도 대답했다. 하지만 손가락은 여전히 비어 있는 반대쪽 손가락을 만지작거리고 있었다.

어쩐지 느낌이 이상했다.

'아픔 때문인가.'

그리 생각하며 제임스가 다시 누울 것인가, 아니면 보고를 받을 것인가 고민에 빠졌을 때였다. 부관이 사령관의 책상 위에서 두 통의 편지를 집어 들며 말했다.

"그러고 보니 서신이 왔습니다."

"아내에게?"

제임스는 바로 그렇게 물었다. 올리비아에게 편지가 온 것이 단 한 번뿐인데도, 그다음부터 그는 늘 올리비아의 편지를 기다렸다. 부관은 안타깝다는 듯이 이마를 찌푸리며 대답했다.

"아닙니다. 대부인께서 보내신 거 같습니다. 황실에서도 한 통 왔고요."

"황실에서?"

황실에서 급한 일이라면 칙사를 보내지, 이렇게 서신을 보내는 일은 드물다.

제임스는 고개를 갸웃거리며 황실의 편지부터 열어보았다. 그리고 저도 모르게 편지를 툭 떨어뜨리고 말았다.

"이, 이게 무슨……."

"무슨 일이십니까?"

부관은 놀라서 제임스에게 성큼 다가왔다. 그가 떨어뜨린 것은 편지가 아니었다. 그저 공문서 사본 한 장이었다.

큼지막하게 문서의 성격이 쓰여 있었기 때문에 굳이 집어 들지 않아도 무엇인지 알 수가 있었다.

– 혼인 무효장

감정을 잘 드러내지 않는 제임스의 입술이 파르르 떨렸다. 그는 눈을 의심하듯 몇 번이나 비볐다. 그럼에도 바뀌지 않는 글자를 보고, 그의 얼굴은 희게 질렸다.

"호, 혼인 무효라니. 도대체 왜……."

"아, 이런."

도무지 이해할 수 없는 상황에 하얗게 질려 있는데, 곁에서는 알겠다는 듯이 탄성이 흘러나왔다. 제임스의 날카로운 눈빛이 대번에 그를 향했다.

"도대체 뭘 알고 있지?"

"그, 그게 소문을 듣긴 했는데. 헛소문이라고 생각해서 각하께 전하지 않았습니다."

"소문?"

"그게……."

망설이던 부관은 눈을 질끈 감고 말했다.

"각하의 부인이신 플로렌스 영애와 타이론 공작님이 열애 중이라고 합니다. 그 사실을 알게 된 황제 폐하께서 적극적으로 두 분을 이어주시기로 했다고 하시더군요."

"타이론 공작? 이안 타이론?"

소문을 들은 제임스는 이번에는 자신의 귀를 의심했다. 그럴 수밖에 없었다. 이안 타이론이라면?

"그는 고자잖아?"

소문에 어두운 제임스조차 아는, 그야말로 대국민 고자였다.

그리고 설령 그와 그렇고 그런 사이가 되었다고, 해도 혼인은 자기들끼리 결정해서 할 수 있는 게 아니었다.

"아니, 애초에 내가 혼인 무효장에 도장을 찍지 않았는데?"

이미 올리비아는 그의 아내이지 않은가.

무엇 하나 답을 알 수가 없었지만, 왠지 그 대답이 편지 안에 있을 것 같아서 제임스는 떨리는 손으로 공작가에서 날아온 다른 편지를 꺼냈다.

구구절절 긴 편지 속에서, 그가 찾던 내용은 마지막에 짧게 언급되어 있었다.

– 집안의 명예를 더럽히는 계집애라, 우리가 알아서 쫓아냈다. 플로렌스 가문에 넘겨주었던 거액의 투자금도 회수할 예정이니 신경 쓰지 말고 변방을 열심히 지키거라.

제임스는 힘을 주면 안 된다는 것도 잊고 두 팔에 힘을 주었다. 편지가 원래 두 장이었던 것처럼 북, 뜯겨나갔다.

❖ ❖ ❖

어떻게 해도 울혈을 감출 수가 없었다. 결국 나는 목에는 스카프를 매고, 머리카락을 아래쪽으로 낮게 묶어 등이 아닌 앞쪽으로 늘어뜨리기로 했다. 나의 치장을 도와준 하녀들이 발그레한 얼굴로 웃으며 인사했다.

"다시 한번 결혼을 축하드려요."

"예쁜 사랑 하세요."

흘금거리는 시선에는 흥미가 반, 재미있음이 반으로 섞여 있었다.

이 나라 최고의 스캔들, 대국민 고자 사기 사건을 실시간으로 감상하고 있으니 얼마나 재미있겠는가.

하지만 그 눈빛을 받고 있는 나는 무슨 죄인데? 왜 부끄러움은 내 몫인가!

"내가, 내가 왜 이런 수모를……."

침대에 걸터앉아 바들바들 떨고 있으니 이안이 걸어들어왔다. 단추를 두 개 푼 셔츠에, 까만 바지를 입은 그는 어제처럼 단정하기만 했다. 여유롭게 걸어온 그가 나를 보더니 놀라서 성큼성큼 걸어왔다.

"왜 그래요? 어디 아픕니까?"

"!"

이게 다 너 때문이다, 라고 화를 내고 싶었지만, 막상 무릎까지 굽혀서 나와 눈을 마주하고 있는 그를 보니 말문이 막혔다.

'나를 걱정하고 있어.'

그건 참 생소한 경험이었다. 그에게 나의 마음속 상처들을 조금도 보이지 않았는데도, 그가 보내는 다정한 눈길, 이런 사소한 배려 하나하나가 약처럼 그곳에 덮이는 느낌이었다.

'도대체 왜 이 사람에게……'

지난 생, 40년을 사는 동안 한 번도 느끼지 못한 간질간질한 감정이 왜 이 남자를 마주하고 있으면 밀려오는지 알 수가 없는 노릇이었다.

더 마주하고 있으면 내 속내를 다 쏟아내게 될 것 같아서, 나는 고개를 흔들었다.

그리고 애써 밝은 목소리를 쥐어 짜냈다.

"저리 비켜주세요. 아프지 않아요."

"정말이죠? 하나도 아프지 않죠?"

"네."

목은 조금 아프지만. 그래도 약이 좋았는지, 개구리 소리 같았던 목소리도 많이 가라앉았다. 나는 큼큼 헛기침했다.

그런데 그때, 다행이라고 말할 줄 알았던 남자가 이렇게 중얼거리는 것 아닌가.

"이런. 내가 많이 부족했네."

"……뭐라고요?"

나는 내 귀를 의심했다.

부족했다고? 뭐가 부족해?

'설마 밤일? 밤일을 말하는 거 아니겠지?'

거의 잠을 자지 못 하도록 괴롭힘을 당했는데 부족할 리가 있나. 내가 눈을 크게 뜨고 그를 바라보니, 그는 자리에서 다시 반듯하게 일어서며 어깨를 으쓱했다.

"아니, 아무것도 아닙니다."

나는 당장 떠나려는 그의 팔을 꽉 잡았다.

"아무것도 아닌 거 같았는데요."

"정말 아무것도 아니라니까요."

"내가 다 대답할 테니까, 정말 솔직하게 말해요! 뭐가 부족했는데요?"

"진짜 아니에요. 배고프니까 빨리 식사하러 갑시다."

"……."

나는 가늘게 눈을 뜨고 그를 바라보다가 자리에서 일어났다. 그가 나보다 두 걸음 정도 앞서서 걸어갔다. 내가 그의 휘적거리는 긴 다리를 보며 뒤를 따르고 있는데.

"역시 아침에도 그냥 놔주지 말았어야 했는데."

"!"

역시 지금 밤일 이야기 하는 거지!

나는 이 남자의 끔찍한 오개념을 바로 잡아주고 싶었으나, 그는 끝까지 시치미를 떼며 말하지 않았다.

아침 식사는 방이 아닌 식당에서 이루어졌다. 고소한 냄새가 문밖까지 흘러나와서 비어 있는 위장이 요동쳤다.

'많이 먹어야지.'

그런 결심을 하며 열리는 식당 문을 쳐다보았을 때였다. 막상 문이 열리고 보인 것은 내가 기대하던 맛있는 아침 식사가 아니었다.

"제수씨!"

"컥!"

토실토실한 곰이 열리는 문으로 날다람쥐처럼 뛰쳐나왔다. 담비 털이 목을 장식하고 있는 붉은 망토는 잘못 보려야 잘못 볼 수가 없었다.

"폐, 폐하!"

바로 황제 폐하셨다.

'이 아침부터 황제 폐하 행차라니 무슨 말이요?!'

아무리 여기가 황궁이고, 이 나라의 지존이신 황제께서 못 갈 곳은 이 세상에 없다지만, 초야가 지난 아침 식사 자리에 이렇게 갑자기 튀어나오는 건 아니지 않나.

나의 불편함이 보이지도 않는지, 황제는 껄껄 웃으며 내게 친근히 인사를 건넸다.

"아이고, 우리 제수씨 오셨구나. 밤새 잠자리는 편안했는가?"

"화, 황송하옵니다."

농담이 아니고, 너무나 마음에 심히 부담되어서 저절로 황송했다. 제수씨라니. 일국의 황제에게 듣기에는 지나치게 샷된 호칭 아닌가.

'정말 이안을 아끼나 보다.'

그가 이렇게 황궁에 첫날밤을 내어준 것도, 아침 식사 자리부터 찾아온 것도, 나에게 제수씨라고 부르며 생글생글 웃는 것도 모두 이안과 그가 친근하기 때문이었다.

'결국 이 남자가 문제야.'

나는 슬쩍 고개를 들어 심드렁한 표정의 이안을 째려보았다.

'황제 폐하께서 아침 식사에 참석하신다는 이야기를 왜 안 했어? 나도 마음의 준비를 해야 할 거 아니야.'

내 시선을 눈치챈 이안이, 벽의 무늬를 세다 말고 나를 돌아보았다. 푸른 눈이 꼭 햇빛을 반사하는 파도처럼 반짝이는가 싶더니만.

쪽. 별안간 입술이 내 이마에 닿았다. 설마하니 황제 폐하 앞에서 입을 맞출 거라 상상도 하지 못한 나는 후다닥 세 걸음 뒤로 물러났다. 순식간에 얼굴이 터질 듯이 빨개졌다.

"뭐, 뭐예요?!"

손바닥으로 이마를 문지르며 그를 째려보니, 그는 뭐가 문제냐는 듯이 어깨를 으쓱했다.

"키스해 달라고 쳐다보지 않았습니까."

"제가 언제요!"

아니, 아까부터 왜 이렇게 자기 좋을 대로 내 말을 곡해하는 건지. 내가 뾰족한 시선으로 그를 흘겨보고, 그는 영문을 모르겠다는 듯이 의뭉스럽게 고개를 갸웃거릴 때였다.

음흉하기 짝이 없는 웃음소리가 우리 사이에 끼어들었다.

"후후후후."

뭐야, 왜 자꾸 웃는데. 그 웃음 뭔데.

소름이 돋아서 쳐다보니, 그 웃음소리의 주인공은 다름 아닌 황제였다. 그는 맛있게 부푼 만두처럼 포근한 미소를 지으며 고개를 주억거렸다.

"두 사람이 이렇게 잘 어울리다니! 보기만 해도 배가 부르네. 나는 오늘 아침은 들지 않아도 되겠군."

정말 우리 두 사람의 애정행각을 보니 좋아 죽겠다는 표정이었다. 그래도 위엄을 지키기 위해 큰 소리로 헤벌쭉하게 웃지는 않았으나, 참을 수가 없는지 근질거리는 입꼬리가 조금씩 위로 올라가고 있었다.

'숨겨놓은 아들이야, 뭐야.'

너무 자기 일처럼 좋아하니 이런 생각까지 들었다. 나는 눈을 가늘게 뜨고 황제를 바라보았다.

그때였다. 이안이 시큰둥한 표정으로 대답했다.

"이미 식사를 드셨나 보군요."

"너희가 워낙 늦게 나왔지 않니."

나는 뒤늦게 말을 이해하고 눈을 깜빡거렸다. 그러니까.

'……정말로 배가 불러서 안 먹어도 된다고 한 거였냐.'

지금 이 순간 나는 한 가지 교훈을 배웠다. 황제 폐하의 말씀을 모두 믿지는 말자.

하여간 우리를 오래 기다리신 건 맞는 것 같아, 나는 치맛자락을 쥐고 나붓하게 인사를 올렸다.

"제가 몸이 미편하여. 죄송합니다."

"아니, 내가 제수씨에게 뭐라고 하는 건 절대 아니야. 아무렴! 내가 어떻게 제수씨에게 뭐라고 하겠어? 우리 부족한 사촌을 거두어준 것만으로도 감사감사지!"

여기까지만 했다면 좋았을 것이다. 황제는 이야기하다가 흥분한 나머지 콧김을 풍풍, 뿜으며 2절을 시작했다.

"첫날밤에 혹시 신랑이 고자라고 신부가 도망이라도 치는 게 아닐까, 조마조마한 나머지 새벽부터 달려와서 계속 이 시간까지 기다린 거지만 괜찮네! 오늘 아침쯤에는 사촌이 '결혼은 사실 장난이었습니다! 저는 정말 고자고요!'하고 배신을 때리는 건 아닐까, 머리를 쥐어뜯었지만 괜찮다고! 아예 노을이 질 때 침실에서 나와도 뭐라고 안 할 테니 걱정하지 말게."

그러니까 정말로 소문대로 대국민 고자라서, 도장까지 미리 찍은 결혼식이 엎어질까 봐 걱정되어 새벽부터 진을 치고 있었다는 뜻이었다.

사건의 전말을 알게 된 나의 얼굴이 저절로 핼쑥해졌다.

나처럼 질린 표정이 된 이안이 손바닥으로 자신의 얼굴을 덮으며 중얼거렸다.

"폐하, 차라리 아무 말씀도 하지 마십시오."

"너한테 말 건 거 아니거든. 우리 예쁜 제수씨에게 말 건 거거든?"

'아니, 이 사람 이런 사람이었어?'

들리시나요, 내 애국심이 사라지는 소리.

적나라하게 드러나는 속내에, 나는 할 말을 잃고 멍청하게 굳어졌다. 나는 이안이 이 상황을 어떻게 수습할 것인가 흘긋 옆을 응시했다.

그는 살구색 입술을 꽉 깨물고 있었다.

"……."

그리고 나는 보았다. 이안의 팔뚝에 일순간 힘이 불끈 들어가는 것을.

'황제만 아니었으면 패대기쳤겠어.'

반짝이는 푸른 눈이 무척이나 위험해 보였다. 이러다가 결혼한 지 하루 만에 반역자의 부인이 되어서 나라에서 추방되는 게 아닌가 걱정이 될 정도로 말이다.

하지만 이안의 서슬 퍼런 눈을 마주한 것이 한두 번이 아닌지, 황제는 여유작작하게 다른 화제로 말을 돌렸다.

"그래, 황궁에는 언제까지 머물 거냐? 아예 한 일주일쯤 저쪽 별궁을 내어주랴?"

'이 꼴을 일주일이나 더 겪으라고?!'

나와 비슷한 심정이었는지, 이안이 서늘한 목소리로 무뚝뚝하게 대답했다.

"오늘 나갈 겁니다."

"왜? 더 머물다 가렴."

자꾸만 질척이는 황제를, 이안은 한마디로 격퇴했다.

"그럼 신혼여행이나 보내주시죠."

"……큼큼, 아무리 부인이 어여뻐도 내일 대회의는 꼭 참석해야 하네, 공작."

우리를 구경하는 건 재미있어 죽겠지만, 그 때문에 자신의 일이 늘어나는 것은 죽어도 싫은 모양이었다.

"그럼 나는 이만 가보겠네. 둘이 이야기 많이 나누고."

이안의 마음이 바뀌어서 일주일 휴가를 청할 것 같았는지, 황제는 아까까지의 기세는 어디로 팽개치고 꽁지에 불붙은 닭인 양 빠르게 사라졌다.

결국 식당에는 황제가 남기고 간 어수선함과 조금 식어버린 아침 식사만이 남았다.

이제야 식당이 조용해지자, 이안은 팔짱을 끼고 중얼거렸다.

"어휴, 주접은."

황제가 식당을 나갔다고 해도 식당에는 아직 황실에서 일하는 이들이 여럿 있었다.

나는 두 손으로 이안의 입술을 막았다.

"조용히 해요! 그거 황족모독인 거 아시죠?"

갑자기 내 손바닥으로 입술이 막힌 이안이 눈을 동그랗게 뜨고 끔뻑거렸다. 그러더니.

"으악! 핥지 말래도요!"

물컹한 혀가, 내 손바닥을 뭉근하게 스쳤다. 나는 질색을 하며 손을 떼었다.

하지만 손목 한쪽이 그의 손에 꽉 붙들렸다. 가느다란 손가락 끝을 그가 얕게 깨물었다.

'무슨 사탕인 줄 아나!'

왜 이렇게 물고 빨고 하는 걸 좋아하는지 통 모를 노릇이었다. 빨간 혀가 결혼반지를 낀 네 번째 손가락을 느릿하게 핥아내리는 모습이 무척이나 색기가 있었다.

나도 모르게 얼굴을 새빨갛게 붉힌 채로 홀린 듯이 그의 입술을 바라보았다.

"어차피 식사가 식어서 다시 기다려야 할 건데."

손끝에 쪼옥, 입을 맞춘 그가 여우처럼 요사스럽게 웃었다.

"우리, 방에서 편안하게 먹는 건 어때요?"

또 은근슬쩍 나를 홀리는 발언이었다. 이때 단호하게 고개를 저어야 했는데.

끄덕. 그의 혓바닥에 완전히 시선을 빼앗긴 나는, 무슨 말인지도 제대로 알아듣지 못하고 고개를 끄덕이고 말았다. 귀엽다는 듯이 픽 웃은 그가 덥석 나를 안아 들었다.

식당에 올 때보다 훨씬 빠른 걸음으로 우리는 다시 나왔던 방으로 돌아왔다.

막 침대 이불과 시트를 갈려고 준비하던 궁인들이 다시 들어오는 우리를 보고 쨍하니 얼어붙었다.

이안은 턱짓으로 그들을 내보냈다.

"시트 갈 필요 없네. 곧 다시 더러워질 테니까."

그 말에 얼어붙었던 궁인들이, 이번에는 새빨갛게 얼굴을 붉혔다. 훈련받은 궁인답지 않게 그들은 무척 허둥대며 방을 빠져나갔다.

침대를 탈출한 지 얼마 지나지 않아 다시 침대로 돌아오게 된 내가 그의 팔을 꽉 붙들고 말했다.

"바, 밥 먹자고 했잖아요."

"네. 저도 배고파요."

그의 대답에 나는 순간 안도의 한숨을 내쉬었다.

'그래도 다짜고짜 하자고 끌고 온 건 아니구나.'

하지만 역시 안심은 일렀다. 내가 그의 팔을 쥐고 있던 손에 힘이 풀리기 무섭게 그가 나를 억세게 끌어안고는 입을 맞췄던 것이다.

잇새를 비집고 들어온 살덩이는 억세게 나의 혀를 붙잡아 쪽쪽 빨아대었다. 혀 뿌리가 아릿할 정도로 강렬한 키스였다.

넓은 손바닥이 정신없이 내 치맛자락을 들치고 오동통한 허벅지를 꽉 쥐었다. 그 바람에 허리가 휘어지면서 몸이 불안하게 흔들렸다. 잡을 것 없어, 두 손을 허공에 허우적대던 나는 그의 목에 두 손을 감고 매달렸다. 부드러운 금빛 머리카락이 손가락에 얽혔다.

단정한데 묘하게 으스스한 목소리가 귓가에 나직하게 속삭여졌다.

“하지만 저는 당신부터.”

“그게 무슨 말…… 읍!”

밑도 끝도 없는 말에 내가 입술을 삐죽이며 투덜거리려고 했을 때였다. 그의 입술이 다시 또 내 입술을 덮었다. 아랫배가 뜨겁게 조여드는 것만 같아, 나는 살짝 몸을 뒤틀었다. 그가 내뱉는 더운 숨이 입술을 통해 꼴깍꼴깍 넘어오는 것만 같았다.

딱히 만져주지도 않았는데 딱딱하게 선 단단한 살덩이가 속옷 위를 쿡쿡 찔렀다. 여전히 격하게 내 입술을 탐하면서, 그가 손가락을 슬쩍 속옷을 옆으로 젖히고 들어왔다.

“읍!”

어제 밤의 여파로 살짝 부풀어오른 도톰한 살갗을 손가락이 간지럽히듯 문질렀다.

‘아, 왜 자꾸 거기를.’

자꾸만 아랫배가 간질간질해지고 허벅지에 힘이 들어갔다. 힘을 빼려고 해도 저절로 힘이 들어가서 사타구니 사이에 파고든 그의 손을 조였다.

‘아, 이러면 안 되는데.’

그를 밀어내려고 해도 단단한 몸은 꿈쩍도 하지 않았다. 뭉근하게 계속되는 쾌락에 나는 다리를 벌벌 떨었다. 쉬지 않고 이어지는 입맞춤에, 숨을 할딱이며 나는 그의 목을 끌어안고 있는 손에 힘을 주었다.

‘왜 이렇게 이 사람은 집요하고…….’

상냥한 걸까. 그런 생각을 하기 무섭게, 그의 손가락이 갑자기 콱 꼬집었다. 예민한 살에 갑작스레 밀려오는 날카로운 통증에, 허리가 저절로 튀었다.

그리고 그 순간, 속옷을 옆으로 밀어젖히며 그가 내 안으로 푹 파고들었다.

“아아…!!”

갑작스럽게 밀려들어오는 뜨끈뜨끈한 열기에, 나는 거칠게 고개를 도리질치고 말았다.

“미안해요. 내가 좀 급해서.”

나직하게 속삭여지는 그의 목소리는, 목이 마른 사람처럼 갈라져있었다. 내 입술에서 떨어진 그의 입술이 이번에는 내 목덜미를 촘촘히 깨물었다. 간지러움에 어깨를 움츠리자, 그가 나의 몸을 두 손으로 꽉 끌어안았다. 그리고는.

“앙!”

다시 한번 나의 몸이 크게 흔들렸다. 배꼽 부분까지 꽉 차오르는 느낌이었다. 나는 몸을 작게 떨며 그를 바라보았다.

숨을 할딱거리며 나는 속으로 이렇게 생각했다.

‘그래도 생각만큼 아프지 않네.’

빠듯하고 더부룩할지언정, 아프고 괴롭진 않았다.

‘맞아. 대화를 즐겁게 하는 것도 배려와 상냥함이니까.’

당연한 사실을 깨달은 나는 멍하니 고개를 끄덕였다. 그런 나의 얼굴을 바라보던 그가 눈꼬리를 곱게 휘며 웃었다.

“기특하네요.”

"뭐가요?"

그와 시선을 마주하려고 허리를 살짝 뒤틀었더니, 다른 각도로 푹 찔러들었다.

그의 입술이 내 이마에 촉하고 닿았다. 나는 눈을 깜빡이며 이안을 바라보았다. 금빛 머리카락이 부들부들 이마를 덮은 얼굴은 과연 이 나라 최고의 미남이었다. 하지만 신사 같은 얼굴이, 내뱉는 말은 야하기 짝이 없었다.

"한계까지 벌어졌는데도 또 힘내서 삼키고 있잖아요."

"그런 칭찬은 별로 듣고 싶지 않거든요?"

내가 입술을 삐죽이며 그렇게 대답하자, 이안이 내 허리를 꽉 붙들고는 다시 한번 흔들었다. 나는 온 몸을 벌벌 떨며 그의 어깨를 꽉 붙들었다.

"자, 잠깐만요. 기다려요! 잠깐만."

어떻게 이렇게 내가 느끼는 지점을 콱콱 쑤실 수 있는 걸까. 벗어나려고 해도 밀려들어오는 쾌락에, 내가 얼굴을 새빨갛게 붉히고 입술을 깨물었을 때였다. 그가 부드럽게 내 입술에 입을 맞추더니 조금 짓궂은 목소리로 속삭였다.

"다행이에요. 처음부터 당신이 잘 느끼고 있는 거 같아서."

"절대 아니거든요!"

나는 고개를 절레절레 흔들었다. 거짓말이었다. 그와의 스킨십은 무척 좋았다. 어떻게 만난 지 얼마 되지 않은 사람과 나누는 농밀하게 스킨십이 이렇게 편안하면서도 두근거릴 수 있는가 의아할 정도로. 하지만 그 사실을 그에게 들키고 싶지 않았다.

'남편이라고 의지할 수 있는 건 아니니까.'

인생은 혼자 사는 거다. 그 사실을 나는 20년이라는 긴 세월에 걸쳐 배웠다. 비록 이안이 내게 신사적으로 대하고, 또 그가 내게서 뺏을 수 있는 것들은 그에게 필요 없는 하잘 것 없는 것들일 지라도, 나는 그에게 내 모든 마음을 내보이고 싶지 않았다.

하지만 이런 나의 속 좁음을 비웃기라도 하듯, 이안이 부드러운 눈으로 나를 바라보며 말했다.

"그래요? 나는 당신이랑 하는 게 정말 좋은데. 사실은 아까 당신에게 좀 서운했어요. 내가 식사부터 할 건지, 목욕부터 할 건지 물었을 때 당신이 망설이지 않고 식사부터 한다고 해서요."

나랑 하는 게 좋다는 그의 말에 저절로 귀 끝까지 열이 확 올랐다. 나는 눈을 내리 깔고 더듬더듬 툴툴 거렸다.

"부, 부끄러운 줄도 모르고 그런 소리를……."

어떻게 이런 말을 이렇게 솔직하게 내뱉을 수가 있지? 눈을 깜빡이는 내 턱을 꽉 쥐고 이안이 또 다시 입술을 들이댔다. 가까이 몸이 달라붙으면서 몸 안쪽으로 더 깊숙하게 파고들었다.

"나는 당신이 계속 부족했거든요. 그러니까 우리 조금 더 이야기를 해볼까요?"

그렇게 얼마나 시간이 흘렀을까, 그가 입술을 깨물었다. 단정한 잇새로 낮은 신음이 흘러나왔다.

나는 흐릿한 눈으로 멍하니 그의 얼굴을 바라보았다. 반듯한 이마에는 땀방울이 맺혀 있었고, 늘 여유로운 표정을 짓고 있던 얼굴은 약하게 찡그려져 있었다. 촛불이 넘실거리는 듯 일렁이는 푸른 눈이 나를 응시했다.

'처음 보는 표정.'

쾌락에 젖은 얼굴.

나만 보았을 얼굴.

참 신기한 일이었다. 그는 계속 능글맞고 여유로웠는데, 이 표정은 다급하고 서툴게만 보였으니까. 사실은 그도 조금 불안했던 걸까.

– 나는 당신부터

그게 '식사부터 할래요? 목욕부터?'라고 물었던 아까 질문에 대한 답이란 것을, 한참 뒤에야 깨달을 수 있었다.

❖ ❖ ❖

참 이상하기도 하지. 묘한 기시감을 느끼며 나는 이불 밖으로 내 고개를 내밀었다. 그리고 새초롬한 어조로 중얼거렸다.

"……짐승."

내 말에 셔츠에 팔을 꿰고 있던 남자가 고개를 돌렸다. 이 장면조차도 기시감이 느껴져서, 나는 눈을 질끈 감았다.

기시감이 아니지! 바로 아까 있었던 일을 똑같이 반복하고 있는 거잖아!

'고자라고 했잖아. 고자라고 했잖아!!'

굳게 믿었건만 배신을 당한 기분이었다. 나는 뾰족한 눈으로 그를 바라보며 외쳤다.

"이건 대국민 사기예요! 난 사기 결혼을 당한 거라고요."

절대로 안 설 거라고 생각했던 남편이 이렇게 발랄할 줄 누가 알았나요.

내 말에 이안은 픽, 하고 웃었다.

"사기 결혼이라."

잘생긴 얼굴이 내게 가까이 다가왔다. 손가락이 내 머리카락을 귀 뒤로 넘겨주었다. 그 손길이 은근해서, 나는 다시 어깨를 움츠렸다.

그런 내게 그가 낮은 목소리로 속삭였다.

"엄밀히 말해서 제게 접근한 건 당신 아닙니까?"

움찔.

괜스레 찔린 나는 어깨를 움츠렸다. 그의 말이 맞았다. 그를 선택해서, 주도적으로 그에게 접근한 건 나였다.

'설마 뭘 알고 있나?'

하지만 그 과정이 그의 귀에 들어가서는 안 되었다. 나는 슬그머니 그의 눈치를 살폈다.

담담한 얼굴에는 나를 향한 분노라든지, 실망 같은 부정적인 감정은 떠올라 있지 않았다.

나도 모르게 엄지손톱을 깨물었다.

'로메오에게 피해가 가면 안 되는데.'

지금 내가 이 자리에 있는 건 내 부탁대로 그런 노래를 퍼뜨려준 로메오 덕분이었다.

로메오는 장차 이 나라의 황후가 될 남자. 괜히 내 일로 그의 발목이 잡힐까 걱정이 되었다.

'아나? 모르나?'

조마조마한 표정으로 그를 바라보았다. 내가 얼굴을 가까이 들이밀었던 남자는, 언제 그렇게 위화감을 조성했냐는 듯이 산뜻한 어조로 내게 물었다.

"이제 집으로 갈까요? 아니면 며칠 더 머무를래요?"

"집으로 갈래요."

나는 냉큼 대답했다. 솔직히 결혼식에, 초야에, 아침부터 방문한 황제 폐하까지. 피곤하기 그지없었다.

'빨리 쉬고 싶어.'

자꾸 은근한 무드가 되는 것도 여기가 신방이라서 그렇겠지. 얼른 타이론 공작가의 내 방으로 쏙 들어가고 싶었다. 그리 생각하며 나는 침대에 흐트러진 내 원피스를 주워 들었다.

그때였다.

쓰윽.

이안의 검지가 이불 밖으로 드러난 내 척추를 따라 쓰윽 미끄러졌다. 그 의도를 착각하려야 착각할 수가 없었다.

"조금 아쉽기는 한데."

'이 사람이!'

아쉽기는 뭐가 아쉽단 말인가! 밤새 그렇게 괴롭히고, 눈 떠서 밥 먹나 했더니 또 괴롭히고!

그 과정에서 나의 초야를 실시간으로 지켜보며 수줍어하던 궁인들은 어떻고! 그 시선을 받으며 부끄러워하던 나는 또 어떻고!

'그런데도 아쉽다고?!'

대국민 고자에서 봉인 해제된 남자는 멈출 줄 모르고 달리는 말 같았다. 나는 이 야생마에게 마구를 씌워야겠다는 결심을 했다. 안 하면 내가 죽겠어!

"잠깐만요."

"네?"

이안은 또 깔끔한 표정을 지었다. 저 뻔뻔한 얼굴에 속았다고 생각하니 괜히 부아가 치밀었다. 나는 입술을 삐죽이며 말했다.

"그전에 우리 계약서부터 작성하죠."

"무슨 계약서요?"

"생활 전반에 대한 계약서요. 지금 결혼할 때와 상황이 많이 바뀌었잖아요."

"뭐가 바뀌었다는 거죠?"

"그, 그……."

내 말에 그는 전혀 영문을 모르겠다는 듯이 고개를 기울였다. 아름다운 금빛 머리카락이 고개의 방향에 따라 흐트러지는데, 그 모습이 또 순수한 소년처럼 아름답게만 보였다.

'으으, 이 얼굴만큼은 부정할 수가 없다.'

신께서는 어쩌자고 미모를 이렇게 한 사람에게 몰아주었단 말인가.

카스텔라처럼 부드럽게 보이는 살구색 입술이 살짝 벌어졌다.

"혹시 잠자리에 관한 계약서를 쓰자는 겁니까?"

미심쩍은 듯 눈살을 찌푸린 얼굴조차도 멋있었다. 하지만 그 표정은 동시에 내 가슴을 돌로 꽉 틀어막는 것 같았다.

'계약서를 쓰자는 말이 왜 미심쩍은데?'

"다, 당연하죠! 내가 계속 말하잖아요. 사기 결혼이라고!"

당신이 고자라고 철석같이 믿고 결혼한 거란 말이야. 알았다면 상대가 바뀌었을지도 모른다고.

하지만 나에게는 중요한 그 사실이, 그에게는 그냥 스치는 바람이나 다름없는 모양이다.

그는 고개를 갸웃거리며 중얼거렸다.

"왜 그게 문제가 되죠? 속궁합이 이렇게나 잘 맞으면 좋은 거 아닌가?"

"절대 아니거든요."

밤일로 좋았던 기억이 한 톨도 없는 나에게 조금도 메리트가 아니었다.

나의 단호한 부정에, 그의 입꼬리가 살짝 올라갔다.

"좋아요. 그럼 말해 봐요. 그 계약 조건이라는 것."

또또, 남의 일처럼 재미있어한다. 그 표정이 마음에 들지 않았지만, 어쨌든 계약을 제시하는 사람은 나였다.

나는 손가락을 들며 말했다.

"첫 번째, 피임은 꼭 한다."

"네네. 그리고?"

"두 번째, 결혼생활 동안 서로에게 충실한다."

"그건 제가 부탁드리고 싶은 조항인데요."

그리 말하며 그가 내 목덜미로 손을 뻗었다. 어머니의 유품인 물방울 모양의 목걸이가 그의 검지에 걸려서 줄이 팽팽해졌다.

"?"

그의 행동의 의미를 파악하지 못하고 나는 고개를 갸웃거렸다. 그가 작게 웃음을 터뜨리더니 목걸이를 잡아당긴 손을 떼었다.

"계속 말해 봐요."

"마지막으로 제일 중요한 거예요. 잠자리 횟수."

나는 심호흡을 했다. 잠자리 횟수. 그것이 사실상 우리 계약의 하이라이트이기도 했다.

비장한 표정을 지은 내가 손가락을 펴 보였다.

"일주일에 한 번 정도 어때요?"

내 말에 이안의 잘생긴 얼굴이, 구겨버린 편지처럼 확 찡그려졌다. 그가 느릿한 어조로 되물었다.

"농담이죠?"

"농담 아니거든요!"

내 말에 그는 펼쳐져 있는 내 손가락 하나에 자신의 손바닥을 대었다. 이제 손가락은 여섯 개가 되었다. 그는 어깨를 으쓱했다.

"일주일에 여섯 번. 조물주께서도 일주일에 하루는 쉬셨다고 하니, 우리도 하루는 쉽시다."

"이, 이, 이 무슨! 이게 무슨 일인 줄 알아요?!"

여섯 번이라니! 조물주가 쉬는 안식일에만 거르자니! 무슨 직장 출근하는 줄 아나.

나의 반박에 그는 뻔뻔스럽게 대꾸했다.

"일이 아니니까 많이 하는 거죠. 일은 일주일에 한 번이면 족해요."

'어, 그거 상당히 논리적인데.'

아차! 넘어갈 뻔했다. 일주일에 한 번만 일하는 삶에 잠시 홀렸던 나는 퍼뜩 정신을 차리고 고개를 도리질 쳤다.

"안 돼요! 그랬다가는 매일매일 잠만 잘 거예요. 당신은 몰라도 나는 힘이 달린다고요."

"거짓말. 당신이 손톱을 세워 긁어서 목덜미가 지금도 따끔따끔한데……."

"우와악!"

그가 보란 듯이 자신의 셔츠를 벌려서 나를 보여주는데……. 흰 살갗에 붉은 손톱자국이 무슨 야수가 할퀸 것처럼 나 있었다.

나는 손바닥으로 내 얼굴을 가렸다.

'네, 저예요. 제가 했습니다.'

그런 나를 보며 그가 씨익, 승리의 미소를 지었다.

"여섯 번."

"한 번!"

"다섯 번."

"두 번!"

"그럼 다시 여섯 번."

"……."

다 내 말대로 해줄 것같이 굴더니 왜 이럴 때는 이렇게 단호한 건데.

나는 억울함에 입술을 꽉 깨물었다.

"저, 저는……."

나는 왜 잠자리가 꺼려질까. 사실 어제는 싫지 않았다. 아프지도 않았다. 하지만.

"솔직히 잠자리가 무서워요."

마음이 느슨하게 풀려서인지, 내뱉지 않아야 할 진심이 흘러나왔다.

"당신이 나쁜 사람이라는 건 아니에요. 아프고 괴로웠다는 것도 아니에요. 그래도, 그러니까……."

나에게 부부관계는 큰 상처로 남았다.

내가 거부할 수도 없고, 거부해서도 안 되는 괴로운 행위는 내 인간의 존엄성까지 바닥에 패대기쳐 밟히는 것 같았다.

밤만 되면 스스로가 한없이 가볍고 하찮은 존재가 된 것 같아서 서러웠다.

그 기억들은 내가 그때의 올리비아가 더 이상 아닌데도, 가시넝쿨처럼 끈질기게 나를 휘감아왔다.

아무 생각 없이 진심을 토로하던 나는 퍼뜩 정신을 차렸다.

"그래도! 아내의 역할에 잠자리가 있다는 건 명심하고 있어요. 그러니까 당신을 거부하거나 하지는 않을 거예요. 하지만 저를 배려해서 그 횟수만 줄여주면……."

"그런 건 관계가 아니죠. 의미가 없는 강압이에요."

애써 밝은 목소리를 쥐어 짜내어 늘어놓는 나의 말을, 이안이 단호하게 잘랐다.

나는 눈을 깜빡이며 이안을 바라보았다.

사파이어처럼 푸르스름하게 빛나는 눈동자가 깊은 바다처럼 진중하게 나를 담았다.

"전 당신과 대화를 하고 싶은 거예요. 이왕이면 그게 즐겁고, 스릴 넘치고, 행복했으면 좋겠어요. 당신에게 의무나 역할, 두려움을 주려는 게 아니고요."

너무 많은 말을 토해냈다는 듯이, 그가 멋쩍은 미소를 지었다. 그리고 나를 불렀다.

"올리비아."

나의 이름을 부르는 목소리는 깔끔하고, 낮았다. 사심이라고는 하나도 느껴지지 않는 목소리였음에도, 저절로 지난밤의 그의 손길이 떠올랐다.

"이건 부부 두 사람의 농밀한 대화예요. 그리고 나는 일방적으로 내 말만 쏟아낼 생각이 없어요."

"당신이 아프지 않을 때까지, 나와 즐겁게 이야기를 할 때까지 밀어붙이지 않을 테니, 걱정하지 말아요."

뻔뻔한 얼굴로 퍽 다정했더라지.

그러면서도 나를 응시하는 푸른 눈동자가 구름이라도 낀 것처럼 흐려졌었다. 말 한마디 내뱉지 않아도 전해져오던 떨림.

"알아요. 당신이 그런 사람이 아니라는 건……."

나는 고개를 끄덕였다. 그를 모독하려는 건 아니었다. 정말로 내 개인적인 두려움이었지, 그 때문이 아니었다.

그런 나의 마음이 전해진 걸까.

그가 고개를 숙여서는 내 눈꼬리에 입을 맞췄다. 그리고 간질이듯 내 귓불을 만지작거리며 속삭였다.

"누굴까요. 당신에게 이렇게 두려움을 심어준 사람은? 아버지일까. 아니면 연인?"

"그런 거 없어요."

그 말에 나도 모르게 웃음을 터뜨리고 말았다.

차라리 연애나 해 보고 이런 시궁창 인생길에 빠졌으면 억울하지나 않을 텐데!

'아, 이번 생은 애인이나 잔뜩 거느리고 살 걸 그랬나.'

한 번도 생각하지 못했던 삶이 상상으로나마 떠올랐다. 미남들을 잔뜩 거느리고 사는 삶이라. 상상하니 그건 그것대로 또 설렜다.

히죽거리는 나를 가느다란 눈으로 바라보던 이안이 우리의 대화를 깔끔하게 정리했다.

"첫 번째, 두 번째 조항은 동의하고, 세 번째 조항은 우리 조금 더 생각해보도록 해요. 당신이 두려워하지 않을 때까지."

"그래요."

나는 시원스레 고개를 끄덕였다. 내 손가락에 그가 새끼손가락을 걸어왔다.

'이럴 때 보면 또 어린애 같아.'

손가락 걸고 약속이라니. 도대체 몇 년 만에 해 보는 거람.

나는 손가락을 선선히 흔들었다. 이안이 내게 재차 말했다.

"분명히 동의한다고 대답했습니다?"

"알았다니까요. 몇 번씩 물어보지 말아요."

손가락을 빼려고 하니, 그가 손가락에 힘을 주며 얽힌 손가락을 풀어주지 않았다. 이게 무슨 뜻이냐는 표정으로 쳐다보았다.

"내가 질투가 꽤 심하거든요."

그는 눈꼬리를 휘며 조용히 웃어 보였다.

마차로 이동하는 것은 다행히 금방 끝이 났다. 타이론 공작가의 타운하우스가 황궁과 가까운 곳에 위치한 덕분이었다.

이안의 손을 붙들고 마차에서 내리니, 수많은 사용인이 일제히 허리를 숙여 우리를 맞았다.

"오셨습니까."

수십 명의 사용인이 줄지어 서 있는 모습은 장관이었다. 일순간 압도될 정도로 말이다. 하지만 내가 누구인가. 파넬 공작가에서도 이만한 사용인들을 다스렸던 나다.

별다른 떨림 없이 우리를 기다리고 있는 집사에게 웃어 보였다.

"우리가 조금 늦었지?"

"아닙니다, 마님."

집사는 과분하다는 듯이 공손하게 고개를 숙였다. 나는 고개를 끄덕이며 붙들고 있던 이안의 손을 풀었다. 마차에서 내렸으니 더 이상 에스코트가 필요 없었기 때문이다.

그런데 묘하게 시선이 내 손가락에 따라붙는 것 같았다.

"음?"

시선을 느낀 내가 고개를 갸웃하며 그를 바라보았을 때였다. 그는 언제 자신이 나를 그리 바라봤냐는 듯이 산뜻한 표정이었다. 커다란 손이 은근히 내 손등을 스쳤다.

"느긋하게 쉴까요? 정원에서 차 한 잔은 어때요?"

뭐래. 나는 슬쩍 내 손에 다시 깍지를 끼려는 손을 매정하게 뿌리쳤다. 그리고 턱을 들고 새침한 어조로 말했다.

"전 좀 자고 싶은데요."

그러자 그는 턱을 괴고는 소름 끼치도록 순진해 보이는 표정을 지으며 중얼거렸다.

"아, 그래요? 내 방이 준비되어 있으려나."

"……제발 그런 오해 살 소리는 하지 말아 달라고 했죠?"

아니, 이런 아저씨 같은 발언을 하면서, 저런 사랑의 신 에로스 같은 얼굴은 반칙 아닌가.

나는 한 손을 활짝 펼쳐서 그의 앞을 막았다.

"자꾸 달라붙지도 말아요. 1미터 이내 접근 금지."

그가 내 손을 다시 또 눈을 가늘게 뜨고 쳐다보았다. 그리고는 어깨를 으쓱했다.

"집은 괜찮잖아요."

"안 괜찮거든요! 애초에 우리 계약에……!"

잠자리 횟수를 언급하려던 나는 일순간 얼음처럼 쨍하니 굳고 말았다.

"계약에 뭐요?"

그가 장난스러운 미소를 지으며 내 활짝 펴진 손을 꽉 잡았다. 내 손보다 훨씬 큰 손에 내 손이 쏙 들어갔다.

"정하지 않았잖아요, 우리."

"이, 이, 이!!"

사기꾼!

내 얼굴이 다시 새빨갛게 달아올랐다.

그러자 나와 눈을 마주친 그가 과자 부스러기를 흘리듯 달콤하고 바삭바삭한 웃음소리를 흘렸다.

"하하."

'웃어? 나는 성질나 죽겠는데.'

뾰족한 눈으로 그를 노려보았다. 그는 자신의 눈가를 문지르며 키득거렸다.

흰 뺨에 연한 홍조가 물들었는데, 그것이 어쩐지 소년처럼 사랑스럽고 귀엽게만 보였다.

"장난이에요. 당신이 정색하는 게 너무 귀여워서."

반짝반짝 빛나는 미모가 분노를 녹일 지경이었으나, 나는 애써 녹아내린 분노를 끌어올렸다. 자꾸 이렇게 넘어가면 버릇을 잘못 들이는 거란 생각이 들었기 때문이다.

"정말 장난치지 말아요. 이번에는 화낼 거예요! 제가 화내면 얼마나 무서운지 알아요?"

"얼마나 무서운데요?"

"어어."

아니, 이렇게 되물을 줄은 몰랐는데. 잠시 멍해졌던 나는 미간을 찌푸렸다. 그러니까, 내가 얼마나 무섭냐면.

"뾰롱뾰롱해진 복어만큼?"

"하하."

복어 발언은 실제로 내가 사교계에서 들은 악담 중 하나였다. 파넬 공작부인은 가시복어 같은 사람이라, 작고 여리여리한 외모를 얕보면 안 된다고.

'아니, 그땐 웃기지 않았는데.'

왜 지금 들으니까 이렇게 하찮게 느껴지는 거람.

내가 얼떨떨한 표정을 지으며 이안을 바라보고 있을 때였다. 수많은 사용인이 멍하니 우리를 바라보고 있는 모습이 그제야 눈에 들어왔다.

"각하께서 웃고 계셔……."

"이게 꿈인가요, 현실인가요?"

"이익!"

모두가 넋을 놓고 바라보고 있는데, 이 남자는 여름의 바닷바람처럼 상쾌하기 짝이 없었다.

'또 부끄러움은 내 몫이냐!'

부끄러움에 내 얼굴이 새빨갛게 달아올랐다. 나는 서둘러 걸으며 등 뒤로 소리쳤다.

"하여간 저는 올라갈 거예요! 그리고 앞으로 당신은 2미터 내에 접근 금지예요!"

"식사 시간에 봐요, 올리비아."

접근 금지라는 말을 제대로 알아들은 건지 만 건지. 그는 생글

생글 웃으며 내게 손을 흔들고 있었다. 나는 콧김을 풍 뿜었다.

'못 살아, 내가 정말.'

그가 내뱉었던 말, 행동들이 내 머릿속을 빙글빙글 돌면서 어지럽게 했다.

"예뻐요."

'으으윽!'

여우처럼 요사스러운 미소라니! 당연한 사실을 말하는 것처럼 내뱉는 '예뻐요'라는 칭찬이라니!

'나한테는 너무 버거워. 칭찬에 면역력이 없단 말이야.'

쿵쾅쿵쾅 걷는 사이, 순식간에 내 방에 도착했다. 나를 따라 올라온 하녀장이 새빨개진 내 얼굴을 보고 눈을 동그랗게 떴다.

"괜찮으세요, 마님?"

"괜찮아. 괜찮아."

괜찮다고 대답은 했지만, 자꾸자꾸 이안이 머릿속에서 사라지질 않아서 얼굴에서 열기가 빠지질 않았다.

'조금 앉아서 마음을 가라앉혀야겠어.'

나는 소파에 털썩 앉아 몸을 묻었다. 그리고 두 손바닥으로 내 얼굴을 덮었다.

'이런 남자가 고자라고 믿었다니. 나도 참.'

고자는 무슨. 바람둥이가 틀림없었다. 나는 씩씩, 거친 숨을 내쉬었다.

'이런 거 정말 곤란해.'

내가 쓰레기통에서 탈출을 꿈꾸긴 했는데.

뭐랄까. 하나뿐인 탈출구인 줄 알고 폭포로 전심전력으로 뛰어내렸는데, 미지근하고 얕은 웅덩이였더라, 하는 느낌이었다. 각오했던 것과 너무나 다른 생활에 정신을 차릴 수가 없었다.

'……곤란하다고.'

그렇게 눈을 감고 있으니 마음이 천천히 가라앉았다. 이제 되었다 싶어서 손을 떼니, 하녀장이 공손한 어조로 내게 물었다.

"잠시 확인해 주셔야 하는 서신이 하나 있습니다만."

"내가? 서신?"

누가 신혼 첫날부터 안주인이 꼭 확인해야 하는 서신을 보낸단 말인가. 아주 센스가 없고 무례한 사람이라고 생각하며 나는 하녀가 내미는 서신을 보았다.

봉투에는 이렇게 보내는 이의 이름이 적혀 있었다.

– 플로렌스 자작

바로 내 아버지였다.

❖ ❖ ❖

'……드디어 올 것이 왔군. 전생보다 좀 빠르지만.'

나는 봉투 위에 찍힌 인장을 만지작거렸다.

내 아버지, 플로렌스 자작.

이렇게 말하긴 뭐하지만, 그는 완전 쓰레기였다.

'머리도 나쁘면서 남의 말은 안 듣고, 특히 여자 말이라면 다 무시했지.'

아는 게 없으면 가만히 있으면 중간은 가기 마련인데. 그는 제 고집대로 여기저기 투자를 일삼았다. 당연히 모두 망했다. 그런 주제에 허영심만 가득해서 어떻게든 종잣돈을 만들어서 크게 한탕 할 생각만 가득했다.

하지만 계속되는 사업실패로 종잣돈을 어디서 만들겠는가. 대출에도 한계가 왔을 무렵.

'결혼 장사를 했지.'

말 그대로 자식을 팔아넘겨서 돈을 받는 결혼 장사.

그 방법을 그에게 깨닫게 한 시발점이 바로 장녀인 나의 결혼식이었다.

황제가 나를 파넬 공작부인으로 지목하고, 파넬 공작가에서 이를 거부하기 어려운 상황이 되자, 아버지는 보란 듯이 이런 요구를 했다.

"저희가 빚이 많아서. 파넬 공작가에도 누를 끼칠까 두렵습니다."

빌빌거리면서 한 말이지만, 의미는 명확했다.

너희도 망신당할걸? 연대책임 싫으면 대신 갚아주든가.

시어머니들은 그런 아버지를 경멸하면서도 정말로 그의 요구대로 돈을 갚아주었다.

'그것에 맛이 들인 아버지는 결국 내 막냇동생인 애니까지 마약쟁이에게 돈을 받고 넘겼지.'

결국에는 잘 풀려서 마약쟁이의 손아귀에서 잘 탈출하게 되지만, 그렇다고 아무 상처 없이 잘 해결된 것만은 아니었다. 그 과정에서 큰 상처를 받았던 막냇동생을 떠올린 나는 입술을 비틀었어.

'다행히 다시 과거로 돌아왔어. 애니를 구할 수도 있다는 뜻이야.'

그리고 그러려면 이 쓰레기부터 해결해야 했다. 내 앞으로 날아온 편지를 열어보았다.

내용은 간결했다.

– 올리비아. 네가 제임스 파넬 공작과 혼인하는 대가로 받았던 돈들이 다시 추징에 들어갔단다. 너 때문에 가족들이 모두 죽게 생겼으니 어서 해결해다오.

'미쳤나. 이게 왜 나 때문인데?'

말도 안 되는 소리에 입술을 비틀었다. 내가 플로렌스 가문의 빚이 늘어나는 데 손가락 하나라도 일조한 것이 있나? 가문의 빚이 늘어난 것은 순전히 아버지 탓이었다.

나는 펜을 쥐었다. 답장을 쓰는 건 어렵지 않았다.

– 입은 삐뚤어져도 말은 바로 하라고 했어요, 아버지. 제 덕분에 잠깐 빚이 사라졌던 것이지, 저 때문은 아니죠. 죽는 것도 제 알 바 아니고요.

이런 걸로 편지 보내지 마세요.

멍청한 사람이니 돌려 말하면 알아듣지도 못한다. 나는 직설적으로 편지를 적은 뒤 단단하게 봉했다.

그리고 다른 편지 한 장을 적었다. 바로 막냇동생인 애니를 향한 것이었다.

– 애니, 언니랑 얼굴 좀 보자. 너랑 하고 싶은 이야기도 많이 있어. 사흘 뒤, 타이론 공작가에서 마차를 보낼게.

거침없이 봉투를 밀봉했던 아버지의 편지와 달리 애니의 편지에서는 나는 잠시 망설였다. 그럴 수밖에 없었다. 애니는 아버지와 같은 집에 살고, 분명 아버지는 애니의 편지까지 뜯어볼 테니까.

'내가 아는 아버지는 거머리처럼 애니에게 붙어서 따라올 양반이지.'

솔직한 심정으로는 아버지와 연관된 모든 것을 무시하고 그냥 귀를 막고 지내고 싶었다. 자기가 타이론 공작가의 정문을 넘을 수 있는 것도 아니니 좀 웅얼거리다가 결국엔 포기하겠지.

'하지만 너무 절박한 나머지, 애니를 더 빨리 팔아치우려 들지도 몰라.'

미래가 빠르게 변한 탓에, 변수 또한 많았다. 내가 스물이니, 애니는 지금 막 열넷이 되었을 터. 한참 곱고 사랑스러울 동생을 떠올리며 한숨을 내쉬었다.

"그래. 내가 너까지 진흙탕에 빠지게 놔둘 수는 없지."

망설임이 무색하게, 나는 시원스럽게 봉투를 붙이고 밀랍을 쾅 찍었다.

❖ ❖ ❖

플로렌스 자작은 요즘 며칠간 죽을 것 같았다. 다른 이유는 없었다. 바로 사람들의 비웃음과 파넬 공작가에서 찾아오는 빚 독촉 때문이었다.

"젠장!"

얼마 전만 해도 하늘을 나는 것처럼 즐거웠다. 당연했다. 파넬 공작가와 사돈이 되었으니까.

'자작이라고 비웃는 놈들이 입을 닥쳐서 좋았었는데.'

무려 황제가 직접 지목해서 이루어진 결혼이었다.

파넬 공작가에서는 사돈댁이 빚에 쫓긴다는 사실이 무척이나 자존심 상했던 모양인지, 그 빚을 대신 갚아주기까지 했다.

말하자면, 비싼 값에 딸을 잘 넘긴, 수지맞는 장사였던 셈이다.

'그런데, 이렇게 되다니!'

플로렌스 자작은 자신의 앞으로 날아온 한 장의 종이를 보며 부들부들 떨었다. 바로 파넬 대부인이 보낸 편지였다.

– 혼인 동맹을 위한 거래였으나, 혼인이 무효로 돌아가면서 그에 대한 거래금 또한 추징에 들어갈 예정이오.

빠른 시일 내에 돌려주길 바라오.

차라리 빚쟁이가 빚을 가지고 있을 때는 나았다. 바로 당장 토해내지 않아도 되는 돈이었으니까. 하지만 파넬 공작가로 빚의 주체가 바뀌면서 돈은 바로 갚아야 하는 것으로 변해버렸다.

'젠장! 이게 다 그 계집애가 변덕을 부리는 바람에.'

플로렌스 자작은 들고 있던 종이를 책상에 내던졌다. 주먹이 부들부들 떨렸다. 화가 치미니, 자연스럽게 문제의 원흉이 떠올랐다.

"올리비아……."

올리비아 플로렌스. 아니, 이제는 올리비아 타이론 공작부인.

"그 계집애는 어떻게 나에게 한마디 언급도 없이 이렇게 큰일을 저지를 수가 있지?!"

플로렌스 자작은 주먹으로 책상을 쾅쾅 내리쳤다. 정말 그의 큰딸을 떠올리면 떠올릴수록 울화가 치밀었다.

시집 보낸 딸이, 제멋대로 다른 남자와 혼인을 해버린 것이다.

"심지어 결혼식에 부르지도 않고!"

타이론 공작가에서 초대장이 오지 않을 때도 설마설마했다. 잊어버린 거겠지, 깜빡한 거겠지, 늦는 거겠지, 아직 안 온 거겠지.

설마 정말로 안 불렀을 줄이야!

"배은망덕한 계집! 못된 계집!"

딸을 생각하며 자작은 잠시 버둥거렸다. 그가 이렇게 화를 내는 또 다른 이유도 있었다. 올리비아는 무척 차분하고 조용한 성품이었다. 아버지의 말에 토를 단 적이 한 번도 없을 정도였다.

'차라리 반항아였던 큰아들이었다면 이렇게까지 화가 나지 않았을 텐데.'

말하자면 믿는 도끼에 발등이 찍힌 셈이다.

독촉장을 노려보며 부들부들 떨고 있던 플로렌스 자작의 서재 문이 똑똑 울렸다. 자작은 버럭 소리를 질렀다.

"뭐야! 아무도 찾아오지 말라고 했잖아!"

"저, 저기요, 아버지."

문이 열리고, 지렁이가 기어가듯 작은 목소리가 문틈으로 흘러나왔다. 자작은 좀 더 짙은 빛을 띠게 된 눈동자로 문을 노려보았다.

그를 닮은 갈색 머리카락을 가진 소녀가 빼꼼 겁에 질린 눈을 내밀고 그를 바라보고 있었다.

그의 막내딸, 애니였다.

"아, 아버지. 편지가 와서요……."

"그딴 것은 있다가 이야기하라고 했지!"

당장 손에 잡히는 문진을 집어던지려던 플로렌스 자작이 손을 들었을 때였다. 어깨를 움츠린 작은 딸의 얼굴을 보는 순간, 그의 머릿속에 반짝 빛이 들어왔다.

"……잠깐. 그게 누구 편지냐?"

하잘것없는 편지야, 집사에게 맡겼을 터. 딸이 직접 들고 왔다면 보낼 만한 인물은 단 한 명이었다.

애니가 부들부들 떨면서 자작이 원하던 대답을 내뱉었다.

"오, 올리비아 언니요."

"그래!"

자작의 얼굴이 순식간에 환하게 개었다. 그는 신이 난 걸음으로 걸어와서 애니의 손에서 편지를 낚아챘다. 타이론 가문의 인장이 찍힌 편지는 분명 올리비아가 보낸 것이었다.

'우리 올리비아는 지금 우리 집 사정을 몰라서 그래. 그 아이가 가족의 어려움을 모른 척할 리가 없어.'

그것이 그가 알고 있는 올리비아였다. 20년 전, 그녀는 실제로 그렇기도 했다. 진상들에게 구박당하고 입지가 좁아지면서도, 아버지가 죽는소리를 하면 없는 돈 있는 돈 긁어다가 줬으니까.

하지만 그때의 올리비아는 이제 더 이상 세상에 없었다. 신이 나서 편지를 뜯어본 자작은 얼굴을 구기고 말았다.

"이, 이 망할 계집애가!"

올리비아에게 들을 거라고는 상상도 못 한 되바라진 말에 자작은 미친 사람처럼 쿵쿵 날뛰고 말았다.

"정말 미친 건가? 어떻게 이렇게 버르장머리 없이!!"

돌아버린 게 분명했다. 이안 타이론 공작과 결혼하더니 눈에 뵈는 게 없던가.

한동안 책상 위에 있는 것들을 모두 던지고, 가구를 발로 차버리던 자작의 시선이 얼어붙은 것처럼 문가에 선 애니에게로 향했다. 그녀는 작은 손가락으로 타이론 가문의 인장이 찍힌 편지를 꽉 쥐고 있었다.

붉은 눈동자가 시근덕거렸다.

"그 편지는 뭐야?"

"이, 이건, 어, 언니가 제게……."

"이리 내!"

이렇게 불을 질러놓고, 동생에게는 편지를 썼단 말이지? 자작은 봉투를 갈기갈기 찢어서 올리비아가 애니에게 쓴 편지를 꺼냈다. 편지 내용은 간략했다.

— 사흘 뒤, 타이론 공작가에서 마차를 보낼게.

자작에게 보낸 것과는 전혀 다른, 간결하지만 따뜻한 편지였다. 그 편지를 보는 순간 자작은 큰 웃음을 터뜨렸다.

"하하하! 하긴! 그 예쁜 딸이 갑자기 이렇게 매정하게 굴 리가 없지. 다 생각하고 있는 게 있었던 거야."

졸렬한 사람들이 으레 그렇듯, 자작의 머리도 빙글빙글 돌아가며 자신에게 유리한 대로 상황을 짜 맞추기 시작했다.

'타이론 가의 눈치가 보여서 내게는 이런 편지를 보내고, 진짜 하고 싶은 말은 애니에게 보낸 거지.'

평생 순종적이었던 딸이 갑자기 그의 손아귀를 벗어날 리가 없었다.

플로렌스 자작은 회심의 미소를 지었다.

❖ ❖ ❖

한편 타이론 가문의 가주 집무실에서는 미묘한 공기가 맴돌고 있었다. 이안의 보좌관은 총 세 명. 여자 한 명과 남자 두 명이었는데, 모두 이상한 눈으로 한쪽을 바라보고 있었다.

그곳에는 금빛 머리카락에 푸른 눈을 가진, 조각처럼 잘생긴 남자가 반듯하게 허리를 세우고 앉아 있었다.

꼭 화보에서 튀어나온 것처럼 잘생긴 모습이었으나.

"푸흡."

그 얼굴에 어울리지 않는 요상스러운 웃음소리가 간헐적으로 그의 입술을 비집고 튀어나왔다.

'왜 저러시지?'

'잘 모르겠어요.'

세 보좌관은 서로 시선을 주고받았다. 이안이 다시 웃지 않았기 때문에 고개를 절레절레 흔들며 다시 서류로 시선을 두었다. 바로 그때였다.

"푸흐흐."

또였다. 그에게 어울리지 않는 방정맞은 웃음소리. 결국 참지 못하고 보좌관 중 가장 경력이 높은 케닌이 총대를 메고 입을 열었다.

"드디어 미치셨습니까, 각하."

그의 지적에 이안은 여름 하늘처럼 산뜻한 미소를 지으며 대답했다.

"미안, 미안. 자꾸 생각나서 말이야."

그러면서 또 푸흐흡, 이상한 웃음소리를 흘린다. 케닌이 세상

하찮은 사람을 바라보는 표정으로, 실없이 웃는 이안을 쳐다보다가 안경을 손가락으로 추켜올리며 말했다.

"뭐가 그렇게 생각나시는데요. 들어주길 바라시는 것 같으니 들어드리겠습니다."

"일부러 가운뎃손가락을 세운 건가?"

"……실수입니다."

이안은 눈을 가늘게 뜨고 케닌의 얼굴을 쳐다보았다. 평소와 비교할 수 없이 건방진 꼬라지를 보니 화가 치밀어야 마땅했는데, 우습게도 올리비아를 떠올리니 화가 사르륵 녹았다. 이안은 입가에 미소를 가득 베어 문 채로 말했다.

"내 아내가 나보고 1미터 이내 접근금지래."

"네?"

맥락 없는 말에 케닌은 고개를 갸웃거렸다. 그러자 이안은 키득키득 웃었다.

"그게 귀여워서 뽀뽀했더니 2미터로 거리가 늘어났고."

"그런 아저씨 같은 짓을 각하께서 하셨다고요?"

케닌은 이제 경악했다.

이안과 뽀뽀라니, 그걸 질색해서 도망치는 아내라니. 무엇 하나 어울리지 않는 상황이었다.

'상상하는 것조차 두려울 지경이야!'

괜히 내상을 입고 싶지 않아서 케닌은 저절로 떠오르려는 상상을 머리를 흔들어 털어버렸다. 그러자 곁에 있던 다른 보좌관이 입을 열었다.

"원래 스킨십 싫어하시잖아요?"

싫어하다 뿐인가. 결벽증에 가까울 정도로 타인과의 접촉을 꺼리는 사람이 바로 이안 타이론이라는 남자였다. 오죽하면 자신에게 달라붙는 사람을 아예 없애겠다며 전 국민 고자 인증까지 했겠는가.

'그런데 이렇게 사람이 바뀔 수가 있나?'

두 사람의 열렬했던 첫날밤, 그리고 많은 목격자가 나온 스킨십까지 전해 들은 보좌관들이었다.

하지만 도무지 믿을 수가 없었다. 보좌관들은 의심이 가득한 눈으로 이안을 쳐다보았다.

'진짜 타이론 공작님 맞아?'

그리고 이 시점에서, 이 상황을 가장 믿을 수 없는 사람이 바로 이안 타이론 본인이었다. 그는 손가락으로 반듯한 입술을 만지작거렸다.

"그랬지. 그랬는데. 이상하게 참을 수가 없어서."

이안은 올리비아를 떠올렸다.

실낱처럼 흩어지던 가늘고 찬란한 은빛 머리카락. 매서운 듯 무른 붉은 눈동자. 다 안다는 듯이 굴다가도 막상 손길이 닿으면 부끄러워 귀 끝까지 붉히는 여자.

'내 여자.'

답지 않게 음습한 소유욕이 끓어올랐다. 매사 타인과 거리를 두며 인간관계의 산뜻함을 추구하던 이안 타이론이라는 인간과는 어울리지 않는 감정이었다.

이안은 손가락으로 자신의 입술을 톡톡 두드리며 중얼거렸다.

"왜 그럴까?"

그의 시선이 케닌을 향했다. 상사의 때늦은 봄바람에 구역질을 참고 있던 케닌의 얼굴이 와그작, 일그러졌다. 그는 모태솔로였고, 진지한 비혼주의자였다.

사실 타이론 가문에 취직을 결심한 데에는 이안이 대국민 고자라는 점도 한몫했다.

"제게 물으면 어떻게 압니까?"

"아카데미 수석 졸업자가 그런 것도 모르나?"

"개인 소견으로는 각하께서 조금 미치신 것 같습니다."

"그대는 대가리를 좀 박아야 할 것 같군."

"……시정하겠습니다."

사랑의 열병에 달아올라서 조금 우습게 보이는 상관이라고 해도 머리를 박으라면 박아야 한다. 케닌은 바로 자신의 발언을 철회했다.

머리 박아라, 한 번만 봐주십쇼.

대략 그런 내용의 시선이 어지럽게 오가고 있을 때였다. 다른 보좌관이 서류 한 장을 내밀며 말했다.

"각하, 그런데 유심해서 들으셔야 할 보고가 있습니다. 다름 아닌 플로렌스 자작가에 대한 것입니다."

플로렌스 자작가. 바로 사랑하는 아내의 친정에 대한 것이었다. 이미 결혼 전, 조사로 플로렌스 가문에 대한 내용이 대략 오갔기 때문에 상황을 설명하는 건 어렵지 않았다. 보좌관에게 지금 올리비아가 받았을 편지의 내용을 들은 이안은 엄지로 턱을 문질렀다.

"플로렌스 가문이 그런 상황이라고?"

"네, 각하."

딸을 팔아서 빚을 메꾸었는데, 결혼이 파기되면서 자연스럽게 빚을 조기 상환하게 된 상황이었다. 이안은 냉소를 지었다.

"파넬 공작가도 어지간히 재정이 달리나 보군. 이미 한 차례 혼인 무효로 이목이 쏠린 상황인데 굳이 이 시점에 빚 독촉이라니?"

"괘씸죄 때문 아니겠습니까. 저라도 화가 치밀 것 같은데요."

"그러기에는 얼굴 한 번 본 적 없는 사이잖아?"

정말 남편하고 통정이라도 했는데 바람나서 이혼하는 상황이면 모를까. 혼인 이야기가 오가던 시점에서 이미 제임스 파넬은 전쟁터에 나간 참이었다. 이안은 입술을 비틀었다. 올리비아의 새초롬한 얼굴이 자동으로 떠올랐다.

"이름을 불러주세요. 부인이라는 호칭은 어색해서."

'그럼 도대체 누굴까, 그 자식은.'

아무리 조사를 해도 그녀에게 부인이라고 불렀을 법한 남자는 인생에 존재하질 않았다. 교수도, 친구도 하나같이 그녀는 학창 시절 내내 공부만 했다고 증언했다.

"행정부에 취직해서 어려운 집안에 보탬이 되는 게 꿈이라고 했었죠. 현실적인 소녀였어요."

그때의 그녀는 자신의 인생이 그녀의 설계와 180도 다르게 전개될 거라 상상이나 했을까. 그리 생각하니 어쩐지 그녀가 안타깝게 느껴지기도 했다.

'하지만 조사가 모든 것을 알려주는 건 아니니까.'

부인이라는 말에 어깨를 움츠리며 거북스러워하던 그녀를 떠올리며 이안은 아랫입술을 살짝 깨물었다. 그는 촉이 좋은 편이었다. 분명 뭐가 있긴 있었다.

그의 회상을 깨뜨리고 보좌관이 질문했다.

"어떻게 할까요?"

"어떻게 하는 편이 좋을까?"

이안은 마주 질문했다. 그의 태도에 케닌은 질색인 표정을 짓더니 완벽한 정론을 내놓았다.

"마님 몰래 갚아드리는 게 낫지 않을까요? 마님께서 자존심 때문에 주인님께 말씀을 못 드리고 있을지도 모릅니다."

그리고 그게 타이론 공작가의 이미지에도 좋았다. 지금도 그가 파넬 공작의 부인을 빼앗았다고 은근히 뒷말이 돌고 있었다. 이참에 정말 죽고 못 사는 모습을 보이는 것도 나쁘지 않으리라.

하지만 이안의 의견은 좀 달랐다.

"그런 여자는 아니야."

자존심 때문에 빚을 갚아달라는 말을 못 꺼낼 여자였으면 다짜고짜 자신을 책임지라고 뻔뻔하게 굴지도 않았으리라.

'오히려 빚을 내버려 둬 달라고 하지 않을까?'

이안은 처음 만난 그 순간부터 올리비아가 했던 모든 말을 기억하고 있었다. 자신의 아버지에 대해 어떻게 평했는지도.

"당신도 행여나 처가라고 관심 보이거나 하지 말아요. 그럴 가치도 없는 종자들이니까."

새초롬하게 입술을 삐죽이던 올리비아를 떠올리니 다시 또 짜릿했다. 저절로 입가가 느슨해지면서 웃음이 새어 나왔다.

그리고 세 보좌관이 희귀동물이라도 보는 듯한 표정으로 웃고 있는 그를 바라보았다.

이안의 눈가가 살짝 찌푸려졌다.

"왜 그런 표정이지?"

"아니, 신기해서요."

신기할 수밖에 없었다. 바로 최근까지 보좌관들조차도 자신의 주인이 '연약한 남자(?)'라고 믿어 의심치 않았기 때문이다.

'아니, 누가 거짓말로 고자라고 말하냐고.'

거짓으로 꾸미기에는 지나치게 치명적인 소문 아닌가.

"각하께서 가정을 꾸리시다니. 정말 심복으로는 행복하기 그지없는 일입니다만. 정말 평생 이룰 수 없는 일이라고 생각했거든요. 확고한 독신주의자셨잖아요."

"그랬지."

이안은 고개를 끄덕였다. 사실 본인도 이렇게 갑자기 결혼하게 될 거라고 생각하지 못했다. 황제가 아무리 괴롭히고 질질 짜도 버틸 자신도 있었고.

케닌이 조심스럽게 이안에게 물었다.

"마음을 바꾸게 된 이유가 무엇인지 여쭈어도 되나요?"

"흠."

케닌의 질문에 이안은 턱을 괴고 고민에 빠졌다.

'왜 갑자기 결혼하게 되었냐고?'

처음 그 거지 같은 노래를 들었을 때는 픽 웃어넘겼다. 노래 유포자가 그녀라는 사실을 알게 되었을 때는 참 되바라진 여자라고 생각했고.

일부러 모욕을 느끼고 떨어지라고 찻집에 홀로 내버려 두었더니, 차를 코스로 시켜 마시는 걸 보고 보통 여자가 아니라고도 생각했다.

'그리고 처음 그녀를 마주했을 때는…….'

인생에 길은 이것뿐이라는 듯, 올곧게 자신을 응시하는 붉은 눈이 선명하게 떠올랐다. 불안한 상황인데도 밑도 끝도 없이 당당한 태도도.

그 모습이 우습게도 그의 마음을 훅 낚아채는 것만 같았다.

'이런 감정을 어떻게 일일이 설명할 수 있겠나.'

하지만 인간의 언어에는 이 모호하고도 애매한 상황을 설명하는 두 글자가 존재했다.

이안은 여유롭게 웃으며 대답했다.

"그냥, 운명의 상대가 지금 나타난 것 아니겠어?"

운명. 식상하지만 적절한 단어였다. 거창한 대답을 기대했던 케닌은 얼굴을 일그러뜨리며 자신의 머리를 긁적였다.

"거참."

"다들 얼른 일이나 하도록 해. 있다가 나는 아내와 데이트를 할 거니까."

벌써부터 그녀를 마주할 일이 기대가 되어서, 서류를 넘기는 이안의 손길이 가벼워졌다.

❖ ❖ ❖

나는 지금 무척 어이가 없다. 눈을 끔뻑거리며 내 앞에서 빙그레 미소 짓고 있는 이안을 쳐다보았다.

"지금 이 상황이 뭐죠?"

이 상황에서도 참 상큼하기도 하지. 저 얼굴을 저 남자에게 달아준 건 아무리 생각해도 신의 실수였다. 이런 게 바로 지나친 몰아주기 아니겠는가.

분명 그는 이따가 보자고 했고 나는 타이론 공작가의 안주인으로서 해야 할 업무를 보았다. 그리고 슬슬 저녁 식사 시간이라 내려온 건데.

'웬 마차?'

하녀들이 나를 안내한 곳은 식당이 아니라 현관이었다. 그리고 이미 준비 완료된 마차가 문을 활짝 열고 나를 기다리고 있었다. 덤으로 몸이 날렵하게 보이는 정장을 입은 잘생긴 남자가 모자에 지팡이까지 들고 날 기다리고 있었고 말이다.

'매일매일 놀라게 하는 것도 재주네.'

도대체 어떻게 행동할지 종잡을 수가 없었다. 혹시 내가 모르는 무슨 일이라도 생긴 건가 해서 눈가를 좁혔더니, 돌아오는 대답이 잘생긴 얼굴만큼이나 상큼했다.

"데이트입니다, 올리비아."

"네?"

나는 잠시 멍하니 '데이트'라는 단어의 사전적 의미를 떠올렸다. 그리고 다시 내가 뭘 입고 있는지 내려다보았다.

'이런 옷차림으로 데이트라고?'

그냥 귀부인들이 으레 그러하듯 집에서 편하게 입는 민소매 이브닝드레스 차림이었다.

"저어, 저는 그냥 저녁 먹으러 나온 건데요."

"꾸미지 않아도 아름답습니다."

"말씀은 감사한데."

너만 상큼하면 다냐.

미의 남신이 강림한 것 같은 찬란한 금빛 머리카락에 푸른 눈을 가진 미남이 나를 물끄러미 바라보고 있었다.

웬만한 미인도 저 곁에 서려면 상당히 긴장될 것 같은 얼굴이었다.

나는 빙글 돌아섰다.

"……그래도 꾸미고 나올게요."

그냥도 저 여자가 어떻게 이안 타이론을 자빠뜨렸나 궁금해하는 사람 천지일 텐데, 괜히 외모로 비교당하고 싶지 않았다. 내가 얼른 물러나려고 할 때였다.

"허허."

산들바람처럼 가벼운 웃음소리가 등 뒤에서 들렸다. 지나치게 가까운 소리에 소름이 오스스 돋아났다. 다시 그를 돌아보려고 했을 때였다.

"꺄아!"

이게 도대체 몇 번째란 말인가. 단단한 팔이 이번에는 나를 자신의 어깨에 짊어졌다. 깜짝 놀란 나는 다리를 바둥거리다가 주먹으로 그의 등을 퍽퍽 때렸다.

"왜 이렇게 번쩍번쩍 안아대는 거예요?"

그냥 곱게 말하면 되지!

성큼성큼 걸어서 그는 나를 마차의 의자에 정중하게 앉혔다. 내가 팔짱을 끼고 노려보자, 그가 눈을 사르르 접으며 웃어 보였다.

그가 할 것 같지 않은 달큰한 말들이 내 귓가를 적셨다.

"저는 당신과 떨어져 있는 1분의 시간도 아까운데 당신은 그렇지 않은 모양입니다."

그리고는 내 머리카락을 붙들어서 그 끝에 쪽, 입을 맞췄다. 반사적으로 얼굴이 화끈 달아올랐다.

나는 슬쩍 엉덩이를 떼어 마차 안으로 더 깊이 들어갔다. 자연스럽게 그의 손가락에서 머리카락이 스르륵 빠져나갔다.

나는 턱에 힘을 주었다.

"2미터 접근금지라고 했어요."

진심으로 한 말이었건만, 그는 재미있다는 듯이 눈을 빛냈다.

"저런. 그러면 마차를 함께 탈 수가 없는데. 1미터로 줄여주시면 안 됩니까?"

"그래도 마차를 함께 못 타는 건 마찬가지거든요? 그리고 아까 말했죠. 옷이라도 갈아입게 해주세요."

내 말에 그가 이번에는 마차 안으로 성큼 들어왔다. 마차는 충분히 넓었지만, 그의 키가 워낙 커서인지 마차 안이 꽉 차는 것만 같았다.

허리를 숙이고 팔로 내 곁을 짚은 남자가 나를 막아서듯 서서는 싱긋 웃었다.

"저도 말했는데요. 갈아입지 않으셔도 충분히 아름답다고."

"마음에도 없는 소리는 그만두세요. 그리고 이건 당신의 눈에 보이는 게 중요한 게 아니에요. 타이론 공작부인으로서 품위를 지켜야 한다고요."

"그럼 치장하는 동안 동석해도 됩니까?"

이건 뭔 소리야.

'옷을 갈아입는 동안 쳐다보겠다는 거야?'

어이가 없어서 내가 입술을 벌리고 그를 올려보았을 때였다. 살구색 입술이 잔망스럽게 움직였다.

"그러다가 조금 흥분해서 옷을 다 벗기…… 읍!"

"으으으!"

이놈의 남자! 부끄러움이라고는 조금도 없는 건가! 어떻게 이런 말을 나불나불할 수가 있지?!

'왜 부끄러움은 내 몫이냐!'

얼굴을 새빨갛게 붉히고 이안을 노려보고 있으니, 그의 푸른 눈이 다시 초승달처럼 휘어졌다.

커다란 손이 그의 입을 막고 있는 내 손등을 감쌌다.

그리고는 송곳니를 세워서 내 손바닥 안쪽을 살짝 깨무는 게 아닌가.

"하, 하지 마요!"

당연히 기겁해서 손을 빼내었다. 그런 나를 재미있다는 듯이 내려다보며 이안이 웃었다.

"정말 치장하러 가실 겁니까?"

"으으."

치장하러 간다고 하면 또 저 미친 소리가 도돌이표인 건가, 설마. 슬쩍 눈을 굴렸더니 음험하게 걸린 미소가 영 찜찜했다.

'도대체 뭔 데이트를 계획했길래 이래?'

치장하면 안 되는 장소로 계획이라도 했나. 그런데 자기는 정작 삐까번쩍하게 차려입었고?

도대체 뭔질 모르겠다. 나는 팔짱을 끼고 콧방귀를 끼었다.

"좋아요. 갑시다! 가요! 도대체 어딜 이렇게 가자고 조르는 건지, 만약 별로면 가만히 안 있을 거예요."

내 엄포 따위 고양이의 가르릉, 소리 같은 건지. 그는 활짝 웃으며 냉큼 맞은편에 앉았다. 그리고는 마차 밖으로 말했다.

"좋은 생각이에요. 출발하지. 다녀오겠네, 집사."

"다녀오십시오, 주인님."

마차 문이 기다렸다는 듯이 닫혔다.

나는 싱글싱글 웃으며 나를 바라보는 이안의 얼굴을 보며 주먹을 꽉 쥐었다.

'아오, 얄미워!'

마차의 덜컹거림에 몸을 맡기고 앉은 남자는 내 눈에 여유롭게만 보였다.

'결국엔 또 넘어가 버렸어.'

이 남자의 막무가내에 넘어가지 않겠다고 다짐했건만 항상 정신 차려 보면 이 남자의 뜻대로였다. 내가 계속 입술을 삐죽거리며 노려보고 있으니, 이안이 고개를 갸웃거렸다.

"왜 그런 표정입니까?"

"다 당신 뜻대로 되는 것 같아서 분해서요."

"하하."

내 말에 이안은 유리처럼 맑은 웃음소리를 내었다. 그리고는 자세를 고쳐 앉았다. 다리를 꼬고 허리를 숙여 내 쪽으로 고개를 내민 자세였다.

갑자기 훅 다가온 시선에 나는 뒤로 몸을 빼려다가 의자에 바짝 붙은 꼴이 되었다.

이유 없이 긴장해서 굳어진 내 얼굴을 그가 나른하게 휘어진 눈으로 바라보았다.

"전혀 안 그래요. 당신이 바라는 걸 말하지 않으니 제가 먼저 움직이는 것뿐이죠."

뭐래. 점점 다가오는 얼굴을 손바닥으로 밀어내며 퉁명스럽게 대답했다.

"제가 바라는 건 그냥 명목상 부부인데요."

농담이 아니라 진짜였다.

내가 바랐던 건 그냥 나를 파넬 공작가에서 꺼내줄 사람이었지, 이렇게 찐득찐득 끈끈한 부부 사이가 아니었다.

이안은 순순히 내가 미는 대로 물러나며 피식 웃었다.

"저런. 그 소원은 들어드리기 어렵겠는걸요."

"우리가 왜 이런 관계가 되었는지를 모르겠어요."

얄미운 얼굴을 보며 나는 눈살을 찌푸렸다. 내 말에 이안은 고개를 갸웃하더니 팔짱을 끼고 이렇게 말하는 것 아닌가.

"왜냐고 물으신다면 당신이 대낮에 다짜고짜 저를 불러내어서는 제발 결혼해 달라고……."

"으왁!"

나는 마차 안이라는 사실도 잊고 벌떡 일어났다. 그러다가 머리가 꽝하고 부딪쳤다. 놀란 이안이 나를 향해 팔을 내밀었다.

"괜찮아요?"

내 머리가 지금 문제냐. 너무나 창피한 나머지 아픔도 느껴지지 않았다. 버럭 그에게 소리쳤다.

"말 좀 바꾸면 안 돼요? 수치스러워!"

"네? 그럼 어떻게 바꿀까요?"

이안은 눈을 깜빡였다.

"당신을 제가 책임져야 한다고 하셨지요?"

"으악!"

이렇게 해도, 저렇게 해도 부끄러움은 내 몫이었다. 두 손으로 내 얼굴을 감싸고 한숨을 내쉬었다. 너무 방방 뛴 탓인지 갑자기 머리가 멍했다.

"……우리 그냥 다른 이야기해요."

내 말에 이안은 다시 눈꼬리를 접고 웃었다. 그 웃는 모습조차도 얄미웠다. 나는 입술을 삐죽거렸다.

'이렇게 자주 웃는 사람 아니었잖아? 난 속았다고.'

그가 사교계에서 지금처럼 굴었다면, 나는 절대로 그에게 결혼 같은 걸 청하지 않았을 것이다. 제임스로 인해 결혼은 이제 지긋지긋하다고 생각했고, 부부가 무엇인지도 이미 잘 알고 있다고 생각했으니까.

'하지만 이안과의 결혼생활은 전혀 달라.'

제임스와 다르다고 해서 무작정 좋기만 한 건 아니었다. 설명하기 어렵지만, 무언가 찜찜했다. 내가 감추고 있는 과거 때문인지도 모른다.

'말해봤자 미친 사람 취급만 당하겠지만.'

내가 겪었던 일을 떠올리니 다시 얼굴이 침침하게 가라앉았다. 내가 우울함을 감추지 못하고 손가락을 꼼지락거리고 있을 때였다. 창밖을 내다보던 이안이 손가락으로 유리를 톡톡 두드렸다.

"도착한 것 같군요."

그의 말대로였다. 마차가 천천히 느려지더니 이내 완전히 멈춰 섰다. 마차 문이 열리고, 이안이 먼저 마차에서 내렸다. 그리고 완벽한 자세로 내게 손을 내밀었다.

"얼마나 맛있는 음식이길래……."

기분이 상한 탓인지, 내리기도 전에 투덜거림부터 나왔다. 그의 손을 붙들고 다른 한 손은 치맛자락을 쥐고 마차 밖으로 나왔다. 그런데 이게 또 무슨 일이람. 눈에 들어온 것은 음식점이 아니었다.

"아니, 여긴 음식점이 아닌데요?"

저녁 식사하러 온 거 아니었어? 의아한 눈으로 돌아보니, 이안이 또 예의 상쾌한 미소를 짓고 있었다.

"그래서 꾸미지 않으셔도 된다고 했잖아요."

우리가 선 곳은 보석상 앞이었다.

❖ ❖ ❖

도대체 몇 번이나 얼이 빠지는 건지 모르겠다. 나는 멍하니 서서 중얼거리듯 물었다.

"……이게 지금 무슨 상황이죠?"

"그 말 되게 많이 하는 것 같네요, 올리비아."

나의 말에 그는 내 손을 들어 올리더니 쪽, 손등에 입을 맞췄다. 그가 입술을 휘며 웃는 것이 손등을 타고 전해졌다.

소름과 비슷한 감각이 손등을 간지럽게 하고, 팔을 타고 올라와, 목까지 오스스하게 만들었다.

나는 간지럼증이 더 번지기 전에 재빨리 그의 손아귀에서 내 손을 빼내었다.

그리고 슬쩍 그를 흘겨보며 말했다.

"당신이 그만큼 나를 얼빠지게 하는 거라고요."

"그것참 영광이군요."

나는 기묘한 기시감을 느꼈다. 처음 만났을 때였나. 그가 내게 했던 말이었다.

"내 말문이 막히는 경우가 무척 드문데……."

"그것참 영광이군요."

'그때 이 사람도 무척 어이가 없었겠구나.'

이런 식으로 역지사지하고 싶지 않았는데.

이 남자에게 미안함을 느껴야 하는 건지, 아니면 성질을 내야 하는 건지 잠시 혼란을 느꼈다. 그렇게 내 감정을 고민하는 사이, 그가 손을 잡아끌었다.

우아하고 고급스러운 인테리어의 복도가 열린 문으로 이어졌다. 보석상을 자택으로 불러서 구입한 적은 있어도, 이렇게 보석상으로 직접 행차한 것은 처음이었다.

신기한 눈으로 인테리어를 살피며 두리번거리고 있을 때였다.

"제 부인에게 어울릴 만한 걸 찾고 싶어서 말입니다."

이안이 운을 떼었다. 또 무슨 엉뚱한 말인가 싶어서 고개를 들어 그를 바라보았다. 그때 잘생긴 데다가 제복을 차려입은 남자 직원이 우리에게 고개를 꾸벅 숙이고는 또 다른 문을 열었다.

열린 문 안으로는 좀 어두운 느낌의 방이 있었다. 느낌상 VIP

실 같았다. 안내해주는 대로 자리에 앉으려고 하는데 목이 살짝 따끔했다.

의자를 빼내주던 이안이 손가락으로 내 목에 걸린 목걸이를 잡아당긴 것이다.

'이건 또 무슨 수작이야?'

검지를 걸어서 목걸이를 팽팽하게 잡아당기는 남자는 섹시했다. 그가 능글맞은 데다가 스킨십을 좋아하는 자칭 애정결핍남이라는 사실을 아는데도 심장이 두근거릴 정도로 말이다.

투명한 물방울 펜던트가 그의 살구색 입술 끝에 닿았다. 살짝 벌어지며 붉은 혀가 슬쩍 비치는 모습이 야릇했다. 귓가에 속삭여지는 목소리 또한 소름이 돋을 정도로 낮았다.

"부인이 늘 같은 목걸이만 하고 있는 게 신경 쓰여서요. 기왕이면 제가 사준 목걸이를 늘 하고 다녔으면 좋겠는데."

"별걸 다 신경 쓰네요."

이러다가 심부전증으로 죽겠네. 나는 일부러 매정하게 그의 손가락에서 목걸이를 빼내었다.

그러자 이안이 눈살을 찌푸리고 내게 물었다.

"제가 매일매일 같은 넥타이만 매고 있다고 생각해보세요. 당신은 신경 쓰이지 않겠습니까?"

"음?"

자기 딴에는 목걸이니까 남편의 넥타이로 치환을 한 것 같았는데, 솔직히 확 와닿지 않는 이유였다. 고개를 갸웃하며 되물었다.

"보통 남자들은 잘 눈치채지 못하잖아요."

"그게 무슨 뜻이죠?"

내 말에 이안도 덩달아 고개를 갸웃거렸다. 어깨를 으쓱했다.

"그냥 부인이나 집사가 골라주는 대로 매지 않나요? 매일매일 달라지는 걸 알고 있나요?"

내가 누구의 넥타이를 신경 써서 이런 걸 알고 있겠는가. 내가 말하는 사람은 당연히 내 전남편인 제임스였다.

'물론, 나야 매일 같은 넥타이를 하고 있으면 신경 쓰이지.'

괜히 꿉꿉한 냄새가 날 것 같고, 아내가 신경 안 쓰는 남편 같고 그렇지 않은가.

하지만 그건 순전히 내 입장이었다. 나는 매일매일 심혈을 기울여서 넥타이를 골랐지만, 제임스는 한 번도 그것을 언급한 적이 없었다.

'아마 내가 매주지 않으면 노타이로 돌아다닐 사람일 거야. 어디 있는지도 몰라서.'

그리 생각하니 정말 상대방은 알지도 못하는데 혼자 애썼다는 생각이 들었다. 그렇게 스스로를 고생했다고 토닥이고 있을 때였다. 나를 빤히 쳐다보던 이안의 눈이 유리 조각처럼 예리하게 번뜩였다.

"혹시 슬리퍼 발언과 같은 사람 이야기입니까?"

뜨끔. 아니, 왜 이렇게 예리해.

갑자기 정곡을 찔린 내 눈썹이 파르르 떨렸다. 나는 조심스럽게 이안을 마주 보았다. 푸른 눈동자가 내 속내를 꿰뚫어 보는 것 같았다.

'이대로 넘어가면 안 돼.'

꼭 뭔가 찜찜한 일이 있는 것 같지 않나. 나는 더듬더듬 입술을 열었다.

"제, 제 아버지……."

간신히 쥐어 짜낸 변명은 끝까지 이어지기도 전에 막혀버렸다. 이안이 내 어깨를 톡톡 두드리며 이렇게 되물었던 것이다.

"플로렌스 자작님은 꽤 멋쟁이셨던 거 같은데. 상처(喪妻)하신 지도 오래되셨고."

"제 아버지를 아세요?"

이 수도에 귀족이 몇 명인데 이렇게 콕 집어서 우리 아버지를 알고 있단 말인가.

'도대체 얼마나 기억력이 좋은 거야?'

순수하게 신기해서 눈을 크게 뜨고 그를 바라보았다. 이안이 묘한 미소를 지으며 나를 마주했다. 꼭 수수께끼를 내는 고양이 같은 표정이었다.

"혹시……."

기묘한 위화감에 내가 막 말문을 떼었을 때였다. 문이 다시 열리고는 틀어 올린 머리카락을 화려하게 장식한 여자가 호들갑을 떨며 들어왔다. 열 손가락에 반지를 열 개 다 낀, 아주아주 눈에 띄는 여자였다.

'마담 바네사!'

나는 그녀를 알고 있었다. 알다마다. 20년 뒤, 제대로 공작부인으로 자리를 잡은 내가 겨우 만날 수 있었던 콧대 높은 보석상이 바로 그녀였으니까.

'셀레브리티로도 이름이 높았지. 예전부터 패션이 범상하지 않았구나.'

진상들의 견제, 그리고 난산으로 오랫동안 사교계에 부재했던 내가 겨우겨우 복귀했을 때, 그녀는 걸쭉한 입담과 그녀만이 취급하는 상등품의 귀금속, 그리고 훗날 그녀가 유행시키는 모피로 사교계의 여왕으로 군림하고 있었다.

그런 그녀가, 이안에게는 더없이 상냥한 목소리로 사근사근하게 말했다. 검지에 끼워진 커다란 비취반지가 어둠침침한 방에서도 휘황찬란한 존재감을 뽐냈다.

"공작님, 오랜만이에요. 안 그래도 멋진 청금석 커프스가 수중에 들어와서 연락드리려고 했는데."

'이안은 이때도 이 여자와 거래를 하고 있었고.'

하여간 보통 수완이 좋은 남자가 아니다. 왜 대국민 고자라는 헛소문을 순순히 내버려 두었는지 모를 정도로.

'정말 아기가 싫어서? 하지만 그 이유가 평생 독신이 되는 이유의 충분조건은 아니지 않나?'

내가 입술을 살짝 깨물며 생각에 잠겼을 때였다. 커다란 손이 내 두 어깨를 꾹 짓눌렀다.

나는 흠칫 놀라서 고개를 들었다. 내 뒤에 서서 나를 내려다보는 잘생긴 얼굴이 보였다.

"미안하지만 오늘은 내 물건을 보러 온 게 아니야. 내 아내를 위해서지."

"다정하시기도 하시지."

말은 그리하지만, 마담 바네사도 잔뜩 놀란 것이 분명했다. 나를 흘긋대는 그녀의 시선에 호기심이 그득그득했다. 나는 뺨을 붉히며 슬그머니 눈을 내리깔았다.

'다음 주 수도의 모든 신문의 헤드라인을 알 것 같네.'

— 대국민 고자마저 굴복시킨 올리비아 타이론 공작부인. 그녀의 매력은?

'내가 뭘 한 거 아니고요. 그이는 고자가 더더욱 아니었고요.'

그렇게 말할 수도 없겠지. 나는 진실을 내 가슴 한구석에 묻어 놓고 쓴웃음을 지었다. 마담 바네사가 부드러운 말씨로 내게 물었다.

"어떤 품목을 원하세요?"

뭘 사러 왔는지는 이미 알고 있었다.

'목걸이.'

내가 그렇게 대답하려고 했을 때였다. 내 등 뒤에서 이안이 이렇게 대답했다.

"전부 다."

공통점이라고는 세 글자라는 점밖에 없는 대답이었다.

'지친다.'

보석을 구경하는 내 소감은 딱 그랬다. 지쳤다.

'자꾸 보니까 뭐가 예쁜지도 모르겠고.'

이안의 '전부 다'라는 말은 정말이지 파급력이 컸다. 마담 바네사의 입술이 마녀처럼 말려 올라간 것이다.

"역시 통이 크시다니까."

저기요? 역시라뇨? 그게 무슨 말이죠?

그때 그녀를 말렸어야 했다. 그 뒤로 이어진 것은 보석, 그리고 또 보석의 향연이었다.

"이건 몇 해 전 알함브라 광산에서 진상된 다이아몬드고요."

"이건 블랙마켓에서 압수된 장물이에요. 세상에는 비극의 줄리엣이라고 알려져 있죠."

"옐로 다이아몬드는 어떠세요? 노란색은 도전해보지 않으셨을 거 같은데."

나를 향해 쏟아지는 말에 한마디도 대답할 수가 없었다. 물론, 나도 파넬 공작부인으로서 이런 보석에는 많이 익숙했다. 정확히는 익숙해졌다고 생각했는데.

'차원이 달라.'

새삼 타이론 가문의 부가 얼마나 큰지 체감이 되었다.

파넬 공작부인 올리비아는 저 보석 중 둘, 셋은 살 수 있었을 것이다. 하지만 그 이상은 무리였을 테고.

'그마저도 내 개인재산이 아니라 가문의 보물창고로 들어갔을 테지.'

하지만 이안의 태도를 보니 이건 내게 주는 선물, 즉 내 개인재산이었다.

'부담스러운데.'

귀족의 개인재산에는 많은 의미가 있었다. 가문의 것은 이혼하면 들고 나올 수 없지만, 개인재산은 들고 나올 수 있다.

애인에게 홀랑 빠져서 가문의 보물을 넘겨주고 나중에 땅을 치고 후회하는 전래동화 같은 게 나오는 이유가 그 때문이다.

내가 파넬 공작부인이었을 때, 내게는 개인재산이 거의 없었다. 결혼 초부터 지나치게 친정에 빼돌리는 거 아니냐는 비난을 듣다 보니 학을 뗀 탓이었다.

'나중에 두고두고 후회했지만.'

지나고 보면 얼마나 부질없나. 소처럼 일하고, 손에 쥔 건 미련새 같은 남편 하나에 진상들 편만 드는 아이 둘이라니. 보석이라도 쥐었다면 허한 마음이 좀 달래졌을까.

'그럼 저것들도 그냥 내버려 둬?'

눈을 가늘게 뜨고 마담 바네사와 대화를 나누는 이안을 바라보았다. 경악스럽게도 그는 본 모든 보석을 구입하려 했다.

"이거 전부 다 가문으로 배송해주고 결제는……."

잠시 고민해봤지만, 역시 과해. 나는 물질로 뭔가를 채울 수 있는 사람이 아니었다. 나는 이안을 덥석 붙들었다.

"잠깐만요."

백지수표를 내밀다 말고 손목이 붙들린 이안이 나를 돌아보았다. 나는 고개를 흔들었다.

"저는 받을 수 없어요. 이건 너무 과해요. 당신에게 이런 빚을 지고 싶지 않아요."

세상에 대가 없는 선의는 없었다. 그건 40년이라는 시간을 살아오면서 내가 배운 교훈이었다. 이 수많은 보석은 언제든 결국 쇠고랑이 되어서 내 목을 죌 것이었다.

내 말에 이안의 반듯한 눈썹이 엉망으로 구겨졌다. 작게 한숨을 내쉰 그가 차분한 어조로 말했다.

"전 검소한 편이라서 돈을 쓸 데가 없거든요. 부인을 위해 쓰게 해주시죠."

검소는 무슨. 재킷에 박힌 금박이나 떼고 말해라.

"거짓말…… 아니, 그게 아니라."

속으로만 생각해야 하는데, 무심코 입 밖으로 거짓말이라고 튀어나와 버렸다. 내 비꼼 아닌 비꼼에, 이안의 미간 주름이 더더욱 깊어졌다.

나는 꼬이려는 혓바닥을 어버버거리며 서둘러 말했다.

"정말 과해서 그래요. 이렇게 많아봤자 다 차볼 수도 없는걸요. 여기서 세 개, 아니 다섯 개만 고를게요."

"흐음."

내 말에 이안이 턱을 만지작거렸다. 마담 바네사가 우리 앞에 깔아놓은 보석은 18세트. 일부러 저런 숫자로 맞췄나 싶을 정도였다.

'이제 내 말 듣고 정신이 들었냐? 누나가 이렇게 이야기할 때 다섯 개만 골라.'

그런 눈빛으로 내가 이안을 바라보고 있을 때였다. 결정했다는 듯이 고개를 든 이안이 상큼한 어조로 말했다.

"다 줘."

"예, 각하."

"이안!"

이놈이 진짜!

내가 화가 치밀어서 여우눈을 하고 그를 노려보았을 때였다. 그는 어깨를 으쓱하며 여름 바람처럼 시원한 미소를 지어 보였다.

"다 잘 어울려서 고를 수 없는걸요."

내 말 무시하고 달달한 말만 하면 다냐. 자꾸만 이런 식으로 얼렁뚱땅 넘어가는 모습이 여러 번 보이니 화가 치밀었다.

나는 그를 똑바로 노려보며 또박또박 말했다.

"당신 자꾸 이런 식으로 마음대로 하는데, 나 좋은 일이라고 마냥 웃으며 묵과할 줄 아나요? 사람을 맘대로 휘두르는 데도 정도가 있는 거예요. 정말 나한테 혼날래요?"

"윽."

내 말에 이안이 갑자기 자신의 가슴팍을 손바닥으로 누르며 신음성을 흘렸다. 모처럼 얼굴을 굳히고 화를 내고 있던 나도 일순간 당황한 표정을 지을 수밖에 없었다.

'설마 내가 화내서 쇼크라도 온 거야?!'

대국민 고자가 아니라 대국민 개복치였냐!

나는 서둘러 그에게 다가가 살짝 숙여 가려진 그와 눈을 맞췄다.

"괜찮아요, 이안? 어디 아파요?"

그런데. 그런데 이 사람이!

"……아, 미안합니다. 순간 너무 짜릿해서. 심장이 멎는 줄 알았네요."

필사적으로 등을 둥글게 말고 웃음을 참고 있었다!

"왜, 왜 좋아하는 거예요! 나 지금 화내고 있다고요!"

여자가 화를 내는데 짜릿은 무슨! 정말 화났다는 투로 발을 굴렀더니, 이안의 얼굴이 더더욱 붉어졌다.

'설마 마조히스트인 건 아니지?'

왜 혼나면서 좋아하는데?

나한테 욕을 먹으면서도 실실 웃는 얼굴이 이젠 무서울 지경이었다. 기가 막혀서 그를 내버려 두고 방 밖으로 혼자 나가버리려고 할 때였다.

이번에는 그가 나를 꽉 붙들었다. 그리고는 눈을 강아지처럼 축 늘어뜨리고 말했다.

"내 마음대로 해서 미안해요, 올리비아. 하지만 이유가 없는 건 아니에요. 낭비는 당연히 아니고요."

으으, 마주치기만 하면 저절로 마음이 무장 해제되는 무서운 얼굴이었다. 여전히 그를 흘겨보면서도, 한풀 꺾인 목소리로 물었다.

"……이유가 뭔데요?"

"우린 지금 중요한 곳에 갈 거예요. 저는 그곳에서 당신이 최고로 화려했으면 해요."

데이트라고 하더니 뭔가 목적이 있긴 했나 보다. 그래도 마음이 완전히 풀린 건 아니어서 나는 뾰족한 어조로 반문했다.

"아름다웠으면 하는 게 아니고요?"

그러자, 이안은 내 손등에 입을 맞추며 정중한 어조로 대답했다.

"당신은 지금도 충분히 아름답습니다."

'으으, 바람둥이야. 바람둥이가 분명해.'

저절로 얼굴이 화끈 달아올랐다. 어떻게 저런 말을 얼굴색 하나 변하지 않고 할 수 있는가 싶었다. 슬며시 고개를 돌려 발그레하게 달아오른 얼굴을 감췄다.

구입한 보석들은 차곡차곡 포장되어 상자 안에 담겼다. 그중 하나, 심플하면서도 영롱한 다이아 목걸이를 이안이 손가락으로 가리켰다.

"목걸이는 이걸로……."

그 모습을 지켜보고 있던 나였지만 목걸이를 건드리니 나서지 않을 수가 없었다.

나는 이안에게 단호한 어조로 말했다.

"잠시만요. 목걸이는 건드리지 않았으면 좋겠어요."

움찔.

시종일관 여유롭던 그의 몸이 크게 흔들린 것 같았다. 나는 내가 잘못 본 것인가 싶어서 손등으로 눈을 비볐다. 역시나라고 해야 할까.

평소와 별 차이 없는 표정의 이안이 나를 마주 보고 있었다.

하지만 내게 묻는 목소리는 묘하게 낮았다.

"왜입니까?"

"그게."

잠시 대답을 머뭇거렸다.

'이걸 솔직하게 말해야 하나.'

거의 유리와 다름없는, 보석이라고 하기도 민망한 물방울 모양의 펜던트.

'내겐 소중한 물건이지만, 누가 봐도 초라한걸.'

내가 무엇으로 자존심을 내세운들 이안에게는 별 의미가 없다는 걸 알고 있었다.

이안이 그런 걸로 누군가를 무시하지 않는 사람일 거라고 생각도 하지만.

'하지만 진상들은 날 무시했지.'

"혼수라고 그런 걸 들고 오다니, 플로렌스 자작가에서 박대받는 딸을 우리에게 주었구나."

"사람이 사랑을 받고 자랐어야 사랑할 줄도 알지. 네가 그러니 네 아이를 그 모양으로 키우는 거야!"

상처받았던 기억들이 가시처럼 떠올라서 나를 찔러댔다. 내가 바들바들 떨리는 손으로 목걸이를 쥐고 있자, 이안이 어떻게 오해를 한 건지 한층 더 낮아진 목소리로 물었다.

"소중한 사람의 물건인 모양이죠?"

"그, 그런 셈이죠."

"누구?"

평범한 질문인데 왜 이렇게 소름이 돋는담.

'내가 예민한 건가.'

눈망울을 굴려서 그를 올려보았다.

바다처럼 푸른 눈은 무슨 생각을 하는지 짙어져 있었다. 말하지 않으면 물러나지 않겠다는 단호함도 느껴졌다.

결국 나는 작은 목소리로, 우물쭈물 대답했다.

"……어머니의 유품이에요."

내 말에 이안의 눈동자가 커다래졌다. 그의 몸이 일순간 돌처럼 굳어졌는데, 그 바람에 내가 잘못 대답했나 스스로 의심할 정도였다.

그림처럼 느릿하게 이안이 내게서 한 걸음 물러나고, 커다란 손바닥으로 자신의 입술을 덮었다. 눈을 껌뻑거리던 그가 천천히 입술을 벌렸다.

"유품? 플로렌스 자작부인의?"

"너무 초라하죠?"

나는 씁쓸한 미소를 지었다. 어머니라고 이것보다 좋은 목걸이가 없었던 건 아니었다. 모두 아버지가 팔아먹고, 결국 이 초라한 물건 하나만 남았을 뿐.

내 표정을 본 이안의 몸이 다시 움찔 떨렸다. 그는 드물게 당황한 표정으로 손을 내저었다.

"전혀 아닙니다. 그런 의미로 벗기려던 건 아니었어요."

'그런 의미?'

목걸이에 무슨 의미를 부여해서 벗기려고 했던 거란 말인가.

'의미를 부여할 게 있어?'

내가 고개를 갸웃했을 때였다. 그의 얼굴이 술이라도 마신 것처럼 발그레하게 달아올라 있었다. 묘하게 나와 눈을 마주치지 못하면서, 그가 살짝 고개를 숙였다.

"미안해요. 제가 무신경했군요. 몸에서 떼지 않는 물건이라면 마땅히 중요한 의미가 있었을 텐데."

진심으로 미안해하는 어조와 달리 그의 입꼬리가 꼭 애벌레가 기어가는 것처럼 슬금슬금 올라가고 있었다.

나는 눈살을 찌푸렸다.

"기분이 좋아 보이시는데요?"

왜 좋아할까?

도무지 맥락이 느껴지지 않아, 고개를 갸웃했다.

'아까부터 영 이상하네. 약이라도 먹었나. 아님 약을 먹어야 하는데 안 먹은 건가.'

나는 눈을 가늘게 뜨고 이안의 얼굴을 쳐다보았다. 이안의 눈동자가 지진이라도 난 것처럼 흔들렸다.

잠시 입술을 잘근거리던 그가 두 손을 기도하듯 모으고 대답했다.

"돌아가신 장모님이 이 자리에 함께 계신 것 같아서요. 분명 다정하고 상냥하셨을 테죠."

"……?"

워낙 천사 같은 얼굴인지라, 그런 자세를 취하니 신부님처럼 경건해 보였다. 하지만 말이야. 표정과 달리 얼굴은 격앙되어 있는걸. 그리고.

"왜 식은땀을 흘리세요?"

잘생긴 이마에 송골송골 맺힌 땀은 또 뭔데?

내 질문에 이안은 그답지 않게 아하하, 하고 어색한 목소리로 웃었다. 오늘의 그는 정말 이상했다.

나는 머리카락을 배배 꼬았다.

어머니, 내 어머니라.

'다정한 어머니상은 아니셨지. 그냥 힘없는 화초 같은 이미지였는데.'

나는 신기한 눈으로 이안을 바라보았다. 우리 아버지를 잘 아는 것도 그렇고, 어머니를 언급하는 것도 그렇고.

'나에게 관심이 생긴 걸까.'

이렇게 생각하면 지나치게 낙관적인가 싶었지만 그래도 마음이 물감처럼 분홍빛으로 물드는 것을 어떻게 할 수가 없었다.

목걸이에 대한 이야기가 일단락되고 나자, 다시금 내 치장 문제로 주제가 돌아왔다.

이안은 마담 바네사에게 물었다.

"흠, 그럼 목걸이를 그냥 놔두고 화려하려면 어떤 장신구가 제일 좋을까?"

"역시 서클릿이 제일 낫지 않을까요?"

서클릿은 얇은 링 같은 형태로, 머리에 쓰는 장신구였다. 나는 고개를 흔들었다.

"하지만 서클릿은 주로 아가씨들이 착용하는 장신구잖아요. 저는 이미 기혼인데."

그 이유로 나는 서클릿을 한 번도 착용한 적이 없었다.

머리 전체를 장식하는 서클릿은 보석을 알알이 연결하여 늘어뜨리기 때문에 다른 장신구들에 비해 값이 비쌌다. 금전적으로 구입할 수 있었던 시기에는 이미 나이가 많았고.

하지만 하나 간과한 것이 있으니, 나는 시간을 거슬러 스물로 돌아왔다는 점이었다. 마담 바네사는 나를 보며 귀엽다는 듯이 웃었다.

"신혼이신데요. 그런 건 걱정하지 않으셔도 될 거 같아요."

"……."

그러고 보니 결혼한 지 며칠 지나지도 않았구나. 나는 부끄러움에 뺨을 붉혔다.

고른 것은 입고 있는 연한 초록색 드레스와 색을 맞춘 에메랄드 서클릿이었다. 길게 늘어뜨린 은색 머리카락 위에 살포시 서클릿을 올려준 이안이 눈꼬리를 휘며 웃었다.

"예뻐요."

'평생 들을 예쁘다는 소리를 이 사람에게 다 듣는 거 같네.'

민망함에 나는 손바닥으로 얼굴에 바람을 부쳤다. 나쁘지 않은 기분이었다.

드레스까지 새로 사는 대신 노란 실크 숄을 두르는 것으로 단장은 끝났다. 보석은 직접 타이론 공작가로 배송되고, 우리는 마차에 몸을 실었다.

목적지는 나도 아는 곳이었다.

'레스토랑 아마란테?'

아마란테는 정통 제국음식점으로 100년의 역사를 자랑하는 곳이었다. 그리고 그 긴 역사만큼이나 유명한 것은 층별로 들어갈 수 있는 계층이 다르다는 점이었다.

'전생에는 여기 올 기회가 별로 없었지만.'

플로렌스 가문이야 거의 평민처럼 취급되던 가문이었고, 파넬 공작부인이 된 다음에는 혼자 레스토랑을 찾았다가 다른 귀부인들의 비웃음을 사서 다시 방문하지 않았다.

'제임스는 외식하는 것도 싫어했지. 지금 생각해도 정말 귀찮은 남편이었어.'

식사는 무조건 집에서, 몸을 단련할 때가 아니면 굳이 밖에 나가지도 않는다. 다른 고위 귀족이 흔히 하는 카드게임이든, 사교모임이든 제임스에게는 일절 해당이 없는 이야기였다.

'그런데 내가 남편과 이런 곳을 오다니.'

내 손을 잡고 있는 이안을 흘긋 바라보았다. 문이 열리고 화려한 조명이 쏟아진 탓에 금빛 머리카락이 눈부시게 빛났다.

새삼 인생이 바뀌었다는 실감이 들었다.

"오셨습니까, 공작님."

"늘 앉던 자리로."

한두 번 온 것이 아닌지, 이안의 대답은 간결하기 짝이 없었다. 1층에서 식사를 하던 이들의 시선이 우리에게로 꽂혔다. 정확히는 나에게.

'다들 어지간히 궁금했나 보구나.'

수도에 타이론 공작의 열애 사실과 파격적인 결혼 행보가 널리 소문이 났지만, 실제로 우리 둘이 붙어 있는 모습을 본 사람은 드물다. 그런데 우리가 짠, 팔짱을 끼고 유명 레스토랑에 모습을 드러냈으니.

'무념무상…… 무념무상.'

또다시 부끄러울 뻔했지만, 나는 계속 딴생각을 하면서 이안의 곁을 걸었다.

그래도 공작부인으로 지낸 것이 몇 년인가. 따가울 정도의 시선에도 걸음은 흔들림이 없었다.

타이론 공작은 VIP 중에서도 VIP. 내가 과거 혼자 올랐던 3층 계단을, 이번에는 이안의 팔을 붙들고 올랐다. 그때였다.

'시선?'

바늘처럼 예리한 적의가 나의 옆얼굴을 쿡 찌르고 지나갔다. 나는 계단을 오르던 걸음을 멈추었다.

'누구?'

"올리비아?"

갑자기 멈춘 나를 이안이 불렀다. 내게 쏟아지는 시선들 속에서 적의의 주인을 찾았다. 사교계 경험이 많은 만큼 어렵지 않은 일이었다.

그녀는 2층에서 식사하던 이들 중 하나였다.

'붉은 머리, 푸른 눈.'

타오르는 불꽃처럼 곱슬거리며 물결치는 붉은 머리카락, 이안과 비슷한 느낌의 푸른 눈이 나를 선명하게 바라보고 있었다.

'당신이구나.'

그녀가 누군지는 알 수 없지만, 내게 적의를 보이는 만큼, 그 적의를 되돌려 주어야 한다는 것은 알 수 있었다.

"올리비아."

"이안."

계속 움직이지 않는 나를 이안이 다시 팔을 살짝 움직이며 재촉했다. 나는 배시시 웃으며 그를 돌아보았다.

"우리 키스할까요?"

"네?"

내 말에 이안은 물론이고 우리를 안내하던 직원도 놀란 표정을 지으며 나를 바라보았다. 당황한 듯 눈을 깜빡거리던 이안이, 이내 특유의 여유로운 미소를 지었다.

"언제는 2미터 이내 접근금지라더니."

"제가 과감할 때는 또 과감한 여자랍니다."

"그건 제가 잘 알죠. 그것 말고도 아는 게 얼마나 많다고요."

나와 팔짱을 끼고 있던 이안의 굵은 팔이 내 허리를 휘감았다. 그리고는 자신을 향해 바짝 잡아당겼다. 그가 나보다 한 계단 위에 서 있는 데다가 키가 훨씬 큰 탓에, 내 발끝이 미끄러지듯 아슬아슬하게 계단 끝을 스쳤다.

'넘어지겠어!'

나는 반사적으로 그 사람의 어깨를 꽉 끌어안았다. 이러다가 계단을 구를까 무서웠던 탓이다. 그렇게 갑자기 밀착된 내 귓가에 그의 목소리가 낮게 깔렸다. 등줄기부터 목덜미까지 쭈뼛쭈뼛 서게 하는 섹시한 목소리였다.

"당신의 살결이 얼마나 보들보들한지, 당신의 체취가 얼마나 달콤한지, 당신의 신음이 얼마나 육감적인지."

쪽.

그의 입술이 귓불에 닿았다. 뾰족한 송곳니가 얕게 내 귓불을 깨물었다. 그리고는 그의 입술이 내 뺨과 눈가에 차례로 촉촉, 자취를 남겼다.

나는 열기가 고인 눈으로 그를 올려보았다. 그가 입술을 벌렸다. 짐승이 낮게 으르렁거리는 것 같은 소리가 흘러나왔다.

"……함부로 도발하지 말아요."

'감당도 하지 못하면서.'

그 말은 내 입안으로 넘어갔다.

❖ ❖ ❖

'아, 지친다.'

이 생각을 몇 번째 하는지 모르겠다. 타이론 가문으로 돌아오는 마차 안. 나는 가물거리는 눈으로 마차 밖을 내다보며 작게 하품을 했다.

위명만큼이나 아마란테의 음식은 훌륭했다. 입에서 살살 녹는 것 같은 갈릭 새우구이와 아스파라거스를 곁들인 스테이크, 내가 좋아하는 부드러운 크림수프와 올리브유에 적신 부드러운 흰 빵까지.

하지만 나는 식사에 집중할 수가 없었다. 식사 시간 내내 허기진다는 표정으로 날 바라보는 남자 때문이었다.

'으으, 이제 손끝 하나라도 내가 내미나 봐라.'

키스 한 번 허락해줬더니 그다음부터 이안은 줄곧 저 상태였다. 눈빛에서 떨어지는 열기가 너무나 의도가 투명하여 모른 척 하려야 모른 척할 수가 없었다.

그렇게 어떻게 밥이 넘어가는지도 모르고 식사 시간은 끝이 났다. 이제 우리 앞에 놓인 것은 단둘이 들어가야 하는 마차. 밀실에 두 사람만 남는다고 생각하니 나도 모르게 몸이 굳어졌다.

그런 나의 어깨를 이안은 부드럽게 감쌌다.

"걱정하지 말아요. 손가락 하나도 안 댈 테니까."

아니, 방금까지 그렇게 나를 먹음직스러운 음식처럼 쳐다보고 이 말을 믿으라고?

내 찌푸려진 얼굴에서 마음의 소리를 읽은 그가 쿡쿡 낮게 웃었다. 그리고는 가벼운 어조로 속삭였다.

"당신이 싫어하는 건 안 해요."

그리고 그의 말대로였다. 마차에 올라탄 뒤, 그는 팔짱을 끼고 내 맞은편에 앉아서 창밖만 바라보았다. 반쯤 자다 깨다 하던 나는 몽롱한 눈으로 그를 바라보았다.

어두운 마차 안, 밖에서 흘러들어오는 가로등 불빛이 그의 금빛 머리카락에 혜성 같은 자취를 남겼다. 불빛이 지날 때마다 조각처럼 높은 콧등이 희게 빛났다.

아름다운 남자였다. 그리고 나는 이제 저 남자의 얼굴뿐만 아니라 저 남자의 됨됨이 또한 알게 되었다.

'좋은 사람이야.'

이제는 인정해야 했다. 이안은 좋은 사람이었다. 다른 사람의 감정을 배려하여 자신의 감정을 한 걸음 물릴 줄 알고, 참을 줄도 아는 착한 사람.

'그러니 말해도 되지 않을까.'

"이안."

"예."

하도 조용히 창밖을 보고 있어서 자는 줄 알았더니 대답은 바로 돌아왔다.

나는 한숨 섞인 어조로 말했다.

"저도 당신한테 해야 하는 이야기가 있어요."

초라한 물방울 목걸이가 어머니의 유일한 유품이라는 걸 고백했던 것처럼, 나는 오늘 종일 내 마음 한구석을 차지하고 있던 편지에 대한 이야기를 꺼내기로 했다.

"제게는 막냇동생이 하나 있는데, 그 아이를 제가 책임져야 해요."

"책임이요?"

내 말에 이안이 잘생긴 얼굴을 갸웃거렸다.

아, 너무 단도직입적이었나. 설명이 짧았다는 사실을 깨달은 손바닥을 내저었다.

"앗! 책임이라고 하지만 그렇게 거창한 건 아니에요! 그냥 기숙사 학교에 보내는 정도? 무, 물론, 그 돈은 제가 공작부인으로서 받는 용돈에서 지급할 거고요."

부모가 있는데 내가 동생을 책임진다는 게 어떻게 보일지 난 잘 알았다. 그런 행동이 내가 타이론 가문에서 자리를 잡는 데 별로 도움이 되지 않을 거라는 것도. 하지만 그냥 내버려 둘 수도 없었다. 나는 씁쓸한 미소를 지었다.

"그 아이를 내버려 두면 그 아이는 불행한 결혼을 하게 될 거라서요."

운이 좋아 좋은 부모를 만나, 결혼 때까지 잘 보살핌을 받다가 지참금을 받고 사뿐히 독립하면 얼마나 좋을까. 하지만 나는 그렇지 못했고, 팔려가는 결혼의 비참함을 20년이나 절절히 맛보았다. 내 동생인 애니에게까지 그런 아픔은 주고 싶지 않았다.

나의 짧은 말에서도 이안은 내가 하고 싶은 말을 이해한 것 같았다.

"그렇군요."

고개를 끄덕이는 얼굴에는 불쾌한 기색이 없었다. 하지만 입장 때문인지, 괜히 마음이 졸렸다. 나는 조금 더 빠른 어조로 그의 부담감을 줄일 만한 이야기를 늘어놓았다.

"사흘 뒤에 저희 집으로 초대해서 이야기를 들어보기로 했어요. 당신은 신경 하나도 안 쓰셔도 되어요. 그래도 그런 일이 있다는 건 알려드려야 할 것 같아서."

"올리비아."

그가 얼굴을 굳힌 것은 그때였다. 유리구슬처럼 투명한 눈동자가 단호함을 머금고 나를 담았다.

"저는 명목상 부부만으로는 지낼 수 없다고 분명히 말씀드렸습니다."

"네? 그……."

시종일관 다정하던 그의 단호한 한 마디에, 머릿속이 털실처럼 일순간 꼬여 들어갔다.

'이게 무슨 말이지? 무슨 의미이지?'

간단한 문장이었는데 글자가 따로따로 뛰어노는 것처럼 머릿속을 어지럽게 돌아다녔다. 눈이 빙글빙글 돌았다.

'나를 꾸짖는 말인가.'

생각이 나쁜 쪽으로 흘러가는 건 어쩔 수 없었다. 내가 내 친정에 신경을 기울이는 건, 파넬 공작가의 진상들이 가장 좋아하는 공격 거리였으니까.

'역시 말을 하지 않고 조용히 해결했어야 했나.'

결국 제임스와 지낼 때, 그랬던 것처럼. 내가 그리 생각하며 입술을 꽉 깨물었을 때였다. 굵은 손가락이 내 아랫입술을 꾹 눌렀다.

"그만."

생각을 잘라내는 것처럼 상쾌한 목소리였다. 나는 멍하니 눈을 깜빡거렸다. 이안이 진지한 눈으로 날 바라보며 말했다.

"당신은 파넬 공작과의 혼인을 깰 수 있는 사람이면 누구라도 좋았을 거예요. 그중에서 나를 골랐죠."

그의 말은 옳았다. 다른 좋은 선택지가 있었다면 나는 그쪽을 택했을지도 모른다. 그저 황제가 직접 짝지은 결혼인지라, 황제가 더 간절할 혼처를 찾다 보니 그가 걸렸을 뿐이다.

"나도 마찬가지예요. 나는 당신을 몰랐고, 설마 내게 청혼할 거라고는 상상도 하지 못하고 그 자리에 나갔어요."

이안은 느릿하게 말을 이었다.

"내가 무슨 말 하는지 알겠어요?"

"……모르겠어요."

우리의 썩 로맨틱하지 못한 첫 만남이 지금 흘러나오는 이유는 뭘까. 나는 둔하게 눈을 깜빡거렸다. 내 대답에 이안의 반듯한 이마가 구겨졌다. 꼭 쓰게 웃는 것 같았다.

"우린 이제 운명공동체라는 말을 하는 거예요."

"!"

운명공동체.

그에게 들을 거라고는 상상도 하지 못한 말이었다.

'하지만 우린 그저 서로 조건이 마음에 들었던 것뿐이잖아. 당신은 떠밀리듯 내 청혼에 응했고.'

그런데 운명공동체라니. 너무나 과분한 말이었다. 내가 당혹스러움을 감추지 못하자, 그의 미간의 주름이 점점 더 깊어졌다. 그는 한숨 섞인 목소리로 중얼거렸다.

"당신이 얼마나 가벼운 결심으로 나를 당신 인생에 끌어들였는지는 충분히 알겠군요."

정확히는 결심이고 뭐고도 없었다. 머릿속에는 오로지 쓰레기통을 벗어날 생각이었으니까. 그것을 위해서라면 미친 여자가 되는 것도 서슴지 않았을 것이다.

절박했던 그때를 떠올리니 저절로 두 손이 덜덜 떨렸다. 이안의 손이 이번에는 그런 내 두 손을 꽉 붙들었다. 나보다 훨씬 높은 체온이 꼭 불덩어리 같았다.

나는 고개를 들어 이안을 마주 보았다. 그는 느리지만 또렷한 어조로 말했다.

“하지만 이제 우리는 부부입니다. 그렇게 남에게 설명하듯 이야기하지 말아요. 당신 동생이면 내게도 가족이잖아요.”

“이안…….”

그에게, 아니 평생 누구에게도 들을 거라고 생각하지 못했던 다정한 말에 저절로 눈시울이 붉어졌다. 나는 멍하니 내 앞에 앉아 내 손을 잡고 있는 남자를 바라보았다.

‘내 남편.’

이제야 실감이 들었다. 내가 결혼했다는.

그러자 내 손은 더 이상 떨리지 않았다. 그 사실을 느낀 이안은 천천히 붙들고 있던 손을 풀었다. 그리고 아까보다 한층 가벼운 어조로 내게 물었다.

“일단 문제는 당신 아버지군요. 맞습니까?”

“맞아요. 평생 상종도 하고 싶지 않아요.”

거기에 줄줄이 사탕으로 붙은 오빠와 남동생들도 골칫덩어리이긴 마찬가지였으나, 일단 그쪽은 접어두었다. 실제로 내게 돈 달라고 괴롭히던 사람은 아버지뿐이니까.

내 즉답을 들은 이안의 눈동자가 빛을 달리 받는 사파이어처럼 반짝였다.

“치워버리고 싶습니까?”

“당연한 거 아니에요? 다른 사람들이 손가락질해도 상관없어요. 되도록 멀리, 평생 볼 일 없는 곳으로 보내버리고 싶어요."

"그럼 그렇게 내게 부탁해요. 이젠 그럴 수 있는 사이잖아요, 우리."

그의 말에 나는 눈을 깜빡거렸다. 속눈썹이 어지럽게 자취를 그렸다.

"우리가 그럴 수 있는 사이예요?"

내 반문에 그가 픽 가볍게 웃었다.

"그렇습니다."

"만난 지 얼마 되지도 않았잖아요. 당신은 날 모르고요."

"하지만 우린 결혼으로 얽히게 되었죠. 몇 가지 우연이 겹쳐서요."

"……."

그 말에 나는 나도 모르게 우리의 만남을 회고했다.

'솔직히 객관적으로 좋을 건 없는 만남이었잖아.'

떠밀리듯이 치렀던 결혼, 심지어 재혼, 상대는 대국민 고자.

서로에 대해서 거의 아는 것이 없는 사이. 함부로 밑바닥을 보여줘도 되는 사이는 더더욱 아니었다.

'그런데 돌아오는 대답이 이리 다정하다니.'

소금 덩어리인 줄 알고 눈 딱 감고 와삭, 씹었는데, 설탕과자가 바삭바삭 씹히는 기분이었다. 나는 눈을 가늘게 뜨고 이안을 바라보았다.

"속으로는 못돼먹은 여자라고 생각하고 있는 거 아니에요?"

다소 날 선 말투에도, 이안의 대답은 시종일관 다정했다.

"힘들었을 텐데 이젠 괜찮다고 안고 토닥여주고 싶습니다."

"……."

토닥이다니. 태어나서 언제 받아봤는지 기억도 가물가물한 이야기였다.

계속 눈을 가늘게 뜨고 있자, 이안은 자신의 진심을 의심한다고 생각했는지 나를 향해 몸을 기울였다.

"올리비아."

"잠깐만요."

내 이름을 부르는 그의 목소리는, 그가 내뱉는 모든 말 중에서도 유독 달았다. 그가 내 이름을 부르면 무엇이든 간에 모른 체하고 넘어가고 싶을 정도로 말이다.

하지만 이건 내 문제였고, 그렇게 얼렁뚱땅 남의 손에 맡겨서는 안 되었다.

"일단 사흘 뒤에요."

손바닥을 펴서 이안의 접촉을 막고, 다소 단호한 어투로 대답했다.

"그때 당신에게 모두 말할게요."

나의 태도에 그의 눈동자가 떨렸다. 그러더니 아까 내가 목걸이를 거절했을 때처럼 황급히 손바닥으로 자기 입을 가리며 고개를 돌려 시선을 피했다.

'마음이 상한 건가?'

어깨를 돌려서 얼굴을 볼까, 했을 무렵 작은 목소리가 들렸다.

"……좋아요."

웃는 것 같기도 하고, 우는 것 같기도 한 기묘한 목소리였다.

❖ ❖ ❖

어쨌든 우리의 첫 데이트는 그렇게 끝이 났다. 보석상에서 구입한 수많은 보석상자는 이미 타이론 가문에 도착해 있었다.

'나쁘지 않아. 이런 상황.'

그 때문인지 시종들은 내게 더 사근사근한 태도를 보였다. 솔직히 파넬 공작가에서 권위를 세우려 노력할 때보다 지금이 백배는 더 쉬웠다.

그때는 나를 시종일관 짓누르는 진상들이 셋이나 있었고, 내 편이 될 수 있는 남편은 부재했으니까.

'물론, 그 인간이 와서도 딱히 변하는 건 없었지.'

그에 비하면 타이론 공작가는 얼마나 좋은가.

이안이 나에게 꼬박꼬박 존대하며 나를 존중해주는 태도는, 저절로 시중인들을 긴장시킨다. 산더미만 한 보석 또한 그들에게 깊은 인상을 남겼을 것이다.

'우리 둘이 죽고 못 사는 신혼부부라고 생각할 거야.'

"그럼 쉬어요."

이마에 입술 도장을 찍고, 이안은 자신의 방으로 올라갔다.

피곤하고 지쳤던 나는 목욕 대신 가볍게 물로 몸을 씻고, 잠옷으로 갈아입었다. 침대에 걸터앉아, 아직도 간질거리는 이마를 손가락으로 문질렀다.

'이안.'

그를 떠올리니 자연히 아까 레스토랑에서 있었던 일이 생각났다.

'그런데 그 여자는 누구였을까?'

파도치는 붉은 머리카락에 아름다운 푸른 눈을 가진 여자. 기억이 날 듯 안 날 듯 애매한 얼굴이었다.

'귀족이라면 내가 모를 리가 없는데.'

쉬이 잊히지 않는 강렬한 인상의 미인이었다.

'2층에서 식사하는 것을 보니 백작 가문 정도 되었을 텐데.'

그런데 파넬 공작부인으로 지내던 내가 모른다니.

'잘 모르겠네.'

이안에게 물어보면 될 일이지만, 너무나 개인적인 일일 거라는 느낌이 들어서 망설여졌다.

'설마 옛날 여자친구?'

남녀 사이에 떨떠름한 관계라면 역시 헤어진 연인이겠지?

무심한 표정의 이안과 그의 팔짱을 끼고 있는 붉은 머리칼의 그녀를 떠올리니 그림처럼 잘 어울렸다.

따끔.

"어?"

그런데 이게 웬일? 그 모습을 떠올리니 가슴 한구석이 바늘로 찔린 것처럼 아팠다. 나는 고개를 갸웃거렸다.

'왜 아프지?'

이상하게 두근거리는 것 같기도 하고.

'혹시 심장마비 전조?!'

이럴 때는 어떻게 해야 하지?

'움직여야 하나?'

심장이 불규칙하게 뛸 때 할 수 있는 행동 따위를 내가 알 리가 없다. 그냥 몸이 아프지 않으려면 운동을 해야 한다는 생각으로 침대에서 일어났다. 그리고 꿀벌인 양 내 방을 빙빙 돌았다.

'그런데 이게 운동이 되나?'

내가 고개를 갸웃거리고 있을 때였다. 똑똑, 하는 문소리가 들려 대답하니 하녀장이 고개를 내밀었다.

"마님."

"응?"

"마님께서 외출하신 사이 서신이 하나 왔습니다."

"이리 주렴."

나는 손을 내밀었다. 그녀가 전해준 서신은 연보라색 봉투의, 우아하고 고급스러운 편지였다.

겉봉투에는 알키저스 백작부인이라고 찍혀 있었다. 하지만 나는 이게 누구의 편지인지 알았다.

'로메오.'

미혼 남성인 자신이 보내면 행여나 의심을 살까 봐 자기 어머니인 백작부인 이름으로 서신을 보낸 것이었다.

'하여간 배려심이 깊다니까.'

그리 생각하며 나는 밀랍을 뜯었다. 들어 있는 편지는 간결하지만, 다정함이 뚝뚝 묻어났다.

– 올리비아에게.

연락이 없어서 걱정되어서 편지를 보냈어. 물론, 잘 지내고 있겠지만 말이야.

결혼생활은 괜찮아? 네가 꿈꾸던 대로야?

편지를 읽은 나는, 나도 모르게 푸흐흐 웃고 말았다.

'하여간 못 말린다니까.'

내가 만약 잘못 지낸다고 하면 어쩔 건가. 왕자님처럼 말 타고 구하러 오려고?

'로메오는 그러고도 남지.'

다정하고 세심하고 용기 있는, 나의 소중한 친구.

'아카데미는 로메오를 만날 수 있었던 것만으로도 다니길 잘했어.'

편지는 담담하지만 안절부절못하고 있을 로메오의 모습이 선연하게 떠올랐다. 얼른 답장을 줘야겠다고 생각한 나는 자리에 앉아서 펜을 들었다.

미끄러지듯 유려하게 한 문장을 적었다.

– 걱정하지 마. 이안은 좋은 사람이야.

거기까지 썼던 나는 조금 망설이다가, 결국 한 단어를 문장에 추가했다.

— 이안은 정말 좋은 사람이야.

❖ ❖ ❖

편지를 보내고 곧장 잠든 올리비아와 달리, 이안의 집무실은 꽤 오래 불이 켜져 있었다. 자다가 상관의 부름에 끌려 나온 케닌은 잠옷 차림에 눈을 비비며 입을 열었다.

"예. 마님께는 형제가 많은데 여동생은 한 명 있습니다. 애니 플로렌스, 나이는 열넷일 겁니다."

"열넷."

이안은 턱을 문질렀다. 아까 올리비아가 어깨를 움츠리고 울상을 지으며 내뱉은 말이 선명하게 떠올랐다.

"그 아이를 내버려 두면 그 아이는 불행한 결혼을 하게 될 거라서요."

아직 혼인을 운운하기에는 어린 나이인 것 같은데.

'그런데 왜 그렇게 확정적으로 말하는 걸까.'

당연히 그렇게 생각할 만큼 많은 상처를 입은 걸까. 이안은 얼굴도 모르는 플로렌스 자작을 생각하며 이를 뿌드득 갈았다.

'도대체 그녀를 얼마나 힘들게 했으면.'

올리비아가 얼마나 야무지고 당찬 여자인데. 그런 여자를 움츠러들게 만든 그 아버지라는 작자를 당장 꿇어 앉히고 싶은 마음이었다.

'좋은 것만 잔뜩 걸어줘도 아쉬운 사람인데.'

그리 생각하며 이안은 입맛을 다셨다. 그의 머릿속에 자연스럽게 오늘 데이트가 떠올랐다.

난처한 듯 고개를 흔들던 올리비아의 표정도.

"이건 너무 과해요."

과하다.

이안도 솔직히 그렇게 생각했다. 처음 외출했을 때는 이렇게까지 많은 보석을 살 생각이 아니었다. 하지만 막상 보석상에 앉아서 이것도 저것도 대보니.

'하지만 모두 다 어울렸는걸.'

곧은 직모 은발에 붉은 눈을 가진 여자는 색색의 보석 중 어느 것을 가져다 대도 찰떡같이 소화했다. 그렇다 보니 몇 개를 골라 낼 수가 없었다.

진심으로 그리 생각해서 18세트나 구입하게 된 것이었는데, 그런 자기 마음도 모르고 올리비아는 이렇게 으르렁거렸다.

"정말 나한테 혼날래요?"

"윽."

매혹적이던 그때의 그녀를 떠올린 이안은 신음을 흘리며 머리를 책상에 '쿵' 박았다.

하품을 쩍하고 있던 케닌이 펄쩍 뛰었다.

"아씨! 깜짝이야! 이번엔 또 뭐예요?"

"아무것도 아니다."

아무것도 아니라기엔 책상에 부딪힌 이마가 빨간데.

케닌이 한숨을 내쉬었을 때였다. 이번엔 이안이 주먹으로 책상을 내리쳤다.

쿵!

"으으."

"아이고, 정말. 이랬다가 저랬다가 버라이어티한 상관 때문에 제 명에 못 살겠네!"

케닌은 결국 참지 못하고 이안에게 버럭 소리를 질렀다. 하지만 책상에 엎드린 이안을 보고 결국 입을 다물고 말았다.

이안의 귀 끝까지 새빨갛게 달아올라 있었기 때문이다.

그가 이렇게 창피해진 것은 다름 아닌 목걸이 때문이었다.

"어머니의 유품이에요."

'유품이라니! 그런 줄도 모르고 난 그동안.'

이 얼마나 부끄러운 일인가. 앞으로 향후 5년간은 이 사건 때문에 이불을 걷어차며 일어날 것 같았다.

'내가 이런 흑역사를 만들 줄은!'

부끄러움에 몸부림치던 이안은 이상한 눈으로 자신을 내려다보는 보좌관에게 물었다.

"……케닌, 왜 사랑을 하면 사람은 이렇게 부끄러워지는 걸까."

"아, 좀!"

독실한 독신주의자이자, 연애무상주의, 솔로 왕국의 1등 시민인 케닌은 결국 상관에게 짜증을 부리고 말았다.

❖ ❖ ❖

수도에서 멀리 떨어진 영지, 골드웨이.

그곳에 검은 망토를 두른 한 무리 커다란 덩치의 사내들이 찾아온 것은 성문을 닫아야 할 무렵이었다.

'헉! 어디서 이렇게 큰 사내들이.'

'사냥꾼인가.'

'저렇게 건장한 사냥꾼이 어디 있어? 용병대 아니야?'

사냥꾼도 거칠지만, 나라와 나라를 오가며 전쟁에 참전하는 용병들은 더더욱 거칠었다.

'골드웨이에는 이런 사람들이 방문한 적이 없는데.'

문지기들은 긴장해서 들고 있던 창을 꽉 쥐었다. 그리고 그중 가장 선두에 선 사내에게 엄격한 목소리로 말했다.

"신분을 대시오."

신분증을 보고 성으로 들여보내는 것은 당연한 절차. 그런데도 위압감이 들어서인지 절차고 나발이고 얼른 통과시키고 싶은 마음이 밀려왔다.

문지기가 입술을 꽉 깨물었을 때였다. 곁에 선 사내가 호랑이처럼 큰 소리로 화를 버럭 냈다.

"이 무엄한 것들이!"

"히익!"

오금이 저렸다. 꼴사납게 넘어지지 않은 것만으로도 문지기는 자신의 용기를 다한 셈이었다. 더 이어지려는 대치를 사내가 막았다.

"조용히 해라."

손을 들어서 수하들을 가라앉힌 사내는 자신의 품에서 네모난 패를 꺼내 보여주었다. 거기 적힌 이름을 확인한 문지기는 이번에야말로 얼음처럼 얼어붙고 말았다.

"파, 파넬 공작 각하?"

제임스 파넬 공작.

골드웨이의 영주, 골드웨이 남작보다도 한참 위인 사내였다. 문지기는 잔뜩 얼어붙어서 제임스를 바라보았다.

후드 밖으로 보이는 어두운 남색 눈동자가 살벌하게 번뜩이고 있었다.

폭풍이 천천히 북상 중이었다.

❖ ❖ ❖

사흘이 지났다. 일찍 눈을 뜬 나는 시중을 들러 온 하녀에게 간결한 명령을 내렸다.

"입맛이 없으니 아침은 되었다. 옷은 빨간색이 좋겠구나."

"어디 외출하시나요?"

내 주문에 하녀는 조금 당혹스러운 표정을 지었다. 집에서 입고 있는 가벼운 드레스들은 주로 파스텔 톤의 가벼운 것들이니 당연한 질문이었다.

나는 어깨를 으쓱했다.

"손님이 올 거란다."

오늘이 바로, 내 막냇동생 애니가 오는 날이었다.

가볍게 몸을 씻고 따로 장식이 달리지 않은 붉은 드레스에 몸을 끼워 넣었다. 색이 쨍해서인지, 따로 보석을 달지 않아도 화려하기 그지없었다.

"머리는 어떻게 할까요?"

"말아 올려줘."

"너무 단조로운 것 같은데 꽃으로 장식하면 어떨까요?"

"좋아."

굳이 왜 빨간색이어야 했는가. 이건 내 나름의 각오였다.

'분명히 아버지가 함께 올 테니까.'

아버지 플로렌스 자작을 떠올리니 저절로 입술이 뒤틀렸다.

'아버지가 이런 기회를 놓칠 사람이 아니지.'

내가 아는 아버지는 무척 염치가 없는 사람이라, 애니에게 보내는 편지를 저 좋을 대로 해석할 게 분명했다. 굳이 빨간색의 원피스를 택한 것은 그에게 보라는 의미도 있었다.

'아버지는 원색을 싫어하니까.'

여자는 조신하고 얌전하게. 절대로 큰소리를 내면 안 된다. 옷도 지나치게 화려해서는 안 된다.

살아생전 아버지가 귀에 못 박히도록 해대던 말이었다.

'그러니까 내가 빨간 드레스를 입은 걸 보면 대번에 얼굴을 구길 거야.'

당신 좋은 일을 하나라도 해줄 줄 아나. 플로렌스 자작이 올 때까지 남은 시간은 두 시간 남짓. 나는 어떻게 그를 면박 주어 쫓아낼까 각오를 단단히 다졌다.

그렇게 조금 책을 읽고 있으니, 하녀장이 올라왔다.

"마님, 플로렌스 가문에서 마차가 도착했습니다."

드디어 아버지가 오셨다는 뜻이었다. 나는 눈을 빛내며 자리에서 일어났다.

"알았다."

현관을 향해 계단을 하나하나 내려오면서 천천히 오늘 내가 해야 하는 말들을 되뇌었다.

'일단 아버지의 흠을 잡아야 해. 그래서 싸움을 일으키고, 마음씨 착한 애니가 그 모습을 보지 못하고 말리거나 하면 그때 트집을 잡아서 애니를 그 집에 놔두지 못하겠다고 떼를 쓰는 거야.'

그렇게 애니를 플로렌스 가문에서 데리고 나올 생각이었다. 아버지의 성격상 내가 아버지를 믿지 못하겠다고 화를 내면 버럭하고도 남을 사람이었다.

"그럼 잘난 네가 그 아이를 책임지든지 말든지!"

그 말을 그의 입에서 나오게 하는 것이 오늘의 목표였다.

'첫술에 배가 부를 수 있을 거라고는 생각하지 않아.'

예상대로 아버지가 움직여주면 고맙겠지만, 꼭 그럴 거라고는 생각하지 않았다. 오히려 더 난리를 치며 꽁꽁 숨을 수도 있지.

그렇지만 결국에는 날 찾아올 것이다. 내가 쥐고 있는 돈이 탐나서.

'그러니까 조바심 내지 말고, 애니를 데려오는 것에만 신경 쓰자.'

그리 몇 번 다짐하니, 술렁이던 마음이 거짓말처럼 가라앉았다. 나는 심호흡을 했다. 그리고 허리에 힘을 주어 반듯이 섰다.

현관으로 이어지는 나선형 계단의 끝. 내가 기다리고 기다리던 아버지와 애니가 서 있었다. 물끄러미 그들을 내려다보았다.

덩달아 나를 꼿꼿하게 바라보는 아버지를 보고 있으니 저절로 어이가 없어서 웃음이 났다.

지난 생에 나는 계속 그가 요구하는 모든 것을 들어주었다. 그게 내 가족을 위하는 최선이라고 생각했기 때문이다.

하지만 그 결과는 어떤가. 가족을 위한다고 했지만 정말 내 도움이 필요한 애니는 나보다도 더 심한 결혼 장사에 동원되었지 않나.

'그러니 이제 그런 멍청한 짓은 하지 않을 거야.'

나는 눈을 곱게 접어 웃으며 아버지를 향해 말했다.

"저는 플로렌스 영애만 초대했는데요."

내가 도와줄 가치가 없는 당신에게는 더 이상 손 내밀지 않으리라.

나는 아버지를 노려보며 그렇게 다짐했다.

❖ ❖ ❖

"뭐?"

아버지는 내가 그리 말할 줄 몰랐는지 멍청한 표정을 지으며 굳어졌다. 나는 턱짓으로 하인들에게 명했다.

"이 무례한 방문객은 내쫓도록 해라."

아버지는 입술을 벙긋거리며 굳어졌다. 그런 그의 양팔을 하인들이 단단하게 붙들었다.

정말로 끌고 나갈 것이라는 걸 알게 된 아버지가 팔다리를 휘저으며 소리쳤다.

"올리비아! 이 배은망덕한 것!"

그가 잔뜩 갈라진 목소리로 나를 향한 저주를 몇 마디나 내뱉었다.

그러거나 말거나. 이제 그의 저주는 아프지도 간지럽지도 않았다. 또각또각 계단을 완전히 내려온 나는 미친개처럼 으르렁거리는 아버지를 향해 차가운 목소리로 말했다.

"저는 타이론 공작부인이에요. 예를 지키세요. 예의도 지킬 줄 모르는 방문객이니 당장 내쫓기는 거죠."

"이, 이 망할 년이!"

아버지의 몸이 부들부들 떨렸다. 나에게 이런 모욕을 당할 거라고 한 번도 상상해본 적이 없으니 당연하리라. 눈을 부라리며 나를 노려보다 눈을 내리깔다를 반복하던 그가 나를 향해 버럭 소리를 질렀다.

"네가 누구 덕분에 공작부인이 되었는지 알아?!"

그렇게 나올 줄 알았지. 나는 입술을 비꼬았다.

"제 덕분이죠. 틀린가요?"

"그, 그……."

내 말에 아버지의 말문이 턱하고 막혔다. 양심이 있으면 자기 덕이라고 할 수 없을 것이다.

파넬 공작부인이 된 거야 넓게 말해서 자기가 제임스와 똑같은 날, 나를 낳은 거라고 주장할지 몰라도, 타이론 공작부인이 된 건 순전히 내가 한 일이니까.

"그래도 양심은 있으신가 보네요. 다행이네."

말문이 막힌 아버지를 보며 나는 피식 웃었다. 그러자 아버지의 얼굴이 새빨갛게 달아올랐다. 잠시 부들부들 떨고 있던 아버지가 나를 무섭게 노려보며 말했다.

"……세상 사람들이 타이론 공작부인이 친아버지도 못 알아보는 못돼먹은 여자라는 살 알게 되면 볼만하겠구나."

"그걸 협박이라고 하는 거예요? 그럼 저도 똑같이 돌려드려야겠네요."

어쩜 이렇게 내가 생각한 것 이상의 참신한 대사를 만들지 못하는 건지. 팔짱을 끼고 당당하게 대답했다.

"세상 사람들이 플로렌스 자작이 딸에게 빌붙어 호의호식하기만 바라는 속물이란 걸 알면 어떨까요?"

"이, 이!"

점점 목소리를 높이는 아버지를 나는 냉정한 눈으로 내려다보았다. 어릴 때는 왜 이런 초라한 아저씨를 두려워했는지 모르겠다. 뭐가 예쁘다고 진상들에게 빌어가면서 돈까지 구해다 바쳤는지도 모르겠고.

'조금 더 갈궈서 내가 원하는 걸 얻어내야…….'

그리 생각했을 때였다. 아버지는 아직도 분위기 파악을 못 했는지, 나를 노려보며 이렇게 말했다.

"내가 그렇게 몸가짐을 조심하라고 했는데도."

"뭐라고요?"

"내가 누누이 말했지! 너는 네 어미를 닮아서 천박한 품성을 가지고 있다고. 결국 그 품성을 이기지 못하고 집안 망신을 다 시키는구나. 불명예스러운 재혼에! 그 꼴은 또 뭐냐."

너무나 날것의 비난에, 나는 말문이 막히고 말았다. 머릿속에 누가 표백제를 때려 부어서 할 말을 지우는 것만 같았다.

그런 나를 향해, 아버지가 내가 참을 수 없는 한마디를 던졌다.

"쯧쯧, 하여간 피는 못 속이지."

눈앞이 분노로 하얗게 질리는 것만 같았다. 이가 빠드득 갈렸다. 내가 그를 향해 한 걸음 내디뎠다.

"당신."

"뭐, 뭐!"

가만두지 않겠다.

그리 생각하며 내가 눈도 깜빡하지 않고 그를 향해 한 걸음을 내디뎠을 때였다.

따뜻한 손바닥이 나의 어깨를 감쌌다.

"올리비아."

정신이 번쩍 드는 것만 같았다. 나는 퍼뜩 놀라 뒤를 돌아보았다. 생글생글 봄바람처럼 온화한 미소를 머금고 이안이 내 등 뒤에 서 있었다.

대다수 무표정하고, 가끔 시니컬하고, 가끔 산뜻하게 웃는 그에게 어울리지 않는 표정이었다.

"……이안."

"올리비아, 오늘도 아름답군요."

"별말씀을……."

당혹스러운 나머지 부자연스럽게 말이 흘러나왔다. 나의 어깨를 감싸듯 안은 이안이 하인들에게 눈짓했다. 플로렌스 자작을 붙들고 있던 하인들이 서둘러 손을 놓았다.

이안은 완벽하게 사교적인 태도로 그에게 인사를 건넸다.

"안녕하세요, 장인어른. 이안 타이론입니다."

"고, 공작 각하."

하늘처럼 높은 공작 각하에게 존댓말을 들은 아버지는 굽신거리며 인사를 올렸다. 그 태도는 더더욱 나를 화나게 했다.

'나를 향해서는 예도 갖추지 않았잖아.'

도대체 나를 얼마나 우습게 알면 저따위로 행동한단 말인가. 내 입술이 일그러졌을 때였다. 내가 폭발하기 직전에, 이안은 타이밍 좋게 내 말을 끊었다.

"동생이 많이 보고 싶다고 말했잖아요. 제가 장인어른께 저택을 안내할 테니 동생하고 이야기를 나누도록 해요."

"이안."

아무리 머리끝까지 화가 났다고 해도 그의 말을 못 알아들을 정도는 아니었다. 이성을 잃을 정도로 화가 났으니, 플로렌스 자작은 자신에게 맡기고 화를 식히고 오라는 뜻이었다.

'맞아. 내가 이성을 잃으면 안 되지.'

나는 고개를 끄덕였다. 내가 다시 이성을 찾은 것을 눈치챈 이안은 정중한 태도로 아버지에게 손을 내밀었다.

"그럼 이리 오시죠, 장인어른."

"예, 예."

그렇게 내 아버지는 비굴하게 퇴장했다. 나는 어둡게 가라앉은 눈으로 정원 쪽으로 걸어가는 두 남자의 뒷모습을 바라보았다. 그런 내 옷자락을 누군가가 잡아당겼다.

"언니……."

울먹거리는 커다란 녹색 눈동자를 가진 소녀가 나를 올려다보고 있었다. 바로 내 막냇동생 애니였다.

"애니!"

나와 아버지의 대거리를 보고 어지간히 놀랐는지, 산홋빛 입술이 파랗게 질려 있었다. 나는 두 손으로 애니의 몸을 와락 끌어안았다. 짧은 소매를 입은 나와 달리 애니는 부들거리는 연한 분홍색 카디건을 걸치고 있었다.

나는 애니의 앞머리를 쓸어넘기며 물었다.

"괜찮니? 아프진 않고?"

"응. 언니는?"

"언니도 아주 좋아. 쓰레기통에서 나왔거든."

"쓰레기통?"

"그런 게 있어."

파넬 공작가라고 쓰고, 이 세상의 나 혼자만 쓰레기통이라고 읽는다. 순진한 여동생에게 그런 말까지 할 수는 없어서 나는 한숨을 푹 내쉬었다.

오랜만에 보는 여동생은 조금 말라 있었다. 나는 눈물이 고인 눈으로 애니의 얼굴을 뜯어보았다.

'이게 몇 년 만이야.'

애니가 5만 데르크에 못된 약쟁이 놈에게 팔려 갈 때는, 내가 막 큰아이를 출산하고 침상에 누워 있을 때였다. 몸이 회복되는 데는 아주 오래 걸렸고, 다시 애니를 떠올렸을 때 이미 애니는 비참한 상황에 처해 있었다.

"애니가 어디 갔다고?"

"알게 뭡니까. 나도 팔아버렸어요, 그 여자."

돈으로 사람을 사 온 남자는 내 동생도 쉽사리 돈으로 팔아버렸다. 천하의 쓰레기라 내 동생을 어디다 팔았는지도 기억하지 못했다. 정확히는 약 때문에 기억이 조각난 탓이었다.

'다행히 애니를 오랫동안 흠모한 남자가 애니를 구해주어서

다시 만날 수 있었지만.'

그 시간 동안 동생이 겪은 고초는 너무나 극심해서 그 후에 많은 사랑을 받았음에도 깊은 트라우마로 남았다. 그리고 내게는 가장 후회하는 일 중 하나가 되었다.

'이번에는 절대로 그렇게 내버려 두지 않을 거야.'

그리 다짐을 하며, 나는 막냇동생의 손을 꽉 잡았다.

"이리 와. 함께 차 마시면서 다과를 들자. 네가 좋아하는 것들로만 준비하라고 했단다."

애니는 말랑말랑한 토끼 같은 인상에 꼭 어울리게 혀가 아릴 정도로 달달한 것들을 좋아했다. 하지만 설탕도 크림도 워낙 비싼 물건이라 플로렌스 가문에서는 자주 먹을 수가 없었다.

"우와!"

응접실에 들어서니 내 지시대로 다과상이 차려져 있었다. 내 몫으로는 스모키 얼그레이에, 통밀로 구운 비스킷. 애니의 몫으로는 시원하게 냉침한 감귤차. 디저트로 꾸며진 3단 트레이였다.

흰색에 분홍색, 민트색으로 꾸며진 화사한 응접실을 구경하던 애니는 눈을 반짝이며 자기 자리에 앉았다. 애니가 어서 즐거워하며 먹기를 기대하며 나는 우아하게 찻잔을 들었다.

그런데 뜻밖에, 그 아이는 다람쥐처럼 디저트를 먹는 대신 내게 조심스럽게 물었다.

"아까 그 사람이 언니 남편이야?"

"응."

"세상에! 정말 멋있다."

멋있나?

고개를 갸웃거리던 나는 이내 찻잔을 높이 들어 입술에 바짝 대었다. 얼굴이 빨개졌을 것이 분명했기 때문이다.

'잘생……기긴 했지.'

속이야 구렁이가 있을지언정, 겉은 동화 속 왕자님 같은 남자였다. 다른 사람에게 대할 때는 굉장히 신사적이기도 하고.

'아까 일도 고맙다고 해야 하는데.'

이안이 적절하게 끊어주지 않았다면 공작부인의 체면이고 뭐고 다 까먹고 버럭버럭 소리를 질렀을 것이다.

'알면 알수록 좋은 사람이야.'

그렇게 생각하며 나는 찻잔에 퍼져가는 진갈색 파문을 바라보았다. 황홀한 듯 두리번거리던 애니는 환하게 웃으면서 말했다.

"게다가 이렇게 화려한 집이라니. 정말 멋져. 언니 축하해."

"고마워, 애니."

수많은 사람이 내게 타이론 공작부인이 된 것을 축하한다고 말했지만, 내가 느낀 진심 어린 축하는 이것이 두 번째였다. 첫 번째는 당연히 황제 폐하.

내가 웃으며 대답하자, 그제야 마음이 놓였는지 애니는 다람쥐처럼 디저트를 우물우물 먹기 시작했다.

"맛있다! 이 계절에 딸기라니 멋져!"

"천천히 먹으렴."

열넷이나 되었는데도 애니는 마냥 아이 같았다. 나는 살뜰하게 애니의 뺨에 묻은 생크림을 닦아주며 흐뭇하게 쳐다보았다.

그렇게 얼마나 시간이 흘렀을까. 열심히 먹어서 그런지, 응접실이 따뜻해서 그런지 애니의 이마에 땀에 젖은 머리카락이 붙었다. 나는 애니의 카디건 자락을 쥐었다.

"그런데 덥지 않니? 왜 이렇게 두껍게 옷을……."

"자, 잠깐만."

애니는 카디건을 잡아당기는 내 손길을 막으려 했지만, 어깨가 드러나는 것은 막지 못했다. 나는 싸늘한 얼굴로 애니의 드러난 어깨를 바라보았다.

"……이건 뭐니?"

흰 피부에 뱀처럼 붉은 줄이 죽죽 가 있었다. 내 얼굴이 파랗게 질렸다.

누가 봐도 이건 매질 자국이었다.

"내, 내가 잘못해서…."

도대체 이게 뭐냐는 의미로 나는 눈을 들어 애니를 바라보았다. 애니는 나와 눈이 마주치고는 흠칫 몸을 굳히더니, 손가락을 꼬물거리며 대답했다.

"사실 우리 언니 결혼식에 갔었어."

황궁 다이아몬드 홀에서 치러진 내 결혼식.

나는 플로렌스 자작가로 초대장을 보내지 않았다. 일부러였다. 그런데도 말을 못 알아듣고 아버지가 찾아왔다가 위병들에게 쫓겨났다는 소식도 들었다. 쌤통이라고 생각했다.

'하지만 그 이야기가 왜 여기서 나온단 말인가.'

애니는 차마 나와 눈도 마주치지 못하고 두 손을 꽉 마주 잡은 채로 웅얼거리듯 대답했다.

"그런데 들여보내 주지 않으니까 아버지가 화가 나셔서……."

"세상에."

그러니까.

"지금 화가 나서 널 때렸다는 거야?"

하도 어이없으니 목소리가 덜덜 떨리며 흘러나왔다. 애니의 속눈썹에 방울방울 눈물이 맺히더니 결국 툭 하고 떨어졌다. 고개를 끄덕이는 턱이 바르르 떨렸다.

그 모습을 본 나는 치맛자락을 휘어잡고 자리에서 일어났다.

"이 미친 인간. 가만두지 않을 거야."

내가 결혼식 초대장을 안 보낸 것은 아버지도 깨닫는 바가 있었으면 해서 그런 것이었다. 나를 파넬 같은 곳에 넘겼지만, 나는 내 힘으로 그곳을 나왔다.

그러니까 당신은 으스대지 마. 내 새 출발에 얼굴도 내밀지 마.

'그런데 그 화를 왜 애니한테 풀어?'

이렇게 어린애한테 매질을 했다니! 도저히 참을 수가 없었다. 잔뜩 힘이 들어간 팔이 팽팽하게 당겨졌다. 그런 내 팔에 애니가 덥석 매달렸다.

"언니! 난 괜찮아. 진짜야."

"세상에, 애니."

선량한 녹색 눈동자에서는 눈물이 줄줄 흐르고 있었다. 그런데도 괜찮다니.

'정말 괜찮으면 울 리가 없잖아.'

나는 손바닥으로 애니의 얼굴을 감쌌다. 그리고 아까부터 애니에게 하고 싶었던 말을 꺼냈다.

"애니, 플로렌스 집안에서 나오자. 언니가 기숙사가 있는 학교도 모두 알아다 놨어. 거기서 살면서 우리 인생을 찾자."

"언니."

내 말에 애니의 눈동자가 크게 흔들렸다. 하지만 반짝이는 촛불처럼 일렁이던 희망의 빛은 순식간에 꺼지고 말았다.

애니는 슬쩍 눈을 내리깔며 대답했다.

"하지만 나까지 집을 나오면 아버지는 혼자잖아. 아버지가 불쌍해."

이건 또 무슨 말이람. 나는 참지 못하고 결국 애니에게 큰 소리를 내고 말았다.

"불쌍한 건 아버지가 아니고 너야!"

나도 저 마음이 뭔지 알았다. 전생의 20년이란 세월 동안 나는 내 아버지를 가엾다고 생각했다. 일찍 상처하고 외롭게 살고, 하는 일마다 잘 풀리지도 않으니 얼마나 힘들까.

하지만 이렇게 두 번째 기회를 얻고 나니 이젠 알겠다. 아버지는 조금도 불쌍하지 않았다. 그냥 불쌍하다는 구실로 나를 뜯어먹고 싶을 뿐.

정말 불쌍한 건 바로 나였다.

"화가 난다고 이렇게 어린 딸에게 손찌검하다니 믿을 수가 없는 사람이야. 한번 손을 올렸으니 앞으로는 더 쉬울 거야. 돌이킬 수 없게 되기 전에 어서 집을 나오자."

"하지만 기숙학교는 학비가 아주 비싸잖아. 언니가 무슨 돈이 있다고……."

"언니 네 말대로 좋은 사람과 결혼했어. 이제 돈도 많아."

나는 화려한 집을 손으로 가리키며 당당하게 말했다. 하지만 어릴 때부터 눈칫밥을 먹으며 자란 동생은 나의 허세에도 속지 않았다.

"하지만 그건 언니 돈이 아니잖아."

"!"

왜 내 동생은 다른 아이들처럼 속지 않는 걸까. 그냥 겉모습을 보고 언니가 행복하다고 믿으면 안 될까?

'그래서 내가 파넬 공작부인이던 전생에도 도움을 청하지 않았던 거니, 애니?'

내 눈에도 눈물이 차올랐다. 마흔이나 먹은 나도 주책맞게 우는데, 이 어른스러운 동생은 오히려 나를 웃으며 달랬다.

"나 때문에 눈치 볼 것 없어. 언니야말로 행복하게 살아. 나도 언니처럼 좋은 사람 만나면 돼."

나는 미래를 알고 있다.

네가 결국 좋은 사람을 만나, 행복하다는 걸.

하지만 결과를 안다고 해서 감내할 수 있는 게 아니잖아. 사랑하는 사람을 만났다고 해서 멸시받고 괴롭힘당하던 그 선연한 기억이 사라지는 건 아니잖아.

'적어도 나는 그래.'

나는 희미하게 미소 짓는 동생을 꽉 끌어안았다. 그리고 강한 어조로 그녀에게 속삭였다.

“넌 그런 걱정하지 안 해도 돼. 너는 어린아이잖아. 그러니까 그런 말 하지 마. 언니가 다 알아서 할게.”

바들바들 떨리는 등을, 나는 힘주어 끌어안았다.

5

쇼핑을 좋아하는 남자

우리 자매는 한참을 마주 안고 울었다. 가까스로 울음을 멈췄을 때는, 이미 두 눈이 흉하게 퉁퉁 부은 뒤였다.

나는 동생의 눈가를 부드러운 손수건으로 닦아주며 신신당부했다.

"가방은 미리 싸둬. 언니가 나오라고 하면 바로 나와야 해. 알았지?"

비싼 값에 팔 수 있는 어린 동생을, 아버지가 순순히 놓아줄 리가 없었다.

'남들 눈에 납치처럼 보이더라도 단호하게 동생을 데리고 나와야겠어.'

그래야 아버지도 빨리 포기를 하지. 그리 생각하며 애니의 머리카락을 정리해주고 있을 때였다.

애니가 눈물을 글썽이며 내게 물었다.

"정말 괜찮아? 나 때문에 겨우 행복해진 언니도 힘들어지는 거 아니야?"

"너는 그런 거 신경 쓰지 않아도 된대도."

내 동생은 속이 너무 깊어서 탈이었다. 서로 달래고 우는 사이 시간이 꽤 지났다. 이제 돌아갈 시간이 되어서 나는 동생의 손을 잡고 현관으로 나왔다.

그리고 동생의 카디건을 다시 살뜰하게 펴주며 당부했다.

"금방 데리러 갈게. 알았지?"

"응."

애니는 씩씩하게 고개를 끄덕였지만, 내 마음은 좀처럼 편하지가 않았다.

'아버지가 또 화풀이로 애니를 때리기라도 하면 어떻게 하지?'

전생에는 손찌검은 안 했던 것 같은데.

'혹시 그때도 내가 몰랐던 건가.'

그리 생각하니 심장이 덜컹 떨어지는 것만 같았다. 내가 하얗게 질린 얼굴로 애니를 바라보고 있을 때였다.

등 뒤에서 다정한 목소리가 울렸다.

"올리비아."

"이안."

산책이 끝난 두 사람이 돌아왔다는 신호였다. 나는 몸을 돌려 그를 마주 보았다. 그런데 그의 곁에는 아버지가 보이질 않았다.

"왜 혼자예요? 아버지는요?"

목을 길게 빼고 곁을 아무리 살펴보아도 아버지의 모습이 보이질 않았다.

내가 고개를 갸웃거리고 있을 때였다. 커다란 손가락이 내 귓가를 살짝 건드렸다. 그리고는 눈을 부드럽게 반달 모양으로 휘며 웃었다.

“붉은 옷이 잘 어울리네요.”

“실없는 소리 하지 말고요.”

나는 손을 들어 목덜미를 지분거리는 손가락을 쓱 밀어냈다. 그리고 뾰족한 눈으로 이안을 바라보았다.

이안은 어깨를 으쓱하더니 순순히 대답했다.

“장인어른께서는 먼저 집으로 가셨습니다. 급한 일이 생기셔서요.”

“급한 일이요?”

예상하지 못한 대답이었다.

‘급한 일? 급한 일이 있을 것이 뭐가 있어, 그 양반이.’

사업이 번창하는 사람이나 바쁘게 돌아다니는 거지, 쫄딱 말아먹어서 딸들한테 빌붙어 사는 사람이 급할 일이 뭐가 있단 말인가.

딸들이 돈줄이니까 딸하고 조금이라도 더 얼굴을 보고 가엾음을 어필해도 모자랄 시간에.

“설마 당신…….”

나는 미간에 힘을 주었다. 내 머릿속에 떠오르는 아버지의 급한 일이라고는 하나밖에 떠오르지 않았다.

도박.

"나 몰래 큰돈을 쥐여준 것 아니죠? 절대로 그러면 안 된다고 말했는데."

돈이 생겼다면 아버지는 당장 도박장으로 달려갔을 것이다. 몸이 근질근질했겠지. 그동안에도 가고 싶었는데 돈이 없어서 참고 있었을 뿐이니까!

'그래서 신신당부했던 것인데!'

우리 아버지는 염치도 뭣도 없는 사람인지라, 초면이나 다름없는 사위에게 용돈 좀 달라고 태연하게 말할 수 있는 사람이었다.

'만약 그런 거라면!'

이안이 내 당부를 어기고 아버지에게 용돈을 준 게 아닌가 싶어서, 내가 도끼눈을 떴을 때였다. 이안은 항복한다는 듯이 두 손을 들고는 내게 배시시 웃으며 대답했다.

"당연하죠. 저는 아내 말을 잘 듣지 않습니까. 지금도 시키시는 대로 1미터 떨어진 곳에서 이야기하고 있고."

"2미터라고 말했어요."

어디 은근슬쩍 1미터로 거리를 줄이고 그래.

"그럼 한 걸음 물러나도록 하죠."

"……."

내 말에 이안은 상큼한 표정으로 한 걸음 성큼 뒤로 물러났다. 나를 향해 반짝거리는 푸른 눈이 꼭 한 마리 어린 양의 눈동자 같았다. 무해하고, 순수하고, 선량한.

'정말인가?'

참 무서운 외모였다. 저 남자에게 얼렁뚱땅 넘어간 것이 한두 번이 아닌데도, 막상 눈을 마주하고 있으니 내가 나쁜 사람이 된 것 같으니 말이다. 심지어 내 막냇동생마저 그런 눈빛으로 나를 바라보고 있었다.

'아니, 언니 어떻게 이렇게 착한 형부를 노려보고 있을 수가 있어? 형부는 아무것도 잘못하지 않았잖아.'

아이고야.

이 대치가 정말 쓸데없이 느껴져서 손바닥으로 이마를 꾹 눌렀을 때였다. 이안이 특유의 담백한 목소리로 덧붙였다.

"장인어른께서 하고 있는 사업에 무슨 문제가 생긴 모양입니다. 그래서 서둘러서 집에 돌아간다고 전해달라셨어요."

"사업에 문제요? 문제가 될 게 뭐가 있지?"

애초에 사업이 돌아가고는 있나?

이리 생각하고 저리 생각해도 말이 안 되어서 내가 고개를 갸웃거리고 있을 때였다. 아버지가 먼저 갔다는 말에 애니가 울상을 지으며 말했다.

"아버지께서 혼자 돌아갔어요? 그럼 저는……."

아버지가 돌아갔다는 건 마차가 집으로 돌아갔다는 뜻이었다. 플로렌스 자작가에 그들을 데리러 간 마차가 애초에 타이론 가문의 마차인지라, 지금 저 말대로라면 아버지와 애니에게 각각 우리 집안의 마차가 나가야 한다는 뜻이었다.

'대단한 결례지.'

손님이 두 명인데 무슨 귀빈이라고 마차가 두 대나 움직이겠는가. 눈치를 보는 게 습관이 된 애니는 그 부분을 신경 쓰는 것이었다.

'하지만 그건 일반적인 귀족 가문일 때 이야기지! 지금 타이론은 내가 살고 있잖아.'

언니가 타이론 공작부인이 되었는데도 그런 걸 신경 쓰다니. 지나치게 위축되어 있는 내 동생을 보고 있으니 가슴이 저릿저릿 아파왔다.

'불쌍한 내 동생.'

내가 그 바람에 눈시울을 붉히고 있을 때였다. 이안이 내 눈물이 쏙 들어갈 만한 말을 툭 내뱉었다.

"우리 처제는 오늘 저희 집에서 묵으면 어떻겠습니까?"

"네?"

애니가 타이론 가문에서 묵는다고?

깜짝 제안에 나는 입술을 파르르 떨 뿐, 대답을 하지 못했다. 거기 반응한 건 애니였다. 애니는 처음으로 열네 살답게 뺨을 발그레 붉히며 흥분해서 물었다.

"정말 그래도 되어요?"

"그럼요. 남아도는 게 방인걸요."

"우와!"

애니는 정말 좋은지 방방 뛰었다. 나는 당황해서 내 동생의 어깨를 붙들려 했다.

"자, 잠깐만, 애니……."

"쉿."

하지만 그런 내 손목은 이안에게 붙들려서 애니에게 닿기 전에 멈춰 서고 말았다. 이안은 애니에게 보이지 않게 고개를 살짝 흔들어 보였다.

"괜찮아요. 이런 건 아무것도 아니에요."

"……."

그 말에 내 눈동자가 돌풍이 부는 것처럼 흔들렸다. 나를 향해 미소 짓는 얼굴이 오늘처럼 찬란해 보인 것이 처음이었다.

'먼저 말을 꺼내 준 거야. 내가 부담감을 느낄까 봐.'

부담감을 느끼는 게 당연했다. 사실 안주인의 동생이 하룻밤을 자고 가는 것뿐이지만.

'파넬에서는 불가능한 일이었으니까.'

지난 생에서 나는 애니의 결혼식도 참석하지 못했다. 진상들이 초청장을 멋대로 숨겼기 때문이다.

"어째서 숨기신 거죠? 제 동생이에요! 동생의 결혼식이라고요!"

나중에 사실을 알게 된 내가 거세게 항의했을 때, 그들은 이렇게 나를 비난했다.

"사람이 격에 맞게 지내야지. 그러니까 네가 아직도 진짜 공작부인이 못 되는 거야."

아버지는 애니를 돈을 주는 집안에 팔 듯 넘겼고, 당연히 별 볼

일 없는 집안이었다.

'그렇다고 해도 정말 너무했어.'

친동생이 결혼을 하는데, 집안이 한미하다는 이유로 가지 못하게 하다니.

다시 생각해도 이가 박박 갈리는 일이었다.

'역시 그 진상들의 마빡을 한 대씩 때려주고 나왔어야 했는데.'

아무리 시간을 거슬러 와서 이제는 없는 일이 되었다고 하지만, 여전히 내 마음속에서는 생생한 상처였다.

'그리고 이제는 알겠어.'

나는 고개를 들어서 이안을 마주 보았다.

부끄럽게도 지난 생에 나는 그런 진상들의 말에 휘둘렸다. 정말로 내가 그렇게 격이 낮고 품위가 없는 사람인 줄 알았고, 끊임없이 다른 사람들의 시선을 신경 썼다.

'하지만 진짜 중요한 건 집안이나 어울리는 친구들이 아니야.'

이안도 제임스도 같은 공작이었지만, 두 사람을 이제 같은 반열에 두는 건 이안에게 죄를 짓는 것처럼 느껴졌다.

'사람의 격을 결정하는 건, 그 사람의 행동과 마음 씀씀이지.'

그런 의미에서 이안은 정말 멋진 사람이었다.

나는 진심을 담아서 그에게 인사했다.

"정말, 정말 고마워요, 이안."

공작부인으로 사교계를 누빌 때는 마음껏 늘어놓을 수 있었던 수많은 말들이, 목이 막힌 것처럼 나오지 않았다.

내 인사를 들은 이안은 장난스럽게 눈을 찡긋거리며 말했다.

"말로만요?"

나를 놀리는 느낌이 강했다. 나는 그런 그를 흘겨보다가.

'에라이.'

나는 두 손을 뻗어서 그의 뺨을 감쌌다. 키가 얼마나 큰지 머리가 한참 위에 있었다. 뒤꿈치를 들어도 아슬아슬하게 닿을까 말까 한 높이였다.

'쓸데없이 키만 커서.'

나는 힘을 주어 그의 고개를 당겼다. 당황한 듯 눈을 크게 뜬 얼굴이 훅 가까워졌다.

'하지만 입술은 예쁘지. 꼭 립스틱 바른 것 같은 새먼핑크.'

부드럽고 맛있게 생겼다.

그런 쓸데없는 생각을 하며 나는 그의 입술에 내 입술을 쪽 하고 맞추었다.

숨결이 얽히지 않는, 가벼운 입맞춤이었다.

"어……."

이안이 그답지 않게 멍한 표정을 지으며 굳어졌다. 그 모습을 보니 어쩐지 웃음이 나왔다. 나는 키득키득 웃으며 애니의 손목을 낚아챘다.

"그럼 우리 정원을 먼저 구경할까, 애니?"

"좋아!"

나는 애니와 함께 정원으로 뛰어 들어갔다. 장미꽃 향기가 달콤했다.

❖ ❖ ❖

당연하지만 플로렌스 자작은 급한 일이 있어서 돌아간 것이 아니었다.

"제가 정원을 안내해드리겠습니다."

신사적인 미소를 지으며 이안 타이론이 그에게 다가섰을 때, 플로렌스 자작은 심장이 멎는 줄 알았다.

'타, 타이론 공작님이 내게 존댓말을!'

플로렌스 자작의 뺨이 흥분으로 달아올랐다.

'아무래도 빚을 갚는 것 이상으로 많은 돈을 받을 수 있을지도 몰라.'

처음에는 파넬 공작가에서 요구하는 빚을 갚아달라고만 부탁할 셈이었다. 그 금액도 꽤 되었으니까.

하지만 막상 와서 본 올리비아와 타이론 공작의 사이가 심상찮아 보였다.

'내 생각보다 더 사이가 좋아.'

어색하지 않고 다정한 스킨십, 그리고 서로 존중하고 아끼는 대화.

아주 짧은 단락에서도 두 사람 사이의 감정이 진정 부부답다는 것을 눈치챌 수 있을 정도였다.

'그리고 무엇보다 나에게도 깍듯하잖아.'

부인이 좋으면 처갓집 말뚝에도 절을 한다더니. 지금 이안 타이론의 모습이 딱 그랬다. 인사를 건네도 무시할 만한 상대에게 존댓말에 고개도 숙인다.

'이참에 크게 한몫 잡을 수 있을지도.'

그리 생각하며 플로렌스 자작은 음흉한 미소를 지었다.

"이쪽으로 오면 멋진 오랑제리가 있습니다. 선대 공작부인께서 직접 가꾸고 만드신 곳이죠."

"아."

선대 공작부부는 이안의 어린 시절에 사이좋게 세상을 떠났다. 마차 사고였다.

'그러고 보니 부모가 없군.'

원래라면 가문의 어른들이 이안을 가르쳤겠지만, 타이론 가문에는 혈육이 별로 없어, 방계인 화이트폴 후작이 자식처럼 키웠다. 타인의 불행을 들으며 플로렌스 자작은 입꼬리를 올렸다.

'그러면 조금 더 인정에 호소하기 쉽겠는걸. 나를 친아버지처럼 생각하라고 해야겠어.'

이런 애송이 하나 구슬리는 건 일도 아니라고 생각하니 저절로 웃음이 나왔다.

'역시 내가 딸은 잘 키웠다니까.'

콧노래를 부르며 이안의 뒤를 따라 오랑제리 안으로 들어가니 저절로 입이 벌어졌다.

'세상에 이런 곳이!'

둥근 유리온실 안은 다른 나라에 온 것처럼 이색적이었다. 이 나라에서는 볼 수 없는 넓은 바나나잎에 진한 분홍색 꽃잎의 플루메리아가 시선을 잡아끌었다.

"우와……."

타이론 공작가가 부유하다는 건 들어서 알고 있었지만, 이런 시설까지 만들어 유지할 정도인 줄은 몰랐다.

'이, 이 부유함이 내 것이라면.'

올리비아에게 빨대를 꽂고 좀 빼앗아 올 수 있지 않을까. 이것의 십분지 일이라도!

'상상만 해도 황홀하다.'

찰나의 달콤한 꿈에 취해서 플로렌스 자작이 오랑제리를 한 바퀴 돌았을 때였다.

"그런데……."

오랑제리 안을 안내해주는 것 같던 이안의 걸음이 딱 멈췄다. 묘하게 말꼬리를 늘이며 그가 뒤를 돌아보았다.

"여긴 무슨 일이지?"

언제 높였냐는 듯이 고압적인 말투, 그리고 얼음장처럼 차가운 눈을 마주하는 순간, 플로렌스 자작은 단꿈이 모두 홀딱 깨는 기분이었다.

"그, 그게……."

플로렌스 자작의 눈이 쥐새끼처럼 분주하게 움직였다. 오랑제리의 문은 단단하게 잠겨 있었고, 이 자리에는 이안 타이론의 수족이 적어도 다섯은 있었다.

'일부러 이쪽으로 몰아넣은 것이구나.'

뒤늦게 정신이 들었다.

이안 타이론은 이런 남자였다. 길들일 수 없는 한 마리 표범 같은 남자.

왜 잘 어르면 모든 것을 빼앗을 수 있을 거라고 착각했는지 알 수가 없었다.

'일단 물러나야 해.'

뒤늦게 정신이 든 플로렌스 자작은 당장 넙죽 엎드렸다. 그리고는 겸손하다 못해 비굴한 어조로 말했다.

"저는 제 딸아이에게 볼일이 있어서요. 각하께 말씀드릴 건더기가 못 됩니다."

그런 말들이 이안의 귀에는 바람 소리나 다름없었다. 오만한 주인에게 익숙한 시중인들이 '그래, 이게 정상이지.'라는 표정으로 의자를 플로렌스 자작의 앞에 놓았다.

이안은 당연하다는 듯이 그 자리에 다리를 꼬고 앉았다. 건방진 자세가 찰떡처럼 잘 어울렸다.

꼰 다리 위에 손을 올리고 손톱을 들여다보며 이안이 운을 떼었다.

"파넬 공작가로부터 빚 독촉이 심하다고 들었는데."

"아, 부, 부끄럽지만 그렇습니다."

굳이 비밀이라고 할 것도 없었다. 파넬에서는 자신들이 상환을 요청하고 있다는 사실을 감추려고도 하지 않았으니까.

'다 알고 있었군.'

이안이 이미 상황을 알고 있다는 걸 알게 되니 슬그머니 괘씸함이 치밀어 올랐다.

'따지고 보면 올리비아를 제가 채간 탓인데 뭐 이리 내게 고압

적이야?'

당연히 달려와서 미안하다고 고개를 조아려야지. 딸을 데려가도 되겠냐고 장인에게 의중도 묻고 말이다.

그냥 신랑과 신부 둘이서 마음에 든다고 저들끼리 홀랑 결혼하는 건 어느 나라 법이란 말인가!

'하여간 올리비아 그 계집애의 난잡한 핏줄은 속일 수가 없어.'

플로렌스 자작의 입술이 꿈틀거렸다.

안 보는 척, 예리하게 표정 변화를 살피고 있던 이안의 눈썹도 덩달아 비죽 솟았다. 저절로 차가운 목소리가 흘러나왔다.

"그래서 올리비아에게 할 이야기가 뭐였지? 상환에 관한 이야기 아니었나?"

"그건……."

데굴데굴 굴리는 눈이 이게 대화를 해볼 만한 상대인가 재보는 게 분명했다.

이안은 살짝 다리를 들어 쾅 하고 뒷굽으로 바닥을 걷어찼다. 그리고 살짝 놀라 들썩이는 플로렌스 자작에게 나른한 목소리로 말했다.

"돈 이야기는 나하고 하는 편이 나을 텐데."

"네! 맞습니다."

얄팍한 인간은 바로 태도를 바꾸어서 고개를 열렬히 끄덕였다. 무릎에 팔꿈치를 대고 턱을 괸 이안이 고개를 살짝 기울였다.

"빚만 다 갚아주면 되나?"

"그, 그리고."

플로렌스 자작은 침을 꿀꺽 삼켰다. 말하기엔 겁이 났으나, 이안 타이론이 다시 자신을 만나줄 거란 확신이 들지 않으니 지금 말을 꺼낼 수밖에 없었다.

"지금 플로렌스 가문의 사정이 좋지 않아서요."

"그래서?"

"그, 그래서라고 하긴 뭐하지만 지원금을……."

플로렌스 자작의 말에 이안의 반듯한 눈썹이 쓱 올라갔다.

"내가 왜?"

"그, 그거야, 제가 장인이고, 올리비아의 아버지이고……."

지난하게 이어지는 뻔한 이야기를 이안이 가벼운 목소리로 끊었다.

"올리비아는 그대를 정말 싫어하던데."

'젠장! 역시 그 계집애가!'

플로렌스 자작의 이가 바드득 갈렸다. 하지만 지금 화가 났다는 걸 겉으로 드러낼 수가 없었다.

'이게 마지막 기회야.'

그래도 올리비아 앞에서 자신을 이렇게 꿇리지 않고 장인 대접을 한 것을 보면, 올리비아와 사이가 좋은 건 분명했다. 플로렌스 자작은 납작 엎드려서 빠른 속도로 하고 싶은 말을 내뱉었다.

"그럴 리가요. 제가 그 딸을 어떻게 키웠는데요! 각하께서도 아시겠지만, 그 아이는 아카데미를 졸업했습니다. 딸을 사랑하는 게 아니라면 누가 계집애에게 고등교육을 합니까?"

차라리 말을 안 하는 게 나았을 것이다. 여자는 배워서는 안 된다는 케케묵은 사고방식과 상당한 거리가 있는 이안의 얼굴이 불쾌하게 일그러졌다.

반면 그 얼굴을 다르게 해석한 플로렌스 자작이 변명이랍시고 또 이상한 소리를 내뱉었다.

"무, 물론 저도 그 부분에서는 각하께 죄송하기도 하죠. 신부수업을 받지 못하고 보냈으니."

"내 아내는 춤을 출 줄 모르더군."

사실이 아니었다. 올리비아는 원래 상류계층으로 태어난 것처럼 춤을 우아하게 췄다.

"자수도, 사교 언어도, 초대장을 쓰는 법도."

올리비아의 훌륭한 솜씨를 알면서도 이안이 굳이 교양을 들먹이는 건 순전히 넘겨짚은 것이었다.

'이런 사람이 딸에게 그런 교육을 시켰을 리가 없어.'

"물론, 지참금도 없었지."

"그, 그건."

그리고 어리숙한 플로렌스 자작은 그 넘겨짚음에 훌륭하게 넘어가버렸다. 그는 웅얼웅얼 어리석은 변명을 늘어놓았다.

"솔직히 그 아이가 이렇게 상류계층과 결혼할 수 있을 거라고 생각하지 못했기 때문에."

"도대체 왜?"

그 변명도 이안을 납득시키기에는 무리였다. 이안은 미간에 주름을 지은 채로 물었다.

"귀족 영애의 혼사에는 부모의 의사가 제일 크게 반영되는데.

그대가 제대로 된 신랑감을 찾으려는 의지가 없었던 것으로 해석하면 되나?"

"그, 그럴 리가 있습니까!"

"……."

목소리는 클지 몰라도, 딸에게 관심 없는 것은 확실했다.

'올리비아가 미련이 없는 것도 당연하군.'

이안이 굳이 그와 이렇게 긴 시간 대화를 한 것은 그가 정말로 올리비아 곁에서 쳐내도 되는 사람인가 파악하기 위함이었다.

"이봐."

그리고 자신의 딸조차도 '여자'라는 이유로 무시하는 플로렌스 자작의 모습을 보며, 이안은 결론을 내렸다.

"빚은 내가 갚아주지. 내 아내에게 괜한 추문이 붙는 건 싫으니까."

"가, 감사합니다."

"하지만."

이안의 긴 손가락이 반듯한 입술을 둥글게 반원을 그리듯 미끄러졌다. 뱀처럼 교활한 목소리가 은근히 자작의 귀를 울렸다.

"지원금은 그대가 하기에 달렸는데……."

아둔한 자작이 말을 알아듣지 못하고 분주하게 눈을 깜빡이는 사이, 묵직한 금화 주머니가 쿵 하고 그의 앞에 떨어졌다.

"이건 그대가 수도에서 떠나는 대가야."

"허억."

갑자기 거금을, 현금으로 받게 된 자작의 손이 벌벌 떨렸다. 그런 그를, 미의 남신이 강림한 것같이 잘생긴 남자가, 표정 없는 얼굴로 내려다보며 말했다.

"그럼 내 아내의 눈앞에 영영 나타나지 않는 대가는 얼마일 것 같아?"

❖ ❖ ❖

플로렌스 자작은 순식간에 사라졌다. 함께 왔던 막내딸의 존재는 아예 까맣게 잊은 것 같았다.

'정말 피곤하군.'

이안은 손가락으로 눈을 꾹꾹 눌렀다. 황제의 신임을 받는, 이 나라에 몇 명 없는 공작이면서도 그가 굳이 사람들과 어울리지 않는 이유는 이것이었다.

'저렇게 선명한 욕망은 보고만 있어도 피곤하단 말이야.'

그는 그런 사람들을 무척 싫어했다. 마주하고 있으면 자신의 에너지까지 모두 빨려들어가는 기분이었다.

물론, 싫어하는 것과 별개로 손안에 쥔 것처럼 잘 굴렸지만.

'올리비아가 그동안 얼마나 힘들었을지.'

내가 가진 것이 많다면 욕망이 투명한 사람을 다루는 건 쉽다. 그 욕망을 채워주기만 하면 되니까.

하지만 가진 게 없으면?

'들들 볶아댔겠지.'

보아하니 제대로 된 혼처를 찾아줄 생각도 없었던 것 같던데,

그런 상태로 파넬 공작가에 시집을 가서 얼마나 구박을 받았을지 눈에 훤했다.

"부모님 안 계시죠? 그러니까 저랑 결혼해요."

'그래서 그런 말을 했던 거군.'

무척 무례한 말이라고 생각했는데 전후 사정을 꿰맞추니 그럴 수밖에 없었다.

아마 그녀의 머릿속에는 시어머니 셋으로부터 탈출할 생각밖에 없었으리라.

"올리비아."

이름을 부르자 돌아보는 희고 깨끗한 얼굴이 아름다웠다. 루비처럼 반짝이는 붉은 눈이 선명했다.

'사실…… 처음엔 그냥 외모가 마음에 들었던 건데.'

예쁘고, 당돌하고, 자세가 곧았다. 어차피 시달리기 싫어 결혼하는 것, 이 정도면 되겠다고 생각했을 뿐인데.

'공작부인에 어울리는 모습이 되기까지 얼마나 노력했을까.'

춤도, 예법도 가르치지 않았다는 부모 밑에서 자란 그녀는 누가 봐도 완벽한 공작부인이었다.

그녀가 눈을 휘며 우아한 미소를 지었다.

"정말, 정말 고마워요, 이안."

"말로만 말입니까?"

그녀를 향한 애잔한 마음이 흘러가 버릴까 봐, 이안이 일부러

장난스럽게 대꾸했을 때였다.

가느다란 손이 힘을 주어 이안의 얼굴을 감쌌다. 그녀의 체온은 이안보다 훨씬 서늘했다. 꼭 얼음조각 같은 그녀의 인상과 마찬가지로.

'어라?'

마주치는 붉은 눈이 꼭 타오르는 불꽃 같았다. 당돌한 미소를 베어 문 여자가, 뒤꿈치를 들고는 그의 입술에 쪽 하고 입을 맞췄다.

"……어?"

얼떨떨해진 이안이 멍하니 굳어졌을 때였다.

씨익 장난스러운 미소를 지은 그녀는 동생의 팔짱을 끼고 물러나 버렸다.

두근.

혼자 남은 이안은 멍하니 손가락으로 자신의 입술을 만지작거렸다. 입술이, 심장이 뜨거웠다.

꼭 그녀의 눈동자에서 불이 옮겨붙은 것처럼.

❖ ❖ ❖

케닌은 퀭해진 눈으로 집무실 중앙에 앉아 있는 자신의 상사를 쳐다보았다.

'아씨, 또냐.'

미의 남신이 강림한 것 같은 미남이 자신의 커다란 책상에 엎드려 있었다.

'지난번에는 미친 듯이 웃었지. 그다음에는 계속 부끄러워했고. 이번엔 뭐냐!'

무시하고 싶었지만, 저 넓은 등은 못 본 척하기에는 지나치게 존재감이 컸다. 케닌은 무슨 지옥의 문을 보는 듯한 표정으로 이안의 등짝을 쳐다보며 속으로 생각했다.

'무슨 짓이든 해봐라! 나는 더 이상 놀라지 않는다!'

기합을 단단히 넣은 케닌은 저벅저벅 걸어서 이안의 앞에 섰다. 인기척을 느낀 이안이 고개를 들어 눈을 마주했다.

"케닌."

같은 남자도 홀릴 것 같은 잘생긴 얼굴이 그를 마주했다. 아주 작정을 한 건지, 눈가가 붉게 물들어서 무척 촉촉했다.

괜히 달래주고 싶은 마음이 파도처럼 밀려왔다. 케닌이 속으로 '저놈은 피도 눈물도 없는 악마다.'라고 되뇌며 약해지려는 마음을 다잡고 있을 때였다. 이안이 입을 벌려, 이렇게 말했다.

"너도 얼른 결혼해라."

"컥!"

'이젠 결혼 공격이냐?!'

이건 또 상상도 하지 못한 공격이었다. 무슨 명절에 고향 집에 찾아온 기분을 느끼며 케닌은 고개를 흔들었다.

"저는 결혼 절대 안 해요. 아무리 상관이라도 그런 간섭은 그만두시죠."

케닌은 정말 독실한 독신주의였다. 부모님으로부터 결혼 이야기 듣는 것이 싫어서 고향에 안 내려간 지가 수년일 정도였다. 애초에 아카데미 수석졸업자로 여기저기 스카우트 제의를 받았던 그가 굳이 타이론 공작가를 택한 것은 타이론 공작이 독신주의자라는 사실 때문이기도 했다.

'이만큼 선을 그었으니 이제 말을 하지 않겠지.'

그냥 공적인 일에 대해서나 이야기하자. 그런 바람을 담아 상사를 쳐다보았을 때였다.

이안은 답지 않게 두 주먹을 불끈 쥐고 한 마리 고양이 같은 표정을 지으며 말했다.

"결혼이 정말 좋은데. 진짜진짜 좋은데. 이게 뭐라고 설명할 방법이 없네."

"아오오오!"

자세, 눈빛, 말투 뭐 하나 원래 이안 타이론과 어울리질 않아서 소름이 돋았다. 케닌은 괜히 울고 싶어졌다.

'아니, 한때는 가장 듬직한 동지였던 사람이 왜 이렇게 되었단 말인가.'

세상이 전부 변해도 이 사람만큼은 계속 독신일 거라 생각했건만.

'진짜 여길 때려치우든가 해야지.'

이안의 계속되는 올리비아 예찬을 들으며 케닌의 얼굴은 점점 생기를 잃어갔다.

❖ ❖ ❖

애니와 한 바퀴 정원을 돌고 온 다음에는 악기실에서 악기를 연주했다. 역시 예상대로 애니는 악기실을 무척 좋아했다.

"와, 신기해! 온갖 악기가 다 걸려 있네. 세상에! 이 바이올린 좀 봐! 세브람의 15번째 바이올린이야!"

아버지는 내게 교양에 관련된 것은 어떤 것도 가르치지 않았지만, 애니에게는 달랐다. 애니는 바이올린을 아주 잘 켰다.

놓여 있는 푹신한 의자에 앉으며 나는 애니에게 고개를 끄덕여 보였다.

"연주해보렴."

"정말? 이거 연주해도 돼? 얼마에 낙찰받았을지 상상도 되질 않는걸?"

"안주인하고 함께 왔으니, 여기 있는 건 다 만져 봐도 돼. 부술 것도 아니잖니."

"그건 그래."

까르르 웃음을 터뜨린 애니는 척하니 바이올린을 어깨에 얹었다. 잠깐 음을 맞춰보듯 몇 번 쓱쓱 연주를 해보던 애니는 심호흡을 했다.

끼잉.

바이올린 소리가 듣기 좋았다. 나는 의자에 앉아서 무아지경으로 바이올린을 켜는 애니를 바라보았다.

'악기라.'

나에겐 악기도 물론 좋은 추억이 없었다. 나는 악기 연주는커녕 제대로 감상하는 법도 몰랐고, 당연히 진상들은 그 부분을 비웃었다.

"제대로 된 귀족 부인이라면 힘들게 바깥일을 하고 온 남편을 악기 연주로 기쁘게 해줄 줄 알아야 하는 법이거늘."

내 약점이 하나둘이 아니었지만, 악기 연주는 가장 큰 약점이었다.

연습해서 실력이 늘던 다른 것들과 달리, 악기는 쉽사리 늘지 않았다. 마흔이 되고, 파넬 공작부인으로 정점에 섰을 때도.

'애니에게는 참 다행인 일이야.'

나중에 혼인을 한 뒤에도 애니가 저런 것들로 책잡힐 일은 없을 테니 다행이었다.

조금 있으니 애니가 숨을 헐떡이며 바이올린을 내려놓았다. 나는 짝짝짝 손뼉을 쳐주었다.

"멋진 연주였어. 보라첼리 경도 무덤에서 뛰쳐나올걸."

"어?"

애니가 연주한 노래가 보라첼리 경이 만든 소나티네 6번이어서 한 말이었다. 그런데 내 말에 애니의 눈이 동그래졌다.

"언니가 어떻게 알아? 원래 음악에는 관심이 없었잖아."

"내가 그랬던가?"

애니의 격한 반응에 나는 덩달아 떨떠름한 표정을 지었다.

'저렇게까지 반응할 정도로 음악에 냉담했나.'

기억을 뒤져도 생각나는 게 없었다. 내가 애니와 보낸 유년 시절은 지금 나에게는 20년이나 전 이야기니까. 내 반응에 애니는 까르르 웃음을 터뜨렸다.

"대놓고 돈 낭비라고 했었잖아. 레슨비는 비싸고, 관람료도 너무 높아서 우리 사정에는 무리라고."

"어어……."

그렇게까지 직설적이었냐, 나.

과거의 발언들이 흑역사가 되어서 나를 바늘처럼 콕콕 찔러댔다. 내가 떨떠름해하며 손가락으로 관자놀이를 긁적였을 때였다.

애니가 환하게 웃으며 말했다.

"다시 한번 결혼한 거 축하해, 언니. 형부를 만나고 언니가 여유로워진 거 같아서 제일 좋아."

"……그래."

나는 뺨을 붉히며 눈을 내리깔았다. 애니의 말은 어린아이답게 투박했지만, 정곡을 찔렀다.

'여유라.'

전생의 나도 공작부인이었지만, 지금과는 확연히 달랐다. 동생을 공작저로 초대도 하지 못했고, 지금처럼 다정하게 대화할 시간도 가지지 못했다.

'이런 게 여유겠지.'

사소한 농담을 건네고, 악기 연주도 하고, 또 그 연주를 듣고.

'이안이 내게 준 여유.'

나는 고개를 끄덕였다. 그 부분에 관해서는 이제 자신 있게 대답할 수 있었다.

"맞아. 이안은 좋은 사람이야."

"헤헤."

내 대답을 들은 애니가 혀를 내밀고 웃었다.

악기 연주를 하고, 우리는 함께 저녁을 먹었다.

"주인님께서는 밀린 일이 많아서 저녁 식사에는 참석할 수 없다고 하십니다."

이안은 눈치 좋게 빠져주었다. 나중에 진심으로 감사 표시를 해야겠다고 생각했다.

저녁을 먹은 뒤, 우리는 사이좋게 커플 잠옷을 입고 잠자리에 들었다. 일찍 침대에 누웠지만 잠이 든 것은 하늘이 한참 캄캄해진 깊은 밤이었다. 할 이야기가 잔뜩 있었기 때문이다.

애니는 내 목에 걸린 목걸이를 보며 눈을 깜빡였다.

"그 목걸이 차고 있네? 예전에는 촌스러워서 싫다고 하더니."

"그러니까."

나는 손가락으로 물방울 모양의 크리스털을 만지작거렸다. 전생에는 애니의 말대로 자주 착용하지 않았다. 그리고 잃어버렸다.

'무식한 진상이 집어던졌었지.'

제 아들처럼 힘만 센 여자라, 창밖으로 던지니 눈으로 보이지 않을 만큼 멀리 날아갔다. 파넬 공작가의 정원은 무척 넓어서, 수풀 속에서는 도저히 찾을 수가 없었다.

'얼마나 후회를 했는지 몰라.'

목에 걸고 있었으면 날아가는 일이 없었을 텐데, 하고 말이다.

"이젠 잘 차고 다닐 거야."

"잘 생각했어. 그건 어머니가 언니한테만 남긴 거잖아. 다른 형제들 말고."

애니의 목소리에는 어머니에 대한 그리움이 짙게 묻어났다. 나는 대답 대신 동생을 꽉 끌어안았다.

그리고 다음 날.

아침 식사를 하러 식당에 내려간 우리는 충격적인 소식을 접했다.

"……아버지가 고향으로 내려가셨다고요?"

"네. 여기 서신이 있습니다."

아침임에도 조금의 흐트러짐 없이 머리를 뒤로 넘기고, 단정한 셔츠에 베이지색 카디건을 걸친 이안이 한 장의 서신을 내게 넘겨주었다.

— 내 딸 올리비아에게.

고향에 계신 형님이 편찮으셔서 나를 유언 집행자로 부르시는 바람에 급하게 가봐야겠구나. 내가 올 때까지 애니를 잘 부탁한다.

'고향에 계신 형님?'

우리 아버지한테 형제가 있었나? 친가와는 왕래가 없다시피 해서 기억이 잘 나지 않았다.

지난 생에도 이 무렵에는 파넬 공작가에서 몸종처럼 구르느라 플로렌스 가문에 일어난 일은 거의 아는 것이 없었다.

'하필 유언 집행자로 우리 아버지라니?'

하지만 아버지가 이런 걸로 내게 거짓말을 할 리도 없지 않은가. 이 편지 내용이 모두 사실이라고 생각하니 얼굴도 모르는 큰아버지가 안쓰럽게 생각되었다.

'보나 마나 무슨 콩고물이라도 떨어지려나 희희낙락해서 달려갔겠군. 급한 일이라고 달려갔다니, 이해가 가.'

나는 고개를 끄덕거렸다. 그리고 묘하게 반짝이는 눈으로 나를 응시하고 있는 이안에게 물었다.

"그래서 아버지랑은 이야기가 어떻게 되었어요?"

"뭐가요?"

"파넬 공작가에서 빚을 갚으라고 하고 있다면서요. 보나 마나 당신에게 갚아달라고 했을 텐데."

"그건 파넬 공작가 측과 직접 이야기를 하기로 했습니다."

"흥."

길길이 뛰고 있을 진상들의 얼굴이 선명하게 떠올랐다. 나는 얼굴을 딱딱하게 굳히고 이안에게 말했다.

"지고 오면 안 돼요."

"네?"

"파넬 공작가랑 싸워서 지면 안 된다고요."

"뭐라고요? 하하하."

농담이 아니었는데 이안은 세상 재미난 말을 들었다는 듯이 껄껄 웃어댔다. 나는 입술을 삐죽거렸다.

'아니, 진짜 지고 오면 안 되는데.'

우아한 진상이 뭐라고 할지가 뻔했다.

'그냥 빚만 갚는 게 아니라 자기들의 명예가 훼손되었으니 물어내라고 하겠지.'

물어내라고 하고 싶은 쪽은 나였다. 원하지도 않는 결혼으로 희생된 내 인생은 어떻게 할 건데?

'내 지난 세월도 보상 못 받는데 돈까지 뜯기면 나 그 꼴 못 봐!'

그리 생각하며 내가 시근거릴 때였다. 이안은 자상한 미소를 지으며 말했다.

"그런 건 걱정하지 말고, 오늘은 동생이랑 쇼핑이라도 다녀오면 어때요? 처제가 꽤 오래 타이론 공작가에 머물 것 같은데요."

"아, 그러네요."

나는 반사적으로 눈을 또랑또랑 뜨고 있는 내 동생을 마주 보았다.

'잠깐 방문인 줄 알고 아무것도 안 들고 왔지.'

심지어 지금 입고 있는 옷은 어제 입고 온 외출복 그대로였다.

'옷이랑 이것저것 사긴 사야 하는데.'

하지만 그건 다시 또 타이론 공작가의 신세를 지는 거잖아. 나는 고개를 흔들었다.

"그, 하지만 물건은 제 것을 사용하면 되고."

"괜찮으니까 다녀와요, 올리비아. 아니면 저랑 같이 갈까요?"

"네? 그건……."

나는 이안의 쇼핑 스타일을 알았다. 이것저것 눈이 핑핑 돌 정도로 꺼내고는 막판에 '다 줘.'라고 말하지.

'그건 절대 안 돼!'

보석 때도 민망했는데, 동생 물건들까지 그런 식이면 나는 자존심이 상해서 살 수가 없을 것 같았다. 내가 절대로 애니와 둘이 갈 거라고 강하게 말하려 입을 열었을 때였다.

애니가 갑자기 식탁에 두 손을 올리고 손바닥에 얼굴을 묻으며 중얼거렸다.

"아, 언니. 갑자기 나 머리가 어지러워. 토할 것 같아."

나는 깜짝 놀라서 애니의 어깨를 붙들었다.

"뭐라고, 애니? 왜 그래? 찬물 가져다줄까?"

"그냥 피곤해서 그런 거 같아. 어제 긴장했더니."

"아아."

갑자기 타이론 공작가로 초대를 받아서 성질 더러운 아버지와 오게 되었으니 얼마나 긴장했을지 알 만했다.

별로 아프지 않다는 사실에 내가 안도의 한숨을 내쉬었을 때였다.

애니가 눈을 반짝반짝 빛내며 이렇게 말하는 것 아닌가?

"그러니까 오늘은 형부랑 쇼핑 다녀와. 알았지?"

"응?"

"그래요, 처제. 집에서 쉬도록 해요. 내 집처럼 편안하게."

"네, 형부!"

"응?"

눈 깜짝하는 사이 이안과 애니가 사이좋게 한 마디를 주고받았다.

'어라? 그럼 나랑 이안이랑 둘이 나가는 거야?'

뭔가 얼렁뚱땅 휘말린 기분이었다.

그렇게 순식간에 외출이 결정되어버렸다. 남색 바탕에 흰 줄 무늬가 있는 드레스에 몸을 끼워 넣으며, 나는 걱정스럽게 애니를 바라보았다.

"정말 혼자 있어도 되겠어?"

애니는 내 침대에 편안한 잠옷을 차려입고 앉아 있었다. 내가 자꾸 흘금대자, 애니는 생글생글 웃으면서 대답했다.

"걱정할 필요 없다고 했잖아. 내가 무슨 아기도 아니고."

"몇 살을 먹어도 넌 내게 아기 같을 거야."

"어머, 난 그럼 우리 언니랑 평생 살아야겠네."

"뭐라고."

나는 농담을 하는 동생을 살짝 끌어안아 주었다. 이맘때의 애니를 안아준 기억이 없었기에, 괜스레 마음이 쓰라렸다.

"말이라도 고맙다."

"엥? 왜 그래, 언니. 할머니같이."

"후후."

나는 애니에게 운명의 짝이 있다는 걸 알고 있었다. 지난 생에서, 나락에 빠질 뻔한 애니를 구해준 남자.

'분명 이번 생에도 열렬히 애니를 사랑하고 있겠지.'

지난 생에서 두 사람의 사랑이 이루어지는 과정에는 역경이 지나치게 많았다.

이번 생에는 두 사람이 보다 상처 없이, 완전한 사랑을 할 수 있도록 도와야겠다고 다짐했다.

"아프면 움직이지 말고 누워 있고, 책은 하녀들에게 가져다 달라고 말하면 줄 테니까 꼭 하녀들 시키고, 배고프면 참지 말고……."

"알았다니까. 걱정하지 말고 얼른 다녀와."

"응."

나는 애니의 뺨에 입을 맞추었다. 그리고 천천히 문을 열고 나왔다.

"올리비아."

이미 밖에는 단정한 남색 정장을 차려입은 이안이 기다리고 있었다. 비슷한 색의 납작한 보울러 모자까지 꾹 눌러쓴 차림이었다.

'볼 때마다 느끼는 건데, 옷 입는 센스가 좋아.'

내가 꺼내주는 대로, 자기가 만국기 같은 꼴인 줄도 모르고 입던 제임스와는 딴판이었다. 이안은 자기가 잘생겼다는 사실을 알고 대범하게 아이템을 선택했는데, 그게 또 잘 어울렸다.

'아오, 너무 완벽하니까 괜히 얄밉네.'

누구한테 잘 보이려고 저렇게까지 차려입었나 싶었다. 내가 괜히 입술을 삐죽일 때였다. 이제 한 걸음 앞으로 가까워진 그가 나를 향해 팔짱을 내밀었다.

"모시게 되어 영광입니다, 레이디."

"아이고."

어쩜 이렇게 달달한 소리도 잘하는지. 나는 새침하게 고개를 돌리며 대답했다.

"에스코트는 사양해야겠네요. 이미 남편이 있는 몸이어서요."

"그 운이 좋은 남자의 이름을 여쭈어도 되겠습니까?"

"……뻔뻔하다는 소리 많이 듣죠?"

"전혀."

내가 팔짱을 끼지 않자, 그가 덥석 손을 뻗어서는 내 손을 깍지를 끼어 단단히 쥐었다. 나는 못 이기는 척 손에 힘을 풀었다.

"내 동생 물건이니까 제가 고를 거예요. 절대 나서면 안 돼요."

"그렇게 신신당부하지 않아도 나서지 않을 겁니다. 어차피 나는 처제에 대해 잘 모르는걸요."

"믿을 수가 있어야지."

"저에 대한 불신이 이렇게 뿌리 깊은 줄은 몰랐군요."

손을 잡고 조금 걸어 나오니 이미 마차가 문을 활짝 열고 대기하고 있었다. 당연하다는 듯이 먼저 올라타려던 나는 낭패 어린 표정을 지었다.

"아."

내가 오늘 입고 나온 드레스는 거의 다리에 바짝 달라붙어 허리부터 무릎까지의 라인을 살리는 디자인이었다. 그렇다 보니 막상 마차에 올라타려는데 다리가 벌어지지 않았다.

'어쩌지.'

이런 기본적인 생각을 하지 못하고 드레스를 고르다니. 순간적으로 머리가 굳어진 것처럼 아무 생각이 나질 않았다. 내가 머뭇거릴 때였다.

"하여간."

이안이 짧게 혀를 차며 내 허리를 두 손으로 번쩍 들어 올렸다. 꼭 인간 깃털이 된 것 같았다. 내가 얼굴을 새빨갛게 붉히며 그를 돌아보았을 때였다.

그가 살짝 눈을 찡그리며 내게 말했다.

"남편분이 굉장히 힘이 세시다고 하던데, 좀 믿지 그래요?"

스스로를 3인칭으로 칭하는 뻔뻔함이 조금 웃겼다. 나는 떨떠름한 표정으로 대답했다.

"……힘이 세다는 건 순전히 본인 주장일 텐데요."

"네네, 본인한테 들었거든요. 그리고 혹시 자기 부인을 만나면 이렇게 전해달라고 하더군요."

내 지적을 그는 넉살 좋게 받아넘겼다.

"늘 스스로 해결하려는 모습이 멋진 건 아는데, 나한테는 기대도 된다고요."

"……."

그 말이 괜히 내 마음을 흔들었다. 그동안 나는 내 일은 뭐든 내가 해결했다. 주변에서 챙겨주는 사람이 없었기 때문이다.

'왜 나를 챙기는 건데.'

지금까지 언제나 혼자 하는 게 편했는데, 이제는 내가 알아서 내 앞가림하는 것이 당연해졌는데, 왜 이 남자는 이렇게 상냥한 말을 하는 걸까.

어제에 이어서 꼴사납게 눈물이 날 것 같았다.

나는 목 끝까지 올라온 뜨거운 열 덩어리를 꾹 삼켰다. 그리고 잔뜩 가라앉은 목소리로 대답했다.

"명심하죠."

"좋습니다."

내 대답에 그는 눈을 부드럽게 휘며 웃었다. 꼭 여름 하늘처럼 상쾌한 미소였다.

그는 훌쩍 마차에 올라서는 내 맞은편에 앉았다. 그리고는 창틀에 턱을 괴며 여유로운 어조로 말했다.

"그리고 고맙다고 생각하면 꼭 보답은 키스로 해주십시오."

"그건 못 들은 걸로 할게요."

'하여간 받아주면 한없이 기어오르지.'

나는 그를 흘겨보았다. 물론 예전처럼 사나운 눈빛은 아니었다. 마차 문이 닫히고 마부가 마부석에 오르느라 마차가 잠시 들썩였다. 이안이 가벼운 어조로 물었다.

"그럼 제일 먼저 어딜 갈까요?"

"어디냐니 당연히……."

습관적으로 '고슈 백화점으로 가야죠.'라고 대답하려던 나는 입술을 꽉 깨물었다.

'아, 그러고 보니 아직 백화점이라는 것이 수도에 없구나.'

고슈 백화점(Department store Gauche)은 제국 최초의 백화점으로 설립자가 외국인이라 고슈라는 이국적인 이름이 붙었다.

'아마도 오르세 왕국 사람이었지.'

누구였는지는 잘 생각이 나질 않는다. 그가 이 나라를 찾은 것은 내가 한참 첫째를 출산하고 사경을 헤맬 때였으니까.

'아마 잃어버린 딸을 찾아 떠돌고 있다고 했지. 그래서 여기까

지 왔다고.'

딸을 찾으러 와서 백화점을 만들고 가다니, 누군지 몰라도 부지런함이 병인 사람이었다.

'하여간 정신 번쩍 차려야지. 이런 식으로 사소한 말실수를 자꾸 하면 이 남자는 알아차릴 거야. 예리하니까.'

나는 슬쩍 이안의 눈치를 살폈다. 이안은 내 침묵의 의미를 모르겠다는 듯이 고개를 갸웃거렸다.

"왜 그러죠, 올리비아? 일단 의상실로 갈까요?"

참 이상한 일이었다.

이안에게 내가 회귀자이며, 내 안에 마흔 살 여자가 들어 있다는 사실은 언제까지고 비밀로 할 셈이었다.

하지만 그 이유가 조금 바뀌었다. 어제까지는 말해봤자 정신이 나간 여자라고 생각할 것이라는 이유로 그랬다면.

'내가 과거를 말하면 이 남자는 분명 날 싫어하게 되겠지?'

지금은 나를 향한 저 따뜻한 눈빛이, 상냥한 미소가 순식간에 사라질까 두려움이 앞섰다.

"……좋아요."

'절대 말하지 말아야지.'

떨리는 목소리로 대답을 하며, 나는 조금 더 마음의 빗장을 세게 잠갔다.

❖ ❖ ❖

마차가 향한 곳은 지난번 내 타이론 공작가로 찾아와 내 옷을 재단했던 의상실이었다.

우리가 직접 올 줄 몰랐는지, 재단사는 무척 당혹스러워하며 입구까지 맨발로 뛰어나왔다.

“방문해주셔서 영광입니다, 타이론 공작 각하, 공작부인.”

그의 태도에 나는 잠시 당혹스러워하다가, 내 옷방으로 잔뜩 들어가던 옷들을 떠올리며 납득했다.

“이쪽으로 오시죠.”

주인이 이렇게 극진히 굽실거리자, 의상실에서 일하던 다른 직원들도 덩달아 허리를 숙였다.

나는 여기저기 세워져 있는 레디메이드 옷들을 보며 고개를 끄덕였다.

‘역시 유명한 곳이었구나.’

유행이 빨리 지나는 의류업계에서는 기완성품이 많이 걸려 있으면 걸려 있을수록 인기가 많은 의상실이라는 증거였다.

‘확실히 20년 전이라 그런가 내 눈에는 좀 촌스러워 보이기도 하고.’

그런 생각을 하며 내가 의상실을 휘 둘러보았을 때였다. 재단사가 굽신거리며 물었다.

“지난번 주문하신 의상들은 어떠셨나요?”

지난번 주문한 것들?

‘좋았지. 죄 내가 좋아하는 색들이었고.’

그러고 보니 공교롭게 오늘 입은 옷은 이안과 색을 맞추느라 그때 맞춘 옷이 아니었다.

나는 불안해하는 재단사를 향해 살짝 미소를 지으며 고개를 끄덕여 보였다.

"괜찮았네."

적당히 위엄 있는 공작부인다운 대응이었는데, 그 순간 내 팔짱을 끼고 걷고 있던 이안이 빙글 방향을 바꾸는 것 아닌가.

나는 당황한 나머지 그의 팔에 완전히 내 몸을 맡기고 빠른 걸음으로 그를 따라가며 물었다.

"어? 이안, 어디 가요?"

그의 대답은 태연스럽기 그지없었다.

"나가는데요?"

"왜요? 우리 방금 왔는데."

"당신이 별로라고 했지 않습니까."

"네?"

그의 대답은 그의 청력을 의심하게 하기에 충분했다. 나는 힘을 주어 버텼다. 세심한 남자답게 그는 바로 걸음을 멈추고 나를 마주 보았다.

나는 팔짱을 풀고 두 손으로 그의 뺨을 꽉 붙들고 물었다.

"당신 귀 안 들려요? 아님 심각한 언어장애가 있다든가."

"정상입니다."

내 대답 하나로 휙 돌아서는 모습이 영 정상이 아닌 것 같은데.

나는 눈을 가늘게 뜨고 그를 빤히 쳐다보았다.

그러자 나와 마주하고 있던 그가 살짝 눈을 내리깔아 내 시선을 피했다. 그의 흰 뺨이 그의 입술 색처럼 연한 빛으로 물들었다.

"그게……."

도대체 뭔 이유인데 이렇게 수줍어하면서 운을 뗀단 말인가.

'어디 들어나 보자.'

내가 더더욱 그의 얼굴을 붙들고 있는 손가락에 힘을 주었을 때였다. 그가 끝까지 나와 시선을 마주하지 못하고는 한숨처럼 말을 내뱉었다.

"내 부인이 사용하는 것인데, 괜찮았다는 말로는 부족합니다."

"아이고!"

아니, 그럼! 내가 '괜찮았네.'라고 대답해서 안 좋다는 걸로 듣고 바로 뒤돌아 나간 거야?!

'이 세상에 팔불출이라고 광고할 셈인가!'

무슨 콘셉트인가, 계략인가 했더니, 말간 눈동자가 송아지처럼 끔뻑인다.

나는 허리에 손을 올리고 한숨을 푹 내쉬었다. 그리고 안절부절못하고 있는 재단사에게 말했다.

"각하께서 이렇게 철이 없네. 못 들은 걸로 하게."

"네? 네!"

재단사는 냉큼 나의 변명을 받아들였다. 순간 기가 빨렸던 나는 손가락으로 머리카락을 쓸어 넘기며 한숨을 내쉬었다.

그때였다. 뭐가 그렇게 즐거운지, 이안이 강아지처럼 눈을 빛내며 내게 물었다.

"제가 철이 없습니까?"

"당연하죠! 세상 어느 귀부인이 '최고예요! 정말 좋아요!'라고 대답하나요. 괜찮다는 건 좋다는 뜻이에요."

"그래요?"

히죽 웃는 얼굴이 귀여워서 나는 신경질과 사랑스러움이 어지럽게 섞이는 기묘한 경험을 했다.

'차라리 웃지 마.'

퉁명스럽게 그렇게 대꾸하려고 입술을 막 벌렸을 때였다. 그가 빙글빙글 웃으며 내게 물었다.

"그럼 당신 남편은 어떻습니까?"

내 얼굴이 코 푼 휴지처럼 와작 일그러졌다.

'나는 어떻습니까? 라고 물으면 되지, 뭔 남편이야.'

나는 그를 흘겨보며 입술을 삐죽거렸다.

"또 3인칭 놀이예요? 끈질긴 남자는 인기 없는 거 아시죠?"

"빨리요."

"아……."

칭얼거리는 폼이 내가 대답할 때까지 버틸 셈으로 보였다. 오만상을 다 쓰고 그를 흘겨보고 있던 나는 손가락을 까딱거렸다.

"귀 좀 대봐요."

"네."

눈을 내리깔고 고개를 가까이 내게 들이미는데 무슨 천사가 내려오는 것 같았다.

'내가 무슨 말을 할 줄 알고.'

나는 입술을 삐죽였다.

"저희 남편은……."

순순히 내게 내밀어지는 귓가에 운을 떼었던 나는, 심술궂은 미소를 지으며 덧붙였다.

"밤에 제일 괜찮아요."

"……지금 저 유혹하는 겁니까?"

이안의 푸른 눈동자가 파르스름하게 타오르는 불꽃 같았다.

나를 꽉 붙들려는 손을 피해 휘리릭 두 걸음 물러나며 나는 키득키득 웃었다.

"맘대로 생각하세요."

언젠가 마주한 적 있는 갈증으로 가득 찬 눈빛이 나를 잡아먹을 듯 응시했다.

'위험해.'

그를 더 이상 자극하는 것이 좋지 않다고 느끼면서도, 동시에 그를 조금 더 놀려주고 싶은 마음이 들었다. 대체로 이안을 마주하면 이런 식이었다. 감정이 엉망으로 뒤죽박죽 섞인다.

'하지만 나쁘지 않아.'

그게 애니가 말하던 여유라는 걸까. 나는 몸을 돌려 의상실 안쪽으로 들어가며 손가락으로 진분홍색 벨벳 소파를 가리켰다.

"그럼 저는 애니의 옷을 고를 테니까 잠시 앉아 계세요."

"네네. 얌전히 앉아 있겠습니다."

나는 이안이 순순히 소파에 앉는 모습까지 지켜본 뒤, 재단사에게로 시선을 돌렸다.

"오늘은 동생의 옷을 고르러 왔네. 시간이 없어서 그냥 완성된 옷들 중에서 고르려고 하는데."

"동생분의 신체 사이즈가 어느 정도인지 아시나요?"

"내 동생은 키가……."

내 경험상 남자들은 대부분 쇼핑을 싫어했다. 그러니 최대한 빨리 애니의 옷가지를 구입해야 했다.

나는 빠르게 애니에 대한 기본적인 정보를 전달했고, 재단사는 완성된 옷들을 모두 꺼내왔다.

❖ ❖ ❖

아버지는 장례식에 가셨으니 아마도 50일 정도는 오지 못할 것이다. 50일 동안 입을 옷과 속옷, 모자, 양말 따위를 고르다 보니 아무리 척척 골라도 시간이 꽤 걸렸다.

'이안도 짜증이 났겠지?'

잘 모르겠다. 제임스는 아예 내가 쇼핑하는 데 따라온 적이 없었다.

'하지만 먼저 쇼핑을 하자고 한 건 이안인데.'

보석상에서도 그가 직접 찾아온 것이 신기하지 않은 눈치였다. 이미 몇 번 찾아왔다는 듯이 말이다.

'설마 쇼핑을 좋아하나?'

잘 모르겠다.

'이따가 물어봐야겠다.'

그리 생각하며 내가 막 의상실 입구로 나섰을 때였다. 나는 물론이고 재단사도 입을 떡 벌렸다.

"이, 이게 뭐죠?"

색색의 비단과 온갖 종류의 천이 발을 디딜 수 있는 장소마다 널려 있었다. 연한 분홍색, 크림색, 연한 노란색, 산호색, 민트색 등등등.

범인이 누군지는 한눈에 알 수 있었다. 널려 있는 천들이 특정 스팟을 중심으로 널려 있으니까.

바로 이안이 앉아 있는 소파였다!

"끝났습니까?"

이 난리통에 그는 홀로 여유작작했다. 그가 시키는 대로 디자인지와 천을 나르는 직원들만 분주했다.

나는 버럭 소리를 질렀다.

"내가 얌전히 앉아 있으라고 했죠! 이게 다 뭐예요!"

"얌전히 있었는데."

내 말에 이안이 특유의 덤덤한 표정으로 고개만 갸웃거렸다. 기다란 손가락이 툭 하고 들고 있던 디자인지를 튕겼다.

"가만히 숨만 쉰다고는 안 했잖습니까. 당신 말대로 얌전히 앉아서 카탈로그를 봤을 뿐입니다. 그런데 당신한테 어울리는 디자인들이 눈에 들어와서 하나둘 고르다 보니."

'이렇게 되어버렸네.'

한숨 같은 말이 귓가를 울렸다. 내가 발을 동동 구르니 직원이 서둘러서 내 앞의 천들을 치워주었다. 요정 같은 느낌의 오간자가 시선을 잡아끌었다.

그냥, 어림잡아도 10벌 이상.

10벌이 뭐냐, 20벌도 넘을 거 같았다.

"아이고!"

왜 이 남자는 금전 감각이 이 모양이란 말인가.

나는 아직 치워지지 않은 천은 발로 쓱쓱 밀어가면서 이안의 앞에 허리에 손을 올리고 섰다. 그리고 뾰족한 어조로 말했다.

"진짜 이렇게 말 안 듣기예요? 엉덩이라도 맞아야 말 들을 거예요? 지난번에 맞춘 옷들도 아직 한 번도 안 입었다고요."

내 취향대로 고른 와인색에 산호색 드레스들이 옷장에서 빛을 보기를 기다리고 있었다.

'그러니까 이건 과소비야. 게다가 옷은 유행이 빨리 지난다고.'

입지도 못하고 이대로 유행이 지나서 버려야 할 수도 있었다.

'이번에는 꼭 화를 내야지.'

그리 다짐했건만, 묘하게 빨개진 얼굴로 이안이 중얼거리는 꼴을 보니 화가 푸시시 식어버렸다.

"엉덩이……."

"이상한 부분에 의미 부여하지 말고!"

정말 마조히스트야?

'왜 이런 말에 늘 예민하게 반응하는데?!'

이안이 눈을 내리깔고 부끄러워하자 분위기가 이상해져 버렸다. 나는 나대로 화르륵 달아오른 얼굴에 파닥파닥 손부채질을 했다.

조금 어색함이 가시고 나자, 이안이 내 곁으로 걸어왔다. 나는 미간을 찌푸리고 차분한 어조로 말했다.

"하여간 나 이런 과소비 좋아하지 않아요. 그만둬요."

"과소비가 왜 문제입니까?"

"네? 그걸 몰라서 물어요? 당연히 낭비니까 그렇지요. 투자하면 돈이 늘어난다고요."

내 잔소리에 이안은 고개를 살짝 기울였다. 정말로 이해하지 못하겠다는 표정이었다.

"투자는 충분히 하고 있는데. 이건 제 용돈 수준이고."

"네?"

뜻밖의 말에 나는 눈을 동그랗게 떴다.

'용돈 수준?'

뜻밖의 말에 눈을 끔뻑거리고 있자, 이안이 진지하게 턱을 짚고 말했다.

"낭비는, 없는 돈을 쥐어짜서 쓸데없는 데 쓸 때 쓰는 말이잖습니까. 저는 돈도 많고, 내 아내에게 사용되는 돈은 쓸데없는 돈이 아니죠."

"아니……."

순간 혼란이 밀려왔다.

하긴 내가 말하는 과소비는 철저하게 내 기준이잖아?

'아니, 타이론 가문의 재력이 확실히 크긴 하잖아. 내가 괜한 잔소리를 하는 건가?'

하지만 돈이 아무리 많다고 해도 펑펑 의미 없이 쓰는 것이 옳은가. 그것도 아닌 것 같았다.

나는 나대로 심각한 표정으로 물었다.

"왜 돈을 쓰고 싶어 하는데요? 쇼핑 좋아해요?"

"네, 좋아합니다."

이안의 대답은 굉장히 빨랐다. 그는 살짝 삐뚤어진 모자를 고쳐 쓰며 어깨를 으쓱했다.

"아침마다 스타일이 달라진 나를 보며 짜릿함을 느끼고 있죠."

'역시 알고 있구나. 자기가 잘생긴 거.'

그가 잘생긴 건 사실인데 저리 뻔뻔하게 구니 왠지 재수 없었다. 내가 떨떠름한 표정을 지었을 때였다.

모자를 만지작거리던 손이 이번에는 내 귀를 만지작거렸다. 둥근 진주 귀걸이가 구슬처럼 그의 손끝을 굴렀다.

"근데 그것도 하루 이틀이라, 솔직히 이제 슬슬 시시하고 재미가 없었는데."

은근한 손짓에 내가 입술을 삐죽이며 그를 마주 보았을 때였다. 푸른 눈이 깊은 바다처럼 일렁였다.

꼭 나를 낚아채서 물속으로 끌어들일 것 같은 눈빛이었다.

"당신을 꾸미는 건 질리지 않을 거 같아요."

그가 저런 눈으로 날 응시할 때마다 마음 전체를 다 헤집는 기분이었다.

나는 슬쩍 그의 손을 밀어냈다.

"헛소리 말아요."

매정한 내 대꾸에도 그는 기가 죽기는커녕 개구쟁이처럼 키득키득 웃었다. 스르륵 내려가는 손가락 사이로 내 머리카락이 걸렸다.

“쓸데없는 말을 하고 있다고 하시니 이참에 더 고백해보자면, 언젠가 그 아름다운 머리도 바꿔보고 싶습니다.”

머리? 나는 미간을 찌푸렸다.

“곱슬머리를 좋아하세요?”

“절대 아닙니다.”

그 단호한 대답을 듣는 순간 떠올랐던 건 레스토랑에서 만난 타오르는 불꽃 같은 진한 곱슬머리를 가진 여자였다.

하지만 내가 무언가를 더 떠올리기 전에, 그가 성큼 내게 다가왔다. 뜨거운 체온을 담은 손바닥이 내 얼굴을 감쌌다.

“그냥 당신은 얼굴이 작아서 단발머리도 잘 어울릴 것 같아.”

두근.

가까운 접촉에 저절로 심장이 뛰었다.

‘단발이라니.’

태어나서 나는 단 한 번도 머리를 짧게 잘라본 적이 없었다. 아버지는 늘 허리에서 찰랑거리는 머리가 여자의 상징이라고 믿는 사람이었으니까.

‘공작부인이 되어서는 더더욱 머리를 자를 수가 없었고.’

공작부인이라는 위치가 가지는 이미지는 꼿꼿하고 우아한 귀부인이다 보니, 나는 늘 머리를 틀어 올렸다.

나는 살짝 고개를 흔들어 이안의 손바닥을 물리며 대답했다.

“머리를 자르면 위엄이 없어 보여요.”

“당신은 젊지 않습니까. 위엄 있는 공작부인보다 젊고 감각 있는 공작부인인 게 당연하죠."

뜨끔.

그 지적에는 괜히 가슴 한구석이 뜨끔했다.

'내가 생각하는 공작부인의 이미지가 지금과 맞지 않는지도.'

나에게는 지나버린 시간인지라, 이 나이대에 알맞은 이미지가 무엇인지 떠오르질 않았다.

어쨌든 내 동생의 옷도, 나의 옷도 쇼핑이 끝났다.

"결제는 늘 하던 대로."

내가 내 이미지에 대해 혼란해 하는 사이 이안이 재단사를 불러 옷값들을 지불했다. 그리고는 내 손목을 잡아당겼다.

"우리는 그럼 얼른 가보도록 합시다. 처제에게 필요한 게 잔뜩 있으니까요."

나는 눈을 가늘게 떴다. 냉큼 따라가기에는 이제 그를 믿을 수가 없었다.

"……이번에는 얌전히 있을 거죠?"

"약속합니다."

"꼭이에요."

"네!"

이안은 무척 경쾌하게 고개를 끄덕였다. 나는 한숨을 내쉬었다. 그리고 다시 마차에 몸을 실었다.

우리가 향한 곳은 서점, 그리고 애니가 쓸 필기구, 노트, 구두 가게 등이었다.

이안은 약속을 아주 잘 지켰다. 적어도 그는 '애니의 물건'을 고르는 데는 얌전했다. 어디까지나 애니의 물건에서만!

"당신 말은 절대 안 믿어!"

버럭 소리를 지르는 나를 보며 이안이 고개를 갸웃거렸다. 그의 손에는 크리스털이 잔뜩 박힌 분홍색 펜이 들려 있었다.

"왜요? 나는 내 쇼핑을 즐기고 있는데."

뻔뻔하게 대답하는 모습에 내 말문까지 막혔다. 뒤집히는 내 속도 모르고 점원은 눈을 반짝이며 이렇게 말했다.

"어쩜, 두 분 금실이 아주 좋으시네요! 이렇게 다정한 남편분은 처음 봐요."

"허허."

이렇게 말을 안 듣는 남편이 처음은 아니고요?

차마 그렇게 반문은 하지 못하고 나는 힘없이 웃기만 했다.

다시 저택으로 돌아올 무렵에 나는 잘 말린 오징어처럼 노릇노릇해졌다.

쇼핑이 이렇게 사람의 진을 쪽 뺄 수 있다는 사실을 40년 만에 처음으로 알았다.

돈을 아껴 사용해라, 그런 건 필요 없다, 그만 사라, 너무 많이 사지 마라, 등등.

'잔소리도 한두 번이지.'

완전히 너덜너덜해진 나는 마차 소파에 늘어지듯 붙어서 시큰둥한 표정으로 이안을 응시했다.

'그래, 마음대로 해라. 그게 내 돈이냐, 네 돈이지.'

그리 생각하고 있으니 또 이런 생각도 들었다.

'아니, 잠깐! 내가 이제 타이론 가문의 안주인이니 엄연히 내 돈이기도 하잖아!'

이걸 어느 정도 고삐를 죌 것인가. 제임스는 거의 돈을 쓰지 않았기 때문에 지난 생의 기억이 도움이 되질 않았다.

'하긴, 제임스도 무기를 구입할 때는 돈을 아끼지 않았지.'

사교모임도 없고, 황궁에서 부르지 않으면 늘 집에 붙어 있는 제임스가 딱 하나 돈을 쓸 때는 바로 자신의 무기를 살 때였다.

온갖 보검들, 마법 아티펙트들의 가격은 눈이 돌아갈 정도였지만 그가 유일하게 사고 싶어 하는 것이라 딱히 제지하지 않았더란다.

'이 남자의 경우에는 쇼핑이 취미일지도 몰라.'

나는 눈을 가늘게 뜨고 이안을 쳐다보았다. 잘생긴 얼굴, 푸른 눈과 잘 어울리는 남색 정장에, 타이는 남자가 쉬이 소화하기 어려운 페이즐리 무늬였다. 구두부터 부토니에까지 흠잡을 곳이 하나도 없었다.

'그래. 이 남자의 경우에는 꾸밈비가 많이 드는 것뿐이야. 좀 과하게 많지만, 가문의 재산 규모가 더 크니 용납할 수준이지.'

퍼센트로 계산하면 제임스나 이안이나 비슷비슷하리라. 그리 생각하며 이 상황을 내가 합리화했을 때였다.

이안의 목소리가 귓가를 간질였다.

"당신을 꾸미는 건 질리지 않을 거 같습니다."

저절로 얼굴이 달아올랐다. 나는 입술을 꽉 깨물었다.

'거울이나 실컷 들여다볼 것이지. 왜 남의 얼굴을 그렇게 꼼꼼히 쳐다본데.'

부끄러우니 뾰족한 생각이 퐁퐁 솟아났다. 나는 자꾸 화끈거리는 뺨을 손바닥으로 가렸다. 이안에게 부끄러워하는 걸 들키고 싶지 않았다.

하지만 그게 오히려 역효과였다. 내 뺨을 매만지던 손길이 선명하게 떠올랐기 때문이다.

'그렇게 내 얼굴이 마음에 들었나.'

계속 그랬지. 처음 나를 만나서, 얼토당토않은 제안을 들었음에도 마음이 동했던 이유.

내 얼굴이 취향이었다고.

'그런다고 돈을 펑펑 쓰면 어떻게 해? 그럼 맘에 드는 사람을 만날 때마다 이렇게 쇼핑하러 다닐 거야? 이 가게, 저 가게 헤매면서?'

툴툴거리다 보니 오늘의 동선이 떠올랐다. 우리는 마차를 타고 수도를 한 바퀴 돌다시피 했다. 사야 하는 상점들이 모두 뚝뚝 떨어져 있었기 때문이다.

'한곳에 뭉쳐 있으면 시간도 절약할 수 있을 텐데. 오히려 한곳에서 물건을 사다 보면 객관적으로 스스로를 파악하게 될 수도 있어.'

지금 계속 한 곳 들러서 잔뜩 사고, 또 다른 곳으로 가니 전 가게에서 산 건 까먹고 또 산더미처럼 사고 그랬지 않나.

'역시 백화점이 있어야겠어. 앞으로도 이안이 이렇게 같이 쇼

핑을 가자고 조를 것 같은데.'

내 다리와 정신의 안녕을 위해서도 백화점은 필요했다. 생각을 정리한 나는 허리를 꼿꼿하게 세우고 앉아서 이안을 불렀다.

"있잖아요, 이안."

턱을 괴고 창밖을 내다보고 있던 이안의 시선이 나를 향했다. 나른하면서도 어쩐지 시큰둥해 보이는 시선에서 나는 기묘한 기시감을 느꼈다.

'우리가 처음 만났을 때도 이랬지. 나는 허리를 꼿꼿하게 세우고, 그는 턱을 괴고 시큰둥한 표정이었고.'

하지만 관계는 그때와 비교할 수 없이 가까웠다. 나는 나를 담는 푸른 눈동자의 온기가 확연히 다름을 알고 있었다.

나를 존중하고, 내 말에 귀를 기울이는 모습.

그렇기에, 나는 용기를 내어 말할 수 있었다.

"우리 사업을 하면 어때요? 타이론의 재력과 당신의 적성을 살릴 수 있는 사업."

"내 적성?"

내 말을 들은 이안의 눈가가 살짝 찡그려졌다. 그리고는 이내 픽 하고 웃었다.

둥근 아몬드형의 눈이 나를 응시했다. 부드러운 곡선이지만, 그리 녹록하지 않은 사람이라는 건 이미 알고 있었다.

"당신은 참 훌륭한 낚시꾼입니다. 한마디씩 혹할 만한 말을 섞는단 말이지."

나는 대답 없이 살짝 어깨를 으쓱하며 눈웃음을 지었다. 내 도도한 태도에 마음이 동한 듯 이안이 상체를 내 쪽으로 내밀며 물었다.

"그래서 내 적성을 살릴 수 있는 사업이 뭡니까?"

이미 반쯤 넘어왔다는 확신이 들었다. 나는 자신감 있는 태도로 이안에게 사업을 설명했다.

"백화점이란 걸 만들면 어때요?"

백화점.

말 그대로 모든 물건을 한곳에 다 모아둔 곳.

추가로 내 설명을 들은 이안이 미간에 주름을 잡은 채로 입술만 잘근잘근 씹었다.

"그거……."

나는 투자자를 모집하는 사업가의 마음이 되어서 이안의 입술을 바라보았다. 심장이 두근두근 뛰었다.

조금 뜸을 들이고 반듯하고 예쁜 입술이 벌어졌다.

"대단한 생각이네요."

'휴.'

그의 환한 미소를 마주하는 순간, 나는 안도의 한숨을 토해냈다. 이안은 눈을 반짝거리며 조금 빠른 어조로 말했다.

"집에 돌아가는 대로 케닌에게 사업성 분석을 맡기도록 할게요. 상세한 이야기는 돌아가서 하도록 합시다."

"네."

그의 반응은 생각보다 긍정적이었다.

한참 뒤, 오르세에서 온 외국 상인이 백화점을 만들 때도 귀족들 반응이 이렇게 긍정적이지 않았는데.

'천박한 평민들이나 이용할 거라고 했었지. 결국 가장 많이 호응을 보인 건 귀족들이었지만.'

어쨌든 그만큼 뜬구름 잡는 이야기로 들리는 것이 백화점이었다. 높은 귀족일수록 사람을 집으로 부르는 걸 선호하기 때문이다. 이건 순전히 이안이 쇼핑을 좋아하기에 걸어본 도박이나 다름없었다.

그리고 나의 말을 무시하지 않은 그의 인품 덕분이기도 했다. 나는 배시시 웃으며 말했다.

"고마워요, 내 이야기를 잘 들어줘서."

"천만에요."

내 말에 이안은 손을 뻗어서 내 손을 꽉 잡았다. 나도 모르게 긴장했던 것인지 손바닥이 축축했다.

"나를 믿고 이야기해줘서 고마워요."

그렇게 말하는 남자는, 세상에서 가장 듬직하고 믿을 수 있어 보였다.

❖ ❖ ❖

그렇게 본격적으로 백화점 사업에 대한 검토가 시작되었다. 나는 바쁠 것이 없었다. 아이디어만 제공하는 것이지, 실제 사업안은 실무자들이 짜는 거니까.

"좋은 생각이긴 한데, 수도 땅값이 이미 너무 올라 있어서 수익이 맞을까 모르겠습니다."

"초기 과감한 투자가 중요해요. 동시에 타이론만이 할 수 있는 것이기도 하죠."

"흠."

이안의 수석보좌관이라는 케닌은 유능한 사내였다. 대화에 군더더기도 없고, 어떤 편견도 없어서 나도 한결 편안하게 의견을 낼 수 있었다.

공교롭게도 그 또한 그런 인상을 받은 모양이었다. 백화점 계획안이 마무리될 무렵, 그는 진지하게 내게 이렇게 말했다.

"저, 각하 보좌관 때려치우고 마님 보좌관 해도 됩니까?"

"네?"

어이없는 말에 나는 눈을 깜빡였다.

그의 사소한 농담은 농담을 농담이 아니게 받아들인 이안 덕분에 안개처럼 사라지고 말았다.

"케닌, 너 감봉."

"농담이었습니다, 각하. 저는 각하께 충성을 바친 몸이지요."

"황금만능주의식 충성 말이지?"

만담 비스무레한 대화를 이어가는 두 사람을 보며 나는 대략 타이론 가문의 사업들이 어떤 분위기 속에서 굴러가는지 추측할 수 있었다.

어쨌든 백화점은 그렇게 마무리가 되었고, 내게 가장 가까이 닥친 문제는 바로 애니의 기숙학교였다.

'아버지가 마침 안 계시니 내 맘대로 해도 될 것 같은데.'

일주일이 지났지만 아버지에게서는 어떤 연락도 오질 않았다. 하루 이틀 즐겁게 타이론 가문에서 지내던 애니도, 아버지의 부재가 길어지니 의아함을 감추지 못했다.

"아버지는 왜 안 오시는 거지?"

"일이 길어지나 보지."

잠자리에 들기 위해 잠옷으로 갈아입고 침대에 앉아서, 나는 애니의 머리를 빗겨주고 있었다.

사실 연락이 없는 이유는 추측할 수 있었다. 아버지가 시골로 떠난 것은 '유언 집행'을 위해서였다. 그런데 유언 집행에는 한 가지 전제가 있다.

'사람이 죽어야 대략 언제쯤 일정이 끝나는지 아는데, 아직 안 죽어서 유언 집행도 하지 못하고 있는 거야.'

보통 유언을 미리 받아야 하기 때문에 죽기 전에 유언 집행인을 부른다. 하지만 사람의 목숨이라는 게 딱 정해진 날 끊어지는 게 아니지 않은가.

'어쩌면 이번 계절이 다 지나고 돌아오실지도 모르지.'

내가 예상한 50일보다도 훨씬 늦게 돌아올지도 모른다.

'그 또한 잘된 일이지.'

곧 있으면 새학기가 시작된다. 애니가 기숙학교에 들어가서 시간이 훌쩍 지나버리면 아버지도 어쩌질 못하리라.

'좋아.'

생각을 정리한 나는 머리빗을 테이블에 올려놓고, 대신 테이블에 있던 한 뭉치의 서류를 집어 들었다. 바로 기숙학교 카탈로

그였다.

"애니."

"응?"

내 부름에 침대에서 발장난을 치던 애니가 반듯하게 앉았다. 나는 카탈로그를 그녀의 앞에 펼쳐주며 말했다.

"너는 이 중에 어느 곳이 마음에 드니? 네가 직접 골라보렴."

"정말 나 학교 가도 돼?"

"당연하지."

살짝 흐려진 얼굴에서는 나를 향한 걱정이 느껴졌지만, 내가 단호하게 괜찮다고 말하자, 애니의 얼굴도 한결 풀렸다.

"진지하게 고민해봐. 아직 기한은 일주일 남았으니까."

"흐음."

내 말에 애니는 카탈로그를 받아 들고 턱을 문질렀다. 마냥 어리게만 보였던 동생이 의젓하게 학교를 고르는 모습이 귀여워서 내가 흐뭇한 미소를 지었을 때였다.

애니가 카탈로그를 들고 자리에서 벌떡 일어나는 게 아닌가?

"그럼 형부께 가서 여쭈어야겠다."

"뭐?"

이게 무슨 소리람. 나는 덩달아 깜짝 놀라 그녀를 따라 일어서며 물었다.

"잠깐만, 애니. 누구한테 물어본다고?"

꼭 이럴 때만 빠르지.

애니는 거침없이 카탈로그를 들고 걷기 시작했다. 순식간에 방문이 열리고 우리는 복도를 걷기 시작했다. 애니는 묘하게 명랑한 어조로 대답했다.

"형부! 언니의 남편."

"이안을 말하는 거야? 이안한테 지금 잠옷 차림으로 가서 묻는다고?"

"잠옷 차림 아니야. 카디건도 걸쳤는걸."

"그게 잠옷 차림이지!"

얘가 지금 뭔 소리를 하는가 싶었다. 이안은 타이론 공작이었다. 이 나라에서 황족 다음으로 높은 사람!

그런 사람을 만나는데 카디건 걸친 잠옷이라니 웬 말인가.

하지만 대경실색한 나와 달리 애니는 무척 떳떳한 거 아닌가?

"가족이니까 괜찮아."

뻔뻔함을 넘어 친근함까지 느껴지는 말에 나는 입을 떡 벌릴 수밖에 없었다.

'아니, 도대체 둘이 언제 이렇게 친해진 거야?'

나도 까먹고 있었는데, 애니는 역시 내 동생이었다. 얌전하고 조용한 것 같아도 마음먹으면 활화산처럼 강한 추진력을 발휘하는 아이.

내가 말릴 새도 없이, 애니는 같은 층에 있는 이안의 방문을 쾅쾅 두드렸다. 아직 자지 않았는지 맑은 목소리가 밖으로 흘러나왔다.

"누구?"

"형부, 저예요!"

"처제."

조금 있으니 달칵 문이 열리고, 가운 차림의 이안이 얼굴을 내밀었다. 흐트러진 금빛 머리카락에 붉게 물들어 있는 눈가가 어쩐지 섹시했다.

'으으, 심장에 해로워.'

나는 이안의 얼굴을 보고 슬쩍 고개를 돌렸다. 괜히 내 심장도 빠르게 콩콩 뛰었다.

정처 없이 설레는 나와 달리 애니는 아무렇지도 않은지 해맑게 웃으며 대화를 이어갔다.

"제가 주무시는데 깨운 건 아니죠?"

"전 이 시간에 책을 읽습니다. 그런데 무슨 일이에요? 우리 얼굴 보기 힘든 부인까지."

그의 시선이 나를 향하는 게 느껴졌지만, 나는 일부러 그를 돌아보지 않았다.

애니는 명랑한 어조로 말을 이었다.

"다름이 아니라, 언니가 학교를 골라보라고 해서요. 그런데 저는 어떤 학교가 좋은지 모르겠고."

"흐음. 다 기숙학교네요?"

커다란 손가락이 팔랑팔랑 카탈로그를 넘기는 소리가 났다. 조금 고민하는 듯하던 그가 산뜻한 어조로 대답했다.

"그냥 타이론가에서 통학을 하면 어떨까요?"

"네? 잠깐만요, 이안."

그 말에는 그를 돌아보지 않을 수가 없었다. 통학이라니?

'그럼 애니한테 타이론가에서 지내라는 말이잖아.'

엄밀하게 말해서 애니는 타이론과는 아무 혈연적 관계가 없었다. 친족이 아닌데 학교에 다니는 긴 기간 동안 다른 사람의 집에서 머무는 건 전례가 없는 일이었다.

하지만 꽉 막힌 생각을 하는 나와 달리 이안은 오히려 뭐가 문제인지 모르겠다는 듯이 어깨를 으쓱했다.

"아직 어린 처제가 기숙사에서 생활하려면 어려움이 많을 거예요. 귀족들은 대부분 통학하기도 하고요. 그편이 처제에게도 더 낫지 않겠습니까?"

"하, 하지만……."

그거야 그렇지. 나도 애니를 내 곁에 두고 살뜰하게 돌보는 게 좋았다.

'하지만 다른 사람들의 눈이……. 이안도 이렇게 말하지만 나중에는 군식구가 불편해질 수도 있어.'

그리 생각하며 내가 슬그머니 이안의 눈치를 살폈을 때였다. 이안은 산뜻하게 웃었다. 얼굴 어디에도 불편함은 느껴지지 않았다.

"방이야 남아도니까, 걱정하지 마시죠. 그럼 문제가 해결되었으니 오늘은 이만 잠자리에 들까요?"

"고마워요, 형부!"

"천만에요."

애니가 기뻐서 방방 뛰었다. 서로 미소 지으며 인사하는 모습이 무척 친근해 보였다. 내 입술도 저절로 휘어졌다.

'……좋다.'

이런 상황까지는 조금도 기대하지 않았는데. 남편과 내 가족이 사이가 좋은 모습을 보니 마음 한구석이 부드럽게 녹아내리는 기분이었다.

이안과 인사를 끝낸 애니가 빙글 몸을 돌렸다. 내가 무심코 그 아이의 뒤를 따라 걸음을 내디뎠을 때였다.

애니가 갑자기 멈추더니 나를 똑바로 쳐다보며 물었다.

"언니는 왜 따라와?"

"응?"

왜 따라오기는?

애니가 타이론 가문에 온 뒤로, 나는 계속 애니와 함께 잠을 잤다. 오랜만에 만난 동생과 할 말도 많았고, 그동안 못 해준 것을 해주고 싶은 마음도 있었기 때문이다.

그런데 그게 나만의 생각이었나 보다. 마냥 아이라고 생각했던 내 동생이 또랑또랑한 눈으로 날 쳐다보며 이렇게 말하는 것 아닌가.

"어휴, 언니는 나를 어디까지 눈치 없는 동생으로 만들 셈이야? 나 어린애 아니거든? 혼자 잘 수 있어."

"뭐?"

설마 애니에게 들을 거라고는 생각하지 못한 말이라 나는 멍하니 굳어지고 말았다.

'얘가 무슨 소리를 하는 거야?'

무슨 말을 하는지 이해가 안 되어서 어버버거리는 나의 등을, 애니가 떠밀었다. 다름 아닌 이안을 향해서였다.

"형부, 이제 언니는 형부께 돌려드릴게요. 그동안 죄송했어요."

"자, 잠깐만, 애니!"

돌려주긴 뭘 돌려줘! 잠깐, 돌아와. 그거 아니야!

하지만 내가 막을 새도 없이 애니는 이안의 방문까지 쾅 닫았다. 나는 닫힌 문 앞에서 눈만 껌뻑껌뻑거렸다.

뒤를 돌아보니 이안이 눈을 휘며 웃었다.

"아무래도 처제가 단단히 오해한 거 같죠?"

단둘이 밀실.

잠자리에 들어야 하는 밤.

그제야 애니가 왜 그런 말을 했는지 이해가 되었다.

'나 지금 이 남자랑 같이 자야 하는 거야?!'

❖ ❖ ❖

"……."

사실 이상한 상황은 아니었다. 우리는 부부였다. 그것도 대외적으로 깨가 쏟아진다고 소문이 자자한 부부.

'부부가 한 침실을 쓰는 건 맞지.'

매일매일이 아니더라도 한 달에 한두 번 정도는.

'내가 생각이 짧았어.'

하지만 내가 당연히 이안과 한 침대를 쓸 생각을 못 한 것은 최근 이안과 나의 대화 때문이었다.

"당신이 준비될 때까지 기다릴게요."

내가 잠자리가 두렵다고 고백한 그날, 이안은 그렇게 말하며 나를 달래주었다. 그리고 그 뒤로 그의 말대로 그는 한 번도 내게 잠자리를 요구한 적이 없었다.

그 뒤로 이어진 아버지의 서신, 그리고 애니의 방문, 백화점 사업 계획까지.

그래서 까맣게 잊고 있었던 것이다. 잠자리!

'그런데 갑자기! 믿었던 내 동생이 이렇게 행동할 줄이야!?'

마음의 준비는커녕 그동안 생각도 안 했는데, 상황이 먼저 닥쳤다. 예상치 못한 상황에 혓바닥이 딱딱하게 굳어져 버렸다.

나는 어색하기 짝이 없이 웃으며 이안에게 말했다. 입꼬리가 비슬비슬거리는 것이 내게도 느껴질 정도였다.

"하하하, 제 동생이 생각이 많았나 봐요."

내 말에 이안은 손으로 자신의 턱을 문지르며 대답했다.

"처제 입장에서는 신경 쓰일 수도 있죠. 괜히 자신 때문에 우리 부부 사이가 멀어졌나 걱정도 되었을 겁니다. 생각이 깊으니까요."

"……둘이 진짜 많이 친해졌네요."

언제 애니의 캐릭터를 다 파악했데.

이안의 말을 듣고 보니 그랬다.

애니 입장에서는 갑자기 신혼집에 신세를 지게 된 것도 모자라, 언니까지 계속 자기가 데리고 자는 상황이었으니까.

'계속 내게 눈치를 줬는데 내가 못 알아차린 건지도 몰라.'

내가 이렇게 눈치가 없는 언니였다니!

나한테 직설적으로 말도 못 하고 끙끙 고민하고 있었을 애니를 떠올리니 마음이 뜨끔거렸다.

나는 한숨을 내쉬었다. 그리고 이안의 방문 고리를 잡으며 말했다.

"그럼 애니가 자기 방에 도착했을 무렵까지 기다렸다가 나갈게요."

그때였다. 어쩐지 으스스한 목소리가 등 뒤에서 울렸다.

"나가요?"

내가 뒤를 돌아봄과 동시에 커다란 팔이 내 옆을 짚었다. 갑자기 문과 이안 사이에 끼게 된 내가 눈을 동그랗게 뜨고 이안을 올려다보았다.

자신이 드리운 그늘에 어둡게 가라앉은 얼굴이 묘하게 나른했다. 어둠 속에서도 푸른 눈동자는 보석처럼 반짝였다.

"나를 두고?"

"이, 이, 이안."

이럴 때일수록 떨면 안 되는데, 목소리가 주체할 수 없이 떨렸다. 심장도 목소리만큼이나 어지럽게 뛰어댔다.

쿵쾅쿵쾅.

이게 무서워서 떨리는 건지, 아님 다른 느낌인지도 알 수가 없었다. 이안이 움츠러든 나를 묘한 눈길로 내려다보다가 은근한 어조로 말했다.

"이제 슬슬 계약사항을 어떻게 조정할지 논의해볼 시기 아닙니까?"

계약사항이 뭔지는 굳이 묻지 않아도 알 수 있었다. 황궁에서 얘기 나누었던 바로 그 계약.

여러 가지 조항을 체결했지만 마지막 하나가 우리 사이에 남아 있었다.

바로 잠자리.

"나 이 정도면 무척 잘 기다린 거 같은데."

새침한 듯 요염하게 중얼거린 남자가 살짝 나를 흘겨보며 입술을 삐죽였다.

"당신은 속도 모르고 자꾸 유혹이나 하고."

"내, 내, 내가 언제요?"

유혹은 무슨!

내가 격하게 반박했을 때였다. 이안은 대답 대신 나의 입술에 자신의 입술을 맞추었다.

쪽. 어린애들끼리 할 법한 가벼운 뽀뽀였다. 하지만 그 뽀뽀로 연상되는 기억들은 전혀 그렇지 못했다.

화르륵!

내 얼굴이 토마토처럼 붉게 달아올랐다. 이안이 나를 보고 짓궂게 웃었다.

"역시 알면서."

"이, 일부러는 아니었어요. 상황상 필요했다고나 할까."

우리가 입을 맞춘 건 황궁에서 나온 뒤 두 번. 레스토랑과 애니의 방문 때였다.

레스토랑에서 내가 도발적으로 군것에는 이유가 있었다. 그 여자가 우리를 뚫어져라 바라보고 있었으니까.

'내가 미쳤었나.'

하지만 지금 생각해 보니 내가 굳이 그렇다고 그 상황에서 도발할 필요가 있었나 싶다. 내가 그 여자와 무슨 연관이 있는 것도 아닌데.

'나는 그때 왜 발끈했던 거지?'

괜히 마음 한구석이 찜찜했다. 내가 이맛살을 찌푸리고 고민에 빠졌을 때였다.

숨결이 얽힐 듯 가까이 다가온 그가 눈도 깜짝하지 않고 나를 지긋이 바라보았다.

"아직도 마음의 준비가 필요합니까?"

"그게……."

심장이 이 이상 빨리 뛸 수 없을 만큼 빠르게 뛰었다. 그가 말하는 게 무엇인지, 나는 잘 알고 있었다.

'하지만.'

이 사람이 얼마나 상냥하고 좋은지 아는데도, 내 심장이 조여드는 것만 같았다.

망설이는 나를 이안의 눈이 물끄러미 바라보았다. 그리고는 어느 순간, 그는 내게서 한 걸음 물러났다.

"그럼 어쩔 수 없지요."

"아……."

잘생긴 얼굴이 멀어졌다. 그가 걸친 흰 가운이, 너른 등이 희끄 무례하게 흐려졌다.

'나는 잠자리 거부를 했었지. 그때마다 그 사람은.'

끔찍했던 과거의 기억들이 일순간 훅하고 밀려들어 왔다.

"나도 많이 참았소."

"이건 당신의 의무야."

그때의 나는 무력했다. 세 진상들은 강력했고, 의지할 사람은 남편뿐이었다.

내가 버려질 것 같아서, 강경하게 구는 남편에게 나는 재차 거절의 말을 꺼낼 수 없었다.

'지금도 마찬가지야.'

저 남자가 날 싫어하게 되면 어떻게 하지? 내가 가진 권한들을 하나하나 빼앗으면 어떻게 하지?

홍수처럼 밀려드는 아찔한 생각들에, 입술이 파랗게 질렸다.

"이, 이……."

내가 내게서 멀어져가는 남자를 붙들기 위해, 열리지 않는 입술을 가까스로 열었을 때였다.

그가 상쾌한 미소를 지으며 돌연 나를 돌아보았다.

"그럼 자장가를 불러줘요. 내가 잠들 때까지. 당신의 옛날이야기도 좋아요."

"……네?"

전혀 예상하지 못한 말이 그의 입술에서 흘러나왔다. 나는 눈을 크게 뜨고 그를 바라보았다. 그가 피식 웃었다.

"재워달라고요. 그 정도는 해줄 수 있잖습니까? 전에 말했듯이 내가 좀 애정결핍이거든요."

"……."

아무렇지도 않은 듯 장난스럽게 던지는 말이 내 마음을 둥 하고 울렸다. 나는 멍하니 이안을 바라보았다. 그 잘생긴 얼굴이 물에 비친 것처럼 아롱거린다고 생각했는데.

후드득.

그 순간 눈에서 눈물이 비처럼 쏟아졌다.

"엇, 올리비아!"

이상한 기분이었다. 나는 뚝뚝 떨어지는 눈물을 닦을 생각도 하지 못한 채, 나를 향해 급히 다가오는 얼굴을 바라보았다. 그는 적잖이 당황한 듯 내 얼굴을 이리저리 쳐다보며 물었다.

"왜 그래요? 어디 아픕니까? 아님, 제가 무슨 말실수 했어요?"

"아니요……."

커다란 손이 내 눈꼬리 끝을 문질렀다. 따뜻한 온기가 눈가에서부터 번져 얼굴을 물들이는 것 같았다.

'다행이야.'

이제야 실감이 났다. 내가 그 지긋지긋한 파넬을 벗어났다는 것이. 더 이상 전남편의 그늘에 사로잡혀 있지 않다는 것이.

"100곡이라도 불러드릴게요."

나는 그를 향해 웃었다. 눈에서는 눈물이 퐁퐁 솟아올랐지만, 미소는 거짓이 아니었다.

그날, 나는 말 그대로 이안의 침대에서 잠만 잤다. 재워달라는 그의 부탁은 결국 이뤄지지 못했다. 내가 쉽사리 울음을 그치지 못한 탓이었다.

나를 안아서 달래던 그는 안 되겠다 싶었는지, 내게 팔베개를 해주었다. 그리고 내 어깨를 토닥이며 입을 열었다.

"제가 이렇게 말이 많은 사람이 아닌데……."

이제는 절대로 공감할 수 없는 말로 시작된 이야기는, 바로 그 자신의 이야기였다.

"부모님은 잘 기억나지 않습니다. 제가 태어났을 때 당시 너무 나이가 많으시기도 했고. 그래서 제게 진정한 의미로 아버지라고 생각되는 분은 두 분이죠. 황제 폐하와, 화이트폴 후작님."

'아, 역시 아버지 같은 분이었군.'

머릿속에 포슬포슬 쪄낸 만두 같은 얼굴의 황제 폐하가 오랜만에 뾰로롱 떠올랐다.

'그런데 그렇게 타이론 공작부부가 나이가 많지는 않았을 텐데?'

내가 본격적으로 사교활동을 하기 전의 사람들이기 때문에 정확하진 않았다. 하지만 한날한시에 세상을 떠난 공작부부에 관한 이야기는 아무래도 동화처럼 전해오기 마련이다.

'그럼 같은 부부였다고.'

그리고 그 이야기는 종종 이안의 비현실적인 미모와 맞물려서 흘러나오곤 했다.

"그렇게 사랑스러운 부부였으니, 각하 같은 미남이 나오는 게 당연하죠. 에로스의 현신 같지 않나요."

"그런데 미혼이시니 너무 속상해요."

"미혼인 점까지 사랑의 신 같지 않나요?"

'그때도 참 화제만발이었지. 그 무렵에는 나이도 지긋했는데.'

그런 생각을 하며 나는 눈을 올려 이안의 얼굴을 바라보았다. 내 기억보다 훨씬 앳된 얼굴이 입가에 엷은 미소를 지으며 자신의 이야기를 늘어놓고 있었다.

'그때도 좀 웃지. 이렇게 잘 어울리는 것을.'

이렇게 잘 웃고 떠드는 남자가 과묵하고 사교적이지 못하다는 평을 들었다는 게 조금 속상하게 느껴졌다. 나는 괜히 그의 허리를 쥐고 있는 손에 꽈악 힘을 주었다.

그러자 이안이 키득키득 웃으며 손바닥으로 내 눈을 덮었다.

"졸리면 얼른 자요. 버티지 말고."

우느라 진이 빠져서인지 졸립기도 하긴 했다. 그래도 나는 고개를 흔들었다.

"하지만 당신 이야기인데……."

"앞으로도 몇 번이고 해줄게요. 당신이 지긋지긋하다고 할 때까지."

"그건……."

그 말은 또 다르게 내 마음을 따뜻하게 만들었다.

'앞으로.'

이 다정함이 오늘만 한시적인 것이 아니고, 내가 사는 동안에 여러 번, 계속될 거라는 말.

"잘 자요, 올리비아."

그의 굿나잇 키스를 받으며 나는 눈을 감았다. 퉁퉁 부은 눈이 조금 따가웠지만 오래지 않아 잠이 들었던 것 같다.

그렇게 이안의 침실에서 잠을 자고 일어난 아침. 눈을 떴을 때, 이미 이안은 하루를 시작한 뒤였다.

슬리퍼에 발을 꿰고 밖으로 나오니, 어쩐지 흐뭇한 미소를 짓고 있는 하녀장이 문 앞에서 나를 반겼다.

"기침하셨습니까."

"으, 응."

"주인님께서는 급한 일이 있어서 먼저 황궁으로 나가셨습니다. 아가씨께서는 마님과 함께 식사하겠다고 기다리고 있고요."

"아, 그래."

차라리 대놓고 좋아하지.

평소처럼 근엄하고 깐깐한 얼굴에 입꼬리만 씰룩씰룩거리는 모습이 되려 더 부끄러웠다.

'아니야, 그래도 황제 폐하를 떠올려봐. 차라리 보고도 못 본 척하는 편이 낫지.'

정말 초야를 치렀나, 안 치렀나 새벽부터 달려와서 문 앞을 서성거리던 통통한 황제를 떠올리니 눈앞이 캄캄해지는 것 같았다. 나는 차라리 이렇게 은근히 좋아하는 게 낫다고 결론 내렸다.

'하지만 우리는 아이를 낳지 않을 건데. 그럼 그때 되면 또 이

사람들은 실망하려나.'

타이론 가문에서 지낸 지 얼마 되지 않았지만, 이 가문의 사용인들이 모두 가족처럼 이안을 위한다는 사실을 알기에는 충분했다.

지금은 평생 결혼하지 않을 줄 알았던 주인이 결혼을 해서 행복해하지만, 조금 있으면 그 기대는 주인을 꼭 닮은 아이가 있었으면 하는 바람으로 번지게 될 것이다.

'은근히 실망하는 건 양반이지. 그때 되면 황제 폐하께서는 만날 찾아와서 좋은 소식 없냐고 닦달하실지도 몰라.'

그 모습을 상상하니 등줄기에 소름이 쭉 돋았다. 잠시 굳어졌던 나는 고개를 절레절레 흔들어서 생각을 털어버렸다.

'……그때는 이안이 잘 커버해주겠지.'

푼수데기 시아버지(?) 앞에서 믿을 건 이안뿐이었다. 이안을 떠올리니 안도감이 마음을 채우고 묘한 여유가 피어나왔다.

'믿을 만한 사람이니까.'

확실히 처음 만났을 때와는 다른 느낌이었다. 나는 그에게 친밀감을 느끼는 내 자신에게 조금 당혹스러워졌다. 나쁜 기분은 아니었다.

'이안하고는 순식간에 가까워지는 기분이야. 그도 그렇게 생각할까.'

나는 자각하지 못한 채 그렇게 식당까지 걷는 내내 이안에 대해 떠올렸다.

식당에 도착하니 애니가 환하게 웃으며 나를 반겼다.

"안녕, 언니!"

"잘 잤니, 애니?"

나를 한참 기다렸던 건지, 내가 앉기 무섭게 음식들이 나왔다. 샐러드에 구운 가자미, 그리고 콩수프였다.

내가 막 가자미 한 토막을 잘라 입에 넣는데, 찐한 시선이 느껴졌다.

'뭐야?'

애니가 배가 고플 텐데도 스푼도 들지 않고 나를 빤히 쳐다보고 있었다. 나는 가자미를 우물우물 씹어 삼킨 뒤 물잔을 들며 물었다.

"왜 그렇게 쳐다보니?"

"아니. 아닌가 싶어서."

"뭐가?"

내 물음에 애니는 잔뜩 풀죽은 모습으로 대답했다. 그런데 그 대답이 나를 충격에 빠뜨리기에 충분했다.

"임신 말이야. 임신하면 생선 냄새가 역하다던데."

"풋!"

애니의 발언에 나는 마시던 물을 거하게 뱉어냈다. 내가 사레 들려서 콜록콜록 기침을 하고 있는데, 애니는 내 안부를 묻기는 커녕 갑자기 밝게 웃는 것 아닌가?

"그치, 역하지? 임신 맞지?"

'아니, 얘가!'

먼 데 계신 황제 폐하가 문제가 아니었다.

'내 동생부터 어떻게 해야 해!'

가까운 곳에 이런 강적이 있을 줄이야. 나는 긴장한 눈으로 반짝거리는 애니를 마주했다. 저절로 마른침이 넘어갔다.

❖ ❖ ❖

아기가 그렇게 간단하게 생기는 것이 아님을 동생의 머리에 주지시키는 동안 순식간에 오전 시간이 지나갔다.

어떤 의미에서 애니는 황제 폐하보다 더 강적이었다. 내가 무슨 말을 하든 애니는 이렇게 대답했기 때문이다.

"하지만 나는 조카를 빨리 만나고 싶은데. 조카에게 세상에서 제일 좋은 이모가 될 자신도 있는데."

그 다짐 넣어둬. 넣어두라고.

'우리는 아이를 낳지 않을 건데.'

하지만 내가 자꾸 허튼소리를 하는 애니에게 매몰차게 나무라지 못하는 이유도 있었다.

지난 생에서 애니는 불임이었다.

'끝내 아이를 가지지 못해서 무척 마음고생을 했었지.'

아무리 내가 과거로 돌아와서 미래를 바꿀 수 있는 기회를 쥔다고 해도 이런 문제들은 내 권한 밖이었다.

'나중에도 분명 그 때문에 마음 아파할 텐데. 나까지 상처 주고 싶지 않아.'

그래서 최대한, 유하게 애니에게 둘러대느라 우리의 대화는 길게 늘어졌다. 솔직히 마지막까지 그 아이가 내 말을 알아들었는지도 의문이었다.

'내일이 되면 또 조카 타령을 할지도.'

나는 좀 지친 표정으로 내게 할당된 집무실에 앉았다. 하녀장이 가져다준, 타이론 공작가의 한 달 인건비 등에 사인하는 사이 단정한 노크 소리가 울렸다.

"안녕하세요, 마님."

"반가워요, 케닌."

바로 이안의 보좌관인 케닌이었다.

외눈 안경을 쓴 케닌은 조금 신경질적인 이미지의 미남이었다. 깡말라서 힘이 없어 보이는 것이 조금 흠이었지만, 그조차도 창백한 얼굴과 어울려 지적인 이미지를 자아냈다.

그는 커다란 종이 한 장을 내 책상에 펼쳤다.

"이게 백화점의 예상도입니다."

"음."

그냥 백화점 사업에 대해서 아이디어를 냈을 뿐인데, 이렇게 건물 예상도까지 들고 오다니 번개 같은 일 처리에 입이 벌어졌다.

'역시 유능해.'

괜히 타이론 가문의 자산이 풍족한 게 아니었다. 본래도 종잣돈이 넉넉한데, 과감한 투자에 신속하기까지 하니 돈을 안 벌기가 더 어렵겠지.

나는 진지하게 도면을 살펴보았다. 크고 넓은 직사각형 형태의 건물은 우아하고 고풍스러웠다.

다만 단층 건물이었다. 나는 손가락으로 그 부분을 짚었다.

"적어도 5층 이상으로 짓도록 해요."

내 말에 케닌은 눈을 휘둥그레 떴다. 화려한 귀족 저택들 중에서도 3층 이상의 건물은 드물었다.

하물며 백화점 같은 대형 건물이 5층으로 올라가는 건 유례가 없었다.

굳이 찾자면 황궁에서 유폐 때나 사용하는 탑 정도일까.

"하지만 한 층 올리는 것만으로 비용이 상당히 드는걸요. 차라리 면적을 넓히는 게 비용 측면에서는 나을 겁니다."

"그러면 매장이 휑해 보일 거예요. 입점 업체가 초반에는 그렇게 많지 않을 테니까요."

내가 고층을 원하는 이유는 간단했다. 백화점은 초반에 큰 호응을 받지 못했다.

건물이 크기만 하면 매장이 비어 있는 모습만 크게 들어올 터. 차라리 층수를 높여서 한 층씩 폐쇄했다가 호응을 얻은 뒤 열면 그만이다.

나는 여전히 고심에 빠진 케닌에게 당당한 어조로 말했다.

"이 건물은 장담하건대 제국의 랜드마크가 될 거예요. 나중에 흥하고 나서 확장하려면 훨씬 돈이 많이 드니까 초반에 공격적으로 투자하도록 해요."

"마님."

내 말에 케닌이 반짝이는 눈으로 날 응시했다. 계속 얼굴을 찡그리고 있던 남자가 저런 표정을 지으니 부담스러웠다.

"정말 마님이 훨씬 낫네요. 저 마님 아래로 소속 옮기렵니다."

"네? 그게 무슨 소리예요. 농담하지 말아요."

"진심입니다."

그렇게 말을 하고 케닌은 외알 안경을 벗은 뒤 손등으로 눈을 꾹꾹 눌렀다. 그 모습에서는 그간 그가 이안 밑에서 얼마나 고생했나가 고스란히 보였다.

"각하께서는 어느 때고 장담하는 법이 없으시거든요."

뜨끔.

'나도 미래를 몰랐다면 망설였을 테지.'

내가 장담할 수 있는 이유는 하나뿐이었다. 미래를 아니까. 그렇지 않다면 이렇게 막대한 돈이 들어가는 사업을 턱턱 밀 수 없으리라.

그런 내 속사정을 모르는 케닌에게는 내가 무척 결단력 있고 책임감 있는 상사로 보였던 모양이다. 그는 감격한 척 은근히 이안을 돌려 깠다.

"이 아이디어도 각하께서 내셨다면 분명 일거리가 네 배 이상이었을 거예요. 어느 위치에 지으면 수익률 예상이 얼마나 되는지 보고서 만들어와라, 어느 업체가 입점할 거 같은지, 안 할 거 같은지 뽑아와라 등등."

이안이 역시 꼼꼼한가 보구나. 나는 어색하게 웃었다. 나 또한 내가 모르는 일에서는 그처럼 수많은 증거들을 원했을 것이기에 그 말에 공감할 수 없었다.

나는 적당히 겸양의 말을 지어냈다.

"저는 그냥 말을 던지는 것뿐이잖아요. 모두 유능한 여러분이 계시니까 할 수 있는 거죠. 말씀이라도 감사해요."

"마님."

그런데 내 말이 오히려 케닌을 더 감격시킨 모양이다. 케닌이 눈을 반짝이며 나를 따라서 지옥에라도 갈 거라고 맹세할 것 같은 표정을 지었을 때였다.

얼음처럼 차가운 목소리가 집무실 문가에서 울렸다.

"내 아내에게서 3미터 이상 물러나."

바로 이안이었다.

언제 온 건지, 그가 문가에 서서 우리를 쳐다보고 있었다. 자신을 노려보는 이안의 시선을 마주한 케닌은 입술을 삐죽이며 중얼거렸다.

"어휴, 좀생이."

가까운 곳에 있는 내게만 들릴 정도로 작은 목소리였는데, 이안은 들었던 모양이다. 그가 입술을 비틀며 한 걸음 한 걸음 내 쪽으로 걸어왔다.

"자네 요즘 간이 배 밖으로 나온 것 같은데."

"무슨 소리세요. 지금 열 걸음 떨어진 것 안 보이세요?"

역시 문어처럼 빠른 태세 전환이었다.

케닌은 언제 빈정거렸냐는 듯이 순종적인 표정을 지으며 내 책상에서 후다닥 물러났다. 나는 어색한 미소를 지었다.

"왔어요, 이안?"

"네. 예쁜 아내가 너무 보고 싶어서요."

걸어온 이안은 내 의자 뒤에 섰다. 그리고는 내 의자 등받이에 한쪽 팔을 올리고 기대서서 케닌을 흘겨보았다.

"무슨 이야기를 그리 열렬히 하느라 노크 소리도 못 듣나 했더니, 내 아내에게 구애 중일 줄은."

이안의 말에 케닌은 이번엔 팔딱팔딱 뛰었다.

"구애 아니거든요! 하여간 요즘 뭐든 삐딱하게 들으셔서."

"자네가 자꾸 삐딱하게 구니까 그렇지."

하여간 못 말릴 콤비였다. 나는 피식 웃으며 이안에게 말했다.

"농담 그만해요, 이안. 더 이상 농담을 건네면 서로 감정이 상할 것 같아요."

"충격적이게도 농담이 아니랍니다, 마님. 제가 아주 요즘 죽겠어요!"

내 말에 케닌이 억울해 죽겠다는 듯이 큰 소리로 일렀다. 그 말에 나는 조용히 미소 지으며 단호하게 대답했다.

"제 남편이 제 명예까지 떨어뜨리는 말을 진담으로 할 리가 없어요."

"……."

내 말에 내 등 뒤에서 건들거리던 이안의 움직임이 딱 멈췄다.

"헤에~."

케닌은 재미있어 죽겠다는 듯이 휘파람을 불며 이안을 바라보았다. 나로서는 둘이 뭐라고 떠들든 큰 상관 없었다.

'그냥 입이나 다물어 주었으면.'

오늘 안 그래도 애니 때문에 진이 다 빠졌는데, 이런 입씨름까지 보고 싶지 않았다. 이 정도 이야기했으면 한 달은 이런 대화 안

하겠지.

나는 자연스럽게 백화점 건으로 화제를 돌렸다.

"그래서 안건은 다 끝났나요?"

"아뇨. 제일 중요한 게 남아 있습니다."

"뭐죠?"

케닌은 내 책상에 다가와 펼쳤던 백화점 예상도를 다시 말며 말했다.

"백화점 이름이요. 도시부에 허가를 받아야 하는데 이름이 정해져야 내지 않겠습니까."

"아."

그제야 나는 백화점 이름조차도 정하지 않았다는 사실을 깨달았다.

'뭐라고 지어야 하지?'

너무 당연하게 고슈라는 이름이 떠올랐지만, 그것으로 지을 수는 없었다. 나는 외국인도 아니고, 고슈가 무슨 뜻인지도 모르는걸.

그때였다. 이안이 명쾌한 어조로 말했다.

"마티니로 하지."

"마티니요?"

갑자기 등장한 칵테일 이름에 케닌은 눈살을 찌푸렸다. 나도 이해가 가질 않아서 고개를 갸웃거리며 이안을 돌아보았다.

"왜 하필 마티니예요?"

내 물음에 이안은 눈꼬리를 여우처럼 휘며 대답했다.

"마티니에 뭐가 꼭 들어가나 생각해보세요."

"올리브?"

마티니는 잔에 올리브를 끼워서 장식하는 칵테일이다. 그런데 하필 올리브라니.

'올리브? 올리비아?'

바로 내 이름 아닌가!

"세상에, 이안!"

"하하."

이안의 말뜻을 이제야 알아들은 내 얼굴이 화르륵 붉게 물들었다. 그런 나를 이안이 잘게 웃음소리를 흘리며 그윽한 눈빛으로 내려다보았다. 서로 마주하는 우리를 보고 케닌이 떫은 표정으로 중얼거렸다.

"와, 두 눈 뜨고는 못 보겠네요. 저는 이만 물러가 보겠습니다."

"잠깐, 케닌. 이걸 빼먹었어."

"뭔데요?"

재빨리 사라지려던 케닌은 이안이 붙들자 무척 시큰둥한 표정으로 멈춰 섰다. 그러나 케닌의 기대처럼 이안은 사적인 이야기를 꺼내지 않았다.

"곧 폐하의 탄신제잖아."

"아."

황제 폐하의 탄신제. 말 그대로 황제 폐하의 탄생을 축하하는 자리이다.

'탄신제는 내가 타이론 공작부인으로서 참가하는 첫 공식 행

사가 되겠군.'

이미 드레스와 보석은 넉넉하니 따로 준비할 것이 없었다. 한 가지 준비한다면 황후마마와 미리 친분 쌓기 정도?

'그런데 이걸 왜 케닌과?'

내가 의아한 시선으로 케닌을 바라보았을 때였다. 케닌은 명료하게 상황을 설명해주었다.

"마님, 탄신제에 황제 폐하께 올릴 선물을 고르셔야 합니다. 이건 저희 쪽 예산에서 처리하니까 제게 정해서 알려주세요. 이건 기존에 준비했던 선물 목록이고요."

"알겠어요."

파넬에서는 이 모든 게 생활비에서 지출되었는데, 타이론에서는 다른 모양이다. 나는 고개를 끄덕였다.

케닌은 고개를 꾸벅 숙이고 내 집무실에서 나갔다. 문이 탁하고 닫히자마자 이안의 손가락이 내 머리카락 한 가닥을 돌돌 말았다.

"일은 할 만합니까?"

"나 잘한다고 했잖아요."

빈말이 아니었다. 내가 공작부인으로 지낸 시절이 얼마인데. 파넬 공작부인일 때는 집안의 투자 전반에 관한 일까지 모두 내가 관장했었다.

"물론 당신이 보기엔 부족한 점이 많을 테지만……."

"절대로 그런 뜻으로 하는 말이 아니에요."

내 말에 이안은 팔에 얼굴을 묻은 구부정한 자세로 입술을 삐죽였다.

“오히려 부인이 너무 일만 해서 외롭다는 투정일까요.”

“무슨 소리예요.”

그렇게 말할 만큼 일을 많이 하지 않았다. 나는 까르르 웃음을 터뜨렸다. 그리고 그가 도와줄 수 있을 만한 일을 에둘러 전했다.

“그보다 미리 황후 마마와 안면을 익혀야 할 텐데.”

“그 부분은 제가 폐하께 서신을 보내도록 하겠습니다.”

역시 감이 좋은 남자였다. 내가 툭 던졌을 뿐인데도 자기가 할 일을 척척 캐치해내니 말이다. 나는 부드러운 미소를 지으며 이안에게 물었다.

“황후 마마는 어떤 분이세요?”

“글쎄요. 저도 대화를 잘 안 해봐서.”

그건 그럴 것 같았다. 과거를 돌이켜봐도 지금의 황후 마마는 무척 조용하고 엄격한 분이었던 것 같다.

“올리, 장모님이 자꾸 일을 못한다고 구박해. 실수하면 소리 없이 빤히 쳐다만 보시는데 정말 무섭다고!”

‘그러고 보면 로메오가 스타티스 황태자와 약혼식을 올리는 게 이맘때였나.’

요즘 로메오와 서신을 할 때 너무 내 이야기만 늘어놓았던 것 같다. 로메오의 상황도 어떤가 한번 물어봐야겠다.

바로 그때였다. 딴생각으로 마음껏 방심하고 있는 사이, 이안이 불쑥 치고 들어왔다.

"그보다 아침 식사 때 체했다고 들었는데 괜찮은 겁니까?"

"그, 그건 체한 게 아니라."

'임신 소동이 있었다고 어떻게 말을 해!'

나는 난처함에 식은땀을 뻘뻘 흘렸다.

❖ ❖ ❖

황제는 찐빵처럼 포근한 데다가 너구리처럼 귀염성 있는, 모난 부분이라고는 조금도 없는 외모를 지녔지만, 사실 대단히 계산적인 인물이었다.

그에게는 황후 외에도 후궁이 여럿 있었는데 모두 정치적인 계산속에서 선택된 여인들이었다.

'황후가 조용한 성품이라 다행이었지.'

황후는 여러모로 황제에게 하늘이 내려준 연분이었다. 큰 사랑은 느끼지 못했지만, 두 사람 사이에는 전우애가 있었다.

"당신의 입장을 이해해요. 한 여자의 남편이기보다 한 나라의 지배자일 수밖에 없다는 것도요."

꼭 황제를 돕기라도 하듯 황후는 딸만 셋을 낳았다. 그래서 아들을 낳은 후궁들은 자신의 아들들이 황태자가 될 수 있을까 꿈에 부풀어 올랐다.

그 사이에서 가장 많은 이득을 본 사람은 당연히 황제였다.

그리고 지금.

"오랜만이구나, 스타티스."

황제의 앞에는 다음 대 황제가 될 황후의 첫 번째 딸, 스타티스 황태자가 앉아 있었다.

어깨를 스치는 짧은 금빛 머리카락에 주근깨가 가득한 얼굴에는 푸른 눈동자가 총명하게 빛나고 있었다.

빼어난 미색은 아니었지만, 자신만만하고 고압적인 분위기가 인상적인 여성이었다.

"예, 폐하."

"내가 오늘 왜 너를 불렀는지 알겠지?"

"제 반려 때문이겠지요."

타이론 공작의 갑작스러운 혼인으로 시끌시끌해져서 그렇지, 황실에서는 스타티스의 남편감을 간택했고 최종 후보 셋을 남긴 참이었다.

황제는 따뜻한 차를 호로록 마시며 말을 이었다. 목소리는 따뜻했지만 내용은 차디찼다.

"너는 여성이라 내가 했던 것처럼 황태자위를 두고 이득을 노리긴 어렵겠지."

스타티스는 많은 아이를 낳을 수는 없다. 아이를 낳는 데 본인의 부담이 없었던 황제와 달리, 여자인 스타티스에게는 임신 기간은 물론 출산과 육아 모든 문제들이 얽혀 있기 때문이다.

많이 낳아야 넷, 하나나 둘에서 멈출 가능성이 높았다. 자녀가 적다는 건 후궁 간의 암투를 붙이기 어렵다는 뜻이었다.

"그래도 후궁을 많이 두어야 한다. 네게 위협이 될 만한 자들을 후궁에 가두어두고 팔다리를 꺾어야 해."

"……."

황제의 말에 스타티스는 대답하지 않았다. 황제도 대답을 기대하지 않았다. 영리한 딸이라면 굳이 당부하지 않아도 알아서 저 길을 갈 터였다.

다만.

"그래서 최종 후보는 정했느냐?"

"예."

피는 못 속인다고 해야 할까. 생일로 황후 후보를 골랐던 황제처럼, 스타티스 역시 최종 후보에 어떤 감흥도 없었다. 그녀가 생각한 건 단 하나였다.

'차후 황권의 안정을 위해서는 그래도 황후 소생을 황태자위에 앉히는 게 나을 터.'

후보 중 두 사람은 스타티스와 같은 금발이었다. 이 두 사람의 아이라면 스타티스를 닮은 아이여도, 서로 자기 아이라고 주장할 수도 있었다.

생김새가 스타티스와 확 구분이 가는 사람은 단 한 사람뿐이었다.

"알키저스 백작가의 로메오 영식으로 하지요."

그저 머리색이 달라서. 스타티스는 그토록 간단하게 평생의 반려를 정했다. 대답에 황제는 고개를 끄덕였다.

"마침 타이론 공작가에서 인사차 황궁에 방문하고 싶다고 연락이 왔단다. 그때 먼저 가족들끼리 인사하자꾸나."

스타티스는 눈썹을 슬쩍 올렸다.

이안 타이론.

자식에게도 피도 눈물도 없는 황제의 유일한 예외.

'그러고 보니 나는 그 결혼식에 참석하지 못했지.'

그 무렵 스타티스는 주변국을 방문하고 돌아오는 길이었다. 결혼이 지나치게 서둘러서 치러지는 바람에 참석 일정을 조율할 수도 없었다.

'별로 궁금하지 않은데. 차라리 그 시간에 책이나 한 권 읽는 게 낫겠군.'

그래도 약혼식에 앞서서 약혼자의 얼굴도 한번 보지 않을 수는 없는 노릇이다. 그리고 타이론은…….

'하는 수 없지.'

스타티스는 한숨과 함께 찻잔을 비웠다.

6

가족들끼리 인사라고 하기엔 스케일이 좀

타이론 공작가는 꽤나 살풍경한 인테리어를 가지고 있었다. 이 나라 최고의 독신남의 집이라고 생각하면 별로 어색하지 않은 삭막한 인테리어였으나, 이제는 독신도 아니고! 인테리어를 적당할 때마다 교체할 안주인도 있고!

'역시 돈이 최고다.'

그리고 사실 나도 무척 즐거웠다. 이건 무슨 보물이고, 이건 무슨 사연이 있는 그림이고, 훈수를 두는 사람 없이 내 마음대로 척척 가구와 벽지를 배치하고 있으니 마음이 얼마나 시원하던지.

'이 맛에 이안도 여기서 본 거 전부 줘!를 외치는 건가.'

그리고 그동안 아무도 인테리어를 건드리지 않아서 쌓인 재정이 넉넉했다. 내가 집을 전체 다 뒤집어도 끄떡도 없을 정도로 말이다.

'기왕 애니도 같이 살게 되었으니 아늑한 분위기로 방을 바꾸어야지.'

이안이 흔쾌히 애니를 머무르게 해주었고, 그런 걸로 생색을 내는 사람이 아니라는 것도 알았지만, 그래도 나는 애니와 이안이 남이라는 사실을 잊지 않았다. 최대한 두 사람의 동선을 겹치지 않게 배치해서 서로의 사적 공간을 지켜줄 생각이었다.

'특히 지난번 같은 일은 사양이야.'

애니가 다짜고짜 나를 이안의 방에 밀어넣었던 날을 떠올리면 저절로 얼굴이 달아올랐다.

'앞으로 애니랑 같이 자지 말아야지. 다시는 그런 일이 없도록.'

그날, 그 밤을 떠올리니 저절로 이안의 얼굴이 떠올랐다. 낮고 부드러운 음성도.

"잘 자요, 올리비아."

'으으으, 진짜!'

떠올리는 것만으로도 귀를 박박 긁고 싶었다. 어떻게 사람이 그렇게 그윽한 음성을 가지고 있을 수 있단 말인가. 그 목소리가 내 이름을 부를 때면 참을 수 없는 간지러움이 일었다.

'왜 그 사람만 이렇게 특별할까.'

머리까지 열이 오르는 것 같아서 나는 쿵 하고 머리를 책상에 박았다. 버석한 종이의 질감이 한쪽 뺨을 간질였다.

'참을 수 없이 신경 쓰이고, 목소리만 들어도 긴장되고, 눈도

못 마주치겠고.'

난생처음 느껴보는 감각이었다. 나는 양손으로 내 팔을 감싸 안았다. 심장이 두근거렸다.

'역시 이 감각은…….'

바로 그때였다.

벌컥!

"올리비아!"

"아이고!"

두근거리기 무섭게 내가 떠올리고 있던 그 남자가 벌컥 집무실 문을 열고 들어섰다. 이번에는 다른 의미로 심장이 벌렁거렸다. 나는 손바닥으로 가슴께를 부여잡고 허덕거렸다.

'으아, 진짜 놀랐다.'

꼭 내 머릿속에서 남자가 불쑥 튀어나온 것만 같았다. 내가 하얗게 질려서 그를 바라보자, 그는 그제야 어깨를 수그리고 눈치를 살피며 물었다.

"미안해요, 깜짝 놀랐습니까?"

"당연하죠! 노크는 이럴 때 하는 거라고요."

"당신을 깜짝 놀라게 하고 싶어서. 그런데 이렇게 놀랄 줄은 몰랐습니다. 앞으로 조심하도록 하죠."

"……."

성질이 났는데, 풀죽은 강아지처럼 축 처진 눈을 보고 있으니 화를 낼 수가 없었다. 나는 입술을 삐죽이면서 살짝 시선을 내렸다. 놀라서 희게 질렸던 얼굴은 어느새 빨갛게 달아올라 있었다.

시선을 아래쪽으로 내리니 그가 들고 있는 둥근 은색 쟁반이 보였다. 가위와 천보도 함께였다.

"그게 뭐예요?"

"뭘까요?"

내 질문에 그가 가볍게 가위를 들고는 철컹철컹거렸다. 저런 작은 가위를 어디에 쓰는지 나는 이미 알고 있었다.

미용 가위였다.

문제는 왜 그 가위를 저 남자가 들고 왔느냐인데!

"……설마 당신이 직접 내 머리를 자르려고요?"

"이렇게 보여도 손재주가 좋답니다. 한번 믿어보시죠."

설마설마했더니 진짜였나!

'쇼핑에 이어 미용까지.'

여러모로 내가 가지고 있던 남성에 대한 이미지와는 다른 사람이었다.

'아니, 얼굴은 세상 시크하게 생겨가지고.'

왜 결혼 전에 저 남자를 무뚝뚝하고 과묵한 사람이라고 생각했는지 모를 노릇이었다.

나는 당당하게 가위를 들고 들어오는 이안을 바라보며 입술을 삐죽였다.

'못 미더운데.'

아니, 그래도 사람이 취미와 특기는 엄연히 다른 것 아니겠는가. 하물며 단발은 촌스러움과 세련됨이 한 끗 차이였다. 검증도 되지 않은 이안에게 맡기기에는 내 담이 좀 작았다.

그래도 직접 하겠다고 찾아왔는데 딱 잘라 거절하면 마음에 상처를 크게 입을 것 같아서, 나는 에둘러 거절의 말을 던졌다.

“당신 바쁘잖아요. 이런 건 아랫사람에게 시켜요.”

그랬더니 성큼 다가온 이안이 내 머리카락 한 가닥을 쥐더니 그 끝에 입술을 맞추는 게 아닌가.

“아내의 목덜미에 다른 사내의 손길이 스치는 건 달갑지 않아서요. 어리석은 사내의 독점욕이라고 생각하시죠.”

“어리석은 사람은 자기 입으로 자신을 어리석다고 이야기하지 않아요!”

그리 대답하며 나는 머리카락을 잡아당겨서 그의 손에서 빼내었다. 잠깐 잠잠했던 심장이 다시 콩콩 빠르게 뛰었다.

‘아니, 진짜 유혹이 본능인가 봐. 그동안 어떻게 참았대.’

그냥 아내의 머리를 잘라주고 싶다고 말하면 되지, 독점은 또 뭔 소리야. 괜히 심장 부정맥 걸리게.

나는 슬쩍 그를 노려보았다.

그건 그렇고.

‘머리라.’

머리를 자르는 것에는 큰 거부감이 없었다. 물론, 짧은 머리를 해본 적이 없기는 하지만.

‘기분 전환이 될지도 모르지.’

새로운 삶을 사는 김에 머리 스타일을 바꾸는 것도 나쁘지 않으리라. 하지만.

“머리는 다음에 잘라요, 우리.”

"역시 제가 못 미더워서……."

"그런 것보다 폐하의 탄신제가 가까워서요."

머리를 싹둑 자르기에는 앞에 놓인 큰 공식 행사가 있었다.

"첫 행사니까 가장 자신 있는 모습으로 서고 싶어요."

내가 맞춘 드레스는 머리가 긴 내 얼굴에 가장 최적으로 잘 어울리는 색과 형태들이었다. 머리를 잘라서 이미지가 달라지면 또 어울리지 않을 수도 있었다.

'행사를 잘 끝내고 난 뒤에 잘라도 충분하니까.'

내가 타이론 공작부인으로서 첫 행사이니만큼 많은 사람들에게 좋은 인상을 남기고 싶었다.

내가 진지하게 다짐하고 있다는 걸 눈치챈 이안의 눈매가 부드럽게 휘어졌다.

"그럼 우리 사이좋게 무슨 옷을 입을지 골라볼까요."

"네?"

탄신제는 거대한 무도회니까, 부부가 보통 드레스코드를 맞추는 것이 맞았다.

'그런데 직접 고른다고?'

보통 아내가 일방적으로 고르거나 재단사가 추천하는 걸 입지 않나.

'보면 볼수록 특이한 사람이야.'

나는 또 내게 은근슬쩍 찰싹 달라붙은 이안을 밉지 않게 흘겨보며 말했다.

"진짜 그런 거 좋아하네요. 어릴 때 인형 옷 입히기 놀이 같은 거 안 했어요?"

"아무 여자나 옷 갈아입히는 취미 없습니다. 당신이니까 좋아하는 거죠."

"또, 또, 팔불출 같은 소리."

내 불퉁한 대답에 이안이 반박하려고 입을 막 벌렸을 때였다.

노크 소리가 울리더니 집사의 단정한 목소리가 울렸다.

"마님, 주인님, 황궁에서 답신이 왔습니다."

"아."

나와 이안은 서로의 얼굴을 마주 보았다. 그리고 서둘러서 황실에서 황제의 친서를 들고 온 신하를 만나기 위해 내려갔다.

서신의 내용은 간결해서 답신을 그 자리에서 보내기에 어렵지 않았다.

– 이번 주 목요일, 황후궁에서. 참석자는 황태자와 알키저스 백작 영식, 그리고 타이론 공작 부부.

알키저스 백작 영식이 누구인지는 깊이 생각하지 않아도 바로 떠올랐다.

'로메오.'

내 친구.

'역시 이번 생에도 스타티스 황태자의 반려가 되는구나.'

별 이변이 없다면 똑같이 황후 자리에 오르겠지.

'오랜만에 얼굴을 볼 수 있겠네.'

연한 푸른색 머리카락에 주홍색 눈을 가진 내 친구를 떠올리며, 나는 옅은 미소를 지었다.

❖ ❖ ❖

로메오 알키저스는 알키저스 백작가의 삼남이었다.

늦둥이라 상당히 자유로운 분위기에서 컸는데, 가문을 이을 형들과 달리 아카데미를 수료할 수 있었던 것도 바로 그 덕분이었다.

'그리고 올리비아를 만났지.'

솔직히 아카데미의 수업은 재미도 없고 지루했다. 하지만 아카데미에서 유일하게 건진 게 있다면 바로 친구.

올리비아 플로렌스는 그의 인생에서 가장 좋은 친구였다. 그냥 한숨만 쉬어도 속내를 읽을 수 있는, 그 정도로 잘 맞는 사이.

'올리가 요즘 좀 이상해 보였는데.'

새침한 듯 얌전한 성품이었는데, 파넬 공작과 떠밀리듯 결혼한 뒤로는 사람이 확 달라졌다.

'무리한 요구를 하지 않나.'

타이론 공작과의 염문을 내달라니. 처음에는 얘가 제정신으로 이런 말을 하나 싶었다.

'하지만 정말 타이론 공작과 결혼할 줄은 몰랐어.'

주고받은 편지가 단편적이라, 그녀가 파넬에서 어떤 일을 겪었는지 로메오는 알지 못했다.

그냥 이렇게 무리한 일을 저지를 정도로 괴로웠나 보다, 정도.

'처음에 이걸 다 들어주는 게 정말 옳은 일인가 싶었는데.'

로메오는 가장 최근에 받은 올리비아의 편지를 펴보았다. 편지에는 조금 망설인 듯 동그랗게 고인 잉크 자국과 함께 한 줄이 간결하게 적혀 있었다.

– 이안은 정말 좋은 사람이야.

며칠 동안 지난하게 이어지던 걱정은 그 한 문장으로 끝이 났다. 로메오는 올리비아를 알았다. 쉽게 누군가를 단정하는 사람이 아니었다.

'이제 더 이상 걱정하지 않아도 되겠어.'

그렇게 생각하며, 로메오가 가지고 있던 편지를 정리했을 때였다. 어쩐지 창백한 안색의 집사가 로메오를 찾아왔다.

"도련님, 손님이 왔습니다."

"손님?"

도대체 누구냐고 물으려고 했을 때였다.

바위처럼 단단하고 커다란 몸을 가진 사내가 집사의 어깨를 붙들고 휙 밀치며 들어왔다.

'뭐, 뭐야? 곰인가?'

가무잡잡한 얼굴, 이리저리 뻗친 검은 머리카락, 파르스름하게 빛나는 얼음송곳 같은 눈동자가 심장까지 섬뜩하게 했다.

성큼 다가온 그는 로메오보다 머리 하나가 더 있었다. 위압감에 로메오는 혀를 깨물 뻔했다.

"아니, 당신은……."

"처음 만나 뵙겠소."

처음 뵙는다면서 로메오의 얼굴을 지긋하게 바라보는 시선은 그가 누구인지 잘 알고 있는 사람 같았다.

사내는 거칠고 퍼석한 입술을 열어 말했다.

"제임스 파넬이오."

바로 올리비아의 전남편이었다.

❖ ❖ ❖

시간은 훌쩍 흘러서 황제가 초대한 가족 모임 날이 되었다.

'황후 마마 건강이 별로 안 좋으시니 오랜 시간 자리를 지키시지는 않을 거야.'

지난 생에도 황후는 대외적인 활동을 거의 하지 못했다. 빠르게 쇠약해졌기 때문이다. 외부에는 스타티스 황태자가 빨리 황위를 물려받은 데에 황후의 건강 문제도 있다는 이야기가 안개처럼 퍼졌었다.

'가족 모임이니 옷은 단정하게 입고.'

이안과 전날 고른 옷은 과감하게 옷장에다가 다시 넣었다. 선명한 산호색이었는데, 가슴이 깊게 파이고 러플이 가득한 디자인이라 지나치게 발랄했다.

'이안은 이런 디자인을 좋아하더라. 정숙한 공작부인 이미지

에는 어울리지 않는데.'

그런 생각을 하며 나는 입술을 삐죽였다. 귀에 오팔 귀걸이를 막 채우는데, 똑똑 노크 소리가 나더니 이안의 목소리가 울렸다.

"접니다."

"네. 다 되었어요. 나가요."

문을 열자, 진한 적색 정장을 빼입은 이안이 서 있었다. 그는 단정한 남색 일색인 내 옷을 보더니 고개를 갸웃했다.

"내가 고른 옷은 이게 아니었던 거 같은데."

'예리하긴.'

제임스는 내가 어제랑 똑같은 옷을 입었는지 어쨌는지도 몰랐는데. 나는 어깨를 으쓱했다.

"가족 모임에 파티드레스를 어떻게 입고 가요. 돌아오는 길에 인형 사줄 테니까 걔 옷이나 갈아입혀요."

"너무해."

이안은 낙담한 표정을 지었지만, 나는 그냥 그의 팔을 잡아끄는 것으로 말을 잘랐다.

'이 남자의 잘생긴 얼굴과 정중한 징징거림에 넘어가면 한도 끝도 없다고.'

우리가 앉자마자 마차는 바로 출발했다. 나는 시가지를 내다보며 입술을 잘근거렸다.

'로메오와 이야기를 나눌 시간이 있을까? 나눌 수 있으면 좋을 텐데.'

로메오에게 고맙다는 말도 제대로 못 했다.

'하지만 이야기하기 쉽지 않겠지. 로메오도 스타티스 황태자와 약혼이 머지않았고.'

그런 생각을 하고 있을 때였다. 그때 딱딱한 손가락이 말랑한 내 아랫입술을 지그시 눌렀다.

나는 깜짝 놀라서 눈을 깜빡거렸다.

이안이 빙긋 웃으며 말했다.

"피 나겠어요."

"아."

그제야 나는 초조함을 고스란히 드러내고 있었다는 걸 깨달았다. 나는 이안의 손을 밀어내며 살짝 뺨을 붉혔다.

"조금 떨리네요."

"거짓말."

적당히 대답한 말에 이안이 제법 예리하게 치고 들어왔다.

"당신은 그런 걸로 긴장하지 않죠. 조금 들뜬 것이라면 모를까."

괜히 뜨끔한 나는 목에 힘을 주고 입술을 삐죽이며 되물었다.

"제가 들뜰 일이 뭐가 있어요?"

그런데 대답이 또 묘했다.

"모르죠. 오늘 가족 모임에 나올 사람이 보고 싶다든가."

'혹시 로메오가 나를 돕기 위해 이안과 나의 스캔들 노래를 퍼뜨렸다는 걸 알고 있나?'

직감적으로 그런 의문이 들었다. 하지만 반짝반짝거리는 푸른 눈을 본 순간 나는 고개를 가로저었다.

'안다면 결혼했을 리가 없지. 정신이 나가지 않고서야.'

제정신인 사람이라면 그 사실을 알고도 따지기는커녕 순순히 넘어갈 리가 없다.

'내가 너무 과민한 걸 거야.'

그리고 로메오와 나는 철저하게 서신으로만 대화를 나누었는걸. 어디선가 내용이 유출될 일도 없었다.

곤두선 내 신경을 어르기라도 하듯, 이안이 부드러운 어조로 말했다.

"스타티스 황태자 때문이라면 걱정할 필요 없어요. 퉁명스럽지만 착한 아이거든."

'역시 내가 과민했나 봐.'

그리 생각하며 나는 피식 웃었다.

"잘 알고 있나 봐요."

'스타티스 황태자.'

지난 생에서 나는 그녀를 보아 알고 있었다. 냉철하고 과감한 정치 스타일로 많은 사람들의 지지를 받았다.

'그걸 퉁명스러운데 착한 아이라고 칭하다니.'

황제의 태도도 그랬지만, 역시 이안은 황가 식구들과 무척 막역하게 지내는 것 같았다.

'그냥 사촌이라고 하기엔 너무 친하게 지내는 것 같아.'

내가 살짝 아랫입술을 깨물었을 때였다. 이안이 턱을 괴고 이렇게 중얼거렸다.

"잘 알긴 아는데, 솔직히 좋은 사이는 아니죠."

"?"

좋은 사이는 아니라니.

어쩐지 꺼림칙한 한마디였다.

❖ ❖ ❖

"이쪽으로 오시지요."

마차에서 내리자 황제의 시종이 직접 우리를 모임 장소까지 안내해주었다. 아름다운 꽃들이 가득한 정원에 흰 테이블이 펼쳐져 있었다.

그리고 그 자리에는 한 사람이 이미 먼저 앉아 있었다.

순금을 녹인 것같이 진한 금빛 머리카락을 느슨하게 묶은 자신만만한 표정의 여성이었다.

"황태자 전하를 뵙습니다."

바로 황제의 적통 장녀, 스타티스 황태자였다.

"오랜만이오, 타이론 공작. 그리고 그대가 타이론 공작부인?"

바다처럼 파르스름한 눈동자가 찔리는 것처럼 선명했다. 그녀는 턱을 괴고 나를 관찰하듯 바라보며 말했다.

"결혼식에는 참석하지 못해서 미안하게 되었소. 대외 행사와 날짜가 겹치는 바람에 그렇게 되었다오."

황태자가 그때 당시 중요한 공무로 국외에 있었다는 사실은 나도 알고 있었다. 나는 고개를 숙이고 공손하게 대답했다.

"아닙니다. 다이아몬드 홀에서 치를 수 있었던 것만으로도 자손 대대로 영광이었는걸요."

적당한 대답이라고 생각했는데 그 말이 황태자의 심기를 건드린 모양이다. 그녀의 붓으로 단숨에 그린 것같이 길게 뻗은 눈썹이 크게 휘어졌다.

"그 소식에는 나도 조금 놀랐소. 부황께서 타이론 공작을 아낀다는 사실은 알았지만 설마 다이아몬드 홀까지 열어줄 줄이야."

'뭐야, 이 분위기.'

워낙 상대가 강직한 이미지라서 그렇게 안 들릴 뿐이지, 묘한 비꼼이 가득한 말이었다.

'심지어 자리에 앉으라는 말을 안 하고 있잖아.'

나와 이안은 여전히 그녀의 앞에 서서 그녀가 앉으라고 말해주길 기다리고 있었다.

'설마 진짜 사이가 안 좋은 거냐?'

나는 당혹스러운 표정으로 이안을 돌아보았다.

그런데 이게 웬일.

이 잘생긴 남자는 팔짱을 끼고 짝다리를 짚고 서서는 이렇게 대답하는 것 아닌가.

"뭐, 새삼."

아니, 불난 데에 기름 붓기냐고!

빠직.

스타티스 황태자의 이마에 힘줄이 솟는 소리가 들리는 것만 같았다. 그녀가 한결 뾰족해진 어조로 말했다.

"오호라. 지금 그런 말로 부황의 호의를 퉁 치시겠다?"

"폐하께서 소신을 자식처럼 사랑하시는 게 사실인데 굳이 겸

양을 떨 필요가 있습니까?"

"결혼하고 철이 들었나 했더니 오만방자한 태도는 여전하시군."

"그렇게 말씀하시는 황태자께서는 참 많이 변하셨군요. 드레스 입고 걸려 넘어져서는 얼른 어른이 되고 싶다고 앙앙 울던 것이 엊그제 같은데."

"내가 잊으라고 명하지 않았소!"

"아무리 황태자 전하라고 하셔도 사람의 기억은 지울 수 없습니다."

"이익."

이안의 뻔뻔한 대답에 스타티스 황태자는 조금 더 격앙된 태도로 말했다.

"나라고 공의 수치스러운 과거 하나둘 모르는 줄 아시오? 내가 공보다 에스페란어를 잘 쓰니까 삐져서 몰래 숙제 한 장을 숨겼었지."

"전하께서 잃어버리신 걸 왜 제 탓을 합니까."

"그게 아니고선 공이 왔다 갔다 할 때마다 사라지던 것이 설명이 될 리가 있나."

두 사람의 다다다 이어지는 대화에 나는 느릿하게 눈을 깜빡였다.

"저기, 그러니까……."

꼭 남매처럼 똑같은 푸른 눈이 나를 동시에 쳐다보았다. 나는 떨떠름한 목소리로 물었다.

"두 분은 어릴 때부터 무척 친한 사이시라는 거군요?"

"절대 아닙니다."

"절대 아니오."

"……."

아니긴 뭐가 아니야. 맞고만.

'이렇게 어린 시절을 속속들이 아는데 뭐가 안 친해. 생긴 것도 비슷해서.'

이안보다 스타티스 황태자의 머리카락이 조금 더 색이 짙은 금발이었지만, 두 사람은 비슷했다. 입을 꾹 다물면 무척 퉁명스러워 보이는 점이라든가.

'……설마 정말 배다른 남매는 아니겠지?'

두 사람의 나이는 이안 쪽이 아슬아슬하게 두 살 더 많았다. 스타티스가 황태자가 되는 게 가장 큰 이유가 적통의 장녀였다는 점을 감안하면, 배다른 남매라는 가정은 무척 큰 파장을 불러올 수도 있다.

'설마! 그런 소설 같은 일이 있진 않겠지.'

나는 고개를 흔들어 생각을 털어버렸다. 아무리 막장인들 그런 일이 있을 리가.

바로 그때, 스타티스 황태자가 팔짱을 끼며 입술을 비틀었다.

"화이트폴 후작저에서 그런 불미스러운 일이 있지 않았다면 지금쯤 얼굴도 모르는 사이였을 텐데."

"스타티스."

황태자의 말에 이안의 얼굴이 얼음처럼 차갑게 굳어졌다. 그 시선을 정면에서 마주하지 않는 나도 몸이 흠칫 떨릴 정도였는데, 정작 황태자는 입꼬리를 올려 고양이처럼 웃었다.

"그렇게 노려보면 어쩔 텐가? 어릴 때처럼 발이라도 걸게?"

황태자의 말에 나는 입을 딱 벌렸다.

'그런 짓도 했었냐.'

모르긴 몰라도 유년 시절의 긴 시간을 함께 보낸 것은 분명해 보였다. 사이가 썩 좋지 않은 편이라는 점도.

'아니, 그럼 나랑 로메오는 이제 어떻게 해야 하는 거야?'

지난 생에서야 파넬은 황제에게도 꼭 챙겨야 하는 파벌이니, 나와 로메오도 친근하게 지낼 수 있었다.

하지만 이안과 황태자가 사이가 좋지 않다면?

'친하게 교류하는 것 자체를 고까워할 수도.'

이런 내 걱정을 아는지 모르는지, 황태자와 이안은 눈도 깜빡하지 않고 서로를 노려보았다. 생김새가 비슷한 두 사람인지라, 꼭 거울을 노려보는 것 같았다.

결국 기나긴 눈싸움에서 져준 것은 이안이었다. 그는 노려본 게 언제냐는 듯이 유들유들한 어조로 말했다.

"……황태자 전하께서 오늘따라 짓궂으시군요."

'엥? 갑자기?'

황태자고 뭐고 거침없이 노려보던 사람이 갑자기 멀쩡한 척을 하고 있으니 이상했다.

내가 당혹감을 감추지 못하고 눈을 깜빡거릴 때였다. 황태자가 턱을 괴고 내게 말했다.

"이렇게 쪼잔하고 뒤끝이 긴 음험한 남자를 데리고 사느라고 애쓰오, 공작부인."

그녀의 말에 나는 눈을 빠르게 깜빡거렸다.

쪼잔하고 음험하다고?

차라리 그런 사람이었으면 내 마음이 편했을까. 나는 한숨 섞인 어조로, 미소를 지으며 대답했다.

"이안은 좋은 사람입니다."

내 말에 이안이 나를 돌아보는 것이 느껴졌다. 하지만 나는 꼿꼿하게 스타티스 황태자를 응시했다.

그녀가 어쩐지 재미있어하는 듯, 미소를 지었을 때였다.

"제수씨!!"

"컥!"

내가 긴장할 틈도 없이, 등 뒤에 명랑쾌활한 목소리가 울려 퍼졌다.

'오랜만에 들으니 또다시 적응이 안 되네!'

이 세상에 나를 제수씨라고 부를 사람이 누가 있겠는가. 나는 얼른 무릎을 굽히고 떨리는 목소리로 화답했다.

"화, 황제 폐하를……."

얼마 전에 만났던 흰 만두 같은 얼굴의 황제가 나를 향해 두 손을 펼치며 다가오고 있었다.

그는 손수 내 팔을 붙들어 몸을 일으켜 세우며 이렇게 말했다.

"아이고, 우리 제수씨. 굳이 그렇게 예를 차리지 않아도 좋아. 귀한 아기를 품었을지도 모르는 몸인데."

"컥!"

두 번째 충격이었다.

'아, 아기?'

아니, 물론 남녀가 결혼해서 한 가정을 이루면 아기도 낳고 그렇게 살긴 하는데.

'하지만 이렇게 면전에 대놓고 아기 타령은 아니지!'

뭣보다 우리는 아기를 가질 생각이 없단 말이다.

이안이 그때 나와 황제 사이에 끼어들었다. 그리고 당황해서 어버버거리는 나를 자신의 등 뒤로 감추며 말했다.

"폐하, 그런 말씀은 자중하시는 편이……."

하지만 그 말은 끝까지 나오지 못했다. 황제의 등장에 자리에서 일어난 황태자 스타티스가 빙글빙글 웃으며 이렇게 말한 것이다.

"왜요? 자식같이 공작을 아끼는 마음에 충분히 할 수 있는 말이죠."

뿌득.

이안의 입에서 이가 갈리는 무서운 소리가 났다. 하지만 이런 일이 잦은지, 스타티스는 여유롭게 웃어넘겼다.

그때 황제가 시무룩한 표정으로 내게 물었다.

"뭐야. 임신한 거 아니었나?"

당연히 임신으로 확신한 투였다. 나는 나대로 기가 막혀서 되물었다.

"절대 아닙니다. 도대체 왜 그런 생각을……?"

"내가 제수씨를 보고 싶어서 그동안 타이론 가문으로 그렇게 편지를 보냈는데도 이안 저 녀석이 다 튕겨냈거든. 제수씨가 몸이 좋지 않다면서."

'그런 짓도 했냐.'

나는 이안의 뒤통수를 쳐다보았다. 탓하려는 건 아니었다. 내 대신 거절해줬다니 감사한 일이었다.

황제는 고개를 갸웃거리면서 소름 끼치게 천진난만한 어조로 중얼거렸다.

"그래서 몸이 안 좋다니 역시 임신이 아닐까."

'그게 뭐야!'

몸이 아파서 입궁하지 못하겠다는 말을 그렇게 곡해하다니, 이쯤 되면 망상이었다.

'제발 그런 관심은 꺼주시면 안 되나요!'

목 끝까지 그런 말이 튀어나오려고 했지만, 상대가 황제라 참았다. 황제는 정말로 그렇게 믿은 것인지 축 늘어진 눈을 내리깔며 중얼거렸다.

"당연히 그럴 줄 알고 축하선물까지 준비했는데 필요 없어졌군."

시댁(?)에서 이런 행동을 할 때 나를 감싸줄 사람이 누구인가. 바로 남편이다.

그리고 이안은 대단히 눈치가 빠른 남편이었다. 그는 내 어깨를 감싸 안으며 빙긋 웃었다.

"감사하지만, 저희는 신혼을 더 즐기고 싶답니다. 자녀계획은 아직 없지요."

당분간 아이 가질 생각이 없다고 에둘러 밀어내는 말이었다. 내가 속으로 '잘했어!'라고 생각했을 때였다.

스타티스 황태자가 또 한 방 날렸다.

"아니 땐 굴뚝에 연기가 날 리가 있나. 정말 아기를 만들 수 없는 몸일 수도 있지."

요컨대 너 정말 고자 아니냐는 뜻이었다. 설마 황태자가 이런 성품일 줄 몰랐던 나는 아연한 표정을 지었다.

'세, 세다.'

허나 이안도 만만치 않았다. 그는 빙긋 웃으며 이렇게 공격을 되돌렸다.

"그 선물은 그대로 황태자 전하께 드리면 되겠군요. 곧 결혼하실 테니까요."

뿌득. 이번에는 저쪽에서 이 가는 소리가 울렸다. 나는 혀를 끌끌 찼다.

'역시 저쪽도 당분간 아이를 가질 마음이 없나 보구나.'

꽤 오랫동안 스타티스와 로메오의 사이에도 아이가 없었다. 감히 황제에게 불임이냐는 말은 나오지 않았지만, 로메오가 시달렸던 기억은 난다.

'아무래도 안정적인 치세를 위해서는 가지기가 어렵겠지.'

그렇게 생각했을 때였다. 황제는 온화하게 웃으며 입술을 열었다.

"말이 나왔으니, 소개하도록 하지."

그가 손을 편 곳에는 시종의 안내를 받아서 한 남자가 걸어오고 있었다.

평균적인 키에, 마른 편인 몸, 순하고 지적인 인상을 가진 푸른 머리카락에 주홍색 눈을 가진 남자였다.

"장래 황후가 될 로메오 알키저스 영식이라네."

바로 내 친구 로메오였다.

❖ ❖ ❖

황후는 건강을 핑계로 자리에 나오지 않았다.

나는 속으로 한숨을 쉬었다.

'부럽다.'

부러울 수밖에 없었다.

"……."

"……."

가족 모임은 지나치게 말이 없었으니까.

'사실 무슨 이야기를 하겠어. 얼굴도 잘 모르는 사람들끼리.'

나는 황태자를 처음 보았고, 이안은 로메오를 처음 보았다.

'그렇다고 황제 폐하께서 계신데 아까처럼 한가롭게 어린 시절 폄훼하기를 할 수도 없고.'

그렇다 보니 묵직한 침묵이 계속되었다. 로메오의 긴장한 얼굴을 보던 나는 결국 어렵사리 운을 떼었다.

"전하와 알키저스 영식께서는 오늘 처음 만나시는 건가요?"

"얼굴은 처음 보는 건 아니지만."

지루한 표정을 짓고 있으면서도 황태자는 순순히 입술을 열었다. 그런데 이게 웬일이람. 그냥 입을 다물고 있을 걸 그랬다.

황태자는 시큰둥한 표정으로 말했다.

"후보들은 중신들이 추려주었고, 그중 한 명을 내가 골랐지. 후보 중 나랑 머리색이 다른 사람이 이 남자뿐이었거든."

"네?"

"머리색이 다른 사람이 이 남자뿐이었다고."

"……."

'아니, 우리나라 황족들, 너무 결혼을 쉽게 생각하는 거 아니야?'

아버지는 생일로 반려를 뽑더니, 이쪽은 머리색으로 뽑았단다.

나는 조마조마한 표정으로 로메오를 바라보았다. 로메오 또한 이유를 처음 듣는 것인지, 살짝 희게 질려 있었다.

'그러고 보니 나머지 두 후보는 후궁으로 들어왔던 거 같은데.'

여자 황제라고 해서 혼인동맹이 없었던 것은 아니다. 스타티스도 나중에는 황후 로메오 말고도 많은 남자 후궁을 두었다.

그러니 저절로 이런 걱정이 들었다.

'로메오는 그런 결혼으로 괜찮은 건가?'

희게 질려서 입술을 꾹 다물고 있는 친구를 보니 내 마음도 선득해지는 것 같았다.

나는 주먹에 힘을 주었다. 황태자가 우리 부부 쪽으로 화살을 돌린 것은 바로 그때였다.

"무슨 이유인들, 제국을 떠들썩하게 만들며 결혼한 타이론 공작 부부만 하겠는가."

뼈가 느껴지는 말이었다.

'왜 이렇게 적대적이지?'

이유를 알 수 없는 적의에 내가 이맛살을 찌푸렸을 때였다. 이안이 내 손을 꽉 붙잡으며 말했다.

"저희야 뜨거운 열애 끝에 결혼했지요."

"이안."

나는 깜짝 놀라서 그를 돌아보았다.

담 크게 나와 그의 연애 스토리를 날조하려는 건가 했더니만, 그는 피식 비웃음을 날리는 게 아닌가.

"뭐, 사랑 따윈 전혀 모르는 전하께선 이해하기 어려우시겠지만."

'아니, 너희끼리의 신경전은 그만둬줄래.'

스타티스와 이안의 한 방씩 주고받기가 계속되니 이젠 긴장이 되다 못해, 자리를 박차고 일어나고 싶을 지경이었다.

로메오도 다르지 않은지, 이제는 곧 쓰러져도 이상하지 않을 안색이었다.

'으으, 가엾은 내 친구. 뭐라고 한마디라도 붙여줘야 하는 건가.'

사람을 불렀으면 한마디 말이라도 하게 해줘야지. 지나칠 정도로 예를 따지는 데다가 소심한 편인 로메오는 이 매운맛 대화에 맞장구조차 치지 못하고 있었다.

'재도 참. 앞으로 계속 이런 분위기 속에서 살아야 할 텐데, 담이 약해서 큰일이야.'

황태자와 로메오의 부부 생활이 안 봐도 훤히 보였다. 내가 혀를 끌끌 찼을 때였다.

대화에서 소외되어 존재마저 잊힐 지경이었던 황제가 입을 열었다.

"요즘 재미난 것을 꾸미고 있더구나? 백화점이라고?"

최근 몰두하는 사업 이야기가 나오니 저절로 신경이 곤두섰다. 황제는 차를 호로록 마시며 물었다.

"네가 요구한 거라 인가는 내주었지만……. 과연 장사가 될 거라고 생각하느냐."

장사가 될 것인가.

'원래도 부정적인 의견이 많았지. 실제로 시작할 때는 점포가 대부분 비어서 시작했고.'

사실 대단한 도박이었다. 건물주는 불패라고 하지만, 사실 건물 상권이 죽으면 수습이 불가능하고, 손실도 크니까.

결국 이 상황에서 사업이 끌어가지는 것은 오로지 될 거라는 내 말 한마디뿐이었다.

'이 사람은 정말 내 말을 믿는 걸까.'

문득 그게 궁금해진 나는 이안을 물끄러미 바라보았다. 내 불안을 읽은 것처럼 내내 무뚝뚝하던 이안이 빙긋 마주 미소 지어 주었다. 그리고 가벼운 어조로 대답했다.

"제 아내가 된다고 했으니 잘될 것입니다. 원래 인생은 세 여자의 말을 잘 들어야 풀린다고 하니까요."

"세 여자?"

"어머니, 아내, 딸이요."

그는 내 손을 쥐고 있는 손에 힘을 주었다. 나를 바라보는 푸른 눈이 설탕처럼 달았다.

"제게는 아내밖에 없으니, 아내 말을 세 배로 잘 들어야지요."

아니, 좋은 말인데. 날 존중해주고, 아끼는 말이니까. 그렇긴 한데.

'왜 이렇게 부끄럽지.'

당장 앞에 놓여 있는 쿠키를 쥐어서 저 나불거리는 입에 넣어주고 싶었다.

'으아, 로메오까지 깜짝 놀란 표정으로 쳐다보고 있어.'

나는 빨개진 얼굴에 살짝 부채질을 했다. 하지만 이 닭살 돋는 멘트가 마음에 들었는지, 황제는 껄껄 웃었다.

"네가 그런 말도 할 줄 알다니, 오래 살고 볼 일이구나."

여기서 끝났으면 그래도 괜찮았을 텐데. 황제는 아무 생각 없이 이렇게 물었다!

"그래, 백화점 이름이 뭐라고?"

'으악! 그건 안 돼!'

더 이상의 부끄러움을 감수할 마음이 없었던 나는 이안의 입을 틀어막으려고 했다. 하지만 이안의 대답이 더 빨랐다.

"마티니입니다."

"마티니? 그 올리브가 올라가 있는?"

무심코 그렇게 중얼거리던 황제의 눈이 내 얼굴에서 멈췄다. 내 얼굴은 이제 장미처럼 새빨개졌다.

'이런 건 왜 이렇게 빨리 알아듣는 건데!'

나도, 케닌도 마티니라는 이름을 들었을 때 올리브를 떠올리지 못했는데, 왜 이렇게 황제는 빠르게 떠올렸단 말인가!

로메오는 눈을 휘둥그레 뜨고 우릴 바라보았고, 스타티스 황태자는 들고 있던 찻잔을 엎질러 버렸다.

"……."

그녀는 어이없다는 표정으로 우리를 물끄러미 쳐다보았다. 이안은 부끄럽지도 않은지 뻔뻔스러운 어조로 대꾸했다.

"부러우시면 지는 겁니다, 전하."

"이 표정을 보고 부럽다고 해석하다니 그 자의식이 부럽군, 공작."

황태자의 말에 이안이 또 뭐라고 말대답을 하려 입술을 열었을 때였다.

나는 낮은 목소리로 그의 이름을 불렀다.

"이안."

"네, 올리비아."

태양 아래, 태양의 신이 강림한 것처럼 찬란한 미모가 빛을 발했다. 하지만 이미 심장이 넝마가 될 정도로 수치심을 느낀 내 눈에는 전혀 잘생겨 보이지도 않았다.

나는 이를 갈며 낮은 목소리로 속삭였다.

"입 좀 다물어요."

"……예."

그는 내가 심히 화가 났다는 사실을 깨달은 것인지 얌전히 입을 다물었다.

또다시 테이블에 어색한 침묵이 감돌려는데 황제 보좌관이 다가와서 뭐라고 황제에게 속삭였다.

황제는 껄껄 인자하게 웃으며 말했다.

"허허, 젊은 사람들끼리 이야기가 잘 통하나 보구나. 나는 이만 물러가보마."

아니, 이런 불편한 모임을 주선해 놓고 가긴 어딜 가!

하지만 잡을 새도 없이 그는 훌쩍 일어나버렸다. 만두 같은 풍채와 어울리지 않는 날쌘 행동이었다.

그래서 결국 테이블에는 더더욱 불편한 사람들만 모였다.

'이게 무슨 가족 모임이야!'

다행히 답답한 시간은 그렇게 길지 않았다. 이 자리에서 가장 높은 발언권을 가지고 있는 황태자가 이렇게 말했기 때문이다.

"이렇게 앉아 있으면 뭐하겠소. 조금 걷지?"

덕분에 우리는 답답한 테이블을 벗어나 정원을 걷게 되었다. 가만히 앉아 있는 것보다 백배 나은 게 당연했다.

'역시 황궁이네.'

타이론 가문의 화원도 무척 대단하지만 역시 황궁에는 비할 수가 없었다.

'검은 나비란이라니, 처음 봐.'

그렇게 내가 하나하나 꽃을 보며 걷고 있을 때였다. 이안이 내 곁에 와서는 슬쩍 물었다.

"올리비아, 화가 많이 났습니까?"

나는 그에게 빙긋 미소 지어주며 대답했다.

"네. 그러니까 말 걸지 말아요."

사실 이렇게 성질을 낼 건 아니었다. 남편이 다른 사람들 앞에서 나 좋다고 큰 소리로 말하는데 왜 화를 내겠는가.

'하지만 부끄러운걸!'

너무 무뚝뚝한 남자를 데리고 살아서 그런가, 이안의 다정다감한 말 한 마디 한 마디가 다 적응이 되질 않았다.

심지어 그걸 다른 사람에게 하다니!

'그러니까 혼자 생각을 정리하게 내버려 둬!'

솔직히 말하면 지금 이안의 얼굴을 마주 보는 것도 수줍었다. 그런 내 맘을 아는지 모르는지, 이안은 허리를 굽혀 나와 눈을 맞추며 말했다.

"미안해요. 내가 내 아내를 자랑하고 싶은 마음에 그만."

"입 다물라고 했죠."

혼자 마음을 가라앉히게 내버려 두라니까!

내가 축 늘어진 시선을 피하기 위해 고개를 휙 돌렸을 때였다.

우리보다 조금 앞서서 걷고 있던 스타티스 황태자가 팔짱을 끼고 빈정거렸다.

"집요한 남자는 인기가 없다네, 공작."

"이게 누구 때문인데……."

황제도 자리를 떠났겠다, 두 사람 사이에는 본격적인 설전이 붙었다. 이안이 차가운 목소리로 황태자에게 뭐라고 이야기할 때였다.

마침 이안보다 커다랗게 자라난 울타리 나무 옆으로 꺾이는 길이었다. 내가 아무 생각 없이 이안의 뒤를 따르는데, 커다란 손이 나를 뒤에서 휙 낚아챘다.

"헛!"

황궁에서 누가 이런 위해를 가할 수 있단 말인가. 상상도 못 한 일에 내가 얼어붙은 것처럼 굳어졌을 때였다. 익숙한 얼굴이 나를 향해 검지를 세워 보였다.

"쉿."

"로메오?"

바로 내 친구 로메오였다. 그는 미안한 듯 뺨을 붉히며 말했다.

"잠시만, 할 이야기가 있어서."

우리 둘이 이야기하기에는 다소 분위기가 딱딱하긴 했다. 그렇지만 이렇게 우리 둘만 뒤처지는 것도 그림이 이상하지 않은가.

'이렇게 무리수를 둘 사람이 아닌데.'

나는 혼란스러운 눈으로 로메오를 바라보았다. 로메오는 나를 진지한 눈으로 바라보며 물었다.

"행복해, 올리?"

'왜 이런 걸 묻는 거지?'

모든 것이 다 이상했다. 여태 불편해하던 로메오가 저렇게 진지한 표정을 짓는 것까지다. 하지만 나는 성실하게 고개를 끄덕였다.

"응."

타이론 공작부인의 삶은, 파넬 공작부인의 삶과 조금도 비교할 수가 없었다. 여기서는 내가 큰소리를 낼 필요도, 세 보이려 할 필요도 없었다.

그렇게 마음이 편안한 생활이라면.

"난 행복해."

"하……."

내 대답에 로메오는 나지막한 탄성을 내뱉었다. 나는 의아한 눈으로 그를 바라보았다. 로메오는 조금 빠른 어조로 거두절미하고 본론만 말했다.

그 말은 너무나 뜻밖이었다.

"네 전남편이 수도에 있어."

"제임스가?"

그건 있을 수가 없는 일이었다.

'아직 전쟁이 끝나지 않았을 텐데…….'

한참 변방을 지켜야 할 상황인데 그가 어떻게 수도에 있단 말인가.

좀 더 캐묻고 싶었지만, 우리에게는 그럴 만한 시간이 없었다. 로메오가 낮은 목소리로 속삭였다.

"그러니까 조심해."

"자, 잠깐만, 로메오."

나는 나를 두고 일어나려는 로메오의 팔을 꽉 붙들었다. 목소리가 다급하게 흘러나왔다.

"너는 괜찮아? 내가 도울 것 없어?"

내 말에 로메오의 주홍색 눈동자가 조금 커졌다. 그러더니 그는 이내 씁쓸한 미소를 지었다.

"나야, 어떻게 하든 결국 이 신세일 텐데, 뭘."

로메오의 사정은 내가 잘 알았다. 그가 어떤 마음으로 황태자와 결혼을 하는지도.

하지만.

"나는 가장 좋아하는 친구가 진심으로 사랑하고 사랑받는 가정을 꾸렸으면 좋겠어."

나는 로메오도 행복했으면 했다.

내 대답에 로메오는 눈을 가느다랗게 휘며 웃었다.

"고마워, 올리."

어쩐지 서글픈 미소였다. 내가 재차 그렇게 대답만 하지 말고 제대로 말해보라고 다그치려고 할 때였다.

내 얼굴 위로 그늘이 졌다. 나는 눈을 깜빡거렸다.

이안이었다.

"무슨 일이죠, 알키저스 영식?"

그렇게 묻는 이안의 목소리가 어쩐지 으스스했다. 로메오는 성큼 내 곁에서 뒤로 물러나며 대답했다.

"공작부인께서 넘어지셔서 부축했을 뿐입니다."

"앗, 이런."

로메오의 말에 이안이 걱정스러운 표정으로 나에게 손을 내밀며 물었다.

"괜찮나요, 올리?"

……다 들었구나, 이 남자.

❖ ❖ ❖

우리는 황실 정원을 가로질러 잘 관리된 유리온실 안으로 들어섰다.

“여기서부터는 따로 움직이지.”

그렇게 말한 황태자 덕분에 온실 안에서 나와 이안 둘이 걷게 되었다.

온실 안에는 아까 정원에서 본 것보다 훨씬 진귀한 꽃들이 많았으나, 내 눈에는 하나도 들어오지 않았다.

‘제임스가 수도에 있다고?’

나는 멍한 표정으로 온실 어드메를 응시하며 아까 로메오가 했던 말을 다시 떠올렸다.

‘그럴 리가 없어.’

아무리 생각해도 말이 되질 않았다.

‘과거에도 그는 10년 동안 한 번도 수도에 온 적이 없는걸. 그리고 설령 왔다고 해도 이렇게 조용할 리가 없어.’

제임스가 왔다면 진상들이 가만히 있을 리가 없었다. 동네방네 자랑했겠지. 특히 나에게.

‘로메오가 잘못 알고 있는 걸 거야.’

아무리 생각해도 그 결론뿐이었다.

그리고 막말로 오면 어쩔 건가.

‘나랑 그는 접점이 더 이상 없는데.’

지난 생에서도 우리가 함께했던 것은 결혼하고 10년 뒤, 전쟁을 끝내고 그가 돌아온 후였다.

‘본 적 없는 신부를 그가 찾아올 리가.’

하지만 한번 번지기 시작한 불안감은 내 마음을 스멀스멀 좀 먹었다. 입술을 잘근거리던 나는 나도 모르게 내 앞에 선 남자의 옷자락을 잡아당겼다.

"저기, 이안."

참 이상한 일이었다. 여태까지 나는 누군가를 의지해본 적이 없었다. 아무리 불안하고 괴로워도 아무도 날 도와주지 않았으니 말이다.

하지만 지금 이 순간, 마음이 불안해진 나는 저절로 이안을 붙들었다.

'이 사람은 믿을 수 있다고 생각하는 걸까.'

하지만 말랑말랑했던 마음은 나를 돌아보는 이안의 말을 듣는 순간 와스스 깨지고 말았다.

"왜 부르죠, 올리?"

'이 남자가.'

늘 올리비아라고 날 부르던 남자가 굳이 올리라고 부르는 이유는 안 봐도 뻔했다. 나는 입술을 삐죽이며 말했다.

"하고 싶은 말이 있으면 똑바로 해요. 빈정거리지 말고요."

"하고 싶은 말은 없는데요. 그냥 조금 서운할 뿐입니다."

내 말에 이안은 기다란 속눈썹을 처연하게 내리깔았다.

"제 아내는 부인이라는 호칭도, 친구도 부르는 애칭도 제게 허락해주지 않으니……."

"으으."

참 팔색조 같은 얼굴이었다. 입을 다물고 있으면 조각상 같은데, 웃으면 웃는 대로, 시무룩해하면 시무룩해하는 대로 빛이 나니 말이다.

'꼭 내가 나쁜 사람이 된 느낌이잖아!'

저런 표정을 짓고 있는 이안을 보고 있으면 더 이상 모진 소리가 나오질 않았다. 아무리 그가 잘못을 해도 말이다.

'그리고 무슨 특별한 의미가 있어서 그렇게 부르는 게 아닌데.'

로메오는 분명 내게 특별한 친구이지만, 그것이 이안과 같다는 의미는 절대 아니었다.

'이런 말까지 하고 싶지는 않았는데.'

나는 작게 한숨을 내쉬며 입술을 열었다.

"……올리비아라고 불리는 게 좋아요."

"네?"

내 말에 이안은 눈을 깜빡거렸다. 나는 차분한 어조로 말을 이었다.

"난 아주 오랫동안 이름을 잊고 살았어요."

내 지난 생 내내, 나는 파넬 공작부인이었지, 올리비아가 아니었다. 그 집에 사는 내내 누구도 나의 이름을 부르지 않았다.

"부인."

"여보."

심지어 남편 제임스조차도.

하지만 다시 스무 살의 내가 되었을 때는 달랐다. 이안은 나를 그저 타이론 공작부인이 되도록 내버려 두지 않았다. 끊임없이 나의 의견을 묻고, 나의 말에 귀를 기울여주었다.

나는 이안과 두 눈을 곧게 마주했다. 내 진심이, 이렇게 전해지길 바라며.

"그러니까 가장 가까운 사람인 당신이 내 이름을 불러주는 게 좋아요."

"이런……."

내 말에 이안이 손바닥으로 입을 가렸다. 슬쩍 내 눈을 피하기에, 나는 그를 향해 한 걸음 다가섰다. 바로 그때였다.

와락.

그가 두 손을 넓게 펼쳐서 나를 꽉 끌어안았다. 단단하고 넓은 가슴에 내 온몸이 쏙 들어갔다. 내가 고개를 들어 그를 바라보니, 따뜻한 입술이 이마에 쪽 하고 닿았다 떨어졌다.

"그렇게 예쁘게 말하기 있습니까?"

"그래요?"

예쁜 말이었나. 잘 모르겠다.

나는 눈살을 찌푸렸다. 그러자 그가 키득키득 웃으며 재차 내 눈꼬리에 입을 맞췄다.

"키스해도 되나요, 올리비아?"

나는 난처한 표정으로 그의 가슴을 살짝 밀치며 말했다.

"여긴 보는 눈이 많아요. 집에서 해요."

아닌 게 아니라, 풀숲에 가려서 보이지 않을 뿐이지, 이 온실 안에도 상당히 많은 사람들이 있었다.

'아마 끌어안고 있는 우리를 신기한 눈으로 쳐다보고 있지 않

을까.'

그렇게 주변을 신경 쓰는 내 귓가에 버석하게 마른 모래사막처럼 건조하고, 또 뜨거운 목소리가 울렸다.

"집에서는 키스보다 더한 걸 하게 될 것 같은데요."

그의 입술이 명확한 의미를 남아서 내 귓불을 살짝 깨물었다. 나는 고개를 돌려서 다시 그를 마주했다. 열기가 뚝뚝 떨어지는 눈빛이 나를 잡아먹을 듯 바라보고 있었다.

그 누구에게도 보이지 않는, 오로지 나만 알고 있는 이 남자의 정염.

'내 심장까지 떨리는 것 같아.'

그 열기가 내 몸으로 옮겨붙는 것만 같았다. 어느 순간 내 심장은 달리기라도 한 것처럼 빠르게 뛰고 있었다.

두근. 두근.

그를 마주하면 쑥스럽고, 심장이 뛰고, 도망치고 싶은, 이 감정이 뭐겠는가.

'사랑.'

이제는 외면하려야 외면할 수도 없었다.

'나는 이 남자를 사랑해.'

전에 겪었던 어떤 사람들에게도 느끼지 못했던 명확한 감정이 나를 휩쓸었다.

한 발 내디디면 더 이상 내가 아니게 될 것 같은, 그런 불안하고 흉포한 감정이었다.

그럼에도 더 이상 나는 참을 수가 없었다. 나는 그의 셔츠 깃에 입을 맞추며 속삭였다.

"상관없어요."

"네?"

내 행동에 나를 안고 있는 이안의 팔이 가늘게 떨렸다. 나는 사르르 눈웃음을 지으며 재차 속삭였다.

"오늘은 해도 돼요."

"아, 진짜."

그는 낮게 뭐라고 중얼거렸다. 짤막한 욕설 같았지만 더 이상 들리지 않았다. 그의 입술이 완전히 내 입술을 덮어버렸으니까.

뭉근한 혀가 밀려들어 와서는 내 혀뿌리가 아릿하도록 강하게 혀를 쪽쪽 빨았다.

나는 온몸을 완전히 그에게 맡기고 그의 목에 매달렸다.

그와 맞닿은 모든 부분이 화끈거렸다.

"하아."

기나긴 입맞춤이 끝나고도, 그의 입술은 배가 고픈 것처럼 쪽쪽 내 얼굴 여기저기에 입술 도장을 찍었다. 그리고 마지막으로 내 콧등에 입을 맞추며 그가 내 허리를 힘주어 안았다.

한숨 같은 목소리가 귓가를 울렸다.

"……어쩌자고 이렇게 예쁜 겁니까?"

"당신만 그렇게 말해요."

도대체 몇 번째 예쁘다는 말인지. 나는 키득키득 웃었다. 그러자 이안이 내 턱을 살짝 돌리며 나와 눈을 맞추었다.

"다른 사람은 이제 말 못 하죠. 함부로 내 부인을 입에 올렸다가는 내가 가만두지 않을 테니까."

푸른 눈동자가 망망대해처럼 나를 집어삼킬 것 같았다. 묘하게 위험한 목소리로 그가 속삭였다.

"내가 질투심이 많은 거, 이미 알고 있잖습니까."

왜 이렇게 남자들은 아이처럼 구는 건지. 나는 눈을 살짝 찡그리며 그를 밀어냈다.

"질투쟁이에, 애정결핍에, 아주 결함이 많으시네요."

"하지만 운이 아주 좋은 남자죠."

말이나 못하면. 나는 그에게 안기는 바람에 구겨진 치마를 펴며 담담하게 말했다.

"로메오는 정말 친구예요."

그러니 괜한 질투하지 말라는 뜻으로 한 말이었는데, 돌아오는 대답이 깔끔했다.

"알고 있어요."

방금까지는 그가 '올리'라고 불렀다고 삐졌으면서? 내가 미심쩍은 표정으로 그를 응시하자, 이안은 어깨를 으쓱했다.

"다음에 한번 저택으로 초대하도록 하죠. 이제 가족이 될 사이인데."

그럴 필요 없다고 대답하려던 나는 멈칫 굳어졌다.

'……제임스에 대해서 더 들어봐야 하니까. 갑자기 제임스의 이야기를 한 데에는 이유가 있을 거야.'

로메오가 아무 근거도 없이 그런 말을 내뱉을 사람은 아니었다. 나는 로메오와 사적으로 대화를 나눌 시간이 필요했기에, 굳이 그의 제안을 거절하지 않았다.

그리고 또, 이안의 말에는 내 귓가를 간질이는 단어가 섞여 있었다.

'가족.'

스타티스 황태자와 로메오가 결혼하는데 왜 이안과 가족이 되는가. 그건 그가 황태자를 가족처럼 생각한다는 뜻이기도 했다. 예리하게 그 부분을 눈치챈 나는 싱긋 웃으며 말했다.

"황태자 전하랑 정말 절친하신가 봐요."

"절대 아니거든요. 여동생 같은 존재랄까."

내 말에 이안은 질색하는 표정을 지었다. 여동생이 어때서, 라고 반문하고 싶었지만, 내게도 웬수 같은 큰 오빠가 있기에 입을 다물 수밖에 없었다.

'그래도 나는 로메오 덕분에 파넬을 벗어났는걸. 나도 로메오에게 도움이 되고 싶어.'

스타티스 황태자가 과연 로메오를 행복하게 해줄 사람일까. 나는 어떤 것도 확신할 수 없었다.

내가 흐린 얼굴을 해서일까. 이안은 내 어깨를 감싸며 다정한 목소리로 내게 말했다.

"친구도 너무 걱정하지 말아요. 아까 전하께서 머리카락 색으로 뽑았다고 했잖습니까."

"그래서 걱정되는 거예요! 그런 이유로 결혼이라니."

차라리 그 말을 안 들었다면 이렇게 걱정하지 않았을 것이다. 지난 생이나 이번 생이나 로메오는 나에게 힘들다는 소리를 하지 않았으니까.

'하지만 아무 생각 없이 결혼했다는 걸 알고 나니까 걱정되잖아. 황후 자리가 그냥 헤실헤실 웃기만 하면 되는 자리도 아니고.'

잔뜩 걱정으로 찡그려진 나와 달리, 이안은 명랑하게 웃었다.

"그래요? 나는 그 말을 들을 때, 정말 스타티스답지 않다고 생각했는데."

나는 무슨 뜻이냐고 묻는 표정으로 이안을 바라보았다. 이안이 그런 내 이마에 쪽 하고 입을 맞췄다.

"뭐라고 설명하긴 어렵지만, 당신 생각처럼 그렇게 매정한 상황은 아닐 거예요. 걱정하지 말아요."

무척 확신하는 어투였다. 미간을 찌푸리고 갸웃거리던 나는 고개를 끄덕이고 말았다.

"역시 절친한 거 맞네."

스타티스 황태자를 잘 알지 못하면 단언하기 어려운 말이었다. 하지만 내 말에 이안은 기겁하는 표정을 지었다.

"절대 아닙니다. 소름 끼치니까 그런 말은 하지 말아요."

'뭘, 소름까지.'

도대체 사이가 좋은 건지 나쁜 건지 모르겠다.

'그래도 마음은 조금 편해.'

참 신기한 일이었다. 나는 누구의 말도 잘 듣지 않았다. 나 자신이 아니면 누구도 나를 도울 수 없었으니까.

하지만 이안은 달랐다. 그의 말은 마법 같았다. 그가 된다고 하면 모든 것이 정말 될 것 같았다.

'불안한 감정도 사라졌어.'

로메오에게 제임스의 이야기를 들어서 술렁이던 마음도 어느 순간 잔잔한 바다처럼 가라앉아 있었다. 나는 나도 모르게 보조개가 옴폭 들어가도록 미소를 지었다.

'……이 사람이 좋아.'

언제 이렇게 마음이 깊이 흘러가

버렸는지 모를 노릇이었다.

'아니, 흘러가지 않는 게 이상하지.'

이토록 매력적인 남자에게.

빛에 반짝거리는 금빛 머리카락이 꼭 수천 개의 별을 뿌려놓은 것만 같았다. 찬란한 미소를 지으며 그가 내 귓가에 속삭였다.

"빨리 집에 가고 싶어요."

노골적이면서도 또 간절한 말에 나는 푸흡 웃었다. 그리고 뾰로통해하는 그의 귓가에 속삭였다.

"나도요."

그가 솔직하게 내게 말했던 것처럼, 나도 그에게 보여주고 싶었다.

나날이 색이 변해가는, 나의 감정을.

❖ ❖ ❖

로메오 알키저스의 인생은 태어날 때부터 정해져 있었다.

건강하고 능력이 출중한 장남.

그리고 그 장남을 보좌할 냉철한 차남.

소극적이고 얌전한 삼남은 이미 가문에 필요하지 않았다.

"차라리 여자아이가 태어나는 편이 훨씬 나았을 텐데."

그것이 로메오가 성장하는 동안 가장 많이 들었던 말이었다. 하지만 저런 말을 한다고 해서 남자아이가 여자아이로 바뀌는 것도 아니었다.

결국 어른들은 어느 순간 말을 이렇게 바꾸었다.

"너는 최대한 알키저스에 도움이 될 수 있는 가문에 데릴사위로 들어가거라."

그러니까 로메오 알키저스에게 스타티스 황태자는 최고의 결혼 상대였던 셈이다. 그에게 저런 말을 했던 어른들식 표현으로는 '가장 득이 될 상대'.

로메오가 올리비아와 절친한 친구가 된 것에는 별 이유가 없었다. 그의 세상에서 그녀만이 그를 그런 가치거래의 대상으로 보지 않았으니까.

덥고 습했던 여름, 아카데미에서 만난 은색 포니테일의 소녀는 대뜸 다가와 이런 이야기를 했던 것이다.

"너 알키저스 가문이라며?"

"아, 응."

알키저스는 백작가지만 일찍이 상업에 뛰어들어서 어마어마한 부를 창출했다. 그 부를 노리고 접근하는 사람들이 양손 양발을 다 동원해도 셀 수 없을 만큼.

'이 애도 그런 사람들 중 하나인가?'

그렇게 보기에는 그를 바라보는 올리비아의 시선이 지나치게 시큰둥했다. 오로지 자신의 용건만 중요한 표정.

"그럼 오르세 왕국에 가본 적이 있겠네?"

"아, 아니."

오르세 왕국은 알키저스가 가진 상단이 거래하는 나라로, 알키저스에서는 오르세에 저택도 가지고 있었다.

하지만 그런다고 모두 갈 수 있는 건 아니었다. 특히나 알키저스의 주요 업무에서 배제되어 혼인 시장의 매물로만 취급되는 로메오에게는 갈 이유가 없는 곳이기도 했다.

"아, 그래? 그랬구나. 실례했어."

하지만 왜일까. 그 대답에 미련 없다는 듯이 휙 돌아서는 올리비아의 손을 다급하게 잡아챈 건.

"자, 잠깐."

로메오의 말에 올리비아의 붉은 눈이 시큰둥하게 그를 응시했다. 로메오는 필사적으로 말을 쥐어짰다.

"하지만 어, 언젠가는 가볼 수 있을 거야. 아카데미를 졸업하고 나면."

"그래?"

로메오의 말에 그때서야 올리비아의 얼굴이 환해졌다. 그녀는 자신만만하게 웃으며 말했다.

"그럼 그때 나도 데려가 줄래? 궁금한 게 있거든."

햇살처럼 빛나는 그녀의 얼굴을 보며, 차마 로메오는 오르세 왕국으로 가지 못할 가능성이 더 높다는 말을 할 수가 없었다.

그 뒤로 로메오는 올리비아에 대해 많은 것을 알게 되었다. 세상 사람들이 알지 못하는 많은 것들을.

"사실 그 사람, 우리 아버지가 아니야."

"뭐?"

점심 샌드위치를 베어 먹으며 올리비아는 아무렇지도 않게 충격 선언을 했다.

탄생의 비밀을 논하는 것치고 지나치게 태연스러운 어조라, 로메오는 어떤 표정을 지어야 할지도 모르고 굳어졌다.

올리비아는 뭘 놀라느냐는 투로 어깨를 으쓱했다.

"나랑 별로 안 닮았잖아."

"그, 그건…… 그렇지."

플로렌스 자작과 올리비아는 분위기부터 손가락 끝까지 뭐 하나 닮은 구석이 없었다.

올리비아는 어깨를 으쓱했다.

"어머니께서는 아무것도 내게 말해주지 않고 돌아가셨고, 오로지 이 유품만 남기셨어. 그런데 들어보니까 이게 오르세산 크리스털이라고 하더라고. 그래서 그냥 오르세 사람인가보다 한 거야."

"아버지가 남긴 증표래?"

"아니, 그런 말도 안 했어. 순전히 내 추측."

"그게 뭐야."

결국 그냥 막연한 단서를 가지고 오르세에 가고 싶다는 말이었다.

허탈하게 웃는 로메오에게 올리비아는 눈을 찡긋했다.

"어차피 너 세 번째 아들이라 바쁘지도 않잖아. 약속대로 나를 오르세로 데려가 주는 거다."

태어나서 무엇 하나 자신의 의지대로 결정할 것이 있던가. 아무도 그에게 결혼 외에 무언가를 해내는 것을 기대하지 않았다.

그러나 올리비아만큼은 달랐다. 그래서 분명 집안 어른들이 싫어할 걸 알면서도, 자신에게는 별 득이 되지 않는데도, 로메오는 고개를 끄덕였다.

"……응."

그러나 그가 그 약속을 지킬 날은 오지 않았다. 졸업 날이 정해지기 무섭게 올리비아는 파넬 공작부인이 되었으니까.

❖ ❖ ❖

'그래서 그 부탁이라도 들어주려고 한 건데.'

데려가 주지 못한 오르세 왕국 대신, 로메오는 올리비아의 부탁대로 저잣거리에 이상한 노래를 뿌렸다. 작전은 대성공이었다.

올리비아는 파넬 공작과의 혼인을 무효로 돌리고 타이론 공작부인이 되었으니까.

'그런데 이제 와서 파넬 공작이 찾아오다니.'

로메오는 지난밤에 찾아왔던 제임스를 떠올렸다.

로메오의 키는 평균, 하지만 제임스는 그보다도 머리 하나가 더 컸다. 어깨도 넓고 팔도 허벅지만큼 두꺼워, 그저 입을 다물고 있는 것만으로도 위압감을 주는 사내였다.

"내 부인을 되찾아오려고 하오. 부인은 지금 속고 있소. 그대가 내 부인의 친우라면 나를 도와주시오."

"어떻게 도와달라는 겁니까?"

올리비아가 어떻게 지내는지, 로메오는 몰랐다. 이안과의 결혼식은 폭풍처럼 순식간에 지나가 버렸으니 말이다.

그래서 올리비아가 속고 있다는 제임스의 말에 마음이 흔들렸다. 그런 로메오의 속을 읽기라도 한 듯, 남자는 확고한 어조로 말했다.

"부인과 개인적으로 대화할 시간을 만들어주시오."

섬세함과는 거리가 억만 광년 떨어져 있을 것 같은 외모와 어울리지 않는 부탁이었다.

'하지만 막상 만나보니 올리비아는 너무 행복해 보이는데.'

이안은 진심으로 올리비아를 아끼는 것 같았다.

'설령 소문대로 고자라면 또 어때. 저렇게 사랑하는데.'

답을 내리기 어려운 고민에, 로메오가 끙끙거리고 있을 때였다. 그와 함께 온실을 걷고 있던 스타티스 황태자의 걸음이 뚝 멈췄다.

"영식은 독특하군. 다들 날 만나면 환심을 사지 못해서 안달이던데."

그녀가 서늘한 미소를 지으며 말했다.

"그 머릿속에는 도대체 무슨 생각을 하고 있는 걸까."

로메오의 시선에 가장 먼저, 남자처럼 슬랙스에 감싸인 스타티스의 두 다리가 들어왔다. 그리고 좋은 가죽으로 만들어진 까만 옥스퍼드화.

자신만만함이 가득 담긴 시선이 그를 응시했다. 로메오는 희미한 미소를 지었다.

"제가 안달한들 달라지는 게 없으니까요."

느슨하게 늘어지는 푸른색 머리카락 때문인지, 그렇게 미소 짓는 로메오의 얼굴은 묘한 처연함이 맴돌았다.

그 미소에 스타티스가 이맛살을 찌푸렸을 때였다. 작게 까르르 웃음소리가 울렸다. 반대편 길로 걸어간 타이론 부부의 목소리였다.

무심코 로메오가 그쪽을 바라보았을 때였다. 스타티스가 입꼬리를 비틀었다.

"왜? 저런 게 부럽나?"

"운이 좋다고 생각합니다."

로메오는 신중하게 대답했다. 정략결혼이 자연스러운 귀족사회에서, 부부의 성품이 잘 맞는다는 건 순전히 운이었다.

그런데 그 말이 무언갈 건드린 걸까. 스타티스 황태자의 입술이 위험하게 휘어졌다.

"모르지, 그대와 나도 운이 좋을지. 아님, 나쁠지. 한번 시험해 볼 텐가?"

스타티스는 키가 컸다. 옥스퍼드화를 신고도 로메오와 시선이 맞을 정도였다. 키가 큰 만큼 커다란 손바닥이 로메오의 셔츠를 꽉 붙들었다.

"내가 딴 사람은 몰라도 타이론 공작한테 지는 것 못 참거든."

"넌 그저 운이 좋을 뿐이야!"

언젠가 그녀에게 악에 받쳐서 소리 지르던 이안의 목소리가 귓가를 울렸다.

❖ ❖ ❖

온실을 한 바퀴 돌면 중앙에서 다시 넷이 만나야 했는데, 아무리 온실을 돌아도 황태자와 로메오를 만날 수가 없었다.

"먼저 떠나셨습니다."

"네?"

황태자야 그렇다 쳐도, 로메오가 내게 인사 없이 떠나다니.

'이상하네. 너무 긴장해서 그런가.'

그리 생각하며 나는 고개를 갸웃거렸다. 그런 내 손을 이안이 잡아당겼다.

"우리도 이만 집으로 가요."

틈을 좀 주었더니 또 금세 기어오른다. 그래도 그 모습이 밉지 않아 나도 마주 웃었다.

집으로 돌아가기 위해 마차에 오르려는데, 아까 급한 일이 있다던 황제가 다시 싱글싱글 곰처럼 웃으며 나타났다.

"벌써 가려고?"

"황제 폐하!"

아이고, 깜짝이야. 왜 이렇게 불쑥불쑥 튀어나와요? 한가하세요?

'황제 폐하께서 이렇게 한가해도 괜찮은 거야?'

애국심에 한 줄 균열이 또 생겼다. 나는 떨떠름한 표정을 감추기 위해 고개를 숙이고 예를 표했다.

"폐하의 은덕에 즐거이 지내다 갑니다."

나의 인사에 황제는 당장 나를 끌어안고 털을, 아니 수염을 비비고 싶다는 표정으로 눈을 반짝였다.

"감사는 내가 할 말이지! 우리 제수씨 덕분에 내가 얼마나 행복한지 몰라."

"하하."

나는 어색하게 웃었다. 저렇게 어린애처럼 해맑게 웃고 있는 얼굴을 보니 마음 한편에 저절로 삐뚤어진 마음이 생겼다.

'그런 사람이 나를 제임스하고 엮어줬냐.'

내 인생이 저렇게 바람처럼 가벼운 사람 때문에 쓰레기통에 박혔다고 생각하니 화가 치밀었다. 허나, 인생 2회차에서 쉽사리 혼인 무효까지 진행된 것도 저 바람처럼 가벼운 성품 덕분이었다.

나는 당장 멱살을 잡아채고 싶은 손을 등 뒤로 감추며 어색하게 웃어 보였다.

그때였다. 황제는 벌꿀 단지를 꺼내는 곰처럼 곰지락곰지락 상자 하나를 내게 내밀었다.

"내 약소하지만, 임신 축하선물을 마련했는데."

"네?"

임신 아니래도!

하지만 이미 황제는 떠넘기러 온 모양이었다. 나는 어색한 손길로 상자를 받았다. 그리고 조심스럽게 뚜껑을 열었다.

"세상에."

뚜껑이 열리기 무섭게 수십 알 박혀 있던 다이아몬드가 휘황찬란한 빛을 뿌렸다.

나는 입술을 파르르 떨었다. 잘 세공된 다이아몬드가 수십 개 있으니 그 규모에 압도된 탓도 있었지만, 그것의 종류에도 놀랐다. 나는 하얗게 질린 얼굴로 황제를 바라보았다.

"이, 이건 티아라잖아요."

내 손바닥만 한 다이아몬드와 백금으로 만들어진 티아라.

'어떻게 이렇게 위험한 물건을!'

이 나라에서 티아라를 쓸 수 있는 것은 황족과 황족의 배우자뿐이다. 당연히 나는 티아라를 쓸 수 있는 자격이 없다.

'괜히 쓰고 다니다가 역모를 꾸민다고 누명 쓰기 십상이라고.'

나는 고도의 엿 먹이기인가 싶어서 황제를 쳐다보았지만, 황제는 만두처럼 따끈따끈한 미소를 지으며 고개를 끄덕였다.

"그래. 주인을 찾게 되어 기쁘군."

역시 생각이 없는 사람이고만! 충동적으로 티아라를 선물하다니!

"과합니다. 받을 수 없습니다."

인생 2회차. 이번 생은 마음고생 없이 평화롭게 살다 가는 것이 가장 큰 목표다.

'괜한 오해를 살 수 있는 귀물이라니. 절대로 사양이야.'

조금 더 단호하게 황제에게 말하기 위해 입술을 떼었을 때였다. 나의 말을 막은 것은 이안이었다. 나처럼 정색할 줄 알았던 이안은 뜻밖에 팔짱을 끼고 고개를 끄덕였다.

"그냥 받아둬요, 올리비아."

"예?"

이안의 강권에, 나는 떨떠름한 표정으로 티아라가 든 상자를 품에 안고 말았다.

"그럼 정말 돌아가 보겠습니다."

깔끔한 작별 인사를 건넨 뒤, 이안이 나의 어깨를 자신의 팔로 감쌌다.

'정말 이렇게 가도 되는 건가?'

나는 그가 이끄는 대로 걸음을 떼지 못하고 잠시 망설였다. 그런 우리의 등 뒤로 낮게 가라앉은 목소리가 울렸다.

"이안."

황제가 이안을 부르는 소리였다.

그리움과 회환, 기쁨, 안타까움 등등이 어지럽게 섞인 목소리는 무척이나 애절하게 들렸다. 이안이 뒤를 돌아보았다. 황제가 푸근한 미소를 지으며 말했다.

"네 이름은 내가 지었단다, 알고 있니?"

"예."

달달한 사탕 같은 황제의 목소리와 상반되게도, 대답하는 이안의 표정은 담담하기 그지없었다. 그 온도 차에, 나는 당혹스러움을 느꼈다. 하지만 두 사람은 진정 개의치 않는 듯했다.

"정말 마음의 짐을 던 것 같아서 기쁘구나. 행복하거라."

단순한 사촌에게 건네기에는 지나치게 애정이 듬뿍 담긴 인사였다. 이안은 까딱 고개를 가볍게 숙이고는 나를 마차로 이끌었다.

나는 티아라가 든 나무상자를 품에 안은 채로 마차에 올라탔다. 그가 내 맞은편에 앉자, 마차는 부드럽게 달려가기 시작했다.

이안은 창틀에 턱을 괴고 나른한 표정을 지었다.

홀릴 것같이 잘생긴 모습이었으나, 나는 그의 외모를 감상하는 대신 눈을 가늘게 떴다.

"……사실대로 말해 봐요. 둘이 무슨 사이예요?"

"예?"

내 말에 이안이 무슨 뜻이냐는 듯이 눈살을 찌푸렸다. 나는 입술을 삐죽거렸다.

"연인? 아니면 숨겨둔 아들?"

"하하."

내 말이 어이가 없었는지 그는 너털웃음을 터뜨렸다. 그리고는 두 손을 무릎 위에 모아, 느슨하게 손가락 깍지를 끼며 대답했다.

"이제 나에게도 관심이 생긴 겁니까?"

"그거야……."

우린 부부잖아요.

그 대답은 나오려던 도중에 목구멍에 턱하고 걸려서 흘러나오지 못했다. 부부라는 단어가 지나치게 낯설게 느껴진 탓이었다.

당혹스러움이 표정에 드러났던 모양이다. 나를 예리한 눈으로 바라보고 있던 그가 픽 웃으며 물었다.

"사연이 좀 깊은데. 들으면 감당할 수 있겠습니까?"

"……."

그의 물음은 가벼웠지만, 어째서인지 나는 또다시 말문이 막히고 말았다. 흥미롭다는 듯이 나를 응시하는 푸른 눈동자가 짙게 가라앉아 있어서 그런 지도 모른다.

나는 직감적으로 깨달았다.

'이건 그의 개인적인 부분이야.'

아마도 그동안 누구도 들여놓지 않았을, 그의 비밀.

'하지만 나도 내 모든 비밀을 털어놓지 못했는걸.'

그런 주제에 그의 비밀만 쏙 듣는 것이 비겁하게 느껴졌다. 나는 고개를 절레절레 흔들었다.

"……아니요. 그럼 안 들을래요."

"좋은 생각입니다."

그는 내가 그리 대답할 줄 알았다는 듯이 냉큼 대답했다. 그리고 다시 마차 밖을 내다보았다.

어쩐지 뻘쭘해져서, 나는 손가락을 꼼지락거렸다. 완전히 닫히지 않은 틈새로 티아라의 영롱한 빛이 흘러나왔다.

'예쁘긴 예쁘다.'

파넬 공작부인으로 지내며 쌓은 안목으로 미루어 보건대 이 티아라에 박힌 다이아몬드는 최상급이었다. 알의 크기도 크기지만, 세공에서도 장인의 손길이 느껴졌다.

'이렇게 예쁜데 써보지도 못할 곳에 박혀 있다니.'

이렇게 아까울 수가. 나는 한참 동안이나 티아라를 꼼꼼히 쳐다보았다. 그런 내게 이안이 물었다.

"왜 그렇게 보고 있어요?"

그의 물음에 퍼뜩 놀라 고개를 드니, 언제부터였는지 모르겠지만 그가 나를 빤히 쳐다보고 있었다.

나는 멋쩍은 미소를 지었다.

"아니, 아깝다는 생각이 들어서요. 어차피 한 번도 쓸 수 없을 텐데. 하사품이니 팔 수도 없고."

게다가 나와 이안은 아이를 낳지 않을 예정 아닌가. 그럼 이 물건은 훗날 아예 일면식도 없는, 운이 억세게 좋은 후손의 손으로 넘어가게 될 가능성이 높았다.

나는 씁쓸한 미소를 지었다.

"어쩐지 억울하네요."

"재미있는 생각이네요."

그의 입꼬리가 슬쩍 올라갔다.

"왜 그렇게 아이를 낳고 싶지 않은지 물어도 되나요?"

그건 그에게 듣고 싶지 않은 여러 가지 질문들 중 하나였다.

나를 바라보는 푸른 시선이 자못 예리했다. 꼭 내 마음을 꿰뚫어 볼 것만 같았다. 나는 눈꼬리를 일그러뜨리며 웃었다.

"……당신도 듣고 나서 감당할 수 있겠어요?"

"이런. 한 방 먹었네요."

자신이 내뱉었던 말을 그대로 돌려받은 이안이 어깨를 으쓱했다. 그를 마주 보기 멋쩍어, 나는 다시 티아라를 바라보았다. 티아라는 여전히 휘황찬란하게 빛났다.

"아아, 그래도 정말 아깝다."

'이렇게 예쁜데, 사람의 머리에 한 번 올라가질 못하다니.'

내가 손가락으로 가장 커다란 다이아몬드를 툭 건드렸을 때였다. 이안의 커다란 손이 불쑥 상자를 붙들었다.

'빼앗아 가는 거냐!'

쳐다본다고 닳냐!

내가 그의 행동에 발끈했을 때였다. 그가 다른 손으로 티아라를 집어 들었다. 손바닥이 커서 티아라가 마치 뱅글처럼 작아 보였다.

"한번 써 봐요. 여긴 우리 두 사람밖에 없으니까."

"그래도."

"어서."

티아라. 내가 절대 써서는 안 되는 물건.

나쁜 짓을 하는 것처럼 심장이 살짝 떨려왔다. 그는 담이 얼마나 큰 건지, 내게 별거 아니라는 듯이 말했다.

"고개를 살짝 숙여 봐요."

티아라를 직접 씌워주겠다는 뜻이었다.

'상관없겠지. 이안의 말대로 여긴 우리 두 사람뿐이니까.'

나는 그의 말대로 고개를 살짝 그에게로 내밀며 숙였다. 왜인지, 눈이 저절로 감겼다.

그렇게 두근두근거리며 그가 티아라를 씌워주길 기다리고 있는데.

쪽.

"?!"

어째서인지 머리가 아니라 입술에서 뭉근한 촉감이 느껴졌다. 나는 화들짝 놀라서 눈을 떴다. 그가 장난스러운 미소를 짓고 있었다.

"아, 눈을 감은 모습이 너무 예뻐서 그만. 입술이 저절로 나갔네요."

"아, 진짜!"

이 사기꾼!

내가 씩씩대며 그를 노려보자, 그가 두 손을 들어 보이며 웃었다.

"다시 고개 내밀어 봐요. 정말 씌워줄게요. 이번엔 농담 아니에요."

"그런 장난 또 치면 정말 화낼 거예요."

"알았어요."

하여간 마음을 놓을 수가 없다. 나는 이번에는 눈을 감지 않고 계속 그를 흘긋대며 머리를 내밀었다. 그는 쿡쿡 잘게 웃으며 조심스럽게 티아라를 내 머리 위에 올려놓았다.

'으으, 황족만 쓸 수 있는 걸 쓰다니. 심장이 떨린다.'

좋은 듯 나쁜 듯 심장이 두근거렸다. 나는 발그레한 얼굴로 이안을 바라보았다. 딱히 마차 안에 거울이 있는 것도 아닌지라, 자연스럽게 한 행동이었다.

그런데 그 남자가 눈을 곱게 접으며 마주 웃어주었다.

"잘 어울립니다. 다시 한번 반할 것 같은데요?"

"관둬요, 그런 거짓말은."

이렇게 입바른 소리를 잘하는 남자인 줄 몰랐다. 이렇게 자주 웃는 남자인 줄도.

고자라고 해도 부와 권력을 쥔 데다가 이렇게 휘황찬란한 미남이었으니, 따라붙는 여자들은 꽤 있었다. 관계가 더 진전되지 못한 것은 결국 그가 곁을 내주지 않았기 때문이었다.

'진즉 이렇게 행동했으면 금방 결혼했을 텐데.'

그런 생각을 하며 내가 손바닥으로 내 얼굴을 부채질했을 때였다. 그가 조금 더 진지한 어조로 내게 말했다.

"정말 예뻐요. 진심이에요."

부채질한 보람도 없이, 내 얼굴은 속수무책으로 빨개졌다.

❖ ❖ ❖

마차 안에서 어떻게 앉아 있었는지 모르겠다.

마차에서 내리자마자, 이안은 내 손목을 꽉 붙들고 내 방으로 올라갔다.

"시중은 필요 없다."

이안의 말에 상황을 눈치챈 시중인들이 얼굴을 붉히며 빠르게 물러났다.

"잠깐만요, 씻어…… 읍."

방문이 닫히기 무섭게 그가 나를 꽉 끌어안고는 입을 맞췄다.

'심장이 조여드는 것 같아.'

어떻게 지난지도 모를 초야와 지금은 확실히 달랐다. 심장이 어지럽게 뛰어서 귀까지 울리는 것 같았다.

넓은 손바닥이 허벅지를 꽉 쥐었다. 그 바람에 허리가 휘어지면서 몸이 불안하게 흔들렸다.

잡을 것 없어, 두 손을 허공에 허우적대던 나는 그의 목에 두 손을 감고 매달렸다. 부드러운 금빛 머리카락이 손가락에 얽혔다.

'이안 타이론.'

나는 눈을 나른하게 떴다. 나를 잡아먹을 듯 바라보고 있던 푸른 눈과 시선이 부딪쳤다.

'……내 남편.'

긴 키스가 끝나고 단정한데 묘하게 으스스한 목소리가 귓가에 나직하게 속삭여졌다.

"무슨 일입니까?"

"뭐가요?"

"무섭다고 했잖아요. 그런데 왜 갑자기 허락해주는 겁니까?"

왜일까. 사실 나도 잘 모르겠다. 그냥 내가 화를 냈는데, 내 눈치를 보며 '내 아내'라고 말하는 이 남자를 보는 순간 깨달은 것이다.

'아아, 내가 이 남자를 사랑하고 있구나.'하고.

"그냥……."

"그냥?"

사실 나만 보면 예쁘다, 아름답다, 당신이 좋다고 말하는 남자에게 마음이 흘러가지 않는다면, 그 심장은 얼어붙은 것이리라. 나는 배시시 웃으며 그에게 말했다.

"당신이 좋아서요."

"올리비아."

그의 입술이 다시 또 내 입술을 덮었다. 아랫배가 뜨겁게 조여드는 것만 같아, 나는 살짝 몸을 뒤틀었다. 그가 내뱉는 더운 숨이 입술을 통해 꼴깍꼴깍 넘어오는 것만 같았다.

"읍!"

쉬지 않고 이어지는 입맞춤에, 숨을 할딱이며 나는 그의 목을 끌어안고 있는 손에 힘을 주었다.

'왜 이렇게 이 사람은 집요하고……'

상냥한 걸까.

그와의 스킨십은 무척 좋았다. 타인과 나누는 체온이 이렇게 편안하면서도 두근거릴 수 있는가 의아할 정도로.

걸치고 있던 드레스가 툭 떨어졌다. 셔츠 단추는 내가 풀었다. 머리가 엉망이 되는 것도 모른 채, 나는 정신없이 그의 목에 매달려서 교성을 내질렀다.

그렇게 얼마나 시간이 흘렀을까, 내 안을 깊숙하게 파고든 그가 입술을 깨물었다. 단정한 잇새로 낮은 신음이 흘러나왔다.

"크읏."

나는 흐릿한 눈으로 멍하니 그의 얼굴을 바라보았다.

'이안.'

반듯한 이마에는 땀방울이 맺혀 있었고, 늘 여유로운 표정을 짓고 있던 얼굴은 약하게 찡그려져 있었다. 촛불이 넘실거리는 듯 일렁이는 푸른 눈이 나를 응시했다.

'처음 보는 표정.'

쾌락에 푹 젖은 얼굴.

'아마도 이 세상에서 나만 보았을 얼굴.'

참 신기한 일이었다. 그는 계속 능글맞고 여유로웠는데, 이 표정은 다급하고 서툴게만 보였으니까.

그가 낮게 가라앉은 목소리로 속삭였다.

"사랑합니다, 올리비아. 당신을 만난 게 꿈만 같아요. 때때로 당신의 편지를 무시하고 당신을 만나지 않았다면 어떻게 되었을까 소름이 끼칩니다."

그의 말에 나는 나도 모르게 키득키득 웃고 말았다. 나는 손을 뻗어, 땀에 젖은 얼굴을 만지작거렸다.

"저도요."

나도 가끔 그런 생각을 했다. 그냥 다 체념하고 파넬 공작가에 남기로 결심했다면 어땠을까.

그냥 수녀원에 가기로 했다면? 무작정 가방을 싸 들고 야반도주했다면?

'이 사람을 만나지 못했겠지. 이런 삶이 있다는 것도 알지 못했을 거야.'

그렇게 몇 번의 우연, 몇 번의 판단 끝에 우리는 서로의 손을 마주 잡았다.

'그런 게 운명 아닐까.'

졸음이 밀려와서 더 이상 생각하기 어려웠다. 나는 내 몸을 짓누르는 무게와, 온기를 느끼며 눈을 감았다.

❖ ❖ ❖

로메오가 제임스의 이야기를 한 탓일까. 꿈에 오랜만에 제임스가 나왔다.

"부인."

이안과 키는 비슷하지만, 제임스 쪽이 훨씬 덩치가 컸다. 그를 마주하고 있으면 단단한 성벽 앞에 선 기분이었던 적이 한두 번이 아니었다.

"부인."

계속 부르지 말고 용건을 말하면 될 텐데. 눈이 내리는 들판 같은 어두운 회청색 눈동자가 나를 응시했다.

'저것도 이안하고 다르네.'

반짝반짝거리는 이안의 눈동자는 청명한 가을하늘 같았다. 하지만 제임스의 눈은 음울하기만 했다.

'당신에게 나는 어떤 의미였을까.'

정말 그가 날 사랑하고 있었을까. 그냥 결혼은 해야 하는데 그 상대 중 가장 자신을 편안하게 해줬던 상대가 나였던 게 아니고?

'나한테 한마디 따뜻한 말이라도 해주지.'

나를 물끄러미 바라보는 남자를 마주하며 나는 씁쓸한 미소를 지었다.

"날 부르지 말아요."

"부인."

"이제 우린 끝이에요."

어차피 이쪽 삶의 당신은 나를 모르지 않나.

나는 과거의 잔상을 뒤로한 채 완전히 몸을 돌렸다.

❖ ❖ ❖

'아이고, 죽겠다.'

아침에 눈을 떴는데 아이고 소리가 절로 흘러나왔다. 허리가 징하고 울려서, 나는 멍하니 천장을 바라보았다.

'아무리 생각해도 이건 아니야.'

이안과의 관계가 싫은 것은 아니었다. 오히려 지나치게 좋았다. 쉬지 않고 쏟아지는 쾌락에, 도저히 정신을 차릴 수가 없었다.

'하지만 할 때마다 이렇게 집요하게 굴어서야.'

하지만 아무리 달콤한 음식도 한두 번이지! 이렇게 숨 쉴 틈도 없이 계속 먹으면 되겠냐!

'어제도 진짜. 아이고, 그동안 어떻게 참았담.'

제대로 씻지도 않고, 돌아오자마자 정신없이 얽히기 시작한 관계는 해가 뜰 무렵이 되어서야 끝이 났다. 장소는 무려 욕실이었다.

"찝찝해요. 씻고 싶어."

그 말을 하지 말았어야 했는데.

내가 그리 말하기 무섭게 이안의 얼굴이 환해졌다.

"제가 씻겨드릴게요, 올리비아."

"아뇨. 당신은 당신 방으로 가라는 뜻으로 한 말인데."

"어떻게 지친 당신을 그냥 두고 갑니까. 제가 깔끔하게 씻겨드리고 보송보송 말려서 눕혀드릴게요."

한밤중이라 시중인을 깨우기도 뭐해서 고개를 끄덕인 것이 통한의 실수였다.

'욕실이라 소리도 많이 울리던데. 설마 다른 방으로 들리진 않았겠지.'

그런 생각을 하며 나는 눈을 질끈 감았다. 간밤을 떠올리니 다시 열이 오르는 것 같았다.

바로 그때였다.

"벌써 일어났어요?"

다정한 목소리가 귓가를 간질였다. 나는 눈을 가늘게 뜨고 이안을 바라보았다.

"……."

눈이 가늘어질 수밖에 없었다. 그의 얼굴은 사우나라도 한 것처럼 반짝반짝거렸으니까.

'자체 발광 중이시네.'

아침에 일어나자마자 눈을 떠도 무결점 미모라니, 혼자만 대체 뭔데?

'내 얼굴은 안녕한가? 막 침 자국 있고 그런 거 아니겠지.'

얼굴을 더듬어보려던 나는 허리가 욱씬 아파서 다시 끙 소리를 내며 반듯하게 누웠다.

이안이 몸을 일으켜서는 나를 내려다보았다.

"괜찮습니까? 많이 아파요?"

"네, 누구 덕분에요."

목소리도 잔뜩 갈라져 나왔다.

'다신 안 속을 거야. 딱 한 번 하면 거침없이 방 밖으로 내쫓아

야지.'

그래도 보송보송하게 만들어 눕혀준다는 말은 거짓말이 아니었는지, 나는 흰 원피스 잠옷을 입고 있었다.

나는 슬쩍 내 눈치를 살피고 있는 남자의 턱에 입을 맞췄다.

"앞으로 일주일은 제 방에 들어오지 말아요."

"네? 일주일이나? 우리 내일도 만나는 거 아니었어요?"

이게 무슨 소리야. 양심 있냐.

"저는 당신처럼 체력이 좋지 않거든요."

내 말에 이안의 얼굴이 심각해졌다. 잠시 턱을 괴고 있던 그가 내게 말했다.

"우리 발상의 전환이 필요하군요. 그러니까 지나치게 제가 집요했다는 거죠?"

"네. 기절할 때까지 하는 게 말이 되나요."

나는 시큰둥한 표정으로 그에게 대답했다. 내 대답에 이안이 고개를 기울였다.

"하지만 매일매일 한다면 제가 그렇게 늘 집요할 수 있겠습니까?"

"야?"

이안의 질문에 나는 고개를 갸웃거렸다.

"그거야…… 어렵겠죠?"

그도 사람이면 지칠 테니 말이다.

내 대답에 이안이 묘한 미소를 지으며 내게 말했다.

"하지만 일주일에 한 번만 하면 집요해지지 않겠습니까?"

"……."

그럴듯한 말이었다.

내가 잠시 미간에 주름을 잡고 고민에 빠졌을 때였다. 이안이 귀엽다는 듯이 쿡쿡 웃으며 내 콧등에 입을 맞췄다. 그리고 훌쩍 자리에서 일어났다.

"잠깐만요, 시중들 사람을 불러올게요. 따뜻한 물주머니도요."

저릿저릿한 허리에 물주머니를 대고 있고 싶었기 때문에 나는 얌전히 입을 다물었다.

이안이 나가고 조금 있으니, 옥수수수프와 물주머니를 들고 하녀장이 들어왔다. 소파에 파묻히듯이 앉아서 옥수수수프를 떠먹고 있으니 몸이 노곤노곤해졌다.

그때 방을 정돈하던 하녀장이 물었다. 바로 황제가 하사한 티아라였다.

"마님, 이 상자는 어디에 둘까요?"

"귀한 것이니 가문의 보물창고에 넣어두도록 해."

"예."

과연 훈련이 잘된 사용인들이었다. 하녀장은 귀한 것이라는 내 말에 아랫사람에게 맡기지 않고 당연하다는 듯이 자신이 집어 들었다.

'파넬 공작가에서는 이런 사소한 것 하나하나도 무척 힘들었지. 그래서 일정 시기마다 재물조사를 해야 했고.'

새삼 전생보다 훨씬 편해졌다는 체감이 들었다. 내가 너그럽게 눈꼬리를 휘었을 때였다. 하녀장이 말했다.

"그리고 알키저스 백작가에서 편지가 왔습니다."

"알키저스?"

바로 로메오였다.

'안 그래도 어제 그렇게 헤어져서 신경이 쓰였는데.'

나는 서둘러서 하녀장이 내미는 편지를 받아 들었다. 편지 내용은 간결했다.

— 꼭 행복해야 해, 올리.

'내 걱정하지 말고 자신이나 행복하래도.'

나는 친구의 편지를 꽉 붙들었다. 눈물이 송송 솟아났다.

7

엉망이 된 탄신제

알키저스 백작가의 현관을 열고 들어서며 로메오는 제임스가 했던 말들을 떠올렸다.

"내 부인은 속고 있어."

로메오는 입술을 굳게 다물었다. 그 남자가 거짓을 말한다고는 생각하지 않는다.

'하지만 올리는 타이론 공작이 좋은 사람이라고 했어.'

자신을 향해 인사를 올리는 이들에게 건성으로 고개를 까딱이며, 로메오는 손님방으로 바로 올라갔다. 머릿속에는 오늘 만난 올리비아와 이안의 모습이 선명하게 떠올랐다.

'그리고 그 행복한 미소가, 가짜일 거라고 생각하지 않아.'

다정한 포옹, 자연스러운 말다툼과 화해, 그리고 열정적인 키스. 그들은 그저 사이좋은 부부였을 뿐이다.

생각을 정리한 로메오는 손님방의 문을 두드렸다.

"돌아왔습니다."

"……."

방 안은 어둠침침했다. 해가 지기 시작한 시간인데도 커튼이 창문을 가리고 있었기 때문이다.

그리고 그 어둠에 녹아든 것같이 까만 남자가 천천히 움직였다. 밤을 사람으로 만들면 이런 모습일까. 그의 몸에서 색을 가지고 반짝이는 것은 음울한 회청색 눈동자뿐이었다.

그가 로메오를 보고 눈살을 찌푸렸다. 흘러나온 것은 인사가 아니었다.

"자네 눈이?"

"아?"

그의 말에 로메오는 반사적으로 자신의 눈가를 만졌다. 눈물을 흘렸던 탓인지 아직도 눈꼬리가 따끔거렸다.

'부끄러워.'

로메오의 나이는 올리비아와 똑같은 스무 살. 그런데 황궁에서 꼴사납게 울고 말았다.

바로 스타티스 때문이었다.

"모르지, 그대와 나도 운이 좋을지. 아님, 나쁠지. 한번 시험해 볼 텐가?"

그렇게 이야기를 하며, 황태자는 그대로 그의 목을 잡아당겨 그의 입술에 입을 맞췄다. 모래 맛이 날 것 같은 건조한 입맞춤이었다.

'첫 키스를 멱살잡이를 당해서 하게 되다니.'

로메오는 생긴 것처럼 섬세한 성품이었다. 그런데 갑자기 첫 키스를 강탈당한 그는 당황한 나머지 눈물을 흘리고 말았던 것이다.

화끈. 돌이켜 생각해도 너무 창피했다. 속수무책으로 끌려간 것도 간 것이지만, 그랬다고 울음을 터뜨린 게 말이다.

'전하께서도 엄청 당황하셨었지.'

입장을 바꿔 생각해도 엄청 놀랄 것 같았다.

'그런데 왜 갑자기 화가 나신 거지? 되게 냉철한 사람이라고 생각했는데.'

로메오가 생각하는 스타티스는 감정을 거의 내보이지 않는 냉정한 사람이었다. 그가 그간 보아온 공식석상에서도 모두 그랬다.

'그런데 오늘은 조금 달랐지.'

타이론 공작과 티격태격하기도 하고.

이유를 알 것 같기도 했지만…… 스타티스에 대한 생각에 빠지려던 찰나, 로메오는 제임스의 집요한 시선을 느끼고 헛기침을 했다.

"큼큼, 저는 신경 쓰지 않으셔도 됩니다."

로메오의 말에 제임스는 여상스럽게 고개를 끄덕였다. 어차피 그에게 로메오가 중요한 사람은 아니기 때문이다.

그는 자신의 본론을 꺼냈다.

"그래서 내 부인은 언제 만날 수 있소?"

"그건……."

올 것이 왔구나. 로메오는 주먹에 힘을 주었다. 그리고 용기를 내어 말했다.

"그 제안은 거절하겠습니다."

"!!"

설마 로메오에게 거절을 당할 줄 몰랐던 제임스의 눈이 커졌다. 로메오는 조금 더 길게 자신의 의중을 설명했다.

"타이론 공작과의 결혼은 올리가 진정 원하던 것이에요. 저는 친구로서 그녀의 행복을 빌 뿐, 당신을 돕고 싶지 않습니다."

"그녀는 속고 있는 거래도!"

로메오의 말에 제임스는 화가 나서 벌떡 일어났다. 곰처럼 커다란 사내가 자신을 위에서 내려다보니 로메오의 심장이 저절로 떨렸다.

"애초에 대국민 고자와 결혼이 말이 되오? 아이 없는 가정이 행복할 수 있다고?"

"아이가 모든 결혼의 필요충분조건은 아니에요."

하지만 그는 물러나지 않았다. 정말로 친구 올리비아의 행복을 빌었으니까.

"제 할 말은 끝났습니다. 돌아가 주십시오."

로메오의 정중한 축객령에 제임스는 혀를 쯧 찼다.

"그대는 진정한 친구라고 믿었는데. 실망이오."

열 받아서 한 대 때리기라도 할까 봐 쫄았으나, 제임스는 그렇게 한 마디 한 뒤 그대로 로메오를 스쳐 나가버렸다.

잠시 멍하니 서 있던 로메오는 낮은 목소리로 중얼거렸다.

"친구이기에 믿는 거야."

그의 친구는 바보가 아니었다. 스스로 자신이 행복한지 불행한지 파악할 수 있는 사람이었다.

그리고 그 친구가 말했다. 파넬 공작가는 쓰레기통이고, 거길 나올 수 있다면 뭐라도 할 수 있다고.

'타이론 공작은 좋은 사람이라고 말했어. 절대로 거짓이 아닐 거야.'

그렇다면 친구로서 자신은 그녀를 믿고 지지해줄 수밖에.

'이제 내가 황후가 될 테니까. 더더욱 도울 수 있고 말이야.'

그런 생각을 하며 로메오가 주먹을 꽉 쥐었을 때였다.

문득 이상한 점이 로메오의 머리를 퉁 치고 지나갔다.

"그런데 나와 올리가 절친한 친구라는 걸 어떻게 알았지?"

로메오는 고개를 갸웃거렸다. 하지만 제임스는 떠나버렸기 때문에 그의 의문에 답을 해줄 사람은 없었다.

❖ ❖ ❖

'어휴, 정신이 없네.'

아침 일찍 일어나서 나는 탄신제에 참석할 준비를 했다.

'셀 수 없이 많이 참석했는데도 늘 이렇다니까. 아마 다시 태어나도 또 긴장하겠지.'

시큰둥하게 그렇게 생각하며 나는 거울을 들여다보았다. 거울 속에는 은빛 머리카락을 양쪽으로 땋아서 말아 넣은 여자가 있었다.

바로 나였다.

이번 탄신제에 참석하기 위해서 고른 옷은 연분홍색 러플이 달린 산호색의 몸매를 고스란히 드러내는 머메이드 드레스였다. 내가 가장 자신 있게 소화하는 디자인이기도 했다.

"어머나, 너무 예뻐요!"

"확실히 키가 크셔서 쭉 뻗어 있으니 이런 디자인이 잘 어울리시네요."

옷을 입혀준 하녀들이 탄성을 내질렀다. 나는 뿌듯하게 웃었다.

'다행히 잘 골랐나 보네.'

중요한 자리이다 보니 가장 자신 있는 것들로만 정했다. 그래도 내심 걱정했는데 자연스럽게 어울리는 모양이다.

나는 거울을 보며 여기저기를 돌아보았다. 곁에 선 하녀들이 그런 나에게 보석상자를 내밀며 말했다.

"귀걸이는 처음 고르신 대로 장미석으로 하시겠어요?"

"각하께서 선물하신 다이아몬드 귀걸이도 괜찮은 것 같아요."

"맞아요. 은빛 머리카락과 잘 어울릴 것 같아요."

하녀들의 열성적인 시선이 영 익숙하지가 않았다.

'파넬에서는 나한테 관심이 없었으니까.'

그러고 보면 지난 생에서는 탄신제가 어땠더라.

'우아한 진상이 날 따돌리고 갔었던 거 같은데.'

마차에 앉을 자리가 없다나. 지금 생각하면 웃긴 변명이었다.

'우아한 진상만 대외 행사에 나가면서.'

그냥 나를 따돌리기 위해 세 진상이 뭉쳤던 것이다.

꾸밈을 도와주는 사람도 없어서 혼자서 옷을 입고 화장을 하고, 결국 떠나는 마차를 배웅하고 섰던 내 모습이 떠올랐다. 나는 씁쓸한 미소를 지었다.

'비참했던 기억은 잊히지 않는군.'

기억도 안 난다고 생각했는데, 어제처럼 그때의 허망하고 초라했던 감정이 밀려왔다. 나는 한숨을 내쉬었다.

"그럼 이안이 선물한 걸로 착용할까."

"좋은 생각이세요."

"착용하신 목걸이와도 잘 어울릴 거예요."

나는 어머니의 유품 목걸이를 만지작거렸다. 지금이야 몸에서 떼지 않고 있지만, 지난 생에서는 이렇게 열심히 차지 않았다.

'그냥 그때는 모든 것이 다 창피했어. 쉽게 잃어버릴 수 있다는 것도 몰랐지.'

초라한 펜던트를 진상들이 비웃었기 때문에 나도 자연스럽게 보석함 깊숙한 곳에 넣어두었다.

'하지만 이안은 나를 비웃지 않았어.'

그러니 나도 더 이상 예전처럼 스스로를 부끄럽게 여기지 않았다.

조금 있으니 방문이 똑똑 울렸다. 고개를 돌리니 열린 문틀에 이안이 팔짱을 끼고 기대 서 있었다.

"준비 다 되었습니까."

"네."

타이밍도 좋지. 꼭 내 치장이 다 끝나면 알려달라고 알림이라도 설정해둔 것 같았다.

나는 이안을 향해 걸어갔다. 이안은 흰 장갑이 끼워진 내 손을 잡고 손등에 입을 맞췄다.

"오늘은 내 곁에 딱 붙어 있어요."

"왜요?"

"당신이 아름다워서 걱정되어서요."

그의 말에 나는 키득키득 웃었다.

"농담도."

"왜 농담이라고 생각합니까?"

"그거야……."

나는 내 앞에서 빙글빙글 웃고 있는 남자를 바라보았다. 고수머리를 단정하게 넘겨서 잘생긴 얼굴이 시원시원하게 드러나 있었다.

'섹시해.'

내가 문제가 아니고 이 남자가 문제였다. 저런 얼굴로 나른하게 응시하면 마음이 흔들리지 않고 견딜 수 없을 것 같았다.

내 마음을 읽은 것처럼, 그가 씨익 웃었다.

"아니면 날 감시해줘요. 난 구속받는 거 좋아하니까."

"거짓말."

구속받는 걸 좋아하는 남자가 세상에 어디 있나. 나는 입술을 삐죽이며 고개를 돌렸다.

'분명히 자기도 자기가 잘생긴 걸 아는 거야.'

저 입술에서 흘러나오는 구속이라는 단어가 무척 관능적으로 들렸다.

내가 뺨을 은은하게 붉혔을 때였다. 그가 또다시 내 손등에 입을 맞췄다.

"당신이 해주는 건 뭐라도 좋습니다."

달콤하기 그지없는 말이었다. 나는 입술을 꾹 다물고 그를 바라보았다. 심장이 터질 듯이 뛰었다.

그런 내 마음을 아는지, 모르는지, 그는 내 손을 잡아끌며 상큼하게 웃었다.

"그럼 우리 출발할까요?"

"……네."

아니, 그냥 출발하는 거냐.

'왜 서운한 건데.'

분명 마주 보는 눈빛이 반짝였는데, 내 심장도 뛰었는데, 그냥 마차에 오르자는 이안에게 조금 서운해졌다.

'안 시켜도 예전에는 알아서 입 맞추더니.'

분명히 스킨십을 할 타이밍이었는데 말이다.

'아이고, 내가 무슨 생각을 하는 거람! 안 그래도 자꾸 달라붙어서 곤란하다고 생각했잖아.'

나는 자꾸만 '스킨십을 하고 싶다.' 쪽으로 흘러가는 생각을 부여잡으며 내 허벅지를 살짝 꼬집었다.

'첫 번째 남편을 피해서 결혼한 두 번째 남편이 너무 달달해서 곤란하다고 생각하고 있었잖아! 차라리 잘된 거야!'

그렇게 내 스스로 내 자신을 혼내고 있을 때였다.

마차가 덜컹하더니 천천히 굴러가기 시작했다. 그때 마주 보고 앉아 있던 이안이 천천히 입술을 열었다.

"저 궁금한 게 하나 있습니다."

"뭐가요?"

나는 허리를 꼿꼿하게 세워 앉으며 이안을 돌아보았다. 갑자기 뭐가 궁금한가 했더니 이안의 말은 무척 뜬금없었다.

"화장은 어떻게 수정합니까?"

왜 갑자기 화장 타령이람. 그래도 나는 순순히 대답했다.

"작은 가방에 챙겨왔어요."

황궁 행사에는 많은 휴게실이 넉넉하게 존재하지만, 화장품까지 모두 구비되어 있는 것은 아니다.

귀부인들은 보통 자신의 전담 하녀에게 자신의 전용 물품들을 맡기고 휴게실에서 기다리라고 시킨다.

'내 하녀는 지금 마부 옆에 앉아 있지.'

내가 그녀를 떠올리며 여상스러운 표정을 지었을 때였다. 이안은 재차 고개를 갸웃거리며 물었다.

"립스틱도?"

"당연하죠."

"그럼 문제없네."

뭐가 문제가 없다는 건가 물을 시간은 없었다.

그의 커다란 몸이 나를 덮듯이 갑자기 다가와서는 나의 입술에 그의 입술을 포갰다. 처음에는 입술을 뭉개듯 비비더니, 이내 입술 사이를 가르고 말랑한 혀가 밀려 들어왔다.

두근. 두근. 심장이 다시 쿵쾅쿵쾅 뛰었다. 이거야말로 시간차 공격 아닌가.

'방심하기 무섭게 훅 치고 들어오다니.'

하지만 동시에 밀려오는 묘한 안도감에, 나는 새삼스럽게 깨달았다. 내가 이 남자에게 익숙해져가고 있다는 걸.

그렇게 한참을 각도를 다르게 하여 입을 맞추던 그가 천천히 떨어졌다. 빨간 혀가 자신의 입술을 할짝 핥으며 이렇게 중얼거렸다.

"달아."

내 얼굴은 속수무책으로 빨개지고 말았다.

❖ ❖ ❖

황제가 아직 스물두 살의 황태자였던 그 무렵 선대 황제의 나이는 예순. 그러나 젊은 시절 마약과 사치, 향락에 절었던 몸은 일흔에 더 가까워 보일 정도로 마르고 쇠약했다.

누가 봐도 곧 죽을 것 같은 노인. 그런데 이게 웬일인가. 그 노인은 마지막에 젊은 여인을 황후를 들였다. 그리고 그녀를 임신까지 시켰다.

'이대로 아들이라도 낳으면!'

평생 가족은 물론이요, 백성까지 괴롭혔던 아버지의 죽을 날이 머지않았다. 후궁의 장자로 태어나 황좌에 오를 날만 초조하게 기다렸는데.

'이제 와서 황후가 낳은 적통이라니.'

태어나서는 안 되는 존재였다. 그 존재만으로도 위협적이었다.

'어떻게든 몰아내야.'

권력 앞에 황태자는 매정해졌다. 이미 눈에 보이는 수많은 사람도 밀어냈는데, 아직 태어나지도 않은 어린 동생과, 자기 또래의 새어머니에게 매정해지지 못할 이유가 없었다.

"타이론 공작을 부르라."

그것이 긴 비극의 시작이었다.

❖ ❖ ❖

정열적인 입맞춤을 몇 번 더 반복하는 사이, 마차는 멈춰 섰다. 나는 이안의 도움을 받아 마차에서 내렸다. 덩달아 우리를 따라 내린 하녀가 나를 보고 당황했다.

"아니, 마님 입술이……."

지워졌다고 말하려다가 뒤늦게 왜 지워졌는지 깨달은 하녀가 얼굴을 빨갛게 붉혔다.

"어서 다시 칠해주렴."

나도 얼굴이 덩달아 빨개졌지만, 뻔뻔하게 고개를 들었다.

우린 부부인데 마차 안에서 뽀뽀도 할 수 있고 그렇지, 뭐!

'다음부터는 마차 안에 화장품을 놔두라고 해야겠다.'

어차피 입술을 칠하는 건 많은 시간이 걸리지 않는지라, 화장 수정은 금방 끝났다. 잠시 나를 기다리고 있던 이안이 내 손을 잡아끌었다.

"이쪽으로."

보통 귀족들은 여성이 남성의 팔짱을 끼는 것으로 에스코트를 하건만, 이 남자는 왜인지 손가락을 펼쳐서 깍지를 꽉 끼었다. 내가 무슨 뜻이냐는 의미로 붙들린 손을 살짝 흔들었다.

"이게 뭐예요?"

"당신을 붙잡은 건데요."

"그러니까 왜 이렇게 붙들어요?"

내가 어린애냐.

'길 잃어버릴 것 같은가.'

하지만 나는 황궁 지리에 빠삭하다. 지난 생에서도 나는 공작부인이었으니까!

'잘 알고 있다고 이야기를 해야 하나.'

그렇게 생각하고 내가 미간을 찌푸렸을 때였다. 이안은 사르르 눈웃음을 지으며 내게 속삭였다.

"당신이 도망칠까 봐요."

"네?"

도망은 무슨. 내가 어이가 없어서 쳐다보자, 그는 빙긋 웃었다.

"나는 이미 당신에게 푹 빠졌는데, 당신이 도망치기라도 하면 어떻게 합니까."

"나 몰래 빚졌어요? 아님 사기당해서 집문서라도 빼앗겼나요?"

"절대 아니에요. 절 무슨 반푼이로 보고."

"그럼 내가 왜 도망을 쳐요?"

현실적으로 아내가 남편을 버리는 이유들이 모두 해당이 아닌데 왜 도망을 친담. 나는 고개를 갸웃했다.

그는 그런 나를 보고 귀엽다는 듯이 웃으며 살짝 눈썹 위에 입을 맞췄다.

"지난번에, 저보고 황제 폐하와 무슨 사이냐고 물었죠?"

"네네."

"당신 추측이 맞아요. 저랑 황제 폐하는 좀 사연이 있어요. 원래는 죽을 때까지 그대로 묻어놓고 갈 생각이었는데."

이안은 조금 흐린 표정을 지었다. 하지만 내가 그 표정에 뭐라 반응하기 전에 어깨를 으쓱했다.

"아무래도 오늘 발표하실 생각이신 거 같아요. 그러니 당신도 듣고 놀라지 마세요."

"……설마 진짜 애인 이런 거 아니죠?"

"폐하는 모르겠고, 저는 남색가가 절대 아닙니다."

"……."

모르겠다는 말은 또 뭔데.

나는 찜찜한 표정으로 이안을 바라보았지만, 이안은 더 이상 말을 하지 않았다.

'도대체 무슨 발표일까.'

조금 궁금하기도 하고, 그냥 안 궁금하기도 했다. 나는 그것이 현재에서 나오는 만족감이라는 사실에 조금 놀랐다.

'내가 정말 이제 불행으로부터 완전히 벗어난 걸까.'

조금 걸으니 익숙하게 느껴지는 커다란 홀이 보였다. 보통 부부가 함께 입장하는 문을, 나는 수없이 혼자서 통과했다.

제임스가 전쟁터에 있을 때, 그리고 돌아온 뒤에도 그는 사교활동을 싫어했기에.

'하지만 나는 이제 혼자가 아니야.'

문 앞에서 시종이 우리의 입장을 알렸다.

"타이론 공작 부부 드십니다!"

눈부신 샹들리에 빛이 나를 삼키는 것만 같았다. 모든 것이 아찔해지는 그 순간, 나는 내 손을 꽉 쥐고 있는 온기를 기억했다.

'그래, 나는 이제 더 이상 불행한 파넬 공작부인이 아니야.'

나는 이안의 손을 꽉 쥐었다. 이안이 놀란 듯 나를 흘긋 바라보았다.

눈부신 빛 속으로, 나는 한 걸음 내디뎠다.

❖ ❖ ❖

"아니, 소문 자자한……."

"결혼식 때도 한 번 보긴 했는데."

"저렇게 예뻤던가요?"

들어서기 무섭게 여기저기서 말이 쏟아져나왔다. 얼굴에 꽂히는 시선에 뺨이 따끔거릴 지경이었지만 마음은 생각보다 평온

했다.

모두 이안이 내 곁에 있었기 때문이다.

'그리고 이 정도에 벌벌 떨면 지난 생의 경력이 울지.'

그리 생각하며 내가 걸음을 옮겼을 때였다. 내가 생각해도 우아하고 자연스러운 걸음이었다. 내 손을 잡은 이안이 작은 목소리로 속삭였다.

"생각보다 의연하네요."

뜨끔. 그 말에는 나도 뻔뻔한 표정을 짓기 어려웠다. 나는 어색한 미소를 지었다.

"사실은 다리가 풀려서 주저앉을 거 같아요."

아마 20년 전의 나는 그랬을 것이다.

적당히 지어낸 대답에 이안이 피식 웃었다.

"그럼 얼른 주저앉아버려요."

"네? 왜요?"

"제가 당신을 안고 휴게실로 가게요."

"아직 무도회 시작 안 했는데요?"

황제도 입장하지 않았는데 휴게실에 가는 사람이 어디 있나. 내가 의아한 표정으로 그를 바라보자 그는 낮은 목소리로 속삭였다.

"다시 키스하고 싶어졌거든요."

"!!"

어휴, 이 짐승. 나는 눈을 흘겨서 그를 노려보았다. 그는 환한 미소를 지었다. 그 바람에 주변에서는 조금 또 소란이 일었다.

"세상에, 저렇게 환하게 웃으시는 건 처음 봐요."

"아니, 연애혼이라는 말이 맞나봐요. 당연히 헛소문인 줄 알았는데."

"그럼 뜨거운 초야를 보냈다는 소문도……?"

쏟아지는 시선에 내 얼굴이 붉어졌다. 나는 반짝반짝 빛나는 이안의 얼굴과 반대편을 바라보며 한숨을 내쉬었다.

'하긴, 놀랍겠지. 나도 이 남자랑 결혼하기 전까지 되게 무뚝뚝하고 말수도 적은 줄 알았거든.'

애완동물로 벽돌을 택했는데 골든레트리버가 나타난 느낌이었다.

괜히 속은 것 같은 기분에 내가 입술을 삐죽이고 있을 때였다. 나를 이글이글거리는 눈으로 노려보고 있던 여자와 눈이 마주쳤다.

'아니, 저 여자.'

소라처럼 둘둘 만 붉은 머리카락에 연한 푸른색 눈을 가진 화려한 미인이었다.

지난번 레스토랑에서 마주친 그 영애가 분명했다. 나는 내가 붙들고 있는 손을 살짝 잡아당겼다.

"이안, 지금이라면 절대로 화 안 낼 테니까 사실대로 말해요."

"네?"

이안이 무슨 말이냐는 표정으로 나를 바라보았다. 나는 나를 노려보는 여자를 턱으로 가리키며 말했다.

"저 여자 누구예요?"

"아……."

이안의 얼굴이 심각하게 굳어졌다. 나는 나대로 답답했다.

'아니, 지난번에 그렇게 찐하게 입을 맞추는 걸 봤는데도 저렇게 질척거린다면 뻔하잖아.'

보통 사이가 아닌 사이.

이런 찜찜함을 남겨두는 건 내 스타일이 아니었다. 잠시 고민하던 이안이 천천히 입술을 벌렸다.

"그녀는……."

바로 그때였다.

"황제 폐하, 납십니다!!"

타이밍도 좋지.

하필 막 대답을 하려는데 만두 곰, 아니 황제가 등장했다. 나와 이안은 가장 높은 단상을 향해 허리를 굽혔다.

"허허허, 모두 자세를 편안하게 하지."

무슨 동네 빵집 아저씨 같은 목소리로 황제가 인사를 받았다. 모두 일제히 허리를 다시 세우는 광경은 장관이었다.

'이 인사는 몇 번을 해도 익숙해지지 않는단 말이야.'

모두가 동시에 허리를 굽혀 인사하는 것을 홀로 서서 받는 기분은 어떨까.

그런 쓸데없는 생각을 하고 있을 때였다.

"아니, 제수씨!"

"헙."

절대로 들려서는 안 될 목소리가 들렸다. 나는 설마설마하는 눈으로 단상을 바라보았다.

아니나 다를까. 찐만두 같은 얼굴을 한 황제가 나를 향해 손을 살래살래 흔들고 있었다.

'설마하니 여기서까지 그렇게 사사로운 호칭으로 부를 줄이야.'

왜 또 부끄러움은 내 몫인 건데. 둘이 왜 다 나한테 수치심을 주는 건데.

"지금 제수씨라고 했어요?"

"타이론 공작님을 아끼는 것은 알았지만."

"엄밀하게 타이론 공작부인은 두 번째 결혼인데……."

웅성거림이 안개처럼 퍼져나갔다. 나는 그냥 눈을 질끈 감았다.

'허허허, 황제께 고치라고 할 수는 없으니 내가 익숙해져야지.'

다행히 그런 사사로운 주목의 시간은 길지 않았다. 황제가 바로 본론으로 들어갔기 때문이다.

"이 늙은이의 생일에 참석해주어 모두 감사하오."

늙은이라고 하기엔 황제는 아주 정정했다. 아직 쉰도 안 된 것이다.

하지만 굳이 저렇게 스스로를 칭하는 것에는 다분히 정치적 의도가 함양되어 있었다.

"역시 황위를 일찍 물려주기 위해서."

"여황제가 고금에 없었다는 건 아니지만, 드문 것도 사실이니 일찌감치 선위하여 기틀을 다지겠다는 거죠."

황제의 말을 들은 귀족들의 눈이 분주하게 움직였다. 작은 목소리로 수군거리는 것이 꼭 바퀴벌레가 사사삭 도망칠 때 나는 소리 같았다.

황제는 그런 건 신경 쓰이지도 않는지 차분하게 자신의 이야기를 이었다.

“내 생일날 경사스러운 소식을 전하게 되어 무척 기쁘군. 스타티스 황태자와 로메오 알키저스 영식이 약혼을 하기로 했다오.”

나와 이안은 지난 티파티 때 만나서 알고 있었지만, 다른 귀족들에게는 황태자의 반려가 누구로 정해졌는지 처음으로 공표받는 자리였다. 연달아 터지는 폭탄에 장내가 가라앉을 시간 없이 술렁였다.

물론 황제는 그것이 가라앉게 내버려 두지도 않았다.

신관 한 사람이 작은 쿠션에 반지를 얹어서 걸어 나왔다. 황제는 자신이 입장했던 안쪽 문을 향해 손짓했다.

“두 사람은 이쪽으로 서도록.”

흰색으로 의상을 통일한 로메오와 스타티스 황태자가 걸어 나왔다. 귀족들은 탄성을 질렀다.

“헉!”

“설마 약혼식을 지금 치르는 거야?”

“어머나!”

흰 옷, 신관, 반지. 그 의미가 명확했다. 하지만 황태자의 약혼을 이렇게 간단하게 치르다니 고금에 없는 일이었다.

그만큼 결혼을 일찍 당겨서 하겠다는 의지도 느껴졌다.

‘역시 사람 좋게 생겼지만 보통 수완이 아니야.’

저 포슬포슬한 겉모습에 속으면 절대로 안 되겠다. 나는 재차 스스로 다짐했다.

모두가 놀라든지 말든지, 약혼식은 간결하게 진행되었다. 뭐라고 축사를 읊은 신관이 마지막으로 맹세를 받아냈다.

"서로에게 충실할 것을 맹세합니까?"

"예."

두 사람은 곱게 고개를 숙이며 맹세했다.

반지를 나누어 끼는 모습을 흐뭇한 눈으로 바라보던 황제가 불현듯 황태자를 불렀다.

"스타티스."

"예, 폐하."

"만약 이 자리에 또 하나의 황위계승권자가 네게 도전한다면 너는 어떻게 할 것이냐."

이건 또 무슨 질문이란 말인가. 모두가 혼란스러운 눈으로 단상을 응시했다. 다소 당혹스러운 질문에도 스타티스 황태자는 전혀 놀라지 않았다. 그녀는 고개를 꼿꼿하게 세우고 당당하게 대답했다.

"당연히 정정당당하게 밀어낼 것입니다."

"자신이 있느냐?"

이렇게 재차 물으면 심장이 떨릴 만도 한데, 황태자는 여전히 의연했다. 그녀는 확고한 어조로 대답했다.

"누구도 절 이길 수 없을 겁니다."

오만하게까지 느껴지는 대답이었다. 나는 긴장했지만, 막상 그 대답을 들은 황제는 큰 소리로 웃었다.

"허허허! 이리 믿음직스러운 후계자를 낳아, 짝까지 찾아주었으니 어찌 아니 기쁘겠는가."

저 대답을 기다렸다는 투였다.

"아니, 왜 갑자기 저런 질문을?"

"또 다른 황위 계승자라니."

등 뒤에서 또 소곤소곤 말들이 흘러나왔다. 사실 의아한 건 나도 마찬가지였다.

'왜 하필 이 시점에서?'

한마디 말도 흘려들을 수 없는 위치인데, 이렇게 많은 사람을 모아놓고 저런 말을 할 때는 이유가 있을 게 분명했다.

"사실 갑작스러운 발표가 하나 더 남아 있다오. 최근 짐이 큰 결심을 하나 했지. 짐의 치부를 드러내는 일이나, 또한 꼭 해야 하는 일이기도 하거든."

나는 물론이고 모두 긴장해서 황제를 바라보았다. 그는 씁쓸한 표정을 지었다.

황제의 입술에서 폭탄선언이 떨어졌다.

"이안 타이론 공작은 사실 내 막냇동생이오."

"!!"

"헉!"

술렁이던 장래는 이제 완전히 조용해졌다. 사람들은 어떻게 반응해야 하는지도 잊은 것 같았다.

나는 내 곁에 선 남자를 돌아보았다.

"이안……?"

짙게 가라앉은 푸른 눈동자가 단상의 황제를 응시하고 있었다. 황제 또한 이안을 인자한 미소를 지으며 내려다보았다.

"내 욕심으로 그간 저 아이에게 제대로 된 지위를 주지 못하였으나, 이제 때가 된 것 같아 돌려주려 하오. 두 사람도 이리 올라오라."

"네?"

갑자기 우리 둘을 향하는 시선에 나는 당황해서 눈을 동그랗게 떴다. 그런 내 손을 이안이 잡아끌었다.

"갑시다."

"이, 이안."

정말 이 남자가 황제의 동생인가?

'보통 사이가 아닌 거 같다고 생각은 했지만.'

이안과 손을 마주 잡고 단상 위로 한 걸음 한 걸음 걷는 그 시간이 무척 길게 느껴졌다. 나는 조심스럽게 계단을 밟았다.

단상 위의 황제는 드디어 모든 마음의 짐을 내려놓아 홀가분한 표정이었다. 그는 나를 향해 손을 내밀며 말했다.

"내가 이 결심을 하게 된 건 모두 제수씨 덕분이라오."

"폐, 폐하."

내가 뭘 한 게 있다고.

'내가 한 일이라고는 요상한 노래를 퍼뜨린 것뿐인데.'

내가 찔끔해서 어깨를 움츠렸을 때였다. 황제는 고개를 절레절레 흔들며 말했다.

"이 아이에게 황족으로서 누릴 수 있는 모든 것을 빼앗은 것도 미안한데, 부인과 태어날 아이에게까지 빼앗고 있다고 생각하니 정신이 번쩍 들더군."

그제야 그의 마음이 납득이 되었다.

'지난 생에서는 이안은 계속 타이론 공작이었지. 황족이라는 건 밝혀지지도 않았어.'

나는 눈을 동그랗게 뜨고 황제를 마주 보았다.

'그런데 결혼을 하고, 가족이 생긴다 생각하니 마음이 변한 거구나.'

이것 또한 내가 이안과 결혼한 것과 같은 새로운 미래였다.

내가 행동해서 이렇게까지 미래가 바뀌다니. 내가 신기한 눈으로 황제를 응시하고 있을 때였다.

이안이 천천히 입술을 열었다.

"폐하께서는 저를 죽이시는 편이 가장 편하셨을 겁니다. 저는 살아서 이 행복을 누리는 것만으로도 충분히 감사드립니다."

낮게 가라앉은 그의 목소리에는 그가 보냈던 어린 날들의 풍랑들이 고스란히 담겨 있었다.

"그리 말하지 마라, 이안."

황제가 결국 감정을 이기지 못하고 이안을 끌어안았다. 나는 두 사람을 보며 새삼 깨달았다.

'그래서 티아라를 내게 주었구나.'

얼마 전 황제는 황족만 쓸 수 있는 티아라를 내게 하사했었다. 지금 보니 두 사람 사이에는 그 티아라가 사인이었던 것이다.

이제는 사실을 공표하겠다는.

'그래서 이안은 아기를 낳고 싶지 않은 거였고.'

이안의 황위계승권이 정확히 어떻게 되는지는 지금의 대화로 알아들을 수가 없었지만, 황태자를 위협할 만큼 높은 모양이다.

본인이야 고사한다고 해도 자식 또한 황위계승권을 가지니, 그 잡음을 피하고 싶어 아예 낳지 않기로 결정한 것이다.

'그동안 얼마나 속앓이를 했을까.'

나는 안쓰러운 눈으로 이안을 바라보았다. 하지만 서로 눈으로 대화를 나눌 새도 없었다. 바로 황제가 이렇게 공표했기 때문이다.

"이안 타이론 공작을 본래 지위에 복권하고자 하오. 타이론 공작가를 대공가로 승작하며, 롤렌스 공국의 주인으로 삼겠소. 그는 태어났을 때부터 누릴 수 있는 모든 것을 다시 누리리라."

타이론 대공.

공국.

이제 그는 한 나라의 주인이 된 것이다.

그리고 황제의 시선은 나를 향했다.

"그리고 올리비아 타이론, 그대는 이제부터 타이론 대공비이오. 신분에 알맞은 너그러움으로 공국민들을 품어주시오."

세상에, 내가 대공비라니. 한 나라의 왕비가 되다니.

'상상도 못 할 일인데.'

어떻게 인생이 이렇게 풀릴 수가 있단 말인가. 나는 얼떨떨한 표정으로 고개를 숙였다. 입술이 파르르 떨려서 목소리가 잘 흘러나오지 않았다.

"성은이 망극……."

그렇게 내가 감사를 표하려고 할 때였다.

"이의 있습니다."

묵직한 목소리가 또렷하게 좌중을 갈랐다.

아주아주 귀에 익숙한 목소리였다. 듣는 순간 소름이 등줄기를 타고 돋아났다.

'설마.'

심장이 불안하게 쿵쿵 뛰었다.

'그럴 리 없어.'

그는 이 자리에 있어서는 안 될 사람이었다.

겁이 더럭 나서, 나는 황제를 향해 숙인 고개를 들지도 못했다. 등 뒤로 소란스러움이 벌떼처럼 번져나갔다.

"저, 저 사람은?"

"아니, 왜 저 사람이 여기에?"

쿵. 쿵.

심장이 뛰는 소리에 귀가 울려 어지러울 지경이었다. 굳어져 버린 나를 이안이 붙들었다.

"올리비아? 괜찮아요?"

"괘, 괜찮……."

괜찮지 않았다.

손끝까지 차갑게 식어내리는 감각에 저절로 이가 딱딱 부딪쳤다. 내 얼굴도 백지처럼 희게 질렸을 것이 분명했다.

'그럴 리 없어. 그럴 리가 없어.'

나는 필사적으로 그렇게 되뇌었다. 하지만 내 마음 한구석에서는 이런 비웃음이 퐁 하고 솟아났다.

'불행으로부터 그렇게 쉽게 도망칠 수 있을 줄 알았어?'

"부인."

꿈에서도 잊을 수 없던 목소리가 귓가를 울렸다. 나는 천천히 고개를 들었다.

정리되지 않은 검은 머리카락, 검게 그을린 건강해 보이는 얼굴, 셔츠를 터트릴 것 같은 단단한 어깨와 팔다리.

"이리 오시오."

내 첫 번째 남편 제임스 파넬이었다.

❖ ❖ ❖

무도회장은 더 이상 고요할 수 없을 만큼 고요하게 가라앉았다. 모두가 제임스를 바라보았다. 그건 나도 마찬가지였다.

'제임스.'

그동안 어떻게 그를 잊었다고 생각했는지 모를 지경이었다. 음울한 회청색 눈동자를 보는 순간 내게 제임스가 생생하게 떠올랐다.

말수가 적고, 바깥 활동도 거의 하지 않고, 그냥 나를 졸졸 쫓아다니던 커다란 덩치의 사내가.

"당신 뜻대로 하시오."

"마음대로 하시오."

"괜찮소."

그는 무엇 하나 의견을 내는 법이 없었다. 저택의 주방장을 바꾸어도, 인테리어를 바꾸어도, 내가 오늘 무슨 옷을 입든, 내가 무엇을 하든.

그저 그가 요구하는 것은 단 하나.

"나도 많이 참았소."

굴욕스러웠던 과거가 사진처럼 선명하게 떠올랐다. 내 몸도 덩달아 사시나무처럼 떨렸다.

밖에서 아무리 사교계 정점에 오르면 무엇하나. 파넬 공작가 안에선, 그리고 제임스 앞에선 나는 한 마리 애완동물이 된 기분이었다.

그리고 그 수년간의 억압 때문일까. 나는 이미 현재가 바뀌었다는 사실조차 잊은 채 멍하니 멈춰 서고 말았다. 그런 나를 향해 제임스가 재차 말했다.

"내 옆으로 오시오, 부인."

"아……."

가야 하는 건가. 나는 아직도 올리비아 파넬인 것인가.

내가 혼란스러운 표정으로 입술을 짓씹었을 때였다.

커다란 손이 내 팔을 꽉 붙들었다.

"올리비아."

제임스의 어두운 눈과 달리 반짝거리는 맑은 바다 같은 색채의 푸른 눈이 나를 담았다. 나를 향한 온전한 애정을 마주하는 순간 나는 퍼뜩 정신을 차렸다.

"앗!"

그제야 잠에서 깨는 것만 같았다. 나는 눈을 깜빡거렸다. 이안이 걱정스러운 얼굴로 물었다.

"괜찮아요?"

나는 대답 대신 이안의 손을 꽉 붙들었다. 이 커다란 손만 있으면, 이 남자만 있으면 세상 무엇도 두렵지 않을 것 같았다.

내 그런 마음을 눈치챈 이안이 몸을 돌려 제임스를 마주 보았다. 그의 입에서 내가 상상하지 못했던 차갑고 딱딱한 목소리가 흘러나왔다.

"혼인무효장이 북부까지 날아갔을 텐데. 이 여자는 이제 올리비아 타이론이오. 함부로 부인이라고 부르지 말지."

얼음처럼 차가운 말에 나는 깜짝 놀라서 이안을 바라보았다. 그리고 새삼 깨달았다.

'맞아. 나를 처음 만났을 때도 그는 이렇게 차가운 목소리를 내는 사람이었지.'

그래서 나도 자연스레 그렇게 생각하지 않았던가. 이안 타이론은 차갑고 무뚝뚝한 사람이라고.

'그동안이 특별했던 거야.'

오로지 내게만, 그는 봄날의 바람처럼 따뜻한 어조로 말을 했다. 그 사실을 깨달으니 쪼그라들었던 마음이 다시 풍선처럼 부풀었다.

나는 이안의 손을 꽉 잡았다.

'맞아. 이쪽이 내 현실이야.'

난 용기를 내었고, 현실은 바뀌었다. 과거의 망령이 이제 와 나타난들 내 발로 끌려갈 이유는 없었다.

하지만 그런 나와 이안의 행동이 마음이 들지 않았는지, 제임스의 굵은 눈썹이 꿈틀거렸다. 이안보다 훨씬 낮은 묵직한 목소리가 고요한 무도회장을 울렸다.

"내가 인장을 찍지 않은 혼인무효장이 효력이 있다는 건가?"

그 말은 웃기지도 않는 반문이었다. 이안은 비꼬듯 입술을 비틀며 되물었다.

"그럼 내가 가지고 있는 혼인무효장에 찍힌 인장은 무엇인가. 그것도 내가 위조했다고 할 셈인가?"

"……."

이안의 반문에 나는 입술을 꾹 깨물었다. 제임스의 말이 아주 틀린 것은 아니었다.

'그 인장은 파넬 공작인 제임스가 직접 찍은 것이 아니니까.'

전쟁터에 있는 사람이 무슨 정신으로 도장을 찍겠는가. 그 도장을 찍은 것은 다름 아닌 제임스의 어머니들일 터.

'보나 마나 나를 내쫓을 수 있다고 생각하니 이때다 싶어서 찍었겠지.'

진상들은 나를 무척 싫어했다. 굳이 내가 아니어도 싫어했을 인간들이기에 굳이 상처받지도 않았다.

'싫어하던 애가 나간다니 얼마나 고마웠겠어.'

그리고 나는 제임스를 잘 알았다. 그는 무척 효자였다. 신분이 낮다는 이유로 부인도 되지 못한 자신의 어머니와, 아이를 낳지 못해 평생 가련하게 살아온 우아한 진상과 징징거리는 진상을 안타깝게 여겼다.

'그러니 인장을 자신이 찍지 않았다고 짚고 넘어갈 수 없겠지. 그랬다가는 인장 날조죄로 크게 벌을 받을 테니까.'

귀족 가문의 인장 날조죄는 최소 10년형이었다. 그가 자신의 어머니를 그런 벌을 받도록 내버려 둘 리 없었다.

하지만 나의 예상은 보기 좋게 빗나갔다. 제임스는 무표정한 얼굴로 이렇게 말했다.

"감히 가주가 허락하지 않았는데 파넬 공작가의 인장을 남용한 죄인들은 이미 구금해두었습니다, 폐하."

'죄인을 구금해놓았다고?'

구금해둔 죄인이 누구겠는가.

'설마 진상들?'

그렇게 생각한 나는 이내 코웃음을 쳤다.

'그럴 리가 있어? 다른 사람을 대신 뒤집어씌웠겠지.'

제임스가 어떤 아들인데. 내 편이 아니라 남의 편이었던 사람이다.

'……하지만 그럼 진상들은 다 어디 갔지?'

하지만 그렇게 넘기기에는 이상한 점이 많았다. 무엇보다 이런 자리라면 빠지지 않고 참석하는 우아한 진상의 모습이 보이질 않았다.

'설마…… 진짜?'

심장이 다시 불안하게 뛰었다. 그럴 수도 있다는 생각과 그럴 리 없다는 생각이 어지럽게 교차했다.

무엇보다도 나를 혼란스럽게 한 것은 딱 하나였다.

'제임스가 이렇게 나설 사람이었나?'

내가 아는 제임스는 누구 앞에 서는 사람이 아니었다. 전장에서야 누구보다 용감한 장군이었다고 하지만, 일상에서는 나 아니면 생활이 불가능할 사람인지라 쉬이 상상이 되질 않았다.

'그런데 지금 그가 나섰잖아. 이렇게 많은 사람 앞에서.'

과연 애먼 사람에게 누명 씌우고 저리 당당하게 설 수 있을까?

아무리 생각해도 대답은 아니오, 였다. 그 순간 온몸에 소름이 돋았다.

'그가 만약 정말로 진상들을 구금한 거라면…… 절대로 날 놔줄 리 없어.'

어머니들은 그의 인생에서 가장 큰 의미를 지닌 존재였다. 그 존재를 버릴 각오까지 했다면 나를 포기할 리가 없었다.

'무서워.'

제임스는 일상에서는 무능할지 몰라도 사냥에서는 타의 추종을 불허하는 유능한 사냥꾼이었다. 그의 무관심한 얼굴 너머로 누구도 따를 수 없는 집요함이 있음을 나는 이미 알고 있었다.

내가 참을 수 없이 불안해한 탓일까. 이안이 내 앞으로 한 걸음 더 막아섰다. 든든한 등이 나와 제임스 사이를 가로막았다. 이안이 낭랑한 목소리로 말했다.

"설령 그렇다고 하더라도 올리비아와 나는 이미 혼례를 치른 정식 부부 사이요."

이안의 말에 제임스의 눈썹이 다시 크게 휘어졌다.

"혼례? 남편이 없는 사이 약탈한 것이 아니고?"

"약탈? 그녀가 훔칠 수 있는 물건으로 보이는가?"

"말장난은 그만두지. 그대가 결코 떳떳한 상황이 아니라는 걸 양심이 있다면 알 텐데."

상황이 묘하게 돌아가고 있긴 했다. 합법적으로 혼인무효장을 받아서 진행한 혼례이지만, 그림이 썩 아름답지는 않았다.

'전쟁터에 남편이 나간 사이 아내가 다른 사람하고 결혼한 거니까.'

하지만 동시에 나는 의아했다.

'왜 당신이 내게 집착하지? 우린 그런 사이 아니잖아.'

이안과 제임스가 치열하게 눈싸움을 주고받을 때였다. 잠시 떨어져 있던 황제가 결국 아수라장에 끼어들었다.

"우선 오랜만에 만나서 반갑군, 파넬 공작. 못 본 사이 많이 변한 것 같고."

자칫 자신이 우스워질 수 있는 상황에서도 부드럽게 운을 떼는 모습에서 정치적 연륜이 느껴졌다.

하지만 황제가 이렇게 말하면 보통이면 수그렸을 제임스가,

이번에는 비꼬아 말하는 게 아닌가!

"죽을 위기를 넘기고 있는 사이 아내를 다른 사내에게 빼앗겼다는 소식을 들으면 누구라도 변하지 않겠습니까."

그 말에 황제의 얼굴이 미미하게 굳어졌다.

"그런 단어는 삼가도록 하지. 타이론 대공은 잘못하지 않았어. 모두 정당한 절차를 거쳤지."

그는 한결 엄해진 어조로 말했다.

"무엇보다 그녀를 위한다면 이렇게 모두가 보는 앞에서 그녀를 욕보는 건 삼가야 하지 않겠소?"

사건을 더 크게 만들지 말고 물러나라는 뜻이었다. 하지만 제임스는 물러나지 않았다.

"조용히 바로 잡으려 했다면 제게 기회조차도 없지 않았겠습니까."

"!!"

제임스답지 않은 태도에 황제의 얼굴이 일그러졌다. 그건 나도 마찬가지였다.

'제임스 파넬 맞아?'

내가 아는 제임스는 저렇게 자신의 의견을 강하게 피력하는 사람이 아니었다.

'다른 사람을 보는 것 같아.'

나는 굳어진 얼굴로 제임스를 바라보았다. 그는 이안을 매서운 눈으로 노려보며 말했다.

"잠시간 즐거웠겠지. 이젠 내 부인을 돌려줄 때요, 타이론 공작."

"싫다면?"

이안의 반문에 제임스의 커다란 주먹에서 우드득 하고 소리가 울렸다.

"힘으로 빼앗을 수밖에."

사람이 길들일 수 없는 흉포한 야수가 으르렁거리는 것만 같았다. 제임스 주변에 선 귀족들이 행여 자신을 공격할까 두렵다는 듯이 움찔거렸다.

하지만 이안은 그에게 전혀 위축되지 않았다.

"사랑하는 여인을 힘을 빼앗겠다? 아까부터 상당히 거슬리는 표현을 하시는데."

이안은 입술을 비틀어 차게 웃었다.

"그대는 배워야 할 것 같군, 파넬 공작. 이 세상에는 되돌릴 수 있는 일들만 있는 게 아니라는 걸."

"뭐라고?"

이안의 말에 제임스의 얼굴이 험악하게 굳어졌다. 그는 걸치고 있던 검은 겉옷을 벗어 던졌다. 셔츠 위로도 위압적인 근육이 그 존재를 드러냈다.

"당장 겉옷 벗고 내려오시든가. 자신 없으면 얌전히 비키든가."

그 말에 이안도 막 자리를 박차고 나갈 듯 몸을 내밀었을 때였다. 나는 나도 모르게 이안의 팔을 붙들었다.

"이, 이안."

나는 제임스를 잘 알고 있었다. 그의 인성이, 살아온 날들이 어떠하든 간에 제임스 파넬은 강한 기사였다.

'이안이 다칠까 봐 두려워.'

덜덜 떨리는 손으로 그를 붙든 나를, 이안이 돌아보았을 때였다. 조용한 무도회장을 낭랑한 목소리가 갈랐다.

"무엄하오, 파넬 공작."

바로 황태자 스타티스였다.

"더 이상의 행위는 나를 적대하는 것으로 간주하겠소."

"전하."

황제가 나서기엔 지나치게 사사로운 일이었으니 황태자가 나선 것은 좋은 판단이었다. 스타티스는 여태 할 말을 고르고 있었던지, 물 흐르듯 자연스러운 어조로 말했다.

"이 자리는 존엄하신 폐하의 탄생을 기리는 자리. 사적인 이야기는 따로 날을 잡아 하도록 하지. 어떤 결론이 나든 내가 공정한 참관인이 되어주겠소."

"알겠습니다."

"좋습니다."

두 남자는 불만스러운 표정으로 고개를 숙일 수밖에 없었다.

그렇게 대충 상황이 마무리되었다 싶어질 무렵, 이안은 나의 손을 잡아끌었다. 나는 정신없이 이끌려 아무도 오지 않는 황족의 입장 통로로 따라왔다.

"올리비아."

다른 사람의 시선이 닿지 않는 곳에서 이안이 멈춰 서서 나를 응시했다. 나는 그를 마주 볼 수가 없었다.

'나를 원망하고 있진 않을까? 괜한 선택을 했다고 생각하지 않

을까?'

내 머릿속도 이토록 웅웅 울리는데.

'나는 이제 어떻게 되는 걸까.'

"부인, 이리 오시오."

무거운 목소리가 재차 내 귓가를 울렸다. 내 무릎이 휘청 흔들렸다. 이안이 큰 소리로 내 이름을 불렀다.

"올리비아!"

갑자기 어둠이 훅 눈을 가렸다. 가물가물해지는 의식 속에서 나는 나를 꽉 붙드는 이안의 손바닥을 느꼈다.

❖ ❖ ❖

"올리비아!"

이안은 희게 질린 얼굴로 품에 안긴 여자를 흔들었다. 은빛 머리카락을 가진 여자는 힘없이 흔들릴 뿐 눈을 뜰 것 같지 않았다.

"젠장."

그 무식한 작자가.

이안이 이를 갈았을 때였다.

"하여간 네가 하는 일이 그렇지."

저벅저벅 단정한 발소리와 함께 늘씬하게 쭉 뻗은 몸매의 여성이 모습을 드러냈다. 바로 황태자 스타티스였다.

이안은 딱딱한 표정으로 대답했다.

"내가 빚을 졌군."

"고맙다는 말은 못 해?"

"그건 파넬 공작을 완전히 쫓아낸 다음에 하도록 하지."

이안의 차가운 시선이 쓰러진 올리비아의 얼굴로 향했다. 스타티스는 팔짱을 끼고 혀를 찼다.

"참 이상하지 않아? 두 사람은 얼굴 한 번 본 적 없는 서류상의 부부였을 뿐인데, 파넬 공작은 정말 부부였던 것처럼 말한단 말이지."

"……."

스타티스의 말에 이안은 입술을 꽉 깨물었다.

"부인."

'그놈이야.'

직감적으로 알 수 있었다. 올리비아를 자다가도 뒤척이게 만드는 '부인'이라는 말을 사용한 남자.

'어떻게인지는 모르겠지만.'

그가 올리비아의 모든 것을 아는 건 아니니. 이안은 어금니를 악물었다. 이해한다고 해서 기분이 좋은 것은 아니었다.

스타티스가 불편해 보이는 이안의 얼굴을 물끄러미 바라보다가 물었다.

"도와줄까?"

이안은 올리비아를 번쩍 안아 올리며 대답했다.

"필요 없어."

"밉살맞기는."

스타티스는 입술을 비틀었다. 하여간 눈앞의 이 남자는 처음 만나서 지금까지 줄곧 비호감이었다.

❖ ❖ ❖

스타티스는 뜨거운 여름, 이안 타이론을 기다리다가 일사병에 걸린 뒤부터 그를 싫어하게 되었다.

이안이 황궁에 들어오게 된 것은 스타티스가 한참 사춘기를 겪고 있던 열두 살 때.

황실의 장녀로 살던 그녀는 갑자기 나타난 자기보다 연상의 존재가 꺼림칙하기만 했다.

"귀한 손님이니 잘 대해주도록 해라."

황제가 저렇게 명하지만 않았다면 있는지 없는지도 몰랐을 것이다. 하물며 기다리다가 일사병으로 쓰러지게 되다니. 이안의 첫인상은 최악이었다.

'생긴 건 또 왜 저래.'

이안과 스타티스의 외모는 꽤 많이 닮아 있었다. 하지만 친근감을 느끼기는커녕 반감만 들었다.

'곱상하게 생겨가지고.'

스타티스는 삐뚜름하게 생각했다.

두 사람은 계속 자잘하게 부딪쳤다. 하지만 그 갈등이 가장 크게 터진 것은 바로 황제의 서른여덟 번째 탄신제였다.

스타티스는 그때 이미 남자처럼 바지 정장을 입고 공식행사에 참석했다. 황위계승에 여자라는 이유로 빠지지 않겠다는 의지의 표명이기도 했다.

그런데 바로 그 탄신제에서 잠깐 바람을 쐬러 나온 사이, 스타티스의 가장 위협적인 라이벌인 러셀 황자가 스타티스의 옷차림을 조롱했다.

"네가 그런 옷을 입는다고 남자가 될 수 있다고 생각해? 곧 후회하게 될걸. 차라리 드레스 입고 예쁜 꽃이 되어 좋은 혼처라도 찾을 걸 그랬다고 말이야."

너무나 갑작스레 받은 조롱이라 스타티스는 바로 반응하지 못했다. 바로 그때였다. 러셀 황자의 머리 위로 와인이 확 쏟아졌다.

좌악.

와인을 쏟은 것은 다름 아닌 이안이었다.

"아, 이런 실수."

느릿하게 그렇게 말하는 이안을 러셀 황자가 매서운 눈으로 노려보았다. 하지만 러셀 황자가 그에게 달려들기도 전에 커다란 손이 그의 멱살을 잡아챘다.

"하지만 말조심하는 게 좋지 않겠어? 스타티스가 황제가 되면 후회하게 될 텐데."

"이, 이!"

러셀 황자는 부들부들 떨었지만 결국 이안에게 덤비지 못했다. 덤벼봤자 힘으로 밀리는 건 둘째치고, 황제가 그를 무척 애지중지한다는 사실을 알고 있었기 때문이다.

"두, 두고 보자!"

그렇게 악당 같은 대사를 내뱉으며 러셀 황자는 도망쳤다. 그 뒤통수를 싸늘한 시선으로 응시하던 이안이 스타티스를 향해 손을 내밀었다.

"앞으로 혼자 나오지 말아."

스타티스는 그 손을 쳐냈다. 이안이 빤히 그녀를 바라보자, 그녀는 고개를 획 돌리며 툴툴거렸다.

"왜 당신이 나섰어? 내가 충분히 해결할 수 있었거든? 내가 새삼 당신에게 감사할 줄 알아?"

그렇게 말을 내뱉고 나서야 스타티스는 그동안 품었던 자신의 마음을 알았다.

바로 열등감이었다.

'아바마마는 이 사람은 무조건 다 사랑하시지.'

자식조차도 정치판에 이용해먹는 사람이 황제였다. 그에게는 가족도 그저 정치의 무게추를 이리저리 기울이며 이권을 뺏는 데 이용할 도구일 뿐.

하지만 오로지 이 남자만은 달랐다. 아무 이유 없이 황제는 그를 아끼고 사랑했다.

정말 가족처럼.

'내 마음속에 이런 더러운 감정이 있었다니.'

하지만 스타티스의 꼬인 마음을 알 리 없는 이안에게는 실컷 도와줬더니 화풀이를 당하는 꼴이었다. 그는 턱을 굳히며 고개를 휙 돌렸다.

"괜한 호의를 베풀었군."

"호의라고? 내가 당신보다 못하다는 거야?"

"마음대로 생각해."

이안은 휙 돌아섰다. 그 모습이 꼭 스타티스의 눈에는 황제의 총애를 자랑하는 것처럼 보였다.

그동안 속에 품고 있던 격한 말들이 툭 튀어나왔다.

"네 앞가림이나 잘하시지. 오갈 데 없어서 황궁까지 밀려온 주제에!"

그 말에 이안의 푸른 눈에 팍 불꽃이 튀었다.

"너야말로 말조심해. 네가 나보다 뭐가 잘나서 든든한 부모 밑에서 행복하게 살고 있는지 알아?"

여태, 한 번도 감정을 분출한 적 없던 그가 스타티스를 노려보며 소리쳤다.

"넌 그저 운이 좋을 뿐이야!"

그제야 스타티스도 깨달았다. 자신이 이안을 질투하듯, 이안 또한 자신을 질투하고 있었다는 걸.

8

당신을 위한 자장가

그 뒤로 둘의 사이는 변함이 없었다. 만나면 고양이와 쥐처럼 서로 못 잡아먹어서 안달하는 사이.

좀 자라서 감정 다툼을 더 이상 하지 않게 된 뒤에도 둘이 투닥거리는 것은 똑같았다.

하지만 그게 어릴 때처럼 여전히 미워하는 것은 아니었다. 그냥 관성적으로 말다툼을 이어가는 거라고나 할까.

그 증거로 이안의 소문을 들었을 때 가장 격노한 사람이 바로 스타티스였다.

"대국민 고자라니! 감히 타이론 공작을 그런 식으로 칭해?!"

무심코 사교계의 소문을 전했던 보좌관은 화들짝 놀랐다.

"그, 그게."

'아니, 평소에는 서로 무척 싸우더니만 왜 이렇게 반응이 격한

건데?'

보좌관 입장에서는 당황스럽기 그지없었다. 하지만 이제 와서 순화하기에는 이미 입에서 흘러나온 말이었다. 보좌관은 식은땀을 뻘뻘 흘리며 대답했다.

"아무래도 타이론 공작이 스스로 낸 소문 같습니다."

"뭐?"

보좌관의 말에 스타티스의 얼굴이 엉망으로 일그러졌다.

"스스로 왜 그런 소문을 내?"

"그야……."

이안의 속내를 알 길 없는 보좌관은 어물어물거릴 뿐 대답을 하지 못했다.

'왜 멀쩡한 남자가 고자라고 하는데? 정말 고자니까 그런 거 아니겠어?'

그런 생각이 표정에 고스란히 드러났다. 하지만 이안의 진정한 출생을 알고 있는 스타티스에게는 그렇게 단순하지 않았다.

스타티스는 바로 이안에게로 달려가서 다짜고짜 물었다.

"제정신이야?"

"뭐가?"

이안은 무덤덤한 얼굴로 스타티스를 맞이했다. 그 당당한 태도에 스타티스는 도리어 당황하여 말을 더듬었다.

"너, 그, 그, 그거라며."

"아."

차마 고자라고 말을 할 수가 없어서 그거라고 했는데 찰떡같이 알아들었다. 스타티스의 얼굴은 빨개졌는데, 정작 이안은 뭐가 문제냐는 듯이 담담했다.

"딱히 결혼하고 싶지 않으니까 상관없어."

"결혼을 왜 안 해? 그럼 평생 혼자 살 생각이야?"

스타티스의 말에 이안은 자조했다.

"혼자 태어났으니 혼자 살다 가는 거지."

"네가 왜 혼자인데?!"

화가 난 나머지 버럭 소리를 질렀다. 이안이 의외라는 표정으로 스타티스를 바라보자, 스타티스는 다시 입술을 삐죽였다.

"내가 네 가족이란 뜻은 아니고."

"다행이네. 소름 끼칠 뻔했거든."

"뭐!"

신경 써서 말을 해줘도 매사 이런 식이니 버럭버럭하고 만다. 이안을 흘겨보던 스타티스가 결국 잘 떨어지지 않는 입을 떼었다.

"……혹시 나 때문이야?"

스타티스의 말에 시큰둥해하던 이안이 유리구슬 같은 눈동자로 그녀를 바라보았다.

스타티스는 뾰족한 눈으로 그를 바라보며 말했다.

"네가 아이를 낳아도 내 계승권에는 아무 문제 없거든? 그러니까 나 때문이면 그 마음 접어둬!"

스타티스를 빤히 쳐다보던 이안은 피식 웃었다. 이 조카는 삐죽거리다가도 또 다정해지니 결국 미워할 수가 없었다.

"너 때문 아니다."

"아니긴 뭐가 아니야! 그런 거 아니면 네가 굳이 결혼을 안 할 이유는 뭔데? 평생 고자 소리 들으면서 살 생각이야?"

"왜 내가 평생 혼자일 거라고 생각하는데? 나도 결혼할 수 있어."

"네가 언제?"

"운명의 상대를 만나면?"

"뭐래, 진짜."

이안은 손을 살랑살랑 흔들며 돌아섰다. 스타티스는 그런 이안의 뒷모습을 한참이나 노려보았었다.

그게 벌써 수년 전.

'그래도 사랑하는 사람을 만나서 다행이라고 생각했더니.'

결혼을 안 할 거라던 그 녀석은 번갯불에 콩 구워 먹듯 순식간에 결혼했다. 국외에 잠시 일정이 있었던 스타티스가 어떻게 결혼에 의견을 낼 틈도 없었다.

'아바마마 때문이구나!'

그렇게 생각하고 화를 내며 귀국했더니만, 의외로 두 사람은 무척 사이가 좋아 보였다. 정말 연인처럼 말이다.

"잘 해결되어야 할 텐데."

스타티스가 정한 이안과 제임스가 결판을 내는 날은 황제의 탄신일로부터 일주일 뒤. 장소는 황궁이었다.

❖ ❖ ❖

나는 꿈을 꾸고 있었다. 얼굴이 지워진 아이들이 진상들과 즐겁게 놀고 있었다.

"할머니."

"오냐, 오냐."

"엄마는 싫어. 할머니가 제일 좋아."

다정다감한 그곳에, 나만 낄 수가 없었다. 햇살이 따스한 가정에서 멀리 떨어진 곳에서 나만 웅크리고 서 있었다.

'내 집인데, 내가 설 곳이 없어.'

깊은 무력감이 숨을 조여오는 것만 같았다. 내가 한숨을 내쉬었을 때였다.

내 등 뒤에서 묵직한 목소리가 울렸다.

"부인."

나는 고개를 돌렸다. 까만 머리카락을 흐트러뜨린 큰 덩치의 남자가 나를 향해 흉터투성이인 손바닥을 내밀었다.

"이리 오시오, 부인."

"아아!"

바로 제임스였다. 나는 겁에 질려 물러나려고 했지만, 성큼성큼 다가오는 그의 발걸음이 훨씬 빨랐다. 그는 나를 꽉 붙들었다.

"내 인내심은 썩 길지 않소."

"헉!!"

나는 비명을 지르며 몸을 일으켰다. 낯익은 천장이 눈에 들어왔지만, 몸의 떨림은 가라앉지 않았다.

'제임스가 찾아왔어.'

나는 손톱을 세워 내 팔을 긁었다. 커다란 손자국이 지금도 남은 것만 같았다.

'나를 파넬로 데려가려고.'

나를 미워하고 이간질하기만 하던 세 명의 시어머니, 괴롭기만 했던 결혼생활이 바로 어제처럼 선명하게 떠올랐다.

'애니는 어떻게 하지? 겨우 타이론 공작가에 머물면서 학교에 다니기로 했는데. 나는 어떻게 되는 거야?'

손톱이 여린 살갗을 찢을 듯 깊이 파고들었다. 그런데도 공포 때문인지 아픔이 느껴지질 않았다. 이 시점에서 내게 가장 두려운 건 다름 아닌 이 사실이었다.

'그 고통스러운 삶을 반복해야 하는 거야?'

제임스도, 시어머니 셋도 다 견딜 수 있다. 하지만 이미 그 길이 얼마나 고통스러운지 알고 있는데도 그 길을 걸어야 한단 말인가. 아무리 나 자신을 내가 끌어안아도 심장의 냉기가 자꾸자꾸 흘러나와 몸을 얼리는 것만 같았다. 나는 바들바들 떨었다. 바로 그때였다.

"쉬이. 천천히."

"아."

따뜻한 손이 나의 등을 쓸어내렸다. 그리고는 작은 목소리로 속삭였다.

"괜찮아요, 괜찮아."

낮고, 묵직한데, 다정한 목소리.

고개를 들자, 잘생긴 남자가 유리구슬처럼 투명한 눈을 나와 맞춰왔다.

"나예요, 올리비아."

허덕거리던 마음이 거짓말처럼 안정적으로 가라앉았다. 나는 울먹거리는 목소리로 그를 불렀다.

"이안……."

"우리 집이에요. 당신 방이고."

그가 달팽이처럼 느리게 팔을 펼쳐 나를 부드럽게 끌어안았다. 내가 놀랄까 봐 배려해주는 것이 확연히 느껴졌다.

그리고 그런 사소한 태도 하나하나가 내 마음을 울렸다.

'꼭 얇게 약을 발라주는 것 같아.'

심장 고동이 천천히 잦아들면서 얕은 숨이 흘러나왔다. 내가 조금 안정되었다는 사실을 눈치챈 이안이 다시 살짝 몸을 떼어 나를 마주 보며 물었다.

"이제 괜찮아요, 올리비아?"

나는 작게 고개를 끄덕였다. 아직도 손이 떨리긴 했지만, 아까처럼 공포에 잠식되지는 않았다.

이안이 작게 웃었다.

"참 신기하네요. 내가 아는 당신은 무척 당찬 사람이었는데. 자신을 향해 굴러오는 불행을 씩씩하게 발로 뻥 걷어찼죠."

그의 커다란 손가락이 내 눈가를 문질렀다. 그제야 나는 고였던 눈물이 또르륵 흘렀다는 사실을 깨달았다. 이안이 손끝을 쪽 하고 빨며 중얼거렸다.

"그런데 파넬 공작이 나타난 것만으로도 이렇게까지 동요하다니."

나는 주먹을 꽈악 쥐었다. 뭐라 할 말이 없었다. 누가 봐도 처지는 결혼에, 이 나라 귀족이 다 있는 자리에서 전남편이 등판하다니.

나는 축 늘어진 눈으로 그에게 물었다.

"그런 내가 싫어요?"

"아니요."

내 이마에 부드러운 입술이 닿았다. 다정한 입맞춤이었다. 그가 다시 나를 힘을 주어 꽉 끌어안으며 속삭였다.

"나는 좋아요. 당신과 좀 더 가까워지는 것 같아서. 당신의 약한 면, 강한 면 모두 알게 되는 거잖아요."

나는 대답 없이 그의 어깨에 내 뺨을 비볐다. 그의 숨결이 내 긴 머리카락을 간질였다. 그가 낮은 목소리로 입을 열자, 내 몸이 종처럼 울리는 것만 같았다.

"당신은 이미 나에 대해 많이 알고 있어요. 내가 애정결핍이라든가, 아내에게 푹 빠져서 만날 아내 물건을 쇼핑하고 있다든가."

"푸흡."

아니, 그건 지나치게 사소한 비밀 아닌가. 하지만 나를 웃기게 하기엔 충분했다. 나는 이 심각한 와중에도 키득키득 웃고 말았다. 내가 작게 웃자, 그가 그제야 안고 있던 팔을 풀었다. 그리고 흩트리진 머리카락을 귀 뒤로 넘겨주었다.

"이제 기분은 괜찮아졌어요? 당신, 무척 하얗게 질렸었잖아."

"아."

덕분에 다시 황제의 탄신제 때 있었던 일이 떠올랐다.

"부인."

그가 날 부르는 순간 꼴사납게도 얼어붙고 말았다. 과거가 그대로 나를 삼키는 것 같았기 때문이다.

'사실 당황스러워했어야 했는데.'

이 시점에서의 '나'는 제임스를 만난 적이 없으니까.

'왜 그렇게 익숙하게 날 부르는 거야. 그러니까 바로 굳어져 버렸잖아.'

나는 고개를 흔들어 머릿속에 들어 있는 제임스를 털어버렸다. 그리고 이안에게 우물거리며 말했다.

"미안해요."

내 말에 이안이 눈을 동그랗게 떴다.

"네? 왜요?"

"그야 부부가 함께 하는 첫 공식행사가 엉망이 되었고……."

말을 하면 할수록 내 어깨는 절로 움츠러들었다.

'무척 신경 썼는데.'

이 날, 가장 예뻐 보이고 싶어서 가장 자신 있는 것들로만 꾸몄는데, 이렇게 엉망이 될 줄은 몰랐다.

'하필 이런 일이…….'

이럴 줄 알았으면 로메오의 말을 조금 더 새겨들을 걸 그랬다. 내가 입술을 꽉 깨물었을 때였다. 이안이 손가락으로 내 아랫입술을 꾹 누르며 말했다.

"우리의 첫 공식행사는 결혼식이었죠. 당신도 알다시피 대성공이었고."

"이안……."

"그리고 미안할 건 그 무식한 남자죠. 당신이 제게 미안할 게 뭐가 있나요."

"그래도."

하지만 찜찜한 건 마찬가지였다. 이 모든 상황이, 삶을 바꾸려고 했던 내 탓처럼 느껴졌으니까.

'그냥 순응해 살았다면 일어나지 않았을 일들이지.'

하지만 그저 얌전히 순응할 수 있었을까?

'그렇게나 괴로웠었는데.'

제임스를 향해 내뱉었던 이안의 말은 내 마음도 거세게 흔들었다.

"세상에는 되돌릴 수 있는 일들만 있는 게 아니다."

이번에 제임스를 마주하면서 선명하게 깨달았다.

시어머니들에게 괴롭힘을 당했을 때 느꼈던 아픔, 상처. 남편에게 외면당하고 인격적으로 존중받지 못하며 느낀 모멸감.

'어떻게 그런 기억들을 잊지?'

지금 생각하니 그 길을 다시 걸을 수 있다고 생각하는 것도 내 오만이었다.

'시시각각 비슷한 상황이 되면, 찾아오는 기억에 짓눌리지 않을까?'

나는 흔들리는 눈으로 이안을 바라보았다. 이 와중에도 그의 눈은 잔잔한 호수처럼 차분했다.

"이안."

"예, 올리비아."

"내가 어떻게 해야 할까요?"

나는 주먹을 꽉 쥐었다. 이안이 여전히 나를 아내로 다정히 대해준다는 건 알겠다.

'하지만 그 마음이 계속될 수 있을까? 황제 폐하께서도 여전히 나를 너그럽게 생각하시고?'

사람의 마음이란 상황에 따라 바뀔 수밖에 없지 않은가. 나와 이안을 두고 사교계에서 얼마나 뒷말이 나올지 안 봐도 눈에 훤했다. 나는 눈을 내리깔았다.

'헤어져달라고 말해도 할 말이 없어.'

물론 헤어진다고 해서 한 번 승인된 혼인무효장이 효력을 잃을 리는 없으니, 내가 파넬로 돌아가는 일 또한 없을 것이다.

'어쨌든 이안의 의견대로.'

그렇게 생각하고 내가 입술을 사리물었을 때였다. 이안이 낮게 한숨을 내쉬었다.

"무슨 생각하는지 안 들어도 알 것 같네요."

이건 또 무슨 뜻일까.

내가 슬쩍 눈을 들어 그를 마주 보았다. 그는 은은한 미소를 짓고 있었다.

커다란 손이 내 머리카락을 만지작거렸다.

"지금까지와 똑같습니다. 저랑 쇼핑도 다니고, 맛있는 것도 먹고, 가끔 백화점이 잘 지어지고 있나 구경하죠."

"정말이에요? 나와 혼인무효해볼까 생각하는 거 아니고요?"

뾰족한 내 질문에 그는 눈을 휘며 예쁘게 웃어 보였다.

"당신이 저를 시험하고 싶으시다면 몇 번이고 넘어가겠습니다. 저는 정말로 당신을 사랑하니까요."

"이안."

가슴이 울컥했다. 나는 눈물을 꾹 참으며 그의 얼굴을, 반듯한 이마와 곱슬거리는 금빛 머리카락을 바라보았다.

'사랑스러움이 넘친다는 게 이런 걸까.'

세상에 누가 이렇게 나를 따뜻하게 감싸줄까. 나는 치밀어오르는 격정을 이기지 못하고 그의 목에 두 팔을 감았다. 갑자기 실리는 내 무게에 대비하지 못한 그가 뒤로 넘어갔다.

부드러운 입술이 달콤했다. 그의 아랫입술을 쪽쪽 빨자, 그가 놀란 것처럼 눈을 떴다가 이내 살짝 입술을 벌렸다.

'따뜻해.'

그의 숨결은 그가 나를 끌어안는 손길처럼 따뜻했다. 평소처럼 세게 얽는 입맞춤이 아니라 머리를 쓰다듬듯 부드럽게 혀가 얽혔다.

'역시 이 사람이 좋아.'

나는 얼마 전 깨달았던, 그 감정을 다시금 떠올렸다.

'이 사람을 만나지 못했다면 어떻게 지내고 있을까…….'

상상만 해도 아찔했다.

몇 번이나 각도를 달리 입술을 부딪치고 나서야 나는 입술을 떼었다. 나는 그의 너른 가슴에 내 뺨을 비비며 속삭였다.

"안아줘요."

내 말에 그가 흠칫 몸을 굳혔다. 그러나 이내 그의 커다란 손이 내 어깨를 토닥였다.

"많이 충격받았어요. 오늘은 쉬는 게……."

"제가 원해요."

나는 그의 가슴과 내 사이를 벌리는 얇은 천을 송곳니로 깨물었다.

나쁜 일이든, 좋은 일이든.

"당신 품에서 잊고 싶어요."

"올리비아."

내가 그의 가슴팍에 느릿하게 뺨을 비볐을 때였다.

"제겐 너무나 즐거운 말이지만."

"꺄!"

갑자기 그가 내 몸을 붙들고 몸을 빙글 돌렸다. 순식간에 그가 내 위에서 나를 내려다보는 자세가 되었다.

그는 내 이마에 입을 쪽 맞추었다.

"오늘은 안 돼요. 의사도 조용히 쉬게 내버려 두라고 했어요."

"하지만……."

내가 하고 싶은데.

입술을 삐죽이는 내게, 이안은 목 끝까지 꼼꼼히 이불을 덮어주고, 흐트러진 머리카락을 가지런히 넘겨주었다.

"고집 센 당신을 위해 제가 가만히 있으면 안 되겠네요."

가만히 있지 않으면 어떻게 할 건데?

내가 눈을 깜빡깜빡거렸을 때였다.

"어여쁜 작은 새, 날아가다 버들잎을 물어왔지."

무겁고 낮은 목소리가 조용히 노래를 흥얼거렸다.

"내 슬픈 얼굴에 입 맞춰주렴."

언젠가 그가 내게 부탁했던 자장가였다.

가만히 노래를 들으며 나는 가물가물거리는 눈을 감았다.

긴 하루였다.

❖ ❖ ❖

"정말 미안해, 올리!"

날이 밝고, 타이론 공작가, 아니 대공가에는 손님이 밀어닥쳤다. 뜻밖의 방문 소식에 나는 잠옷만 가벼운 원피스로 갈아입고 뛰어나왔다.

현관에서 푸른 머리카락을 하나로 묶은 젊은 남자가 손톱을 물어뜯으며 서성거리고 있었다. 바로 내 친구 로메오였다.

"로메오."

인사할 틈도 없었다. 가엾게도 밤새 잠을 설쳤는지 빨간 눈을 한 로메오가 나를 보자마자 내게 매달렸다.

"나도 그 사람이 그렇게까지 막무가내일 줄 몰랐어. 그렇게 행동할 줄 알았다면 네게 좀 더 자세하게 말했을 텐데. 모두 내 탓이야. 날 때려! 발로 밟아!"

"로메오, 진정해."

아니 이렇게 다짜고짜 뭔데.

나는 당장 바닥에 엎드리는 로메오를 일으키기 위해 그의 팔을 붙들었다. 하지만 로메오는 꿈쩍도 하지 않았다.

"어떻게 진정하겠어! 어젯밤에도 한숨도 못 잤다고. 모두 내 탓이야!"

로메오가 눈물을 글썽거렸다. 내가 어떻게 말을 해야 할까 고민이 되어 잠시 굳어졌을 때였다. 묵직한 목소리가 우리 등 뒤에서 울렸다.

"일단 내 아내에게 예의를 지켜주지, 알키저스 영식."

"대공 전하."

편한 셔츠 차림에 카디건만 걸친 이안이 슬리퍼를 끌며 걸어 나왔다.

"잘 잤어요, 올리비아?"

"아, 네……."

간밤에 이안이 불러주던 노래가 떠올라, 내 얼굴이 화르륵 붉어졌다.

'잠도 얼마 못 잤을 텐데.'

손가락에 잉크가 묻은 것을 보니 아침 일찍 일어나서 업무를 본 모양이다.

'하긴, 어제 일로도 처리해야 할 일이 많았을 거야.'

어제를 떠올린 내 얼굴이 다시 흐려졌다. 이안은 내 어깨를 다정하게 끌어안았다.

이안과 눈이 마주친 로메오는 훌쩍거리며 자리에서 일어났다.

"로메오 알키저스가 인사드립니다, 타이론 대공 전하. 대공이 되신 것을 축하드립니다."

로메오를 물끄러미 내려다보던 이안이 그린 듯 온화한 미소를 지었다. 하지만 내뱉는 말에는 뼈가 있었다.

"영식도 약혼 축하하네. 듣자니 우리 '올리'의 아카데미 동기라지?"

'아휴, 집요해.'

로메오가 나에게 올리라고 부르며 매달린 것을 들은 것이 틀림없었다.

'애칭이 딱히 특별한 건 아니니 샘내지 말라고 말했는데도.'

다 알아듣는 것 같더니 또 이런 말을. 나는 그를 흘겨보았다.

"이안……."

"네네, 잘못했어요. 자중할게요."

또 바로 사과를 하니 얄미웠다. 내가 입술을 삐죽거리고 있을 때였다. 로메오가 고개를 숙이며 말했다.

"네, 대공 전하. 대공비 마마가 행복하신 모습을 보니 동기로서 기쁩니다. 두 분 잘 어울리십니다."

"나도 아네."

또 로메오의 칭찬 한마디에 얼굴이 우쭐우쭐해졌다. 나는 이 안이 귀여워서 픽 웃고 말았다. 그리고 아직도 훌쩍거리는 로메오에게 말했다.

"하여간 네 탓이 아니고 그 작자가 문제야. 그러니까 그렇게 자신을 탓하지 말아."

"하지만 내가 미리 제대로 말해주었다면 너도 대비를 했을 것 아니야."

"너는 말해주었잖아."

불편했던 가족 모임. 로메오는 분명히 내게 말해주었다.

"파넬 공작이 수도에 있어."

나는 쓴웃음을 지었다.

"나는 사실 네 말을 믿지 않고 있었어. 내가 알기로 그는 북방에서 열심히 싸우고 있었으니까."

내 현재를 바꾸었으면서도, 나는 미래가 바뀔 수 있다는 가능성을 떠올리지 못했다.

제임스가 그렇게 수많은 사람 앞에서 당당하게 나설 수 있는 성품이라는 것 또한 몰랐다.

"설마 탄신제에 그렇게 나타날 거라고는 생각도 못 했고. 그러니까 네 탓이 아니야."

"올리……."

내 대답에 로메오는 다시 눈물을 글썽거렸다.

'아이고, 마음 약한 내 친구 같으니.'

나는 다정한 미소를 지었다. 마음 같아서는 안아주고 싶었지만, 이제 우리는 그렇게 스킨십 해도 되는 사이가 아니었다.

"그 이야기를 하려고 아침 일찍 달려온 거야? 식사는 했어?"

"아직……."

"그럼 다 같이 식사하자. 이안, 당신도 식사 아직이죠?"

"먹었어도 또 먹어야죠."

이건 또 무슨 대답이람.

내가 미간을 찌푸리고 이안을 쳐다보았을 때였다. 하녀장이 허리를 무척 굽히며 말했다.

"저기, 죄송합니다만 손님이 한 분 더 계신데요……."

"응?"

이 아침에 손님이 한 명 더 있단 말인가. 나는 고개를 갸웃거리며 응접실로 향했다.

응접실에 모셔진 손님은 정말, 정말 상상도 못 한 사람이었다.

"제수씨이이~!!!"

포슬포슬한 만두처럼 둥실거리는 얼굴을 가진 남자가 낙엽처럼 얼굴을 구깃구깃 구기며 눈물을 흩뿌렸다.

"으아닛, 폐하!"

바로 이 나라의 황제 폐하였다!

아니, 귀하신 몸이 왜 전갈도 없이 이렇게 와 있어?!

나는 놀라서 그에게 후다닥 달려갔다. 그는 내 손을 붙들고 물개 앞발처럼 두꺼운 손으로 손등을 쓰다듬으며 울먹였다.

"우리 제수씨, 설마 이걸로 우리 이안을 뻥! 차버리고 파넬 공작에게 돌아갈 건 아니지? 나 도장 못 찍어줘! 황제의 인장은 낙장불입이란 말이지!"

'낙장불입은 무슨! 그 도장, 이미 한 번 번복하셨었잖아요.'

이렇게 톡 쏘아붙이고 싶었지만, 그것과 별개로 마음이 사르르 녹았다.

'나를 원망하고 계실 줄 알았는데.'

조금 꽉 막힌 인사라면 너 때문에 내 동생이 웃음거리가 되었다고 화를 낼 수도 있는 문제였다.

하지만 그는 내 탓을 하고 있지 않았다. 이안처럼 말이다.

'나는 참 운이 좋아.'

그냥 파넬을 벗어날 생각으로 무작정 찾아간 타이론 공작가였는데, 이렇게 좋은 시댁을 만날 줄이야.

나는 환하게 웃으며 대답했다.

"절대 그럴 생각 없어요. 걱정하지 마세요."

"그럼 그럼! 우리 제수씨는 이미 우리 가족이라고!"

내 대답에 구깃구깃하던 얼굴이 활짝 펴졌다. 그러니 정말 그의 얼굴이 대나무 먹는 곰처럼 펴졌다. 나는 나도 모르게 키득키득 웃고 말았다.

"감사해요, 모두."

한 차례 웃음이 밀려가고 나니 냉정함이 찾아왔다. 나는 곧게 고개를 들었다.

제임스와 담판을 지어야 할 때였다.

❖ ❖ ❖

올리비아 플로렌스. 그녀 자신은 몰랐겠지만, 그녀는 아카데미 내에서 꽤 화제의 중심에 있었다.

"예쁘지 않냐?"

"항상 방과 후엔 도서관에 있던데."

"하지만 차분해서 말 걸기가 어려워."

늘 수업이 끝나고 나면 도서관에 앉아서 그날의 복습을 했기 때문에, 올리비아를 찾는 것은 어렵지 않았다.

오후 다섯 시. 도서관에 가면 이런 광경을 볼 수 있었다.

"오, 누가 이번엔 꽃다발을 놓았네."

"앗, 이런. 이번에도 거침없이 쓰레기통에 버리는군."

"아아, 짜릿해."

올리비아에게 남몰래 호감을 표하고 싶은 남학생들은 때때로 올리비아의 고정석에 꽃이나 초콜릿 따위를 올려놓곤 했다.

물론, 올리비아는 한 번도 받은 적이 없었다.

한 번은 단짝으로 붙어 다니는 로메오 알키저스 영식이 이렇게 물은 적이 있었다.

"아깝게 왜 버려? 먹든지, 팔든지 하지."

거기에 대답은 지극히 합리적이었다.

"뭐가 들었는지 어떻게 알고."

조심성이 많은 건지, 무심한 건지. 그런 성품에 또 반하는 얼간이들이 생겨나면서 도서관은 늘 북새통이었다.

하지만 제임스 파넬이 나타난 날만큼은 도서관도 조용해졌다.

'쟤가 여긴 웬일이래?'

'와, 진짜 듣던 대로 인간 흉기처럼 생겼다. 어떻게 저렇게 덩치가 크지?'

'내 머리통도 한 손에 쥘 듯.'

보통 도서관에 와서 소란을 피우는 놈들은 속이 빈 쭉정이 같은 녀석들이었다. 학업에 열중하지도 않고 신체 단련에도 게으른 이들인지라, 인간 장벽 같은 제임스를 마주하고 나니 모두 찔끔한 것이다.

'곧 북방으로 떠날 거라 들었는데.'

'오늘은 피해야겠다.'

제임스가 딱히 어떤 위협 행위를 한 것도 아닌데, 지레 쫄아든 녀석들은 바퀴벌레인 양 사사삭 사라졌다.

"……."

제임스는 도서관에서 올리비아를 물끄러미 바라보았다.

'내일이면 떠나야 하는데.'

올리비아는 똑같았다. 도서관 창으로 들어오는 희미한 햇살

아래 그녀의 은빛 머리카락이 찬란하게 반짝였다.

무엇을 들여다보는지, 미간을 찡그리고 책을 들여다보는 모습이 어쩐지 귀여웠다.

'오늘 한마디 말이라도 걸지 못하면 영영 말을 못 해볼 텐데.'

그가 도서관에 온 까닭은 단 하나였다.

그는 졸업 학년이고, 올리비아는 신입생이었다.

오늘이 사실상 두 사람이 만날 수 있는, 마지막 날이었다.

'무슨 말을 해야 하지?'

하지만 용기를 내어 여기까지 왔음에도, 그는 망설일 수밖에 없었다. 평생 검술밖에 배운 것이 없는 제임스는 올리비아에게 건넬 만한 말을 몰랐기 때문이다.

'회계학과……라고 했던가.'

특히나 숫자는 아는 것이 없었다. 원래 한 영지의 주인이 될 남자였으니 마땅히 재정관리법에 대해 배워야 했으나, 그는 제대로 된 교육을 받지 못했다.

"우리가 다 알아서 할 테니, 공작은 다른 학습에 더 신경 쓰도록 해요."

바로 어머니들의 반대 때문이었다.

실제로 어머니들이 알아서 집안을 잘 다스렸기 때문에 제임스는 특별히 그 필요성을 느끼지 못했다.

'하지만 그 때문에 할 말이 없다니. 아쉽군.'

하다못해 파넬의 재정 이야기라도 꺼내면서 말을 붙이면 자연스러웠을 텐데.

'도대체 뭘 보는 걸까.'

제임스는 서가 사이에 서서 올리비아를 물끄러미 바라보았다. 이렇게 사람이 쳐다보면 시선을 눈치챌 만도 하건만, 둔한 건지 이쪽을 돌아보지도 않았다.

'이 시간이 조금 더 길었으면 좋을 텐데.'

왜 그동안은 도서관에 와볼 생각을 못 했던 건지.

그런 생각을 하며 제임스는 그저 나무처럼 서서 올리비아를 물끄러미 바라보았다.

결국 그녀가 자리를 떠날 때까지, 제임스는 한마디 말도 붙이지 못했다.

❖ ❖ ❖

'그런 적이 있었지.'

제임스는 천천히 몸을 일으켰다. 무리해서 북부에서 수도로 서둘러 찾아온 것인지라, 그의 몸은 상당히 피곤했다.

하지만 정신은 찬물이라도 끼얹은 것처럼 맑았다.

'올리비아.'

제임스는 지끈거리는 눈두덩이를 손가락으로 누르며 올리비아를 떠올렸다. 당연히 최근에 황제 탄신제에서 본 모습이 가장 먼저 떠올랐다.

'아름다웠지.'

진한 산호색의 드레스는 올리비아의 늘씬하고 훤칠한 몸매를 고스란히 드러냈다. 그리고 그녀를 빛나게 했던 화려한 다이아몬드 장식들.

잠시 올리비아를 떠올리던 그가 입술을 비틀었다.

"……어울리지 않아."

화려한 장식, 값비싼 드레스.

그녀의 손을 붙들고 있던 반반하게 생긴 사내.

어느 것 하나 그의 마음에 드는 것이 없었다.

'다 그놈이 물들인 걸 거야.'

드레스가 올리비아에게 몹시 잘 어울렸다는 사실은 애써 뇌리에서 꽉 억눌렀다. 제임스는 자리에서 벌떡 일어났다. 이안을 떠올리니 저절로 다리에 힘이 생겼다.

'빨리 데려와야겠어.'

황태자가 직접 중재를 하겠다고 했으니, 빨리 날짜를 잡아달라고 요청할 생각이었다. 그리 생각하며 제임스가 방문을 열었을 때였다.

방문 앞에는 세 명의 부인이 나란히 서 있었다. 바로 제임스의 세 어머니였다.

움찔! 갑자기 덩치 큰 남자가 불쑥 문을 열고 튀어나오자 세 명의 부인은 깜짝 놀랐다. 하지만 이내 정신을 차리고 목을 빳빳하게 세웠다.

제일 먼저 말을 꺼낸 것은 제임스를 낳은 셋째 부인이었다.

"아, 아들아, 네가 어떻게 우리에게 이럴 수가 있니!"

그녀가 운을 떼자, 나머지 두 부인도 덩달아 그를 나무랐다.

"그래요, 공작. 아무리 화가 난다고 해도, 해도 되는 일이 있고 안 되는 일이 있는 겁니다. 하물며 우리는 공작을 위해서 그런 것인데요!"

공작을 위해서.

그간 세 부인이 무슨 짓을 하든 가져다가 붙이던 변명이었다.

"맞아요. 파넬의 명예를 더럽히는 걸 두고 볼 수 없었다고요."

그리고 파넬의 명예.

그것이 올리비아를 깎아내리는 주된 이유였다.

가진 것도 없고, 친정도 별 볼 일 없고, 시어머니들의 말에 사근사근 복종하는 것도 아닌 며느리.

"황제 폐하께서도 너무하시지! 어떻게 파넬에 저리 모자란 며느리를 붙여주셨단 말이야? 파넬의 위신은 다 저 아이가 떨어뜨리고 다니지!"

그게 그녀들의 주된 공격이었다.

그리고 효심이 지극한 제임스는 그들이 그렇게 이야기할 때면 뭐든 따라주었다.

"어머니들 마음대로 하세요."

'이번에도 당연히 우리 편을 들어야지!'

'그것이 얼마나 패악을 부렸다고!'

올리비아와 직전의 대거리를 떠올린 세 부인이 눈에 힘을 주었을 때였다.

"……."

이쯤 해서 굽혀야 하는 제임스가 말없이 그녀들을 내려다보기만 했다. 무척 불안하고 부자연스러운 침묵이었다.

'왜, 왜 그러는 거지?'

'우리가 뭘 잘못했나?'

슬슬 심력이 약한 둘째 진상부터 뒷걸음질 쳤을 때였다. 제임스의 입술이 천천히 벌어졌다.

"……그래서 누가 인장을 찍으셨습니까?"

움찔!

세 부인은 일제히 서로의 눈치를 살폈다. 이번에도 가장 먼저 나선 것은 셋째 부인이었다.

"이, 이 사람이 그랬다! 이 사람이 그랬어!"

그녀가 지목한 것은 병약한 둘째 부인이었다. 둘째 부인은 버럭댔다.

"아, 아니, 기가 막혀서. 아아, 쓰러지겠네."

평소 저혈압이니 화가 나면 정상 혈압이지, 어떻게 쓰러지겠는가. 하지만 그녀는 비틀비틀했다. 경험상 알고 있기 때문이다.

제임스가 그런 그녀를 안타깝게 여긴다는 걸.

'설마 친모를 벌하겠냐며 책임진다고 큰소리를 빵빵 치더니,

역시 천한 것들은 믿을 수가 없군!'

그러면서 둘째 부인은 손바닥 아래로 셋째 부인을 노려보았다. 그녀 처지에서 셋째 부인은 운이 좋아 아들을 낳은 천한 하녀, 그 이상도 이하도 아니었다.

그렇게 물밑에서 신경전이 오가고 있을 때였다. 잠시 입술을 꾹 다물고 있던 첫째 부인이 입을 열었다.

"그래요, 올리비아와의 혼약을 무효로 돌릴 때 우리가 공작의 허락을 받지 않고 미리 도장을 찍은 건 인정할게요."

이 상황에서도 우아한 말씨는 다른 두 부인과의 격차를 느끼게 했다. 그녀는 꼿꼿하게 몸을 세우고 제임스를 바라보며 말했다.

"하지만 먼저 이혼을 요구한 건 그쪽이에요. 게다가 혼인무효가 이루어지기도 전에 타이론 공작가에 들어가 살기까지 했죠."

그 사실은 몰랐던 제임스의 눈썹이 크게 꿈틀거렸다.

'혼인이 정리되기 전에 그놈과 살기까지 했다고?'

차분하고 무심했던 올리비아를 기억하는 제임스에게, 그 말은 쉽사리 납득하기 어려웠다.

'납치인가? 아니면 사기?'

도대체 어떻게 그녀를 꼬여냈단 말인가.

'그놈도 가만두지 않겠어.'

이안 타이론을 떠올리며 제임스가 어금니를 뿌득 갈았다. 살벌한 소리에 두 부인은 흠칫 놀랐으나, 정작 첫째 부인은 의연하기 짝이 없었다. 그녀는 담담한 어조로 자신의 이야기를 늘어놓았다.

"그 사람은 공작의 인연이 아닙니다. 공작도 잊어버리고 북방으로 돌아가 자랑스러운 임무를 끝내고 계세요. 두 번째 아내는 우리가 참하고 얌전한 아이로 찾아둘 터이니 너무 걱정하지 마시고요."

물론, 한참 있다가.

이번에 제임스의 충동적인 행동 덕분에 세 부인은 그가 자신들의 예상범주 밖에 있음을 알게 되었다. 이 상황에서 결혼을 시키면 또 같은 일이 반복될지도 모른다.

'그러니 일단 북방으로 보내야 해.'

일단 보내놓고 나면 파넬은 원래의 모습으로 돌아갈 테니 말이다.

바로 그때였다. 순순히 수긍할 줄 알았던 제임스가 입술을 비틀며 웃었다.

"자랑스러운 임무? 정말 당신들은 나에 대해서 아무것도 모르는군."

그에게서 단 한 번도 볼 거라고 상상하지 못했던 냉소적인 미소였다.

'당신들이라니?'

제임스는 한 번도 어머니들을 그렇게 칭한 적이 없었다. 순간 위협을 느낀 첫째 부인이 얼어붙었을 때였다.

제임스는 발을 구르며 소리쳤다.

"올리비아 플로렌스를 내 아내로 달라고 황제 폐하께 부탁한 건 바로 나야!"

그의 말은 이 자리에 있는 어느 누구도 상상하지 못한 것이었다. 물론, 올리비아조차도.

제임스는 얼굴을 일그러뜨렸다.

"당신들이 말하는 자랑스러운 임무는 그 아내를 위한 것이었다고."

이번 생에서 그녀를 아내로 지목한 건 황제가 아니라 다름 아닌 그였다.

'그런데 지금 일이 이렇게 되다니.'

그 생각만 하면 속에서 천불이 일었다. 분을 참지 못하고 제임스가 거친 한숨을 내쉬었을 때였다.

멀리서 벌벌 떨고 있던 하녀가 조심스레 다가와서 말했다.

"각하, 타이론 대공가에서 서신이 도착했습니다."

"뭐?"

감히 그쪽에서 먼저 연락을 한단 말인가. 제임스가 와락 얼굴을 구겼다. 그리고 이내 봉투에 적힌 이름을 보고 서둘러 봉투를 뜯었다.

안에 적힌 내용은 간결하기 짝이 없었다.

– 빠른 시일 내에 만나서 결말을 짓도록 해요.

올리비아 타이론

바로 올리비아의 편지였다.

제임스의 답장은 순식간에 날아왔다. 마치 내게 연락이 오기를 기다린 사람 같았다.

— 나도 좋아. 내일 아라미르에서 보도록 하지.

제임스 파넬

'아라미르라.'

일전에 이안이 나를 골리려고 했던 바로 그 찻집이었다. 내가 좋아하는 곳이긴 했지만, 제임스가 그곳을 지목한 것은 의외였다.

'돌머리치고 괜찮은 선택이네. 누가 조언을 해준 걸까?'

내가 아는 제임스는 찻잎의 종류도 모를 사람이었다.

편지에 적힌 투박한 글씨를 내려다보던 내 눈빛이 싸늘하게 식었다.

'……하지만 내 기호와 별개로 아주 좋지 않은 선택이지.'

아라미르는 일전에 나와 이안이 화제가 되었던 것처럼 모든 공간이 넓게 열려 있었다. 현재 수도에서 타이론 대공과 파넬 공작, 그리고 그 사이에 낀 나의 관계의 행방에 대해서 이목이 집중된 상태이다.

'그런데 하필 이런 장소를 고르다니.'

나를 우습게 만들겠다는 걸까. 아니면 해볼 테면 해보라는 건가.

'……그 정도 생각도 없었을 거야. 아니면 우아한 진상의 조언이었을지도 모르지.'

어느 쪽이든 나는 이번에 아예 제임스와의 연을 끊어버릴 셈이었다.

'그럼 굳이 황태자 전하까지 나서지 않아도 되고.'

일단 탄신제에서의 소동은 차후 황태자가 직접 중재를 하겠다는 말로 끝맺었다. 하지만 나는 그 상황도 어이가 없었다.

'내가 당사자잖아. 내가 타이론 대공비가 되길 희망한다고 말하면 그만이잖아.'

혼인무효 과정 자체에 문제가 있든 말든 간에, 이 상황에서 누구도 나를 강제할 수 없었다.

'내가 이안의 곁에 있길 바란다고.'

나는 주먹을 꽉 쥐었다. 제임스를 만난다고 생각한 것만으로도 부들부들 떨리던 손이 천천히 잦아들었다.

"내 슬픈 얼굴에 입 맞춰주렴."

감미로웠던 이안의 목소리가 다시금 내 귓가를 울렸다. 그 다정함을 버리고 쓰레기통으로 굴러 들어가는 멍청이가 있겠는가.

'그래. 차라리 모두 쳐다보는 앞에서 망신이나 당하라지.'

나는 약해지려는 마음에 단단히 빗장을 걸었다. 몇 번이나 거울을 보며 도도한 표정을 지어보고 있을 때였다.

"저어, 언니……."

등 뒤에서 작은 목소리가 울렸다. 돌아보니 작은 소녀가 내 방 문틈으로 얼굴을 빼꼼 내밀고 있었다. 내 동생, 애니였다.

나는 환하게 웃으며 애니를 반겼다.

"응! 무슨 일이니."

애니는 꼼지락거리며 어렵게 말문을 떼었다.

"저기, 탄신제 때 무슨 일이 있었다고 들어서……."

"아."

애니 생각을 하지 못할 줄이야. 이안의 배려로 애니는 최근 타이론가에서 학교로 통학하는 중이었다. 나는 조심스럽게 물었다.

"혹시 학교에서 아이들이 전해준 거니?"

"……."

애니는 대답하지 않았지만, 긍정의 표시였다. 나는 생각이 깊은 내 동생을 끌어안아 주었다.

"가엾게도. 언니를 걱정해서 찾아온 거구나."

"아니야, 언니. 힘든 건 언니잖아. 나는 그냥 언니가 우울하진 않은가 와 본 것뿐이야."

내 말에 애니는 어른스럽게 나를 도리어 달랬다. 도대체 이 꼬마가 언제 이렇게 어른이 되었단 말인가. 나는 애니의 머리카락을 쓰다듬으며 물었다.

"약초학은 재미있니?"

나의 질문에 애니는 곧장 밝게 웃으며 대답했다.

"응! 너무 재미있어. 언니 말을 듣길 잘했어. 언니는 어떻게 나에 대해서 이렇게 잘 알아?"

"네 언니니까 그렇지."

대답은 그렇게 했지만, 마음은 썩 편하지 않았다. 지난 생의 나는 애니가 약초학에 재능이 있다는 사실도 몰랐으니까.

'지금 너에게 이렇게 대하는 것이 내 자기만족일지도 몰라.'

그렇다고 하더라도. 누군가는 가식이라 말할지 몰라도, 나는 애니에게 지난 생에서 못 해준 것까지 모두 해주고 싶었다. 나는 애니의 탐스러운 머리카락을 귀 뒤로 꽂아주며 말했다.

"걱정하지 마, 애니. 우리는 계속 타이론 대공가에서 살 거야."

"계속?"

"응. 계속."

고개를 끄덕이던 나는 순간 내가 잊고 있던 사실을 하나 떠올렸다. 애니에게 거짓말을 하고 싶지 않았던 나는 빠른 목소리로 덧붙였다.

"물론 갑작스럽게 대공이 되었으니, 공국으로 내려가게 될 수는 있지만!"

"하하하."

내 허둥지둥한 모습에 애니는 맑게 웃었다. 그리고는 내 손바닥에 자신의 뺨을 비비며 대답했다.

"난 언니가 행복했으면 좋겠어. 언니도 많이 고생했으니까."

"애니."

정말 언제 이 아이는 이렇게 자란 걸까.

기쁨과 동시에, 지난 생에 내 눈치를 살피며 혼자 곪아가고 있었을 동생을 상상하니 가슴이 아파졌다. 나는 흘러나오려는 눈물을 가까스로 참고 애니를 돌려보냈다.

그리고 부른 것은 이안의 보좌관 케닌이었다.

"케닌."

"예, 대공비 마마."

케닌은 묘하게 기쁜 모습으로 내 부름에 달려왔다. 아마도 이안에게 일거리를 떠밀고 온 것 같았다. 이안에게는 좀 미안했지만, 나도 케닌이 꼭 필요했다.

나는 얼마간 미루고 있던 이야기를 꺼냈다.

"사람을 한 명 찾고 싶어요."

"사람이요?"

내가 꺼내든 뜻밖의 임무에 케닌은 눈을 깜빡거렸다. 나는 조금 빠른 어조로 찾는 사람의 정보를 알렸다.

"수도 정보 길드에서 일하고 있는 에릭이라는 이름의 소년이에요. 검은 머리에 검은 눈, 나이는 열다섯 정도. 이제 막 길드에 들어갔을 거고, 특이점이 있다면 얼굴 전체에 작은 흉터가 있어요. 어릴 때 유리 등에 맞아서 생긴 상처죠."

"정보 길드요……."

내 말에 케닌의 이마가 구겨졌다. 잠시 깊은 생각에 빠진 것 같았던 케닌이 다소 조심스러운 어조로 내게 물었다.

"혹시 파넬 공작가에 심을 세작이 필요해서 그러신 겁니까? 그것이라면 저희 쪽에도 준비를……."

이 말이 그렇게 들릴 수도 있구나. 생각지도 못한 대답에, 나는 까르르 웃고 말았다.

"무슨 소리예요. 절대 아니에요."

"그럼?"

손바닥을 내저으며 내가 웃자, 케닌은 조금 떨떠름한 표정으로 고개를 갸웃했다. 나는 어깨를 으쓱했다.

"그 소년의 얼굴을 그렇게 만든 사람이 플로렌스 가문의 하녀거든요. 지금이라도 그때 일을 보상하고 싶어서 그래요."

"……그렇군요."

빈약한 이유에, 케닌은 조금 늦게 고개를 끄덕였다.

'껄적지근해도, 딱히 흠을 잡을 수 없겠지.'

굳이 보상을 이제 와서 하겠다는 저의가 뭐냐고 물어도, 내가 이제야 보상할 여건이 되어서 그런다고 대답하면 할 말이 없어진다. 실제로 그런 이유로 평민에게 큰 상을 내리는 미담이 없는 것도 아니고.

'사실이기도 하고.'

실제로 에릭의 얼굴에 흉터를 만든 건 플로렌스 가문의 하녀가 맞았다. 애니에게 말을 걸었다는 이유 하나 때문이었다.

'하지만 그 거지 소년이 훗날 애니를 지옥에서 꺼내줄 거라고는 누구도 상상하지 못했지.'

지난 생에서 아버지는 애니를 마약쟁이에게 5만 데르크에 팔아넘겼다. 그때 애니를 그 마약쟁이의 손아귀에서 구해준 사람이 에릭이었다.

'나는 나대로 그때 출산후유증으로 생사를 오갔기 때문에 신경을 쓸 수가 없었지만.'

뒤늦게 그 사실을 알고 얼마나 많이 울었던가.

그리고 에릭이라고 해서 고생을 안 한 게 아니었다. 길거리의 거지 소년이 하급 귀족 소녀에게 어울릴 사람이 될 때까지, 그 또한 어마어마한 고생길을 거쳤다.

'그러니까 이번에는 두 사람을 내가 도울 거야.'

다시 돌아와, 애니를 플로렌스에서 데려왔을 때부터 내가 다짐했던 일이었다.

에릭과 애니의 행복한 미래를 그리며, 나는 케닌에게 여상스러운 어조로 말했다.

"파넬 공작가는 신경 쓸 필요 없어요. 제임스는 말수가 아주 적어서, 세작을 들인들 이렇다 할 정보를 얻을 수 없을 거예요."

"……."

너무 생각이 애니에게로 쏠린 탓일까. 나는 그때는 깨닫지 못했다. 내가 묘하게, 제임스를 잘 아는 듯이 말했다는 사실을.

❖ ❖ ❖

자고 일어나니 결전의 날이었다.

'오늘은 무조건 적자주색으로!'

적자주색은 호불호를 거의 주장하지 않는 제임스가 드물게 싫어하는 색이었다.

'피랑 비슷해서 싫다고 했던가 그랬지.'

그런 이야기를 할 때면, 새삼 피가 튀고 뼈가 부서지는 전장에 있다 온 사람이라는 게 실감 나곤 했었다.

'그것도 다 과거의 이야기지! 나에게는 당신이 싫어하는 색으로 충분하다, 이거야.'

적자주색 드레스에 어울리게, 화장은 자연히 진하고 선명해졌다. 머리를 틀어 올리니, 거울 속에는 무척 도발적이고 화려한 여성이 서 있었다.

'좋아. 좋아.'

딱 제임스 파넬이 싫어하는 여자로군.

'이참에 정이 뚝 떨어져서 날 뻥 차 줬으면 좋겠다.'

이왕이면 확실하게 새로운 부인까지 구해다 주고 싶었지만.

'나 살자고 그 쓰레기통에 애먼 여자를 밀어 넣을 수는 없지.'

나는 고개를 주억거렸다. 그리고 씩씩하게 현관으로 걸어 나갔다. 현관에는 외출복 차림을 한 이안이 서 있다가 나를 반겼다.

"올리비아."

"이안! 어디 나가요?"

외출한다는 말은 못 들었는데. 내가 고개를 갸웃했을 때였다. 이안은 못 말린다는 듯이 얼굴을 일그러뜨렸다.

"당연히 당신을 따라나서려고 외출복을 입은 거죠."

"네? 저 혼자서도 충분하다고 했잖아요."

제임스와 단둘이서 결판을 내려고 했는데, 이안이 따라가면 무슨 소용이란 말인가.

내가 조금이라도 의지할 줄 알았던 모양인지, 이안의 얼굴이 미미하게 굳어졌다. 그는 조심스러운 어조로 내게 물었다.

"정말 혼자 가도 되겠어요?"

내가 일곱 살 어린애도 아니고. 나는 웃으며 손을 내저었다.

"당신까지 앉아 있으면 분위기만 험악해지고, 우리만 우스워져요. 제가 당당하게 그 얼굴에 찬물을 확 끼얹고 올게요."

"그래도 워낙 무식한 사내라 걱정됩니다."

이안은 제임스가 화가 나서 나를 끌고 가기라도 할까 봐 걱정되는 모양이다.

'제임스가 생긴 게 좀 그렇긴 하지.'

곰처럼 큰 덩치, 사나워 보이는 눈매, 무뚝뚝한 성격.

그것 때문에 제임스를 무서워하는 사람은 많았다.

'사실 알고 보면 그런 호구도 없는데 말이야.'

내가 괜히 제임스를 남의 편이라고 부르는 게 아니다. 제임스는 기본적으로 남에게 관대하고 인내심이 많았다.

'제임스가 내게 화를 내는 모습이라니 상상도 못 하겠고.'

무작정 두려워하기에는, 내가 제임스를 너무 잘 알고 있었다. 나는 어깨를 으쓱했다.

"대신 호위를 데려가잖아요. 아무리 무식한 남자라고 해도 많은 사람이 지켜보고 있는데 함부로 행동할 수는 없을 거예요."

"……."

내 말에 이안은 대답 대신, 오늘 나를 보필할 세 명의 호위기사를 바라보았다. 나는 나붓하게 치맛자락을 쥐고 인사했다.

"그럼 다녀오겠어요."

"얼른 돌아와요, 올리비아. 내가 참지 못하고 당신을 찾으러 갈지도 모르니까."

"농담도."

나는 이안의 뺨에 입을 맞추고 마차에 올랐다. 마차는 오래지 않아 느릿하게 출발했다.

"저기 봐, 타이론 공작부인이다."

"이제는 대공비 전하라고 불러야지."

아라미르에 마차가 멈추고 내가 내리자마자 수런거림이 거리 전체에 번지는 것 같았다. 나는 그쪽으로 시선도 주지 않은 채 코끝으로 한숨만 내쉬었다.

'벌써부터 피곤해지는 것 같네.'

하지만 언제고 내야 했던 결판이었다.

'맞아. 처음부터 내가 제임스와 제대로 결론을 지었더라면 제임스가 북방에서 달려오는 일도 없었을 테지.'

파넬 공작가와의 혼인무효 과정에 있어서, 나는 완전히 제임스를 배제하고 일을 진행했다. 그는 진상들의 말대로 따르는 인형이라고 생각했기 때문이다.

'역시 인간을 상대로 100퍼센트 확신할 수 있는 건 없어.'

나는 다시금 풀어지려는 마음을 단단히 붙들었다.

'혹시 몰라서 행운의 부적도 가져왔으니까.'

'그것'이 담긴 손가방이 묵직했다.

안쪽으로 걸어 들어가니, 지배인이 확연히 예전과는 다른 태도로 나를 대했다.

"오셨습니까, 마마. 예약하신 분께서는 이미 와 계십니다."

마마라는 표현이 익숙하지 않았다. 하지만 익숙해져야 했다. 나는 도도하게 몸을 세우고 대답했다.

"안내하게."

많은 사람들의 시선이 꽂히는 게 느껴졌다. 차를 마시고 있던 이들은 아무 생각 없이 차를 마시러 왔는데, 나와 제임스가 들어오니 대박 사건이라고 생각하는 게 분명했다.

'그래. 차라리 이렇게 시선을 받는 게 낫다.'

괜한 오해가 생기진 않을 테니 말이다.

제임스는 가게 정중앙에 앉아 있었다. 큰 덩치 때문에 못 알아보려야 못 알아볼 수가 없었다.

'제임스.'

10년이라는 긴 세월 동안 데리고 살았던 지긋지긋한 첫 번째 남편이 자리에 앉아 있었다.

'우아한 진상이 옷도 안 챙겨줬나 보군. 그냥 잘 못 입겠으니 대충 검은색으로 꺼내입은 게 분명해.'

10년 동안 함께 산 짬은 역시 위대했다. 그를 보는 순간, 그가 어떤 상황에서 뛰어나온 것인지 훤히 보였기 때문이다.

무료한 듯 팔짱을 끼고 있던 제임스가 걸어오는 나를 그제야 발견했다. 그의 어둠침침한 회청색 눈이 반짝 빛이 났다.

"부인."

자리에서 벌떡 일어나서 모셔도 시원치 않을 판에, 앉은 채로 부인이라니.

"첫 마디부터 사람을 기분 나쁘게 하기가 쉽지 않은데."

배알이 순간 꼬였다. 나는 그가 권하기도 전에 '탕' 소리가 나게 의자를 빼서 앉았다. 그리고 시리게 웃었다.

"타이론 대공비라고 제대로 불러주시죠. 저는 이제 더 이상 당신 부인이 아니에요."

"당신은……."

내 말에 제임스의 눈동자가 풍랑이라도 맞은 것처럼 흔들렸다. 잠시 혼란스러워하는 것 같던 그는, 이내 단단한 벽 같은 표정을 지으며 나를 마주 보았다.

"나는 그 말에 동의할 수 없소."

막상 마주 보니 그는 여전했다.

타인의 마음을 헤아리지 않고 자기주장을 하는 것이나 뭐나.

'하긴, 그런 돌머리니까 탄신제 때 그리 당당히 나섰겠지.'

하지만 애초에 이건 지극히 사적인 문제였다. 나는 냉정하게 그 부분을 짚었다.

"제 호칭을 정하는 데 당신의 동의가 필요하던가요? 당신이 지극히 아끼는 당신의 어머니들이 저의 퇴가를 몸소 허락해주셨는데요."

"……."

내 말에 제임스는 입술을 꾹 닫았다. 그냥도 험악한 인상이 곰이라도 때려잡을 것처럼 흉악해졌다.

"히익!"

"여, 역시 북방을 지키는 장군!"

제임스가 주변을 둘러보는 것도 아닌데 괜히 주변에서 수런거렸다.

하지만 이미 제임스에게 익숙해진 내게는 어떤 위협거리도 되지 못했다.

'저렇게 분위기 잡으면 뭐해? 자기가 입은 셔츠를 누가 꺼내놨

는지도 모르는 남자인데.'

내가 시큰둥한 눈빛으로 제임스에게 응대하고 있을 때였다. 직원이 비척거리며 우리에게 다가와서 물었다.

"저기, 주문은……."

나는 그쪽을 돌아보지도 않고 주문했다.

"얼음물로. 얼음 왕창 넣어서."

"네?"

지금 속에서 천불이 나는데, 뜨끈한 차가 목구멍으로 넘어가겠나.

우스운 건 제임스가 이렇게 대답한 것이다.

"같은 걸로."

"네??"

찻집에서 얼음물 두 잔이라니. 점원은 무척 혼란스러워하다가 사라졌다.

나는 입술을 비틀었다.

'차를 즐길 줄 모르는 건 여전한가 보네.'

하긴, 여전하다는 표현은 적절하지 않았다. 제임스는 늘 제임스 파넬이었다. 변한 것은 나뿐이었다.

'아직 그 시절을 보내지 않은 사람이지.'

곧 내게 가해를 가할 사람이기도 했고.

'그러니 전혀 안쓰러워할 것도 없어.'

냉랭하게 그리 생각하며, 나는 화제를 돌렸다. 사실 제임스를 만나서 묻고 싶은 건 딱 한 가지뿐이었다.

"북방은 어떻게 하고, 지휘관이 여기 와 있는 거죠? 얼른 돌아가야 하는 거 아닌가요."

내 계획의 틀어짐의 시작. 바로 제임스의 귀환이었다.

'예전처럼 10년 있다가 귀가했으면 이 난리통도 생기지 않았을 텐데.'

사실 그걸 생각하고 저지른 일이기도 했다. 설마하니 제임스가 귀가해서 이렇게 발목을 잡을 줄은 상상도 못 했다.

'대답해볼 테면 해보시지.'

그런 눈빛으로 팔짱을 끼고 그를 노려보고 있자니, 또 뜻밖의 대답이 흘러나왔다.

"켈트족의 우두머리 게일을 잡았어. 당분간 내가 돌아가지 않아도 함부로 싸움을 걸지 않을 거야."

"네? 켈트족의 우두머리를 잡았다고요?"

'벌써?'

내 기억이 맞다면 그가 켈트족을 평정하는 것은 5년쯤 있다가 생겨야 하는 일이었다.

놀라워하는 내게, 제임스는 멋쩍은 표정을 지으며 대답했다.

"일찍 오려고 무리를 좀 했지."

그 대답이 더더욱 내게는 이상하게만 들렸다.

'도대체 그가 왜 빨리 돌아오려고 하는데?'

그가 빨리 오려고 한 이유.

탄신제에서 나를 부른 이유.

진상들에게도 매정하게 대한 이유.

모든 퍼즐이 하나로 통함에도 그 조각을 맞추지 못한 것은, 머릿속에 절대로 그럴 리가 없다는 생각이 가득해서일지도 모른다.

'그럴 리 없어.'

나는 떨리는 눈으로 제임스를 바라보았다.

'그래서는 안 돼.'

그 지옥을 헤치고, 20년이란 시간을 보내어, 겨우겨우 그 지옥을 빠져나왔다.

'말하지 마.'

하지만 이런 나의 바람이 무색하게, 그는 딱히 어려운 기색도 없이 무뚝뚝한 목소리를 내뱉었다.

"당신을 빨리 보고 싶어서 서두른 거야, 올리비아."

숨이 조이는 것만 같았다. 나는 나도 모르게 눈을 질끈 감았다.

'왜 이제 와서?'

지난 생에 저렇게 한마디라도 다정하게 대해주었다면 굳이 이번 생까지 넘어오지도 않았을 것이다.

"……당신이 도대체 왜요?"

나는 천천히 입술을 떼었다. 내가 보고 싶었다는 말에 마음이 설레기는커녕, 얼음이라도 부은 것처럼 싸늘해졌다.

'왜 이제야 그런 소리를 하는 건데?'

내가 더더욱 성질이 나는 이유는 바로 이것이었다.

"우리는 서로 모르는 사이잖아요."

20년이나 아내였던 여자에게도 한마디 보고 싶었다는 말도 할 줄 모르던 남자가, 왜 얼굴 한 번 본 적 없는 옛 아내에게 그런 말을 한단 말인가.

'당신도 놓친 물고기가 맛있어 보이나? 잡은 물고기에는 관심이 없고?'

그것은 더 최악이었다. 내가 아내로서 성실하게 정조를 지키고 집안에 봉사한 것이, 오히려 그를 무관심하게 만들었다면.

'그건 내 잘못이 아니라, 누가 뭐라고 해도 무관심하게 여기는 쪽이 쓰레기잖아?'

내가 차가운 눈으로 제임스를 쏘아보았을 때였다. 제임스는 표정에 변화가 적은 타입이라 지금 무슨 생각을 하는지 추측하기 어려웠다.

"여기 얼음물입니다."

우리가 서로 노려보는 사이 점원이 물컵을 놓고 후다닥 사라졌다. 제임스는 그제야 입을 열었다.

"당신은 하나도 몰라."

"네?"

아니, 이렇게 오랜 시간을 기다리게 하고 한다는 말이 고작 나는 몰라?

'당연한 거 아니야? 말을 안 하면 어떻게 아는데?'

점점 이 대화가 의미가 있나 부아만 치밀었다. 부글부글 끓어오르는 속 때문에 얼음물을 원샷 했을 때였다.

제임스가 진지하게 가라앉은 눈으로 날 바라보며 말했다.

"어찌 되었든 나는 지금도 당신을 내 부인이라고 생각해."

뭔 개떡 같은 소리냐고 비웃으려 했을 때, 그가 조금 더 빠르게 뒷말을 이었다.

"그러니 돌아와. 애초에 타이론 대공이 진심일 리가 없잖나."

그것 또한 내 심기를 건드리기에, 충분한 소리였다.

❖ ❖ ❖

"올리비아."

다정한 목소리가 귓가를 울리는 것만 같았다.

"예뻐요. 처음 볼 때부터 예쁘지 않은 곳이 하나도 없었어."

늘 솔직하게 나를 칭찬하고, 또 아껴주는 말들.

그 말들이 내게 얼마나 힘이 되었는지 제임스는 모를 것이다.

'그동안 그런 말을 해본 적이 없으니까.'

그건 나도 마찬가지였다. 태어나 들어본 적이 없으니, 끊임없이 의심이 들고, 그것이 불편하기만 했다.

하지만 이제는 괜찮았다.

그가 진심이라는 걸 아니까.

"이안은 제게 늘 진심으로 대해요. 그런 무례한 말은 삼가주세요."

"하지만 여보, 그 사람은 음……."

제임스가 드물게 말문이 막혀서 질질 말을 끌었다.

'남자들이 이렇게 굴 때는 딱 하나뿐이지.'

나는 담담하게 상황을 요약했다.

"고자라고요?"

"그래."

내가 대신 말해주어서 무척 다행이라는 듯이 제임스는 한숨을 내쉬었다.

하지만 그 이유는 내게 웃기기만 했다.

'차라리 고자였다면 더 마음이 편안했을 텐데.'

나는 뜻하지 않게 그가 절륜해서 우울하단 말이다.

그가 고자라고 해서 나와 그의 관계가 바뀌는 건 아니지 않나. 나는 시큰둥하게 대답했다.

"그가 고자면 또 어때서요?"

하지만 나의 질문에, 제임스는 드물게 길게 반론을 제시했다.

"그걸 말이라고 하나? 아이도 없는 삶이 행복할 리가 없잖나. 부부는 결혼하고 아이를 가짐으로 완성되지."

"더 이상 할 말이 없네요."

이 무렵의 제임스는 분명 20대 중반의 창창한 청년일 텐데, 어째 제시하는 행복론은 팔십 먹은 노인 같았다.

'아이를 가져서 완성이라고?'

그 말대로라면 나는 전생에 가장 행복한 여자여야 했다. 그런데 내가 빈말이라도 행복했다고 할 수 있나?

"어차피 당신의 말을 들으려고 만나자고 한 거 아니에요. 내 말을 들으라고 부른 거지."

이때부터 이렇게 꽉 막힌 남자였구나.

'완전히 시간 낭비였네.'

나는 결론부터 꺼내 들기로 했다.

"난 파넬이 지긋지긋해요."

"……!"

내 말에 제임스는 몹시 충격받은 사람처럼 눈을 동그랗게 떴다. 나는 따박따박 준비해온 말을 쏟아냈다.

굳이 내가 예쁘지도 않은 이 남자를 다시 본 이유는 하나뿐이었다.

내 의지를 피력하기 위해서.

"다신 그런 곳으로는 돌아가지 않을 거니까 당신도 당신 어머니들이 정해주는 여자랑 결혼할 생각이나 해요. 사실 우리는 부부도 뭣도 아니었잖아요."

내 말에 제임스의 턱이 바르르 떨렸다. 미세한 움직임이었지만 그에게 익숙한 내 눈에는 예리하게 들어왔다.

그의 미세한 표정 변화까지 눈치챌 수 있게 되는 데, 얼마나 많은 시간이 걸렸던가.

그리고 또 그 마음이 갈가리 찢겨서 사랑 따윈 전혀 남지 않는 데는 또 얼마나 시간이 걸렸고.

'이제 나는 아무 미련 없어.'

수런거리던 마음이 오히려 말로 내뱉으니 차분하게 가라앉았다. 나는 의연한 얼굴로 제임스를 바라보았다.

나를 마주 본 제임스의 얼굴이, 처음으로 일그러졌다. 그가 그답지 않게 애절한 목소리로 내게 물었다.

"우리가 어떻게 부부가 아니야? 결혼이 쉬워?"

"아뇨, 결혼 어렵죠. 이혼은 더더더 힘들었고요."

결혼도 이혼도 번갯불에 콩 구워 먹듯 할 수 있는 것이었으면 이 지경까지 오지도 않았을 텐데.

나는 살짝 고개를 기울이며 반문했다.

"내가 힘들게 이혼할 동안 당신은 무얼 했죠?"

"……."

내 예리한 말에 제임스는 다시 입술을 꾹 다물었다. 나는 다시 얼음물을 한 모금 머금었다.

'저도 인간이면 할 말이 없겠지.'

나라고 처음부터 제임스를 잊어버리고 새 인생을 살려고 했던 것이 아니다. 나는 냉정하게 내가 파넬을 떠나게 만들었던 일등 공신에 대해 운을 뗐다.

"내가 당신에게 도움을 요청한 편지에 당신은 뭐라고 대답했던가요?"

바로 제임스가 내게 보낸 편지. 짧고 간략한 편지는 지금도 토시 하나 틀림없이 읊을 수 있었다.

— 집안에 분란을 일으키지 말고, 어머님들 말씀을 잘 듣고 계시오.

어머님들 때문에 도저히 못 살겠다는 내 편지에, 그는 저따위 성의 없는 대답을 늘어놓았었다.

"당신 말대로 나는 어머님들 말씀을 따라 파넬을 떠났어요."

헤어지는 마당에 굳이 저런 말은 할 필요가 없었다. 하지만 나는 얼굴도 모르는, 제임스의 두 번째 부인을 위해 기꺼이 악담을 베풀기로 했다.

누군지 몰라도, 그녀까지 나와 같은 전철을 밟는다면 가엾으니 말이다.

"그러니까 우리는 끝이에요. 실수로라도 만나지 않도록 해요."

할 말을 끝낸 나는 활약도 하지 못하고 얌전히 내 옆에 놓여 있었던 손가방을 들고 자리에서 일어났다. 제임스는 큰 충격을 받은 듯, 미동도 하지 않고 테이블만을 내려다보았다.

나는 코끝으로 한숨을 내쉬고 등을 돌렸다.

또각또각.

그렇게 몇 걸음이나 걸었을까.

소름 끼치는 목소리가 나를 등 뒤에서 불렀다.

"여보."

우뚝.

너무나 익숙해서, 조금만 긴장을 놓으면 저절로 뒤를 돌아보게 될 것 같았다.

'안 돼.'

하지만 나는 턱에 힘을 주어 버텼다. 등 뒤에서 제임스의 목소리가 울렸다.

"여보, 내게도 기회를 줘. 당신 말대로야. 우린 지금까지 접점이 없었지. 당신은 나에 대해 아무것도 모르지 않나."

'어떤 얼굴로 저 돌덩이 같은 사람이 애원을 하고 있을까.'

미운 정도 정이라고, 한껏 무뎌진 제임스의 목소리를 듣고 있으니 어쩐지 마음 한구석이 울렁거렸다.

'이렇게까진 안 하고 싶었는데.'

그래도 지금 시점에서 단호하게 헤어지는 것이 우리 두 사람에게 가장 좋은 것이었다.

나는 냉정한 목소리로, 그를 돌아보지 않은 채 말했다.

"나는 타이론 대공비예요. 하대하는 걸 봐주는 것도 오늘까지예요."

그렇게 말하고, 나는 느리지도 빠르지도 않은 걸음으로 우아하게 아라미르를 빠져나갔다.

이대로 나와 제임스의 인연이 끝나기를 간절히 희망하며.

❖ ❖ ❖

올리비아가 그렇게 일방적인 이별 선언을 하고 돌아선 뒤, 아라미르에는 곰처럼 커다란 덩치를 사신처럼 검은 옷으로 감싼 음침한 사내만 남았다.

제임스는 음울한 눈으로 바닥을 내려다보았다. 그 자체로 동상이 된 듯 미동도 하지 않았다. 결국 불편함을 참지 못한 직원이 먼저 다가가서 제임스에게 물었다.

"저어, 손님?"

"……싫다."

"네?"

제임스는 자신의 아랫입술을 꽉 깨물었다.

"난 당신을 포기할 수 없어."

그렇게 중얼거린 제임스는 저벅저벅 걸어서 아라미르를 빠져나갔다.

"하아."

"이제야 살겠다."

제임스가 나가고, 긴장의 끈이 끊어진 것처럼 일순간 아라미르에 소음이 밀어닥쳤다. 저도 모르게 제임스의 눈치를 살피고 있던 인간들이 동시에 움직이기 시작한 것이다.

그리고 제임스의 등 뒤, 커다란 고무나무로 가려져 있던 테이블에서 신문을 보던 남자가 이를 바드득 갈았다.

"……저 인간이."

요상스러운 무늬의 스카프에 색안경, 두꺼운 모자까지 썼지만 타고난 미모를 숨길 수가 없었다.

바로 이안이었다.

이안 곁에서 우아하게 찻주전자의 모래시계를 돌리고 있던 케닌이 고개를 갸웃했다.

"안 나서십니까, 전하?"

"안 돼. 올리비아와 약속했어. 이번에는 따라오지 않기로."

약속이 무슨 소용이람. 케닌은 미간을 찌푸리며 되물었다.

"벌써 따라오셨잖아요."

"입 다물어."

'하여간 괜히 신경질이야.'

케닌은 입술을 삐죽이며 찻잔에 홍차를 채웠다. 적갈색 액체가 쪼르르 흰 잔을 물들였다.

이안은 입술을 짓씹었다.

'제임스 파넬.'

그는 나가고 없었지만, 문을 꽉 채울 것 같던 그 덩치는 여전히 눈에 아른거렸다.

'쉽게 포기할 것 같지 않군.'

그 정도 매정하게 말했으면, 사내답게 마음 접고 물러서 줄 것이지. 이안은 조만간에 가만두지 않겠다고 다짐하며 자리에서 일어났다.

"서둘러, 케닌."

뜨거운 찻잔을 후후 불고 있던 케닌이 몸을 일으키는 상관에게 히스테릭한 짜증을 부렸다.

"아, 또 왜요? 이제 막 차 좀 마시려고 하는데."

"내 아내보다 일찍 들어가야 의심을 사지 않을 거 아냐."

"아오, 진짜 가지가지 하시네!"

들키는 게 싫으면 말을 듣든가. 이것도 저것도 듣지 않는 청개구리 같은 상관 때문에, 케닌의 속만 펄펄 끓었다.

하지만 막상 집에 도착해보니 올리비아는 만날 겨를도 없었다. 서둘렀지만 올리비아보다 늦었을뿐더러, 올리비아가 굳이 이안을 찾지 않았던 것이다.

"비전하께서는 피곤하셔서 먼저 방으로 올라가셨습니다."

하녀장의 보고를 받으며 이안은 허탈한 미소를 지었다. 그런 이안을 향해 케닌은 방방 뛰었다.

"그러게 뭐하러 서둘렀어요, 뭐하러!"

어쩌다 이 부부의 사이에 끼게 되었단 말인가. 오늘도 서러운 비혼주의자는 '비혼비혼' 하고 울었다.

❖ ❖ ❖

제임스를 만나고 난 뒤, 나는 무척 긴 시간 잠이 들었다. 온몸의 기운을 제임스에게 빼앗긴 것만 같았다.

꿈속에서 나는 몇 번이고 오늘 제임스와의 만남을 곱씹었다.

"부부는 결혼하고 아이를 가짐으로 완성되지."

'정말?'

그의 말대로라면 아이를 가지지 않기로 결심한 나와 이안은 평생 완성될 수가 없는 부부였다.

'하지만 그렇지 않다는 걸, 이미 알고 있잖아.'

나와 제임스가 이룬 완성은 뭐였는데?

'너희가 가정만 완성되었던 거겠지. 날 빼고.'

그 생각을 끝으로 나는 눈을 떴다.

천불 나는 꿈이지 슬픈 꿈은 아니라고 생각했는데, 막상 베개가 흠뻑 젖어 있었다.

'이것도 지긋지긋해.'

도대체 언제까지 과거의 기억에 질질 끌려다닐 것인가.

'어머니.'

나는 목에 걸린 투명한 목걸이를 만지작거렸다. 그리고 자리에서 일어났다.

"일어나셨나요."

"응. 이안은?"

"집무실에 계세요."

"내가 얼마나 잠을 잤지?"

"벌써 오후 9시예요. 곤히 주무시길래 방해하지 않았습니다. 지금이라도 저녁 식사를 올릴까요."

"아니, 되었어."

제임스를 만난 탓인지, 입맛이 없어서 뭘 먹고 싶지도 않았다.

누워 있느라 흐트러진 머리카락을 뒤로 쓸어넘기고 있을 때였다. 문득 이런 생각이 들었다.

'저녁 먹을 때 이안이 날 찾지 않았을까?'

그럴 리가 없었다. 제임스와 무슨 말을 했는지 궁금해서라도 나와 함께 식사를 하려고 했을 것이다.

'하지만 자고 있는 나를 보고 그냥 돌아섰겠지.'

나를 배려해서.

그 순간 좋은 생각이 퐁 하고 머릿속에 솟았다. 나는 하녀에게 말했다.

"내가 하인들을 불러 시킬 일이 있는데."

❖ ❖ ❖

이안의 집무실은 침실에서 멀리 떨어진 곳에 있다. 나는 즐거운 마음으로 사뿐사뿐 걸어서 그 방문 앞에 섰다.

마침 이안에게 보여줄 보고서를 들고 오던 보좌관이 문 앞에서 나와 마주쳤다. 슬렉스를 입은 중년여성으로, 이름은 마나였다.

“마마?”

“전하께서는 이제 주무실 예정이에요.”

“그럼 내일 들고 오도록 하죠.”

그녀는 내게 눈을 찡긋하고는 산뜻하게 돌아섰다. 나는 어깨를 으쓱했다. 그리고 문을 두드렸다.

똑똑!

“어서 들어와.”

대답이 바로 돌아왔다. 나는 문을 밀고 들어갔다. 정신없이 서류에 서명을 하고 있던 이안이 손을 내밀었다.

“얼른 줘봐. 숫자가 안 맞는 거 같아.”

나는 대답 대신 그 손에 내 손을 올렸다. 당연히 종이를 만질 생각에 손가락을 바르작거린 이안이 깜짝 놀라 눈을 동그랗게 뜨고 고개를 들었다.

“올리비아?”

나는 싱긋 웃었다.

“바빠요, 이안?”

“아니요.”

바쁘지 않을 리가 없는데도, 그는 서둘러 고개를 흔들며 자리에서 일어났다.

꽉 붙들고 있는 손가락에서 전해지는 온기가 내 마음까지 따뜻하게 해주는 것 같았다. 나는 배시시 웃었다.

“우리, 조금 걸을까요?”

“좋아요. 오늘 일은 다 끝났습니다.”

이안은 기꺼이 나를 따라나섰다.

캄캄한 밤에, 서늘한 공기가 우리를 휘돌았다. 손가락을 얽어 잡고, 우리는 천천히 정원을 가로질렀다.

목적지는 열대식물로 가득한 오랑제리였다.

“하나 물어봐도 됩니까, 올리비아?”

“뭘요?”

어둠이 드리운 그의 눈가가 묘하게 촉촉했다.

“아까 파넬 공작을 만나러 갈 때 가방에 무얼 넣고 간 겁니까? 무거워 보이던데.”

“억.”

아니, 그사이에 그걸 봤단 말인가!

‘창피해!!’

결국 제임스에게 써먹지도 못했는데, 여기서 이 말이 나올 줄이야.

“그, 그게…….”

“왜요? 뭔데 그래요?”

“그러니까…….”

나는 부끄러움을 이기지 못하고 손바닥으로 얼굴을 가렸다.

'꼭 이럴 때는 집요하지.'

대답하기 전에 물러나지 않을 것을 경험적으로 알고 있었다. 나는 쥐구멍에라도 기어 들어갈 듯 작은 목소리로 대답했다.

"폐하께서 내려주신 티아라를 들고 갔어요."

"예?"

미처 예상하지 못한 대답에, 이안이 입을 벌린 채로 굳어졌다.

"그, 그게…… 여차하면."

나는 귀 끝까지 빨개져서 웅얼거렸다.

"휘두르려고……."

내 말에 이안은 눈을 휘둥그레 떴다.

"네? 머리에 쓰려고 가져간 것이 아니고요?"

화르륵.

'아, 진짜 창피해.'

내가 티아라를 택한 것은 그 자체로 주는 자신감도 있었지만, 무엇보다 그것이 내가 가진 물건들 중 크기 대비 무게가 가장 나갔기 때문이다.

'제임스가 아무리 돌머리라도 다이아몬드가 깨져나갈 리는 없을 테니.'

하지만 이게 남에게 당당히 말할 이유는 아니라는 걸 알고 있었다.

잠시 수치심에 부들부들 떨고 있던 나는 휙 돌아섰다.

"나 돌아갈래요."

"잠깐만요, 잠깐만요, 올리비아."

나는 얼굴을 가린 채로 걸어왔던 길을 다시 돌아가려 했다. 그런 내 어깨를 이안이 붙들었다. 돌아보니 그의 입술이 꿈틀꿈틀거리고 있었다.

"진짜 왜 이렇게 귀여워요."

그가 와락 내 허리를 끌어안았다. 내 어깨에 비벼지는 얼굴에, 잠시 굳어져 있던 나는 두 팔을 벌려 그를 마주 안았다.

그렇게 얼마나 서로를 끌어안고 있었을까. 넓은 잠옷 소매가 스르륵 밀려 내려가 팔이 공기 중에 드러났다. 이안은 걱정스러운 표정으로 말했다.

"당신 살갗이 차가워요. 돌아가는 게 좋겠어요."

"오랑제리만 보고요."

"거길요?"

이안은 고개를 갸웃했다. 이 나라에서 잘 자라지 않는 열대 나무들로 가득한 오랑제리는 황립식물원으로 지정해도 부족하지 않을 만큼 훌륭한 곳이었다.

하지만 정작 그 소유주인 이안은 그것을 대수롭지 않게 여기는 경향이 있었다.

"밤이 되어야만 볼 수 있는 게 있어서요."

"그게 뭘까요?"

"그러니 어서 가요."

"그럼 이것이라도 일단 걸쳐요."

이안은 자신이 걸치고 있던 쥐색 카디건을 벗어 내 어깨에 걸

쳐주었다. 이안이 자주 사용하는 알싸한 향수 냄새가 내 몸을 감쌌다.

내가 그를 붙들어 오랑제리로 향한 것은 한참 전 그와 했던 약속을 지키기 위해서였다.

“불이 켜져 있네요.”

이 시간에 와본 적이 없는지, 이안은 순순히 감탄하며 유리문을 열었다.

작게 타오르는 촛불을 따라 걸으니 수풀 사이로 흰 침대가 빛이 났다. 이안은 깜짝 놀라 멈춰 섰다.

“여기에 왜 침대가?”

“제가 아까 가져다 달라고 부탁했어요.”

내 대답에 이안이 아까와는 다른 의미로 굳어졌다.

“올리비아, 이렇게 갑자기 적극적으로 바뀌면 나는 오예입니다만…….”

“무슨 얼빠진 소리예요. 어서 눕기나 해요.”

나는 이안의 등을 떠밀었다. 이안은 고장 난 기계처럼 삐걱거리며 걸어가서 침대에 누웠다.

‘왜 저렇게 다소곳하게 손을 모으고 있는데?’

자세가 조금 거슬렸다.

어쨌든 나는 이안의 곁에 나란히 누웠다. 투명한 유리 온실 천장 너머로 잉크를 쏟은 것 같은 까만 하늘과, 반짝이는 별들이 펼쳐졌다.

나는 신이 난 목소리로 물었다.

"어때요? 머리 위로 별이 쏟아지는 것 같지 않아요?"

"그러네요."

'별이 아니라 날 쳐다보는 거 같은데.'

뭔가 탐탁지 않은데. 이맛살을 찌푸리고 있던 나는 시선을 하늘로 돌렸다.

빈말이 아니라, 별의 바다에 빠진 것 같았다.

"당신은 내게 자장가를 불러 달라고 말했지만, 저는 솜씨가 없어서요. 대신 별자리 이야기를 들려드리면 안 될까요?"

그렇다. 내가 이안을 데리고 밤에 오랑제리에 온 이유는 그것이었다.

'당신은 내게 자장가를 불러주었으니까.'

내 말에 이안은 눈을 깜빡거렸다.

"별자리 말입니까? 잘 알아요?"

"남들보다는 조금 더?"

"우와."

뭘 우아, 씩이나. 나는 옛날이야기를 해주는 할머니가 된 기분으로 하늘을 가리켰다.

"저 별과 이 별을 연결하면 백조자리가 되는데, 여기서 백조가 왜 하늘의 별이 되었냐면……."

별자리를 한 네 개 정도 이야기했을까.

처음에는 내 목소리에 귀를 기울이던 이안의 눈이 가물가물해지더니 이내 고롱고롱 잠이 들었다. 금빛 머리카락을 이마 뒤로 쓸어넘기며 나는 키득키득 웃었다.

"당신이 금방 잠들 줄 알았어요. 당신은 성향이 이성적이더라고요."

얼굴은 신화 속에서 튀어나올 것같이, 세상 감성적으로 생겼으면서.

금빛 눈썹이 가지런히 감긴 얼굴이 소년처럼 해맑기만 했다.

"이안 타이론."

나는 물끄러미 그의 얼굴을 바라보았다.

"내 남편."

그렇게 중얼거리니 저절로 제임스의 말이 떠올랐다.

"우리가 어떻게 부부가 아니야? 결혼이 쉬워?"

나도 상상도 못 했다. 내 미래가 이렇게 바뀔 줄은.

"……조금도 쉽지 않았어."

나와 제임스는 생일이 같다는 하찮은 이유로 부부가 되었다.

인륜지대사를 랜덤으로 뽑기냐고 화를 냈지만, 사실 남녀가 진심으로 사랑에 빠질 확률보다도 낮은 확률이었다.

이름 외에는 아무것도 알지 못하는 남자와 부부로 맞추는 것 또한 쉬운 일이 아니었다.

'하지만 이 남자의 부인이 되는 건 무척 쉬웠지.'

내가 억지로 내 몸을 부풀리지 않아도, 있어 보이는 척 말을 지어내지 않아도 여기서는 모두 나를 공작부인으로서 존중해준다.

"당신이 싫다면 하지 않을게요."

나를 권위로 억누를 수 있는, 이안까지도.

'그러니까 우린 인연이 아니었던 거야.'

그래도 제임스를 떠올리면 어쩔 수 없이 마음이 울적해져서, 나는 조심스레 이안의 품으로 파고들었다.

❖ ❖ ❖

열대식물이 자라는 온실이라고 과신했던 것이 문제였다.

"엣취!"

다음 날 나는 지독한 몸살감기에 걸리고 말았다.

'아아, 머리도 아프고, 목도 따갑고. 장난 아니네.'

으슬으슬 추워서 나는 걸치고 있던 카디건을 끌어당겼다. 내 침실의 침대 맡에 의자를 놓고 앉은 이안이 울상을 짓고 날 바라보았다.

"올리비아."

아니, 함께 온실에서 잤잖아. 근데 왜 나만 이렇게 비실거리고 저쪽은 저렇게 반짝거리는 건데.

'이 컨디션에 저 얼굴은 너무 눈부셔. 빨리 보내고 싶다. 그리고 얼른 드러누워서 쉬고 싶다.'

머리가 무거웠다. 나는 내가 가까이 디밀어진 이안의 얼굴을 가볍게 떠밀며 말했다.

"괜찮아요. 어서 일하러…… 콜록!"

기침이 터져 나와서 말도 끝맺지 못했다. 쿨럭거리는 나를 본 이안의 얼굴이 다시 일그러졌다.

"아내가 이렇게 아픈데 일이 손에 잡힙니까? 오늘은 저도 쉴 거예요."

"그래도 제 곁에 있으면 안 돼요. 콜록! 콜록! 당신한테 감기를 옮기기라도 하면 큰일이니까요. 콜록!"

"하지만."

잠시 턱을 짚고 고민을 하던 이안이 결연한 표정을 지으며 말했다.

"차라리 나한테 감기를 옮겨요. 그럼 당신은 나을 거 아니에요."

"네?"

아니, 이게 무슨 개똥 같은 소리야.

말을 하고 나니 더더욱 그럴듯하게 들렸던 모양이다. 그는 몸을 들어 내 쪽으로 다가왔다.

"역시 옮기려면…… 이 방법이 최고이려나?"

'뭐라고?'

감기를 어떻게 옮겨? 나는 눈을 깜빡였다. 커다란 손바닥이 내 왼쪽 뺨에 닿았다.

끼이익.

갑자기 이안의 몸무게까지 쏠리면서 침대가 기묘한 소리를 내었다. 내 쪽으로 다가온 이안이 반듯한 입술을 벌렸다. 이유 모를 오싹함에 나는 손가락 끝까지 긴장해서 힘을 주었다.

막 입술이 포개지려는 순간이었다.

"마마, 저 케닌입니다."

"꺄!!"

이안에게 홀렸던 나는 그 순간 정신을 차리고 화들짝 놀라서 그를 떠밀었다.

'이 요망한 남자 같으니!!'

감기를 옮기는 방법이라는 것이 키스였냐!

'키스하고 있는데 케닌이 들어왔어 봐! 얼마나 민망했을까. 아니, 애초에 병이 옮기면 사라지냐고!'

가장 민망한 건 그가 다가오자 마법에 걸리기라도 한 것처럼 눈도 깜짝하지 못하고 그를 마주 보았던 바로 내 자신이었다.

'요망해! 요망해! 인큐버스가 틀림없어.'

무서운 사람 같으니. 절대로 둘이 있을 상황을 만들지 말겠다고 다짐하며 나는 큰 소리로 대답했다.

"드, 들어와요!"

내 대답에 케닌은 기운차게 웃으며 문을 열고 들어섰다.

"안녕하세요, 마마. 전하께서도 계셨군요."

내가 밀치는 바람에 흐트러진 옷매무새를 다듬으며, 이안은 케닌을 흘겨보았다.

"케닌, 자네는 감봉이야."

"네? 뭐라고요?"

그저 기운차게 들어온 것뿐인데 감봉 운운에, 케닌은 눈을 동그랗게 뜨고 반문했다. 나는 또다시 열리는 이안의 입술을 손바닥으로 막았다.

"아휴, 시끄러워요. 헛소리 말아요. 콜록!"

나는 손수건으로 내 입을 막았다. 그리고 허리를 세워 앉으며 물었다.

"그래서 무슨 일이죠?"

"찾으시던 사람을 데려왔습니다."

"벌써?"

케닌이 이야기하는 건 에릭이 분명했다.

'얼마 시간이 지나지도 않았는데.'

새삼 타이론 가문의 힘이 느껴졌다. 수도에는 여러 개의 정보 길드가 있고, 그 성격 때문에 대단히 폐쇄적이라 이름을 안다고 해도 조사하기가 쉽지 않다.

'그런데도 벌써 찾다니.'

내가 놀라자, 케닌은 으스대며 어깨를 으쓱했다.

"어느 분의 명령이신데요. 당연히 빠르게 이행해야지요."

"지금 어디 있죠?"

"응접실에 있습니다."

케닌의 대답에 나는 고개를 끄덕였다. 그리고 침대에서 내려와 슬리퍼에 발을 끼웠다. 아무리 몸이 아프다고 해도, 에릭이 이 집에 와 있는데 얼굴을 보는 걸 미룰 이유가 없었다.

우리의 대화를 듣고 있던 이안이 고개를 기울였다.

"둘이 지금 무슨 이야기지?"

"제가 얼마 전에 케닌에게 따로 부탁한 일이에요. 찾을 사람이 있어서요."

어깨에 숄을 두르는 나를 보고 이안이 자리에서 일어났다.

"지금 나가보려고요? 오늘은 몸이 좋지 않으니 쉬는 게 낫지 않겠습니까?"

"당신이 부축해주면 되죠."

"……."

내 말에 이안은 잠시 멈칫 굳어졌다. 나는 물끄러미 그를 바라보았다. 이안이 눈을 일그러뜨리며 웃었다.

"이제 나를 정말 잘 다루시네요."

"그래도 말릴 거예요?"

"아니요. 제 부인의 부탁이라면 부축만이 아니라 업어서라도 다녀야죠."

"당신이 거절하지 않을 줄 알았어요."

나는 눈을 휘며 웃었다. 이제 조금 이안에 대해 알 것 같았다.

그는 나에게 '기대받는 것'에 약했다.

'진짜 스스로 말한 대로 애정결핍일지도.'

그리 생각하며 나는 내게 내밀어진 이안의 팔에 내 팔을 단단히 꿰었다.

사뿐사뿐 걸어 내려가니 응접실에는 정돈되지 않은 검은 머리칼에, 말랐지만 큰 키를 가진 소년이 서성거리며 나를 기다리고 있었다.

사막처럼 메마른 검은 눈을 마주하는 순간, 나는 그를 알아보았다.

'이 아이가 맞아. 에릭.'

먼 미래에 불행에 빠진 애니를 건져주는 남자였다.

'애니를 짝사랑해서 오랫동안 애니의 곁을 맴돌았었지. 그래서 애니가 버려졌을 때 누구보다 빨리 알아차렸고.'

결국 애니와 에릭은 행복해졌지만, 그 과정은 순탄하지 않았다. 두 사람은 10년의 세월을 돌고 돌아 만날 운명이었다.

'그러니까 내가 개입하지 않는다면.'

지난 생처럼 애니가 불행하게 살도록 내버려 둘 마음은 전혀 없었다.

나를 마주한 그의 검은 눈이 휘둥그레졌다. 쇠를 긁듯 거친 목소리가 흘러나왔다.

"당신은 플로렌스 가문의……."

"역시 나를 아는구나."

오랫동안 애니를 지켜봤다더니 역시 나를 알고 있었다.

'이렇게 어릴 때부터 십 년도 더 넘게 애니만을 지고지순하게 사랑하고 있었다니.'

알면 알수록 좋은 신랑감 아닌가.

'좋아.'

"저는 이 아이에게 빚을 졌어요. 그래서 저도 이 아이에게 보답을 하고 싶은데."

나는 고개를 들어 이안에게 말했다.

"지금이라도 이 아이가 기사가 될 수 있도록 길을 열어줄 수 있을까요?"

"예?"

설마 내가 그런 요구를 할 줄 몰랐던 이안이 턱을 쓰다듬었다.

나는 잠시의 침묵을 이해했다. 나라도 그럴 것이다.

'신원을 알 수 없는 소년을 대뜸 데리고 와서 가문의 기사로 삼아달라고 했으니 난처하겠지.'

하지만 이 순간, 나는 그가 내 부축을 거절하지 않았던 것처럼 부탁 또한 거절하지 않을 거라는 걸 알았다.

"어렵진 않습니다. 바로 지시하도록 하죠."

내 예상대로 이안은 선뜻 내 부탁대로 고개를 끄덕였다. 나는 순간 가슴이 울컥해서 입술을 깨물었다.

'이 느낌.'

무언가 그를 알고, 또 기대하고, 기대에 화답받는 기분.

'이런 느낌은 뭐라고 부를까.'

기나긴 인생을 살면서 처음 느껴보는 감각이었다.

내가 순간 욱 올라오는 격렬한 감각을 감추지 못하고, 열띤 눈빛으로 이안을 마주 보았을 때였다. 에릭이 희미하게 떨리는 목소리로 물었다.

"제게 기회를 주시는 건가요?"

나는 그를 돌아보았다. 세상의 밑바닥에서 태어나, 잔뜩 메마른 눈동자에 반짝 희미한 희망의 불꽃이 타올랐다.

나는 인자한 미소를 지으며 물었다.

"너는 돈으로 작위를 사려고 했을 거야. 그렇지?"

"마, 맞아요!! 어떻게 저를 아시는 겁니까?"

미래를 통해서 보았으니까.

그리고 저 볼품없는, 정보 길드의 잔심부름이나 맡던 말단 소년은 수년 뒤 단승작위를 가지게 된다.

오로지 애니에게 어울리는 남자가 되고 싶다는 마음 하나로.

'하지만 그때는 이미 늦었지. 애니는 쓰레기 같은 놈에게 팔려 가고.'

그러니 내가 지금 에릭을 찾아, 기사로 만드는 것은 두 사람의 험한 사랑의 여정에 다리를 놓아주는 것이었다.

나는 상냥하게 웃으며 말했다.

"멋진 기사가 되어 내 동생을 지켜주렴."

"가, 감사합니다!"

에릭의 무표정했던 얼굴에, 그제야 홍분이 퍼져나갔다. 이야기가 일단락된 뒤, 케닌은 에릭을 데리고 응접실 밖으로 나갔다.

"엣취!"

긴장이 풀어지자마자 재채기가 연신 튀어나왔다. 나는 입술을 손등으로 문질렀다.

'아무래도 몸살감기가 제대로 찾아온 모양인데.'

나는 자주 아프지는 않았지만, 한 번 아프면 호되게 앓곤 했다. 이번에도 어째 느낌이 싸했다.

으슬으슬한 팔을 문지르고 있으니, 이안이 물었다.

"저 아이는 누굽니까?"

"예전에 애니를 지켜주었던 사람이에요. 그런데도 겉모습만 보고 하녀 아이가 들고 있던 유리등을 던졌죠."

그 등이 얼굴에 맞아 깨지면서, 에릭의 얼굴에는 잔흉터들이 잔뜩 남게 되었다.

대략의 이야기를 들은 이안이 고개를 끄덕이며 이야기의 맥락을 잘 짚어냈다.

"그 아이, 처제를 좋아하는군요."

"네. 곁에 있을 구실을 주었으니, 그다음은 저 아이의 몫이겠죠."

나도 물론 그 생각을 했다.

'내가 도와준다고 나서는 바람에 오히려 두 사람이 이어지지 않으면 어떻게 해?'

갑자기 안온해진 삶에, 에릭의 마음에서 사랑의 감정이 사라질 수도 있다. 절실하지 않은 환경에, 애니는 에릭을 사랑하지 않게 될 수도 있지.

'하지만 나는 신이 아닌걸. 모든 것을 다 내 뜻대로 굴러가게 할 수는 없어.'

그저 내가 아끼는 사람들을, 되도록 고생하지 않고 행복하게 살도록 하자.

그게 내 두 번째 삶의 목표였다.

"평민이에요."

그렇게 다짐을 하고 있는데, 이안이 담담한 목소리로 툭 던지듯 말을 이었다.

"부모도 없고, 가진 것도 없죠."

나는 이안과 시선을 맞추었다. 맑은 하늘처럼 푸른 눈에는 어떤 감정도 떠올라 있지 않았다.

"그런데도 처제랑 맺어주려고요?"

"……번듯한 귀족에 돈이 많은 사람과 사는 것도 행복할 수 있겠죠."

지난 생, 애니를 돈 주고 아내로 데려온 나쁜 놈이 그런 놈이었다. 남들 보기에는 멀쩡한 귀족.

그래서 애니가 행복했나?

"하지만 저는 진정 사랑하는 사람과 함께하는 게 더 낫다고 생각해요. 그러니까 에릭에게 기회를 주는 거고요."

하지만 그 기회도, 결국 이안에게서 나오는 것이었다. 나는 진심으로 말했다.

"그리고 이안, 정말 고마워요."

내 말에 이안이 물끄러미 나를 바라보았다. 나는 천천히, 아까부터 하고 싶었던 말을 내뱉었다.

"당신이 제 청혼을 받아준 것이 내 인생 최고의 행운이에요. 나를 믿고, 내 말이 불합리한 것 같아도 따라주어서 늘 기쁘고 고맙게 생각하고 있어요."

그가 나를 믿지 않는다면, 내 하는 행동마다 사사건건 태클을 놓고, 진상들처럼 얌전히 살라고 윽박지른다면 지금처럼 애니와 에릭을 구할 수 있었을까.

'이번 생에서 결혼을 한 사람이 이안이어서 정말 다행이야.'

결국 돌고 돌아서, 내가 느끼는 행복의 시작은 이 남자였다. 내가 반짝이는 눈으로 그를 응시했을 때였다.

"올리비아."

여전히 그가 내 이름을 부르면 귓불을 간질간질한 느낌이었다. 나는 가볍게 어깨를 움츠렸다. 팔짱을 낀 그가 가볍게 고개를 기울였다.

"내가 대공이 되어서 어때요?"

엥.

'저건 또 무슨 질문이야.'

하고 많은 말들 중에 왜 갑자기 저걸 묻는단 말인가.

'나는 감격하든지, 날 놀리든지 할 줄 알았는데.'

애써 마음을 고백했는데 상대가 저렇게 반응하니 푸쉬쉬 식는 기분이었다. 나는 살짝 입술을 삐죽이며 대답했다.

"뭐가 어때요? 달라진 게 있나요?"

"하하하."

그런데 내 퉁명스러운 대답에, 그가 갑자기 허파에 구멍이라도 난 것처럼 웃는 게 아닌가.

'뭐야, 진짜.'

내가 어이가 없어서 얼굴을 와락 구겼을 때였다. 큰 소리로 웃던 그가 갑자기 나를 덥석 끌어안았다. 그리고는 내 이마에 자신의 뺨을 비비며 속삭였다.

"당신이 너무 좋아."

그의 고백을 들으니 배 속부터 꽉 조여오는 느낌이었다. 나는 슬쩍 뺨을 붉히며 그를 밀어냈다. 물론 그는 꿈쩍도 하지 않았다.

"네? 가, 감기 옮아요. 가까이 오지 말아요."

"얼굴도, 몸매도, 말투도 다 내 취향이지만. 역시 성격이 최고예요."

"네?"

내 성격이 뭐?

"대공비의 상징인 티아라로 전남편 머리를 후려갈길 생각을 하는 대범함……."

"으아악!"

결국 나를 놀리는 말이었다. 나는 있는 힘껏 그를 떠밀며 소리쳤다.

"당장 나가요! 당장 나가지 못해요!?"

"하하하."

그는 다시 또 큰 소리로 웃음을 터뜨렸다. 이제는 부끄럽다 못해, 수치스러워진 내가 뾰족한 눈으로 그를 노려보았을 때였다.

"사랑해요, 올리비아."

그가 그렇게 속삭이며 내 뺨에 입술을 쪽 맞췄다.

내 얼굴은 새빨갛게 달아올랐다.

〈2권에서 계속〉

두 번째 남편이 절륜해서 우울하다 1

초판 1쇄 인쇄 2021년 6월 3일 **초판 1쇄 발행** 2021년 6월 10일

지은이 지미신
펴낸이 이승현

웹소설 본부장 이진영
편집 오가진
디자인 김태수

펴낸곳 ㈜위즈덤하우스 **출판등록** 2000년 5월 23일 제13-1071호
주소 경기도 고양시 일산동구 정발산로 43-20 센트럴프라자 6층
전화 031)936-4000 **팩스** 031)903-3893 **홈페이지** www.wisdomhouse.co.kr

ISBN 979-11-91583-80-9 04810
979-11-91583-83-0 (세트)